Kurpark

© 2020 Kurpark Verlag

Autor Max Müller wurde 1964 in Pforzheim geboren. Seine Vita gleicht einer Achterbahnfahrt: Koch im Tennisclub, Empfangsschwester bei einer Gynäkologin, Dialoger bei Greenpeace, Promoter bei Tresor Records und Club-Manager im Tresor Club Berlin. Aber vor allem legte Müller 30 Jahre als DJ Mad Max in den angesagten Techno Clubs in seiner Wahlheimat Berlin und rund um den Globus auf.

Max Müller

Ritter vom BKA

Max Müller

Ritter vom BKA

ISBN 978-3-9821477-0-3

2. Auflage

© 2019 Max Müller
© Kurpark Verlag, Bad Wildbad
Alle Rechte vorbehalten
Sämtliche - auch auszugsweise - Verwertungen nur mit Zustimmung des Autors

Titelfoto: © Robbie Wilhelm
Autorenfoto: © Robbie Wilhelm
Foto Rückseite: © Max Müller
Covergestaltung: © Patrick Franke
Coveridee: Gabriele Morgenstern
Umschlaggestaltung: Urs Hall
Lektorat: Cornelia Schmalenbach
Satz: Urs Hall
Druck und Bindung:
WIRmachenDRUCK Gmbh
Mühlbachstr.7, 71522 Backnang

www.kurparkverlag.de

#

#2

Die Handlung und alle handelnden Personen sind frei erfunden. Jede Ähnlichkeit mit lebenden oder realen Personen ist rein zufällig und nicht beabsichtigt.

In Erinnerung an meine Großtante Elfriede

Montag, 7. April 2014

Max Ritter setzte sich an einen der Tische in seinem Stammlokal im Berliner Stadtteil Wedding. Er hatte gerade einen Kaffee bestellt, als sein Telefon klingelte. Das Handydisplay zeigte ihm den Namen Walter Kiep. Sein neuer Chef beim Bundeskriminalamt.

Ritter nahm das Gespräch an und Kiep legte mit seiner rauchig, tiefen Stimme gleich los: „Guten Morgen, Herr Ritter. Ich möchte Ihnen noch zur Lösung ihres ersten Mordfalls für das BKA gratulieren. Ich war letzte Woche im Urlaub. Also war mein Telefon einfach mal aus. Deshalb melde ich mich erst heute morgen. Ging ja recht schnell da an der Nordsee. Innerhalb von vier Wochen den Fall gelöst, nicht schlecht." „Ja, es war nicht ganz so schwierig, aber wir hatten auch jede Menge Glück", antwortete Ritter bescheiden. „Gut, Herr Ritter, aber wir wissen ja beide, dass auch das Glück dazu gehört. Und wie geht es jetzt weiter? Welchen Fall bearbeiten sie als Nächsten?", fragte Kiep. „Das werden wir heute im Büro besprechen. Ich sag ihnen dann Bescheid." „Gut, dann bis die Tage und weiterhin gutes Gelingen." Damit beendete Kiep das kurze Telefonat.

Ritter traf gegen zehn Uhr im Büro im Stadtteil Steglitz ein. Das Büro war in einer Altbauwohnung untergebracht. Die beiden großen Büroräume waren nur durch eine Flügeltür getrennt, die meist offenstand. Alle Mitarbeiter hatten eine Woche frei gehabt und waren bereits anwesend. Es duftete verlockend nach frisch gekochtem Espresso.

Ritter bog nach links ab, in die große Küche. Kevin Wagner saß mit seinen wild durcheinander stehenden, schwarzen Locken am großen Küchentisch und rauchte eine Zigarette. Seine Brille mit den kleinen, runden Gläsern erinnerte Ritter wieder einmal an John Lennon. Wagner kam als Quereinsteiger aus der Hackerszene zum BKA. Er arbeitete längere Zeit für die Cyber-Cops in Wiesbaden, ehe er Ritter zugeteilt wurde. Mandy Probst nahm gerade die Espresso-Kanne vom Herd. Sie hatte wie üblich eine knallige Jeans an, die ihre schlanke, sportliche Figur zusätzlich betonte. Ihre blonden Haare leuchteten im Pagenschnitt ala Uma Thurman in Pulp Fiction. Probst hatte beim BKA Observierung und Überwachung studiert. Die beiden lächelten ihn an und begrüßten ihn freudig.

Ritter freute sich, seine jungen Mitarbeiter wieder um sich zu haben. „Guten Morgen. Schön, euch wiederzusehen." Schwungvoll drehte er sich um und ging in die Büroräume. Dort saß Monika Rätsel an ihrem Schreibtisch, stand sofort auf und kam auf ihn zu. Dabei streckte sie ihm ihre Hand zur Begrüßung entgegen.

„Juten Morgen, Chef," sagte sie und strahlte ihn an. Die knapp fünfzigjährige war sehr klein und unwahrscheinlich dünn. Ihr markantes Gesicht, eine Mischung aus Nina Hagen und Katharina Thalbach, faszinierte ihn immer wieder. Für ein paar Sekunden erstarrten die beiden beim Händedruck und sahen sich tief in die Augen. Ritter wurde etwas blümerant zumute und so zog er seine Hand schnell zurück. „Guten Morgen, Frau Rätsel. Kommen sie doch mit in die Küche, dann können wir anfangen." Monika Rätsel arbeitete bereits seit fünfundzwanzig Jahren beim BKA im Innendienst und seit letzten Monat nun für Kommissar Ritter.

Nachdem die vier BKA Beamten am großen Küchentisch ihren Platz eingenommen hatten, startete Ritter die Gesprächsrunde:

„Also! Zuerst einmal vielen Dank an euch alle. Wir haben als völlig neu zusammengewürfeltes Team wunderbar miteinander gearbeitet und unseren ersten Mord g+elöst. Jetzt geht es weiter mit dem nächsten Fall. Ich denke, dass es dieses Mal um einiges schwieriger wird, aber mal sehen. Frau Mandy, holen Sie doch bitte ihre kleinen Zettel. Wir losen wieder aus, wie bei unserem ersten Fall letztens. Mal sehen, welchen alten, unaufgeklärten Mord wir ab jetzt bearbeiten werden."

Mandy Probst deutete auf die drei kleinen Lose, die sie auf den Tisch gelegt hatte und sagte: „Da waren es nur noch drei. Einen Fall haben wir selbst gelöst, den Fall in Rostock haben die Kollegen dort oben noch geklärt. Also haben wir nur noch den toten Polizisten im Schwarzwald, den Bankier in Köln und die zwei toten Nazis im Thüringer Wald. Zweimal Wald, einmal Stadt."

„Okay. Heute darf unsere neue Mitarbeiterin, die Frau Rätsel, das Los ziehen und Glücksfee spielen", sagte Ritter. Monika Rätsel sah ihn freudig an, nahm einen der drei kleinen Papierzettel und faltete ihn auseinander. Als sie ihn gelesen hatte, grinste sie breit und sagte: „Zum Glück muss ich da nicht hin und arbeite hier im Büro." Jetzt wurde Kevin Wagner neugierig und fragte: „Ja also, wohin denn nun? Jetzt sagen sie schon." Rätsel ließ ihre Kollegen noch kurz im Unklaren und löste dann auf: „Es geht in ihre Heimat Chef, in den Schwarzwald. Der tote Polizist ist unser nächster Fall." „Oha", kam es von Probst. Es entstand ein längeres Schweigen am Tisch.

Ritter unterbrach schließlich die Stille: „Ich hatte ja schon so eine Ahnung. Wir verbringen also die nächsten Wochen in der Umgebung von Calw und Wildbad. Ich kenne die Gegend. Na ja, also von früher jedenfalls. Ich weiß natürlich nicht, wie es da jetzt ist.

Aber ich habe Bad Wildbad, wie es ja heute heißt, als harmonischen Ort in Erinnerung. Viele Thermalbäder, der Sommerberg, gutes Essen, ein kleines idyllisches Städtchen mit Kurgästen und Touristen. Und gleich vorweg, es sind Schwaben und keine Badener."

Rätsel rollte mit den Augen und bemerkte: „Allet eene Mischpoke da unten im Süden. Und verstehen kann man die ooch nicht." Probst schloss sich gleich an: „Ach stimmt, die reden ja so komisch. Dann müssen sie uns immer übersetzen, Chef." Probst grinste frech zu Ritter rüber. Ritter sah Wagner an und fragte ihn: „Auch eine Bemerkung dazu?" Wagner sah in die Runde und antwortete: „Hoffe nur, die haben schnelles Internet." Alle, außer Wagner, lachten laut los. Dieser schaute etwas verwirrt in die Runde.

Schließlich begann Ritter: „Also Leute. Was müssen wir wissen? Alle Fakten auf den Tisch." Mandy Probst und Monika Rätsel standen auf und holten ihre Laptops. Kevin Wagner blieb sitzen. Er hatte seinen bereits die ganze Zeit auf dem Tisch. Als die beiden Frauen zurück waren, startete Wagner: „Wenn ich mal bitte das Wort haben dürfte. Danke! Also: Der Polizist und Kollege namens Julian Eberle wurde am 27. August 2010 gegen siebzehn Uhr auf einem Parkplatz bei einer Verkehrskontrolle nahe Wildbad erschossen. Dabei wurde ihm regelrecht der Kopf weggepustet. Mit einer Pumpgun. Der Täter musste schnell ausgestiegen und auf Julian Eberle zugelaufen sein. Er dürfte sofort losgeballert haben."

Ritter unterbrach ihn: „Und wo war der Kollege von Julian Eberle?" „In den Büschen. Sie musste mal. Eine gewisse Franziska Leitle." „Da hat sie aber mächtig Glück gehabt. Der Täter hätte sie sonst sicher auch erschossen", stellte Ritter fest. Wagner nahm den

Faden wieder auf: „Also, dann kam die eben erwähnte Franziska Leitle wieder aus den Büschen und sah das ganze Desaster. Sie rief sofort bei den Kollegen in Wildbad+ an und bat um Hilfe. Gesehen hatte sie allerdings nichts. Überhaupt nichts, weder Fahrzeug noch Täter. Und dann gingen die Ermittlungen los. In alle möglichen Richtungen."

Nun erklärte Probst: „Es gab mehrere Thesen und Verdächtige. Eine Theorie war auch, dass es ein völlig durchgeknallter Typ auf Durchreise gewesen sein könnte." Ritter unterbrach: „Frau Rätsel, überprüfen sie bitte europaweit, ob es ähnliche Mordfälle mit einer Pumpgun gegeben hat. Also alles, nach dem 27.8.2010 und sechs Monate davor."

„Natürlich, Chef", lautete ihre knappe Antwort. Schließlich fuhr Probst fort: „Es könnte aber auch ein Beziehungsdrama gewesen sein. Und das Ganze auch noch im Polizeiapparat. Julia Mürrle, derzeit immer noch in Wildbad im Dienst, war mit einem gewissen Kai Fischer zusammen. Der wiederum war der beste Freund von unserem Mordopfer. Dann wechselte Julia Mürrle die Seiten und verliebte sich in unser Opfer Julian Eberle. Kai Fischer wiederum beendete daraufhin die Freundschaft mit Eberle und Mürrle. Er fiel aber immer wieder unangenehm auf. Es gab Eifersuchtsszenen auf der Straße vor Mürrles Haus. Das berichteten die Anwohner. Die Kollegen von Fischer, der aktuell immer noch beim Drogendezernat in Calw arbeitet, haben damals ähnliches berichtet. Extrem eifersüchtig und herrschsüchtig, so wird dieser Fischer beschrieben. Aber man konnte ihm nichts nachweisen. Die Tatwaffe wurde ja schließlich nie gefunden."

„Och nee. Nicht sowas. Kein Beziehungsdrama", jammerte Wagner, als Probst kurz Pause machte, um Luft zu holen. Ritter musste grinsen und sagte: „Dann gab es da noch diese Geschichte mit den Drogen. Ich habe es vor ein paar Wochen ja grob gelesen. Wie war das denn?" Jetzt war Wagner dran: „Also es gab immer wieder Gerüchte, dass unser Mordopfer etwas über eventuelle, krumme Geschäfte von diesem Kai Fischer wusste. Er hätte ihn erpressen können. Und der Fischer ist bestimmt ein kleiner Irrer und könnte ausgerastet sein. Und dann beim Drogendezernat. Vielleicht war er ja drauf. Koks oder Crystal oder so. Wir werden ihn ja erleben." Wieder entstand kurzes Schweigen.

Wagner ergänzte: „Der damals zuständige Hauptkommissar, Volker Hoffmann aus Calw, hat knallhart intern ermittelt. Natürlich auch nach außen. Der hat echt gute Arbeit gemacht. So wie ich die Akten verstehe, hat ihn allerdings der Polizeichef in Wildbad des öfteren irgendwie behindert. Oder sagen wir mal so, er war nicht besonders kooperativ. Sein Name ist Karl Kresse. Er ist auch heute noch der Chef in Wildbad."

Ritter übernahm: „Das sieht natürlich nach polizeiinternen Ermittlungen aus und könnte richtig unangenehm für uns werden. Und dann kommt da jetzt auch noch die Bande vom BKA in den Schwarzwald. Da werden wir erstmal gegen eine Wand des Schweigens laufen. Wir könnten natürlich den Kresse und den Hoffmann gegeneinander..., na ja, erst einmal müssen wir die alle sehen und kennenlernen. Und natürlich mit ihnen sprechen. Diese Beziehungsgeschichte ist natürlich auch nicht lustig. Eifersucht als Motiv? Und gegen diesen Kai Fischer müssen wir noch zusätzlich im Drogendezernat in Calw ermitteln. Vielleicht finden wir dort Hinweise. Das klingt alles gar nicht gut. Aber an einen durchreisenden Psychopathen mit Pumpgun glaube ich nicht unbedingt. Wir sind hier schließlich nicht in einem amerikanischen Actionfilm. Aber das wissen wir ja bald, dank Frau Rätsel." Die nickte ihm zu und strahlte ihn erneut an.

Probst nahm ihren letzten Schluck Kaffee und Wagner zündete sich eine Zigarette an. Ritter hatte heute noch nicht geraucht. Er wollte wieder reduzieren und wollte auch keinen Alkohol mehr trinken, denn dieser hatte ihm nicht sehr gut getan an der Nordsee. Er runzelte nachdenklich seine Stirn: „Also, wenn der Volker Hoffmann so gut ermittelt hat, dann wird es sehr, sehr schwer. Die Lösung geht wohl nur über den Fund der Tatwaffe. Wagner, das bedeutet für sie natürlich, sämtliche Computer aller Verdächtigen anzuzapfen, um zu sehen, was die alle so im Internet getrieben haben." Wagner grinste: „Eine Pumpgun gibt es auch im Darknet zu kaufen. Da müssen wir selbstverständlich auch suchen." „Darknet? Darüber habe ich auch schon so einige, bedenkliche Artikel gelesen. Was haben die Menschen da nur wieder erfunden? Nun gut. Dann eben Dark Net. Sie werden alle, aber auch alle überprüfen müssen. So, und jetzt machen wir erst einmal kurz Mittagspause und essen etwas."

Max Ritter, Mandy Probst und Kevin Wagner gingen, wie so häufig, zu Ali Baba und genossen Dürüm Döner. Monika Rätsel blieb alleine im Büro und verputzte ihre mitgebrachten Buletten und den Kartoffelsalat vom gestrigen Tag. Gegen vierzehn Uhr saßen dann alle wieder in der Küche und tranken erneut frischen Kaffee. Dieser Kaffee! Alle vier waren süchtig danach.

Probst legte gleich los: „Ich habe mal nachgeschaut. Bad Wildbad und Calw liegen knapp zwanzig Kilometer auseinander, und ich denke ja, wir werden zwischen diesen beiden Orten sehr oft hin und her fahren müssen. Fahrzeit ungefähr zwanzig bis dreißig Minuten. Wo sollen wir also unser Quartier beziehen?" Ritter antwortete sofort: „Ich tendiere zu Wildbad. Dort hat unser Mordopfer gewohnt und dort ist auch der Mord geschehen. Frau Mandy, vielleicht finden sie ja eine Ferienwohnung in Wildbad. Dann könnten wir wieder alle zusammenwohnen, wie an der Nordsee. Es war wirklich schön für mich, mit euch die Zeit zu verbringen. Und wir kommen zudem schneller voran, wenn wir wieder gemeinsam unsere Gedanken und Ideen diskutieren können. Besser, als im Hotel zu wohnen." Mandy Probst freute sich sichtlich: „Okay, dann suche ich uns mal was Schönes. Wann wollen wir denn losfahren?"

Ritter überlegte kurz. Irgendwie wollte er Berlin nicht schon wieder verlassen. Nicht erneut den Koffer packen. Er hatte ihn ja noch nicht einmal richtig ausgepackt und sich gerade erst wieder eingelebt. Und jetzt ging es auch noch in seine Heimat. Aber sie mussten ja wieder los. „Ich würde sagen, wir fahren am Mittwoch oder Donnerstag morgen. Es ist eine ziemlich weite Fahrt in den Süden. Mit kleinen Pausen dürfte es so sechs bis sieben Stunden dauern. Wir nehmen unseren Dienstwagen mit und mieten dort wieder ein zweites Auto. Einverstanden?"

Kevin Wagner und Mandy Probst nickten beide. „Hey, wir haben doch Blaulicht dabei. Dann sind wir doch schneller auf der Autobahn", grinste Wagner schelmisch vor sich hin. Ritter sah zu ihm und lächelte ihn an. Er mochte Wagner. Seine Hilfsbereitschaft und sein Teamwork waren beeindruckend. Zudem konnte er auch sehr gut kochen.

Probst und Rätsel gingen wieder an ihren Schreibtisch. Ritter und Wagner blieben in der Küche und zündeten sich eine Zigarette an. Es war Ritters erster Tabakgenuss am heutigen Tag und so wurde ihm schwindlig nach den ersten Zügen. „Also, Chef! Wie machen wir das denn an den Wochenenden? Bleiben wir dann im Schwarzwald? Nach Berlin zurückfahren wäre ja viel zu aufwendig, ganz zu schweigen vom Zeitverlust." „Wir bleiben dort, bis eine kleine Pause nötig ist. Besuchen sie doch an den Wochenenden ihre Freundin Daniela in Freiburg. Sie wohnt und studiert doch da. Und Freiburg ist ja nicht sehr weit entfernt von Wildbad." „Ja stimmt, das habe ich mir auch schon so überlegt. Und sie könnten ja ihre Mutter und ihre Schwester besuchen. Die wohnen doch dort in der Nähe."

„Ja, das werde ich vielleicht machen, aber mal sehen. Ich kann ja unsere Frau Mandy mitnehmen. Die will ja sicher nicht alleine rumhängen am Wochenende. Aber vielleicht gehen wir ja auch wandern im schönen Wald. Müssen sie unbedingt mal machen, Wagner. Das gibt einem ein gutes Gefühl. Super Luft, man findet zu sich selbst in dieser Ruhe. So ähnlich wie auf dem Deich an der See. Entschleunigung." Wagner schaute ihn skeptisch an.

Gegen sechzehn Uhr beendete Ritter den ersten Arbeitstag. Mandy Probst fuhr mit ihrem weißen Volvo los, sie wohnte im Stadtteil Lichtenberg. Kevin Wagner dagegen fuhr mit seinem neuen Fahrrad in die andere Richtung nach Dahlem. Ritter und Rätsel nahmen die U-Bahn. Rätsel musste nach Friedrichshain. Sie bewohnte eine Zweizimmerwohnung in der Boxhagener Straße. Ritter fuhr ebenfalls nach Hause in den Wedding. Zuhause angekommen machte er sich zum Abendessen ein paar Bratkartoffeln mit Rührei. Ansonsten war sein Kühlschrank fast leer. Er räumte die Wohnung auf und brachte seinen Müll raus. Anschließend sah er sich eine Dokumentation auf ARTE über den weltweiten Handel von Sand an. Es erstaunte ihn doch sehr, dass es scheinbar auch eine weltweite Sand Mafia gab. So wunderte er sich einmal mehr, was alles so auf diesem Planeten passiert, von dem man überhaupt nichts wusste. Anschließend schlief er tief und fest.

Dienstag, 8. April 2014

Das Ritter-Team versammelte sich gegen zehn Uhr in der großen Küche. Heute hatte Frau Rätsel den Kaffee gekocht. Sie strahlte alle an, verbreitete gute Laune und schien gut drauf zu sein. Mandy Probst sah dagegen etwas müde aus. Wagner sah wie immer aus.

„Guten Morgen zusammen", startete Ritter. „Wir müssen heute ein paar Aufgaben verteilen. Bevor wir im Schwarzwald loslegen, müssen wir uns noch sehr viele Informationen besorgen. Und gut vorbereitet sein. Sonst scheitern wir da kläglich. Und wir müssen uns all diese Informationen sehr, sehr unauffällig besorgen." Alle drei sahen ihn an und nickten zustimmend.

Ritter sprach weiter: „Zunächst einmal zu diesem Kai Fischer. Er war damals der Hauptverdächtige mit einem klaren Motiv, nämlich Eifersucht. Ich möchte alles über seine Eltern, seine Freunde, seine Gewohnheiten und so weiter, wissen. Alles! Das übernehmen sie, Frau Rätsel. Und Wagner, sie finden raus, was der Kai Fischer im Polizeiapparat so alles abgeliefert hat. Jede Kleinigkeit. Das bedeutet zudem, dass sie sich ständig austauschen, um so schnell wie möglich ein komplettes Bild von diesem Menschen zu bekommen." Monika Rätsel wiederholte: „Okay Chef. Pumpgun-Forschung und olle Fischer ableuchten. Alles verstanden. Und der Herr Wagner und ick sind im ständigen Austausch." Dann strahlte sie ihn an. „Genau richtig, Frau Rätsel", nickte Ritter. „Nun zu ihnen Frau Mandy. Versuchen sie alles über diese Julia Mürrle rauszufinden. Sie war schließlich mit beiden Männern in einer Beziehung. Vor allen Dingen interessiert uns auch hier viel Privates.

Eltern, Freundinnen, Freunde, Facebook, der ganze Kram da. Wir müssen einfach vorher wissen, mit wem wir es zu tun bekommen."
„Alles klar, wird erledigt, Chef. Und was machen sie?"

„Ich werde mit meinem Cousin telefonieren. Er ist bei der Mordkommission in Karlsruhe tätig. Ich hoffe zumindest, dass er dort noch arbeitet. Ich glaube, wir haben so ungefähr vor fünf Jahren das letzte Mal miteinander gesprochen. Vielleicht hat er ja etwas von diesem Mord mitbekommen."

Alle drei Mitarbeiter nickten zufrieden und gingen nun an ihre Schreibtische. Fast gleichzeitig tippten sie auf ihren Tastaturen los. Ritter lauschte den sanften, regelmäßigen Klackergeräuschen und war zufrieden. Er blieb erst einmal in der Küche sitzen und starrte an die Wand. Seine Gedanken fingen an umherzuschweifen. Er würde also in seine Heimat zurückkehren. Ritter fragte sich, wie sich das wohl anfühlen wird? Es kribbelte nun ganz leicht in seinem Bauch. Könnte er dort überhaupt noch klarkommen? Er würde auch wieder seinen Heimatdialekt zu Ohr bekommen, und den hatte er lange nicht gehört oder gesprochen.

Ritter hatte sich schon früh die hochdeutsche Sprache angewöhnt. Soweit dies eben möglich war, mit so einem süddeutschen Heimatdialekt. Und in dieser Gegend ist alles um ein vielfaches langsamer, als in Berlin. Die Leute im Schwarzwald sind eher gemütlich und gemächlich. Nicht so gehetzt wie in der großen Hauptstadt. Aber welche Stadt ist schon mit Berlin zu vergleichen? Berlin ist eben nicht Deutschland, sowie New York auch nicht die USA repräsentiert.

Er nahm sein Handy und telefonierte zunächst mit seiner Mutter und danach mit seiner Schwester. Er erzählte ihnen von seinem neuen Fall in Wildbad und erklärte beiden, dass sie sich eher nicht sehen würden, da er erst einmal in Wildbad diesen Mord aufklären müsse. Er würde dann aber anschließend eine Woche Urlaub in Pforzheim und Umgebung machen. Damit waren seine Mutter und Schwester informiert und zufrieden. Er wollte nicht, dass sie es eventuell aus der Presse erfahren.

Als er das Handy wieder auf den Küchentisch legte, bekam er wieder diesen starren Blick. Er schaute an irgendeinen Punkt an der Wand ohne etwas zu sehen. Die Umgebung war verschwunden. Und so wanderten seine Gedanken schnell in den neuen Fall. Es würde super schwierig werden. Und sie mussten extrem vorsichtig vorgehen. Schließlich würden sie direkt im Polizeiapparat der Reviere Calw und Wildbad ermitteln müssen. Und da war es wohl besser, lieber mal gar keinen Schritt nach vorne zu gehen, bevor man sich einen Fehltritt leistete. Es würde viel Aufmerksamkeit und Konzentration nötig sein. Jede Kleinigkeit könnte entscheidend sein. Und sie mussten hochkonzentriert vorgehen, weil der Täter schließlich im Besitz einer Pumpgun war. Und das bedeutete natürlich auch, dass jeder noch so kleine Einsatz immer völlig abgesichert werden musste. Ritter schüttelte sich kurz. Dann war er wieder in der Gegenwart und trank einen Schluck Kaffee. Er nahm anschließend sein Telefon und versuchte einen Anruf bei seinem Cousin Martin. Diesen hatte er lange nicht gesehen. Sie hatten in den letzten Jahren nur ab und zu mal telefoniert. Nach dem vierten Klingelton nahm er ab: „Ja. Martin Rabe hier." „Hallo Martin, ich bin es, Max Ritter, dein Cousin," begann er das Gespräch. Es kam ein sehr lautes und langgezogenes Maaaaax zurück. Rabe freute sich offensichtlich, von Ritter zu hören. Es wurde ein gutes Gespräch. Fast eine halbe Stunde telefonierten die beiden Kommissare und Cousins miteinander.

Gerade als Ritter das Gespräch beendet hatte, kam Monika Rätsel in die Küche und setzte sich zu Ritter an den Tisch. Sie nahm sich einfach, ohne zu fragen, eine Zigarette aus Ritters Schachtel. Anschließend zündete sie sich die Zigarette an und blies den Rauch aus. „Aber sie rauchen doch gar nicht, Frau Rätsel", war Ritters leicht entsetzte Reaktion. Sie strahlte ihn an und sagte: „Stimmt. Selten. Nur wenn ich mich so richtig wohl fühle. Und bei ihnen fühle ich mich so richtig wohl." Dann strahlte sie ihn wieder einmal an.

„Nun übertreiben sie mal nicht, Frau Rätsel. Ja? Bitte! Haben sie Neuigkeiten für mich?", fragte Ritter. „Ja, hab ick. Es gab keinen Pumpgun Mord in der Zeit davor oder danach. Zumindest nicht in Deutschland. Europaweit kann ich noch nichts dazu sagen. Alles Quatsch mit diesem Irren, der da zufällig eben mal so vorbeikam." „Gut gemacht Frau Rätsel. Sagen sie den anderen bitte auch bescheid." Sie nickte fröhlich und ging zurück in die Büroräume. Ritter blieb in der Küche. Er hatte plötzlich mächtig Hunger und so beschloss er, sein Team heute zum Essen einzuladen. Ehe er allerdings die Mittagspause einläutete, sinnierte er noch eine Weile vor sich hin.

Nachdem die Ritter Crew zusammen beim Italiener um die Ecke Nudeln mit Pesto gegessen hatten, schlenderten sie gemeinsam zurück Richtung Büro. Sie hatten es nicht eilig in diesem Moment, denn es war heute ein schöner Tag. Blauer, wolkenloser Himmel, knapp fünfzehn Grad und so ganz zart und langsam verwandelte sich Berlin wieder in eine grüne Stadt. Die Vögel sangen auch wieder ihre Lieder. Der harte, lange und grau-dunkle Winter schien sich langsam zu verabschieden. Endlich Helligkeit. Der Frühling war im Anmarsch. Ein vorbeirasender Notarzt mit höllisch lauter Sirene unterbrach jäh die idyllische Stimmung.

Kaum waren sie wieder zurück, machte Mandy Probst neuen Kaffee. Schon bald wurden die ersten Ergebnisse präsentiert. Wagner begann: „Also, ich habe noch nicht viel zu berichten, außer dass beim Drogendezernat in Calw auf jeden Fall Akten gelöscht wurden." „Wie haben sie das denn so schnell herausgefunden? Sind sie da einfach so bei denen ins Netz rein?", fragte Ritter. „Klar, Chef. Nicht besonders gut geschützt dort in Calw. Und die Löschungen sind auch nicht sehr professionell. Ich werde die Files wiederherstellen."

Nun fing Probst an zu berichten: „Ich habe eine schöne Wohnung gefunden. Mit drei Schlafzimmern und einem riesigen Wohnzimmer. Dazu eine große Terrasse mit Blick über Wildbad. Die Wohnung liegt sehr weit oben an einem der bebauten Hänge. Dann drehte sie den Laptop so, dass alle die Bilder dieser angebotenen Ferienwohnung sehen konnten. „Okay. Nehmen wir," sagte Ritter nach einigen Sekunden. Probst freute sich: „Gut, dann buche ich die Wohnung für uns. Und danach kümmere ich mich weiter um diese Julia Mürrle." „Und ick bleib am Pumpgun Killer dran. Und an olle Fischer", sagte Rätsel.

Anschließend gingen wieder alle an die Arbeit. Monika Rätsel telefonierte lautstark. Ritter wollte noch ein paar Wanderschuhe kaufen und so verließ er das Büro bereits gegen fünfzehn Uhr dreißig. In einem Sportkaufhaus in der Schlossstraße kaufte sich Ritter zudem noch eine schicke, wetterfeste Regenjacke. Beladen mit einer großen Tüte ging er zu einer Garage um die Ecke. Dort stand ihr Dienstwagen, ein schwarzer 5er BMW.

Ritter fuhr mit dem Wagen über die Stadtautobahn und die anschließende Seestraße zurück in den Wedding. Er bog links ab in die Afrikanische Straße und parkte nach ein paar Minuten den Wagen am Volkspark Rehberge. Endlich mal wieder Sport. Etwas Joggen im Park. Er hatte noch eine Sporthose, Sportschuhe und ein Shirt in seinem Rucksack. Anschließend fuhr er zufrieden weiter Richtung Heimat. Nach einem kleinen Imbiss kam Ritter gegen achtzehn Uhr zu Hause in der Grüntaler Straße an und musste feststellen, dass seine Nachbarin Aytin noch immer nicht zurück in Berlin war. Er nahm ihren Wohnungsschlüssel und legte ihr die gesammelte Post auf ihren Küchentisch. Und er schrieb ihr einen Zettel, dass er jetzt im Schwarzwald arbeiten müsse und sie doch bitte auch seine Post aufbewahren solle, falls sie dann irgendwann wieder zurück sei.

Sie war vor zwei Wochen zu ihrem Vater in die Türkei geflogen. Am Abend davor hatten sie sich zum ersten Mal geküsst. Es war nach einem gemeinsamen Abendessen passiert, als Ritter gerade von seinem ersten BKA-Fall an der Nordsee zurückgekehrt war. Sie hatte allerdings auch schon seit acht Tagen keine SMS mehr geschrieben. Ritter hatte bereits drei Nachrichten geschickt, ohne eine Antwort von ihr zu erhalten. Und so ließ er es sein, eine vierte Nachricht zu schicken. Er kam sich irgendwie blöd vor. Wie so ein verliebter Teenager. War er denn überhaupt verliebt? Und wie sollte das alles gehen, wenn er immer unterwegs ist? Aber irgendwie hatte sie ihn damals mit ihren braunen Mandelaugen verzaubert. Er dachte noch eine ganze Weile an diesen schönen Abend zurück und schlief glücklich ein.

Mittwoch, 9. April 2014

Ritter wachte gegen acht Uhr auf und sah aus seinem Fenster. Es regnete in Strömen und es wurde überhaupt nicht richtig hell. Ganz anders, als gestern noch. Schwerfällig kämpfte er sich aus seinem Bett. Er fühlte sich irgendwie matt und unmotiviert und als er sich im Spiegel etwas anschaute, war er auch nicht sonderlich zufrieden. Seine grauen Haare waren bereits etwas über die Schultern gewachsen und er musste sich dringend rasieren. Und dass er so einige Falten mehr morgens im Gesicht hatte, fiel ihm auch gleich auf. Seine JFK Brille fand er dagegen immer noch gut, er hatte sie erst vor fünf Monaten gekauft. Ritter war mit einer Größe von eins achtundachtzig und seinen weiß grauen Haaren eine auffällige Erscheinung. Seine schlanke Figur ließ ihn etwas jünger erscheinen.

Nachdem er frisch geduscht und rasiert die Straße betrat, hatte es gerade aufgehört zu regnen. Er lief in die Behmstraße zur *Lichtburg*, um dort zu frühstücken. Als John seine Bestellung aufgenommen hatte, rief Ritter bei Wagner an. „Guten Morgen Wagner. Hören sie mal. Ich komme heute nicht in das Büro. Ich muss noch ein paar Dinge erledigen. Richten sie bitte Frau Mandy aus, dass ich sie um neun Uhr morgen früh abhole. Und kurz vor zehn Uhr sind wir dann bei ihnen. Von Dahlem aus fahren wir auf die Autobahn und dann in den Süden der Republik." „Okay Chef, alles klar. Ich sage Mandy Bescheid. Dann bis morgen."

John brachte das Frühstück für Ritter. Der bedankte sich und nahm einen ersten Schluck Kaffee. Dabei las er einen Artikel in der Berliner Zeitung über den Sieger der ungarischen Parlamentswahl. Einen gewissen Victor Orban, der nun zum zweiten Mal gewählt worden war. Orban hatte die Pressefreiheit in Ungarn stark eingeschränkt. Ritter wunderte sich, dass die EU das tolerierte. Aber diese Entwicklungen und rechte Tendenzen waren längst auch in Polen zu erkennen. In Frankreich sowieso, aber auch hier, im eigenen Land. Und das gefiel Ritter nicht besonders.

Er legte die Zeitung beiseite und schaute auf sein Handy, das soeben gesummt hatte. Eine SMS von Aytin. Sie würde am Freitag endlich nach Berlin zurückkommen. Sie war mit ihrem Vater für acht Tage in den Bergen ohne Internet und Strom gewesen. In dessen Heimat in der Region um Tunceli in Ostanatolien. Und sie vermisse Ritter sehr. Aber nun würden sie sich ja bald wiedersehen.

Ritter legte das Handy zurück auf den Tisch. Das lief ja nun überhaupt nicht gut. Wenn Aytin zurückkomme würde, wäre er bereits im Schwarzwald. Schließlich würden sie morgen losfahren. Das Frühstück war plötzlich nicht mehr so lecker wie eben noch. Nachdem er bezahlt hatte, beschloss er zum Friseur zu gehen. Ritter ging jetzt schon seit drei Jahren zu Achmed. Dieser war der Beste weit und breit. Achmed kürzte seine Haare immer dezent, damit er wieder etwas ordentlicher aussah. Dann würde er auch besser ins ordentliche Süddeutschland passen. Würde er dort überhaupt je wieder leben können? Er würde es jetzt in den nächsten Tagen und Wochen feststellen können.

Gegen zwölf Uhr verließ er zufrieden Achmeds Friseurladen, ging zurück in die Grüntaler Straße und nahm anschließend den schwarzen BMW. Mit dem Wagen fuhr er rüber in den benachbarten Stadtteil Pankow und parkte zwanzig Minuten später in der Friedrich-Engelsstraße Ecke Eichenstraße. Ritter stieg aus und ging über die Straße auf ein kleines, braunes zweistöckiges Haus zu und klingelte im Erdgeschoß. Nach kurzer Zeit öffnete ihm ein großer, dünner, grau haariger Mann. Und der schaute erstaunt. „Guten Tag Herr Uhland, mein Name ist Max Ritter. Ich arbeite für das Bundeskriminalamt und hätte ein paar Fragen." Dann zeigte er ihm seinen Ausweis. Robert Uhland bat Ritter ins Haus zu kommen. Sie gingen in die Küche, Uhland ging voraus. Die Küche war noch eingerichtet wie in den achtziger Jahren. Totaler Oststyle. Ritter staunte und sah sich um.

„Ich habe gerade frischen, marokkanischen Minztee gebrüht. Möchten sie einen?", nahm Robert Uhland das Gespräch wieder auf. „Ja, gerne. Ich habe gehört, dass sie lange Jahre Ausbilder in der Fachhochschule der Polizei in Villingen-Schwenningen waren. Und dort haben sie Polizisten für den gehobenen Dienst ausgebildet. Stimmt das so?" „Ja, richtig. Bis vor zwei Jahren habe ich da unterrichtet. Jetzt bin ich pensioniert. Woher wissen sie das denn?" Beide Männer nahmen am Küchentisch Platz. Ritter antwortete: „Martin Rabe ist mein Cousin." Uhland schaute Ritter überrascht und direkt an: „Der Rabe ist ihr Cousin? Sachen gibt´s. Ein guter Polizist, nein, ein sehr guter Polizist. Und warum sind sie jetzt hier bei mir? Wie kann ich ihnen denn weiterhelfen?" Ritter nahm einen sehr kleinen Schluck des noch heißen, dampfenden Tees und antwortete: „Erinnern sie sich noch an einen Kai Fischer? Er ist inzwischen dreißig Jahre alt und arbeitet beim Drogendezernat in Calw. Dort ist er jetzt Chef der Abteilung."

Uhlands Antwort kam wie aus der Pistole geschossen: „Er war der schlimmste Schüler, den ich in meiner langen Amtszeit je hatte. Ein absoluter Vollidiot." Uhland nahm auch einen Schluck Tee. Dann fuhr er fort: „Absolut ungeeignet als Polizist. Und am Anfang hätte ich beinahe dafür gesorgt, dass er durchrasselt. Aber er wollte es mir zeigen und hatte alle Abschluss Prüfungen mit der Note Sehr gut bestanden. Fischer war ein aggressiver Typ. Und gerissen. Seine zwei, drei Verfehlungen während seiner Ausbildungszeit konnte er gut vertuschen, hatte sofort beste Kontakte nach wenigen Wochen. Man konnte ihm nie etwas nachweisen. Geht es etwa um den Fall Julian Eberle in Wildbad?" „Genau darum geht es! Der Fall wurde nie geklärt. Und nun soll meine kleine Spezialabteilung diese Mordgeschichte mal etwas genauer untersuchen und am besten natürlich auch auflösen."

Uhland und Ritter nahmen gleichzeitig einen weiteren Schluck Tee. Dann sagte Uhland: „Ich habe diese Geschichte damals mehr am Rande mitbekommen. Als ich aber dann hörte, dass Kai Fischer darin verwickelt war, da fuhr es mir kalt über den Rücken. Man konnte ihm wohl auch hier nichts nachweisen. Ich sah das Ganze damals auch nicht neutral, da ich diesen Menschen nun mal überhaupt nicht ertragen konnte. Und es gilt ja noch immer die Unschuldsvermutung." „Was waren denn die größten Schwächen von diesem Fischer?", fragte Ritter. Uhland überlegte kurz, er versuchte sich zu erinnern. „Fischer konnte keine Kritik ertragen, nicht verlieren beim Sport. Er hielt sich des öfteren nicht an Geschwindigkeitsbegrenzungen und hatte deshalb mehrfach Ärger. Immerhin fuhr er im Alter von zwanzig Jahren bereits einen 911er Porsche. Fischer wäre wohl auch seinen Führerschein losgeworden damals, aber er konnte es immer irgendwie regeln. Fragen sie mich aber nicht, wie der Junge das geschafft hat."

Uhland machte eine kleine Pause, um sich weiter zu erinnern: „Kai Fischer hatte zwar diese guten Schulnoten, aber konnte nicht sehr strukturiert denken, geschweige denn mal einen Gedanken um die Ecke schauen lassen. Und er wollte meistens der Boss in einem Team sein. Ja, und was noch? Der Mutigste war Fischer auch nicht, denn bei gefährlichen Übungseinsätzen war er überraschend nicht mehr vorne als Boss in der ersten Reihe oder etwa als Anführer unterwegs."

Ritter hörte aufmerksam zu und machte sich Notizen in seinem kleinen Schreibblock. „Große Klappe, aber die Hosen voll, wenn es darauf ankommt. Sehr interessant", war Ritters Feststellung. Uhland füllte die Teetassen wieder auf.

Anschließend fuhr Uhland fort: „Wissen sie Herr Ritter, der Kai Fischer hatte sehr einflussreiche Eltern. Die Mutter war von Haus aus reich geboren. Sie wollte nie, dass ihr Sohn zur Polizei geht. Das hat er uns mal im Unterricht erzählt. Und sein Vater ist oder war Richter in Tübingen. Er wurde also von elterlicher Seite aus von zwei verschiedenen Richtungen unter Druck gesetzt. Der Vater war sehr streng gewesen. Ich konnte es aus seinen Erzählungen raushören. Fischer packte manchmal aus, wenn er etwas deprimiert war."

Wieder machte sich Ritter eifrig Notizen. Dann stand er ruckartig auf und bedankte sich: „Vielen Dank für ihre Informationen. Sie haben mir sehr geholfen." Uhland gab ihm die Hand zum Abschied und sagte: „Ja hoffentlich. Und falls es Kai Fischer wirklich gewesen sein sollte, dann hoffe ich sehr, dass sie ihn überführen. Einen schönen Tag noch und viel Erfolg Herr Ritter."

Als Ritter das kleine Haus verließ, hatte es wieder angefangen leicht zu regnen. Bevor er in den Wagen stieg, rauchte er noch eine Zigarette. Da es schon sechzehn Uhr war, beschloss er nach Hause zu fahren. Dort angekommen, begann er sofort seinen Koffer zu packen. Anschließend fing er an, die Akte Julian Eberle genau zu lesen. Gegen neunzehn Uhr bestellte er sich zum Abendessen noch beim Lieferdienst Sushi. Um zweiundzwanzig Uhr ging Ritter schließlich in sein Bett und schlief nach einigen Minuten ein.

Donnerstag, 10. April 2014

Um neun Uhr erreichte Ritter pünktlich mit dem Wagen die Marie-Curie-Allee in Lichtenberg. Mandy Probst stand bereits auf dem Bürgersteig vor dem großen Wohnblock und wartete. Als sie ihn kommen sah, winkte sie ihm freudig zu. Im geräumigen Kofferraum des BMW verstaute Probst ihren Reisekoffer. Ihren Rucksack nahm sie mit in das Innere des Wagens und setzte sich auf den Beifahrersitz. „Morgen Chef. Fit?", begrüßte sie ihn und schaute ihn dabei fröhlich an. „Morgen, Frau Mandy. Schön sie so gut gelaunt zu sehen. Ja, ich bin fit und ausgeruht." Während sie sich anschnallte, sah sie nach links zu ihm rüber: „Jetzt geht das Abenteuer endlich los. Wir werden wieder einen Mörder zur Strecke bringen." „Ja. Hoffentlich", lachte Ritter und fuhr los.

Die Strecke führte sie knapp fünfundzwanzig Kilometer quer durch Berlin, über die Stadtteile Treptow und Neukölln nach Tempelhof und von dort über Steglitz nach Dahlem. Nach genau fünfundvierzig Minuten hatten sie die Fabeckstraße erreicht. Kevin Wagner kam ebenfalls mit Koffer und Rucksack aus dem Haus. Als er alles verstaut hatte, nahm er auf dem Rücksitz seinen Platz ein. Alle begrüßten sich fröhlich. Es fühlte sich für Ritter einen kurzen Moment lang an, als ob er mit seiner neuen Familie in den Urlaub fahren würde. Gut gelaunt startete er den Wagen erneut und fuhr nun über die Argentinische Allee auf die Autobahn. Nach wenigen Kilometern auf der A115 fuhren sie auf die A10 und anschließend auf die A9 Richtung Leipzig-München. Ritter setzte das Blaulicht auf das Dach, den linken Blinker als Dauerleuchte ein und beschleunigte auf zweihundert. Die Fahrbahn hatte drei Spuren und so konnte er gut Tempo machen. Es war trocken und die Sonne schaute schüchtern immer wieder hinter den vielen dunklen Wolken hervor. Als sie nach knapp achtzig Minuten die Gegend um Leipzig hinter sich gelassen hatten, kam die Sonne endgültig zum Vorschein, es waren kaum noch Wolken da. Vereinzelt konnte man ein Windrad in der flachen Landschaft sehen. Keine Armee aus Windrädern, wie sie an der Nordsee zu sehen waren. Es lief keine Musik und sie sprachen kaum. Und so hingen alle drei ihren Gedanken nach. Die Landschaft rauschte an ihnen vorbei und änderte sich. Es ging in den Thüringer Wald.

Am Hermsdorfer Kreuz verließ Ritter die Autobahn und steuerte einen Rastplatz an. Mandy Probst wollte Getränke und Kaffee kaufen, Wagner auch mal die Toilette besuchen. Es war inzwischen fast dreizehn Uhr. Sie legten eine kurze Pause ein, die Ritter und Wagner für eine Zigarette nutzten. Nachdem sie wieder in den Wagen gestiegen waren, setzte sich jetzt Wagner ans Steuer, Ritter auf den Beifahrersitz und Probst auf den Rücksitz. Die Sonne schien weiterhin am blauen Himmel und so setzten sie ihre Reise fort. Sie befanden sich bereits in Thüringen und passierten nun das Thüringer Schiefergebirge. Anschließend fuhren sie durch die alte Ost-West Grenze, kamen an Hof vorbei und hatten jetzt Bayern erreicht. Die Strecke führte sie nun durch das schöne Fichtelgebirge. Die Thermometer-Anzeige hatte in Berlin warme vierzehn Grad angezeigt. Hier oben im Wald waren es nur noch magere drei Grad. Die Strecke führte schon bald bergab nach Bayreuth und dann ging es weiter durch den Wald. Sie erreichten Nürnberg kurz nach fünfzehn Uhr und hatten bereits vierhundertfünfzig Kilometer zurückgelegt.

Nachdem sie auf die A6 Richtung Heilbronn eingebogen waren, steuerte Wagner kurze Zeit später einen Rasthof bei Schwabach an. Sie legten erneut eine Pause ein. Wagner verteilte großzügig die vielen belegten Brote, die ihm seine Mutter heute morgen mitgegeben hatte. Alle drei hatten inzwischen einen Riesenhunger bekommen und so standen sie um den Wagen herum und aßen schweigend die leckeren Brote von Elisabeth Wagner. Dazu gab es Cola und Wasser. Anschließend besorgten Wagner und Probst noch drei Kaffee. Sie hatten heute erst einen getrunken, seit sie zusammen unterwegs waren. Und das war eindeutig zu wenig.

Ritter und Wagner rauchten eine Zigarette zu ihrem Kaffee. Nach dreißig Minuten Pause stiegen sie alle wieder ein und fuhren in der gleichen Sitzordnung weiter. Nach einigen, weiteren Minuten Fahrzeit fragte Ritter: „Sind sie noch fit Wagner?" Ohne seinen Blick von der Fahrbahn zu nehmen, antwortete Wagner: „Ja, ich bin noch fresh. Oder willst du fahren, Mandy?" Von Probst kam nur ein knappes „Nee" und sonst gar nichts. Ritter drehte sich zu ihr nach hinten um und fragte: „Alles okay?" Probst antwortete in nörgelndem Ton: „Ja klar. Immer alles okay". Dabei drehte sie ihren Kopf wieder nach rechts und schaute aus dem Fenster. Sie war längst nicht mehr so fröhlich wie noch heute morgen in Berlin. Ritter drehte sich zurück und ließ Probst in Ruhe. Jetzt schaute auch er rechts aus dem Fenster und sah wieder die unzähligen Autos und LKWS, die sie überholten. Die Landschaft rauschte seit mehreren Stunden an ihnen vorbei. Wälder und freie, ebene Flächen wechselten sich dabei ab. Seine Heimat rückte immer näher, Berlin entfernte sich immer weiter, und das ließ ihn dezent unruhiger werden. Es kribbelte etwas in seinem Magen. Komisches Gefühl. Schließlich war er jahrelang nicht aus Berlin herausgekommen.

Ritter musste daran denken, wie sich sein Leben in den letzten Wochen verändert hatte. Nach zwei langen Jahren der Krankschreibung im Dienst hatte er seit Anfang März wieder einen Job. Dazu bekam er endlich wieder Input durch seine neuen, jungen Mitarbeiter. Und diese Arbeit war eben auch deutlich stressfreier, es waren ja keine aktuellen Morde zu klären, sondern ältere Fälle. Somit war das Tempo längst nicht so hoch, wie bei einer aktuellen Ermittlung. Das alles stimmte ihn allerdings nicht so fröhlich, wie es eigentlich der Fall sein sollte. Denn inzwischen hatte er ja auch die Schattenseiten dieser Missionen klar vor Augen. Er musste jetzt von Stadt zu Stadt, von Dorf zu Dorf reisen. Wie ein Zirkusartist. Und damit war auch völlig klar, dass er in der näheren Zukunft mit keiner Frau zusammenleben könnte. Ihm war inzwischen bewusst geworden, dass mit diesem Job absolut keine Beziehung möglich war. Es war ja als normaler Polizist schon schwierig genug. Aber als reisender Polizist? Unmöglich! Und diese Gedanken, die zugleich auch bittere Realität waren, stimmten ihn im Moment schwermütig.

Die Landschaft rauschte weiter ohne Pause an ihnen vorüber. Weinberge waren im Moment zu sehen. Es wurde Zeit für Ablenkung von solchen trüben Gedanken. Ab jetzt würden sie ermitteln, da blieb keine Zeit mehr für solche Liebesgeschichten.

Aber vielleicht hatte Mandy Probst im Moment die gleichen Gedanken wie er. Ihre Lebenspartnerin hatte sie erst vor ein paar Wochen verlassen. Wie sollte sie also eine neue Frau finden? Mandy Probst befand sich nun mal in der gleichen Lage wie er selbst. Und Wagner? Der hatte zumindest schon seit längerer Zeit eine harmonische Fernbeziehung mit seiner Daniela in Freiburg.

Ritter drehte sich erneut zu Probst nach hinten um. Die schaute aber immer noch mürrisch aus dem Fenster und zeigte keinerlei Reaktion. So drehte er sich zurück und sagte zu Wagner: „Jetzt sind wir in Baden-Württemberg, gleich bei Heilbronn." „Ja Chef, und jetzt geht es auf der A81 weiter Richtung Stuttgart und dann auf die A8 Richtung Pforzheim-Karlsruhe." Als er den Namen Pforzheim hörte, zuckte er kurz leicht zusammen. Hier war er geboren und aufgewachsen. Heimat bleibt wohl Heimat. Wie sonst wären diese Gefühle möglich? Erneut erhöhte sich Ritters Pulsschlag. Es kribbelte zudem in seinem Magen. Er war doch tatsächlich etwas aufgeregt. Darüber musste er schmunzeln.

Sie blieben nur kurz auf der A8, denn Jacky Brown, so hatten sie die weibliche Stimme ihres Navy getauft, lotste sie auf die B295 Richtung Calw. Als sie die Kreisstadt Calw erreichten, meldete sich auch Mandy Probst wieder zu Wort: „Das hier soll Calw sein? Ist ja schrecklich hier. Hoffentlich ist Wildbad schöner. Ich rufe mal Frau Rose an. Das ist die Frau, die uns die Ferienwohnung vermietet. Sie kommt dann, um uns alles zu zeigen und gibt uns die Schlüssel." „Ja, tun sie das", lautete Ritters knappe Antwort. Wagner sagte: „Also ich finde es hier schön in Calw. Sieht doch voll nach Schwarzwald aus. Und alles so sauber hier, voll krass. Und endlich mal keine Graffiti und keinen Müll zu sehen, ist doch mega." Probst entgegnete knapp: „Weil es in Dahlem ja auch wahnsinnig viel Graffiti und Müll gibt. Oh, Mann!" Keiner sagte mehr etwas, sie fuhren durch den tiefen Wald weiter von Calw nach Wildbad.

Nachdem sie Bad Wildbad erreicht hatten, führte sie Jacky Brown am Bahnhof vorbei in einen Kreisverkehr, gleich die erste Ausfahrt rechts ab und nach wenigen Metern links hoch. Die Straße führte sie nun leicht nach oben Richtung Sommerberg. Sie gabelte sich schon bald, links ging es hoch auf den Sommerberg, sie aber bogen nach rechts in die Rennbachstraße ein, die immer steiler bergauf führte. Weit oben am Hang führte eine Kurve die Straße nach rechts und nach wenigen Sekunden in die Alte Doblerstrasse. Sie hatten ihr Ziel dank Jacky problemlos erreicht. Um genau siebzehn Uhr dreißig.

Das Haus war in einen steilen Hang gebaut und bestand aus zwei Etagen. Es war im Stil der sechziger/siebziger Jahre gestaltet. In der unteren, kleineren Wohnung lebte ein junges Ehepaar. Frisch verheiratet. So erzählte es Frau Rose, die ihnen auch ihre Garage für den Wagen zeigte. Ritters Team war in der zweiten Etage des geräumigen Hauses untergebracht. Sie betraten den langen Flur. Rechts gingen die Schlafzimmer ab und links konnte man in das riesige Wohnzimmer gehen. Von dort aus kam man dann auch in die Küche, die auf der Rückseite des Hauses untergebracht war. Das Wohnzimmer hatte eine riesige Glasfront und eine große Terrasse. Der Ausblick auf Bad Wildbad und die umliegenden Wälder war grandios. Man konnte genau sehen, wie die Altstadt in einem engen tiefen Tal lag. Und wie sie von den hohen Waldhängen eingeschnürt war.

Kevin Wagner kündigte an, noch etwas einzukaufen, den Wagen wieder vollzutanken und verschwand. Mandy Probst war noch in ihrem neuen Zimmer beschäftigt. So stand Ritter plötzlich alleine mit Paula Rose an der riesigen Glasfront. Beide genossen den Ausblick. Sie sagte mit ihrer wohlklingenden, zarten Stimme: „Gefällt ihnen die Aussicht, Herr Ritter?" „Oh ja. Wunderbar. Insgesamt eine tolle Wohnung hier." Dann drehte er sich zu ihr und sie wandte sich zu ihm.

Paula Rose schaute ihm tief in die Augen und lächelte ihn dabei an. Ritter war innerhalb weniger Sekunden völlig verzaubert. „Äh ja, also. Sie können mich auch Max nennen", stammelte Ritter unbeholfen und streckte ihr die Hand entgegen. Sie nahm seine Hand und sagte völlig unaufgeregt: „Angenehm. Ich bin die Paula." Dabei lächelte sie ihn weiter an und schaute ihn mit ihrem tiefen Blick direkt in seine Augen. Ritter lächelte benommen zurück. Sie war knapp eins siebzig groß, schlank und hatte ein wunderschönes Gesicht, dazu dunkelblonde Locken, die ihr fast bis zu ihren Schultern reichten. Paula Rose musste so Mitte vierzig sein, schätzte er. „Machen Sie hier mit ihren Berliner Freunden Urlaub vom Stress in der großen Stadt?" „Äh ja, äh nein. Quatsch. Wir arbeiten alle drei beim Bundeskriminalamt. Und wir müssen hier einen alten Mordfall untersuchen. Wir wissen also auch nicht, wie lange wir hierbleiben werden." Sie nahm ihren Blick nicht von ihm und fragte: „Geht es um den Julian Eberle?" Ritter nickte hypnotisiert. Paula Rose ergänzte mit ihrer zarten Stimme: „Ja, das war natürlich ein großes Ereignis hier in Wildbad. Und nun sollen sie diesen Mord aufklären?" „Ja", war Ritters knappe Antwort. Ihr Aussehen und ihr Blick faszinierte ihn. Aber ihre Stimme hatte den größten Effekt auf ihn, er könnte ihr sofort stundenlang zuhören. Sie hatte so etwas Friedliches an und in sich. Fast schon hypnotisierend.

Es entstand ein kurzes Schweigen und Paula Rose begann in ihrer Handtasche etwas zu suchen. Sie wollte wohl aufbrechen. Mandy Probst kam unbemerkt an den Türrahmen zum Wohnzimmer, als sie erstaunt hörte und sah, wie Ritter sagte: „Sie sind wunderschön, Frau Rose." Die strahlte ihn an und sagte unverblümt: „Vielen Dank, Max. Wir waren aber schon beim Du. Und du bist ein attraktiver, großer Mann." Dann sahen sie sich wieder Sekunden lang in die Augen. Nun betrat Mandy Probst ungläubig das Wohnzimmer. Frau Rose sagte sofort: „Gut, ich muss dann mal wieder los. Ich wünsche Ihnen einen angenehmen Aufenthalt. Und wenn es im Haus ein Problem geben sollte, können sie mich ja jederzeit anrufen." Dann drehte sie sich um und verließ die Wohnung. Ritter sah ihr verträumt nach. Er hatte plötzlich ein ganz leichtes, entrücktes Lächeln im Gesicht.

Mandy Probst stellte sich nun direkt vor Ritter. Ihr Gesicht war nur wenige Zentimeter von seinem entfernt. Sie zog ihre linke Augenbraue hoch und sagte dann: „Also Chef. Ich wusste ja nicht, dass sie so direkt rangehen. Das hätte ich ihnen ja nicht zugetraut. Dabei hatte ich mir immer Sorgen um sie gemacht. Mann Mann." Dann grinste sie ihn breit an, drehte ab und entfernte sich wieder, um sich auf die riesige Wohnzimmer Couch zu setzen. „Ich bin mal gespannt, wann sie mich nach ihrer Telefonnummer fragen. Oder haben sie die etwa schon?" Probst grinste ihn weiter schelmisch an. Ritter verdrehte die Augen und sagte: „Nein, ich habe ihre Nummer nicht." Probst legte nach: „Von unserer Frau Rätsel haben sie sich auch nicht verabschiedet. Die schaut sie doch auch immer so an, wie diese Paula Rose hier gerade." Ritter war jetzt leicht genervt und sagte: „Gut!!! Frau Mandy, bitte. Es reicht jetzt mit diesem Quatsch." Doch Probst ließ nicht locker: „Jaja, Quatsch. Heike aus Hannover an der Nordsee war wohl auch Quatsch, ja? Und wer weiß, was da sonst noch so alles an Quatsch läuft bei ihnen in Berlin. Und ich denke, sie sollten eine Frau, wie die Heike damals, nicht einfach unglücklich zurücklassen. Sagen sie ihr wenigstens Bescheid, dass es nichts wird, damit sie sich keine Hoffnungen mehr macht. Das hat was mit Respekt und Achtung zu tun." Probst hatte ihm knallhart den Spiegel seines unwürdigen Verhaltens vorgehalten. „Sie haben wohl Recht Frau Mandy. Ich muss diese Dinge wirklich klären."

In diesem Augenblick kam Kevin Wagner zurück und Ritter war froh, diesen für ihn unangenehmen Dialog mit Mandy Probst beenden zu können. Wagner begann sofort den Kühlschrank zu füllen und dann fing er an zu kochen. Einige Minuten später saßen sie an dem kleinen Küchentisch und aßen zufrieden Spagetti Bolognese. Sie waren wieder einmal vorzüglich zubereitet. Die Stimmung hellte sich besonders bei Mandy Probst auf. Sie lachte wieder, als ihr Wagner erzählt hatte, dass die Tankstellen hier nachts geschlossen sind und er noch zwei Reservekanister zusätzlich gefüllt habe. Und dass er natürlich mehrere Packungen Zigaretten kaufen musste. Wagner lachte mit, Ritter auch. Die beiden Männer gingen anschließend auf die große Terrasse und zündeten sich eine Zigarette an. Probst ging mit raus. Es war inzwischen kühl geworden und alle drei genossen den Ausblick. Sie konnten sehen, wie spärlich Wildbad in der Nacht beleuchtet war. Im Gegensatz zu Berlin. Ritter sagte sehr leise: „Wie ruhig es hier ist." Probst lachte laut los: „Warum flüstern sie denn?" Wagner kicherte. Es hatte etwas von Urlaubsstimmung, was Probst auch gleich anmerkte: „Man fühlt sich so fremd hier. Die Ruhe, der Wald, die Natur. Fast wie im Urlaub. Und darauf trinke ich jetzt einen Prosecco. Kevin, soll ich dir ein Bier mitbringen?" „Oh ja, gerne." „Und sie Cheffe?" „Ich trinke mal lieber Wasser." Nachdem sie sich zugeprostet und einen ersten Schluck genommen hatten, sagte Ritter: „Auf eine gute Zeit und erfolgreiche Arbeit hier im Schwarzwald."

Am späten Abend verabschiedete sich einer nach dem anderen in sein neues Schlafzimmer. Als Ritter endlich im Bett lag, bemerkte er rasch, dass überhaupt kein Geräusch zu hören war. Kein einziger Ton oder Laut. Nichts. Keine Autos, keine Straßenbahn, kein dauerhaftes Grundrauschen wie noch gestern Nacht in Berlin. Er konnte nicht einschlafen und hörte sogar sein Herz pochen. Seine Gedanken begannen nun unkontrolliert zu kreisen. Martin Rabe,

Aytin, Monika Rätsel, Julian Eberle, Heike aus Hannover, Kai Fischer, Mandy Probst, Paula Rose. Als seine Gedanken bei Paula Rose angekommen waren, schlief er plötzlich ganz ruhig und glücklich ein.

Freitag, 11. April 2014

Ritter wachte bereits um acht Uhr morgens auf. Nach einer kurzen, heißen Dusche ging er in die Küche und setzte Kaffee auf. Wagner hatte gestern noch eine neue Espressomaschine für den Herd gekauft. Anschließend ging er mit seiner Tasse ins Wohnzimmer, stellte sich an die große Fensterfront und betrachtete Wildbad und die Landschaft an diesem ersten Morgen in der neuen Arbeitswelt. Es war trocken und der Himmel leuchtete wie gemalt in tiefblauer Farbe.

Die Wiesen leuchteten grün und schienen zu dampfen. Die vielen Nadelbäume an den umliegenden Hängen schimmerten in verschiedenen grünen Farbvariationen. Seine Heimat zeigte sich zur Begrüßung von Ihrer schönsten Seite. Ritter ging raus auf die große Terrasse und zündete sich eine Zigarette an. Er fühlte sich sofort wohl und das beflügelte ihn doch sehr. Schnell löste er seinen Blick von dieser beeindruckenden Aussicht, ging wieder hinein, und nahm sich erneut die Akte Julian Eberle. Dazu setzte er sich auf die Wohnzimmercouch.

Um neun Uhr kamen auch Wagner und Probst allmählich aus ihren Zimmern. Auch sie steuerten nach einem kurzen, aber freundlichen „Guten Morgen Chef" direkt auf die Küche zu. Nach einem leckeren Müsli-Frühstück versammelten sich Probst, Wagner und Ritter im Wohnzimmer um den schmalen, aber länglichen Wohnzimmertisch aus robustem Holz. Und so begann Ritter die erste Besprechung im Schwarzwald: „Als erstes muss ich euch ganz dringend sagen, dass es hier bei dieser Ermittlung sehr gefährlich werden könnte. Wir haben keine Ahnung, wer der Mörder ist. Aber wir wissen, dass er eine Pumpgun besitzt. Und damit ist klar, dass er uns den Kopf wegblasen könnte, falls wir ihm zu nahekommen. Und wir werden im wohl sehr nahekommen."

„Oha", sagte Probst. Wagner musste schwer schlucken, bisher war ja immer alles so harmlos abgelaufen.

Deshalb ergänzte Ritter mit etwas Nachdruck: „Und darum müssen wir gerade am Anfang unbedingt immer zusammenbleiben. Wenn wir uns dann in einer späteren Phase dieser Ermittlung befinden, können wir grundsätzlich die Kollegen aus Calw oder Wildbad anfordern. Das bedeutet natürlich auch, dass dieses Mal irgendwelche Alleingänge absolut untersagt sind, da sie tödlich enden könnten. Ist euch das also total klar?" Beide nickten schweigend. Ritter ließ eine Pause entstehen. Das wirkte immer nachhaltig.

„Gut. Dann weiter. Was haben wir derzeit für Informationen? Fangen wir am besten mal bei unserem Mordopfer an", sagte Ritter. Kevin Wagner schaute in die Runde und begann dann einen längeren Monolog: „Also, der Julian Eberle ist völlig unauffällig, gut bürgerlich aufgewachsen. Sein Vater, Harald Eberle, arbeitet bei der Bahn als Lokführer und steuert IC-Züge. Seine Mutter, Monika Eberle, hat ein kleines Geschäft in der Innenstadt hier in Wildbad. Sie ist Kosmetkerin. Julian Eberle wuchs als Einzelkind auf. Er war ein durchschnittlicher Schüler, machte aber am Ende seinen Schulabschluss mit der Gesamtnote Zwei. Er war eine Sportskanone, spielte Tennis und Fußball, und Skifahren konnte er wohl auch ziemlich gut. Nach seiner Ausbildung als Polizist kam er 2006 zurück nach Wildbad und arbeitete dort in der Polizeistation. Zwei Jahre vor seinem Tod, also 2008, startete er eine Beziehung mit Julia Mürrle. 2010 starb er dann im Alter von nur sechsundzwanzig Jahren."

Es entstand ein längeres, betretenes Schweigen. Es war immer wieder besonders erschreckend für Ritter, wie man so ein Menschenleben einfach mal kurz in wenigen Minuten durchgeht und es dann wieder als Akte ablegt. Es behagte ihm nicht und er fühlte sich unwohl dabei. Und er beschloss in diesem besonders traurigen Moment wieder einmal, dass er den Täter unbedingt finden musste. Denn niemand hat das Recht, einem anderen Menschen das Leben zu nehmen. Und er würde alles versuchen, was ihm eben möglich war, um den Mörder zu überführen.

„Danke Wagner. Versuchen sie rauszufinden, in welchen Sportvereinen er Mitglied war. Wir werden mit all seinen Sportkameraden reden. Wir müssen soviel wie möglich über den Menschen Julian Eberle rausfinden. Zur Not auch ehemalige Mitschüler befragen. Seine Eltern lassen wir erst einmal außen vor. Die mussten in den letzten Jahren sicherlich genug Leid ertragen." Wagner nickte und antwortete: „Ich stelle eine Liste aller Vereins- und Schulfreunde zusammen und dann können wir das machen, klar." Ritters Blick ging nun zu Mandy Probst, die noch auf ihrem Laptop tippte. Dann sah sie zu ihm rüber und begann: „Also, nun mal zu dieser Julia Mürrle, die ja mit unserem Opfer Julian Eberle und davor mit dem damaligem Tatverdächtigen Kai Fischer eine Beziehung hatte, beziehungsweise mit dem Kai Fischer nun bereits zum zweiten Mal zusammen ist. Viel konnte ich noch nicht über sie herausfinden. Ich werde da heute im Laufe des Tages hoffentlich mehr in Erfahrung bringen. Aber ich kann schon mal sagen, dass sie bei den anderen Kollegen nicht sonderlich beliebt ist. Denn sie hat viele Fehlzeiten, ist oft krankgemeldet. Meistens wegen Rückenproblemen. Und Freunde hat sie wohl auch keine im Privatleben. Auch sie ist als Einzelkind aufgewachsen. Ihre Eltern leben inzwischen auf Mallorca und sind dort in der Kunstszene tätig. Sie besitzen eine Galerie in Palma. Früher hatten sie auch eine Galerie in Wildbad, aber das lief wohl mehr schlecht als recht. Julia Mürrle selbst hat aber nichts mit der Kunst am Hut. Irgendwie hat sie auch keine Hobbys. Ich konnte da noch nichts richtig erkennen. Keine Ahnung, was die Frau Mürrle so alles in ihrer Freizeit treibt."

Ritter nickte: „Gut. Danke Frau Mandy. Dann bleiben sie da dran. Sie ist eventuell der Schlüssel zu der ganzen Geschichte. Wer weiß? Sie hatte jedenfalls den intensivsten Kontakt mit diesen beiden Männern. Und ihre Männer haben sich ja sicher dann gegenseitig bekämpft. Sie muss also sehr viel mehr wissen, als sie damals ausgesagt hatte. Und es wird wichtig sein, soviel wie möglich von ihr zu erfahren."

Ritter und Wagner legten eine kleine Rauchpause auf der Terrasse ein. Erneut waren sie von der unglaublichen Aussicht fasziniert. Und nun kam langsam die Sonne hinter dem hohen, bewaldeten Hang hervorgeschlichen. Das Wohnzimmer wurde von hellem Sonnenlicht geflutet. Sie ließen sich noch ein paar Minuten die Sonne ins Gesicht scheinen, bevor sie zurück ins Zimmer gingen.

Mandy Probst war wieder mit ihren Computer-Recherchen beschäftigt, als ihr Telefon klingelte. Sofort stand sie auf und verließ das Wohnzimmer in Richtung Flur, ging dann in ihr Schlafzimmer und schloss ihre Tür. Sie wollte unbedingt, dass keiner der beiden Männer mithören konnte. Als sie verschwunden war, sagte Wagner: „Unsere Mandy ist derzeit etwas wankelmütig in ihrer Stimmung. Die sollte mal ihr Gemüt chillen. Man weiß ja gerade gar nicht so genau, wie man mit ihr umgehen soll." Ritter sah ihn an: „Am besten, so wie immer. Sie wird uns schon erzählen, was sie bedrückt. Falls sie darauf überhaupt Lust hat. Vielleicht hat sie sich ja gerade frisch verliebt in Berlin. Und dann ist es für sie natürlich sehr ungünstig, gerade jetzt hier im Schwarzwald zu sein." Wagner nickte zustimmend und widmete sich nun auch wieder seinem Computer.

Ritter machte sich Notizen in seinem Schreibblock. Er musste außerdem nachdenken, wie er das ganze Manöver hier überhaupt starten sollte, denn er hatte mal wieder keinen konkreten Plan. Auf der Fahrt gestern war ihm auch nichts Konstruktives eingefallen. Und deshalb versuchte er sich zu konzentrieren und begann eine Liste zu erstellen. Eine mit allen Personen, die er dringend sprechen musste. Anschließend legte er die Reihenfolge nach Dringlichkeit fest. Auf Platz eins landete der damals ermittelnde Hauptkommissar Volker Hoffmann. Ihn wollte er logischerweise als Ersten sprechen.

Mandy Probst kam aus ihrem Zimmer zurück und setzte ihre Recherchen zu Julia Mürrle ohne Kommentar fort. Wagner machte sich inzwischen in der Küche zu schaffen. Ritter nahm sein Telefon und versuchte Volker Hoffmann zu erreichen. Der war nach dem ersten Klingelton ziemlich fix am Apparat. Ritter erklärte ihm seine Mission. Sie verabredeten ein Treffen für den nächsten Tag um zehn Uhr in der Polizeistation in Calw.

Wagner kam ins Wohnzimmer zurück. Er hatte frische Buletten zubereitet, dazu gab es Bratkartoffeln und einen Kopfsalat. Auf einem Tablett brachte er alles mit ins Wohnzimmer. Ritter und Probst standen auf und halfen ihm, die Getränke und Gläser mitzubringen. Die drei saßen anschließend am Wohnzimmertisch und aßen genüsslich die leckeren Buletten. Ritter lobte ihn: „Hey Wagner, echt vorzüglich. Super. Hier im Süden heißen die übrigens nicht Buletten, sondern Fleischküchle." Probst lachte los: „Fleischküchle? Echt eine lustige Sprache."

Wagner wechselte das Thema: „Also ich habe diese gelöschten Files wiederhergestellt. Es waren allerdings sowieso schon fast komplett geschwärzte Akten. Man konnte nur belangloses Zeug lesen. Es ging aber um Kai Fischer, soviel konnte man erkennen. Da wollte jemand auf Nummer supersicher gehen. Aber jetzt kommt es dicke. Einige der Files wurden erst gestern Nachmittag gelöscht, also während unserer Fahrt hierher. Das kann jetzt Zufall sein, es kann aber auch sein, dass dort in Calw jemand vorab über unsere Mission informiert wurde."

Nun saßen alle drei schweigend da. Keiner sagte etwas, denn sie mussten diese Nachricht erst einmal verkraften. Probst brach das Schweigen: „Ich kann mir nicht vorstellen, dass die Beamten in Calw von unserem Verein einen Tipp bekommen haben. Das wussten doch bisher nur der Kiep und die Zuske vom BKA. Frau Rätsel hatte ihnen gestern ja Bescheid gesagt, dass wir jetzt hier in Wildbad ermitteln. Das kann also nicht sein. Und für die Frau Zuske lege ich meine Hand ins Feuer." Sie unterstrich diese Aussage mit einer sehr ernsten Miene. Erneut wurde sekundenlang geschwiegen.

„Also doch Zufall, oder was?", fragte Wagner in die Runde. Ritter hatte keine Antwort parat und ließ die beiden jungen Mitarbeiter nachdenken. Als Wagner keine Antwort bekam, sagte er: „Es wäre schon ein wirklich unglaublicher Zufall. Ich glaube das nicht. Ich bin mir sicher, dass dieser Kai Fischer, um den es in den Akten geht, eine Information hatte. Woher auch immer. Und einen Helfer. Haben Sie ihrem Cousin davon erzählt, dass wir hier ermitteln werden?" Wagners Blick richtete sich nun an Ritter. „Ja! Natürlich habe ich ihm davon erzählt. Und vielleicht hat er es einem Kollegen erzählt, und der wiederum einem Kollegen in Calw. Das kann natürlich gut möglich sein. Ich werde es herausfinden."

Ritter nahm sein Telefon vom Tisch und rief seinen Cousin an. Nach knapp vier Minuten war das Gespräch beendet, Probst und Wagner sahen ihn erwartungsvoll an. „Er hat es niemandem erzählt, denn er versucht gerade einen Mordfall in Karlsruhe zu lösen, und deshalb hatte er auch keine Zeit, darüber mit irgend jemandem zu sprechen." „Oha", sagte Probst und zog ihre linke Augenbraue hoch. Dann ergänzte sie ihr Oha noch: „Das fängt hier nicht gut für uns an. Dieser Kai Fischer scheint wirklich sehr gerissen zu sein. Und der Typ muss super Kontakte haben. Oder es war eben doch Zufall."

Schließlich erzählte Ritter seinen Mitarbeitern von seinem Besuch vorgestern bei Robert Uhland in Pankow. Und was der alles über diesen Kai Fischer berichtet hatte. Er bestätigte damit die Vermutung, die Probst gerade ausgesprochen hatte. Ja, dieser Fischer sei raffiniert und er hat gute Kontakte. Und womöglich hat er sich ein sehr gutes Netzwerk hier aufgebaut. „Kommissar Hoffmann in Calw wird uns da morgen sicherlich noch sehr viel mehr berichten können. Da bin ich echt mal gespannt. Wir werden also schon bald wieder eine ganze Menge neuer Informationen haben." „Morgen ist Samstag", sagte Probst beiläufig. Ritter sah sie an. Sie war seit der Fahrt gestern irgendwie schlecht drauf. Er musste sie unbedingt beschäftigen, damit sie ihre trüben Gedanken vergaß.

Ritter stand auf und sagte: „Ich gehe mal an die frische Luft. Es ist ja heute ein Traumwetter hier. Und ihr beiden könnt ja in der Zwischenzeit noch einen zweiten Wagen anmieten." Nachdem Ritter die Haustür verlassen hatte, ging er die kleinen Treppenstufen durch den Vorgarten des Hauses hinunter. Auf der Straße angekommen, lief er nach links und entdeckte schon nach wenigen Sekunden weitere Treppenstufen. Die Stufen führten direkt steil nach unten bis in die Innenstadt. Es waren allerdings ziemlich viele Stufen und so dauerte es einige Zeit, bis er ins Tal hinabgestiegen war. Unten angekommen, konnte er auf der rechten Seite das Polizeirevier sehen. Ritter lief weiter in die König-Karl-Straße. Eine quietschende S-Bahn fuhr langsam an ihm vorbei und weiter Richtung Kurpark. Er schaute sich die vielen Geschäfte, Hotels und Restaurants an. Parallel links zur Straße plätscherte ein kleiner Fluss vor sich hin. Die Enz floss genau in der Mitte dieses engen Tals. Ritter bewunderte die alten, restaurierten Fachwerkhäuser, die direkt an dem Flusshang angrenzten. Als er schließlich am Eingang der Sommerbergbahn vorbeikam, blieb er kurz davor stehen. Er hatte es in seiner Jugendzeit nie geschafft auf diesen Sommerberg hoch zu fahren. Daher beschloss er, dies in den nächsten Tagen schleunigst nachzuholen. Ganz langsam schlenderte er weiter bis zum Ende der Straße. Hier war der Eingang zum großen Kurpark. Denn Wildbad war schließlich eine Kurstadt mit vielen Thermalbädern, Kliniken und Reha-Einrichtungen. Den Kurpark würde er sich ein anderes Mal ansehen, und so ging er nach links über eine kleine Brücke und lief auf der anderen Seite des Flusses wieder zurück Richtung Bahnhof. Hier war die ehemalige Verkehrsstraße zur Fußgängerzone umfunktioniert worden. Sicherlich in den Achtzigerjahren, als der Fußgängerzonen-Wahnsinn in Deutschland ausbrach und unglaublich viele Innenstädte ihr Leben verloren. Auch hier waren wieder einige kleine Geschäfte und Restaurants untergebracht.

Das edle Rossini-Hotel sah schön aus und versprühte einen Hauch von Glamour. Als Ritter schließlich wieder an den vielen Treppen ankam, blieb er kurz stehen. Er schaute nach oben und fühlte sich wie vor einer Bergbesteigung. Auf einem blauen Schild an der Treppenmauer stand „Himmelsleiter" und Alte Doblerstrasse. Himmelsleiter? Etwas zynisch, angesichts der Tatsache, sich so zu quälen, um in den Himmel zu kommen. *Aber einfach so kommt man nun mal auch nicht in den Himmel*, dachte er sich und motiviert begann Ritter mit dem Aufstieg. Nachdem er die Hälfte der Treppen geschafft hatte, schwitzte er bereits kräftig. Er blieb kurz stehen, zog seinen grünen Parka aus und lief dann etwas langsamer weiter nach oben. Als Ritter endlich wieder oben angekommen war und auf der Straße vor ihrem neuen Haus stand, war er ganz schön außer Atem. Und nun auch völlig durchgeschwitzt und durstig. Zurück im Haus nahm er sich eine Flasche Mineralwasser aus dem Kühlschrank und trank die halbe Flasche aus. Nachdem er sich eine Zigarette auf der Terrasse angezündet hatte, sah er unten auf der Straße seine beiden Mitarbeiter ankommen. Sie hatten einen dunkelblauen VW Golf angemietet und parkten die zwei Wagen gerade vorm Haus. Ritter winkte ihnen von der Terrasse herunter. Wagner winkte zurück, Probst ebenfalls.

Später am Abend servierte Ritter frische Maultauschen mit Ei überbacken. Dazu gab es einen schwäbischen Kartoffelsalat. Er hatte die Leckereien in der Metzgerei *Gerlach* in der Fußgängerzone gekauft. Probst und Wagner waren überrascht, dass Ritter heute mal am Herd gestanden hatte. Sie lobten ihn beide für seine Kochkunst und verputzten glücklich ihre Maultaschen. Probst sagte zu ihm: „Die schmecken ja um einiges besser als die Teile aus der Packung, die sie mir damals an der Nordsee gemacht hatten. Die hier sind so frisch und lecker. Danke Chef."

Ritter freute sich und sagte zu Wagner: „Sie können morgen mit dem neuen Mietwagen gerne nach Freiburg zu ihrer Freundin fahren. Es reicht, wenn sie Montag früh zurück sind. Dann legen wir richtig los." Wagner strahlte ihn an und antwortete mit vollem Mund: „Danke, Chef." „Und was machen wir am Wochenende hier?", fragte Probst nun leicht gereizt. Ritter sah zu ihr rüber: „Wir fahren morgen früh mal nach Calw zu Kommissar Hoffmann. Dann lernen wir den gleich mal kennen. Und danach können wir ja spontan entscheiden, was wir zusammen unternehmen wollen." Probst schien nicht sonderlich begeistert zu sein, zumindest kam keine weitere Reaktion ihrerseits.

Auch an diesem Abend hatte Ritter so seine Schwierigkeiten einzuschlafen. Diese Ruhe. Keine Geräusche. Noch immer hatte er sich nicht daran gewöhnt. Wie es wohl in seiner Heimat laufen würde? Noch war er selbst nicht angekommen hier. Wie auch, in dieser kurzen Zeit. Und Probst? Sie war doch sonst so fröhlich. Nun ja, sie würden sich alle Drei sicherlich noch einleben hier.

Samstag, 12. April 2014

Nach einem gemeinsamen Frühstück verabschiedete sich Kevin Wagner mit dem Mietwagen Richtung Freiburg ins Wochenende. Ritter und Probst dagegen fuhren mit ihrem Dienstwagen Richtung Calw. Jacky Brown begann mit ihren Erklärungen zum Streckenverlauf. Es war auch heute morgen wieder ein strahlend blauer Himmel zu sehen. Die Strecke nach Calw war angenehm zu fahren. Es ging zunächst in groß geschwungenen Kurven bergauf und Probst schaute erstaunt aus dem Fenster.

Ritter saß am Steuer und bemerkte: „Es ist doch wirklich schön hier. Und sehen sie mal, es sieht aus, als würden die Bäume dampfen. So etwas kann man hier meistens nur im Frühling oder Herbst beobachten." „Oh ja, es sieht ungewöhnlich aus. Wirklich wunderschön und auch ein wenig mystisch. Natur pur. Aber dieses Hoch- und Runterfahren gefällt mir nicht so gut." „Ach, da gewöhnt man sich dran. Sie können ja nachher selbst fahren, wenn sie wollen." Von Probst kam erst einmal nichts mehr.

Die Strecke verlief nur für kurze Zeit auf dieser welligen Hochebene, dann ging es bereits wieder bergab. Sie durchquerten den Ort Hirsau und nach fünfundzwanzig Minuten Fahrzeit hatten sie bereits die kleine Kreisstadt Calw erreicht. Sie mussten nun rechts abbiegen und über eine Brücke fahren. Die Brücke überquerte einen kleinen Fluss namens Nagold. Und wieder ging es sofort kurvig bergauf. Ritter war etwas zu schwungvoll in die letzte Kurve geschossen und so griff Probst entsetzt zum Haltegriff und schaute zu ihm rüber. „Sorry, ich war wohl etwas zu schnell", versuchte

Ritter sie zu beruhigen. Nach einer weiteren Kurve bogen sie nach links in eine kleine Straße. Ritter fuhr in Schrittgeschwindigkeit durch die kurvigen engen Gassen. Nach etwas mehr als zweihundert Metern hatten sie ihr Ziel laut Jacky erreicht und parkten den Wagen direkt vor dem alten Gebäude. Es war aus braun rotem Backstein gebaut und hatte zwei Etagen. *Hier ist also die Kriminalpolizei untergebracht*, dachte Ritter. Als sie das Gebäude betraten, zeigten beide ihre Ausweise am Empfang und Ritter erklärte dem diensthabenden Beamten den Grund ihres Besuchs. Der wiederum erzählte ihnen, wo sie Kommissar Hoffmann finden würden.

Ritter klopfte an die Tür von Hoffmanns Büro. Ein lautes „Herein" kam als Antwort. Ritter und Probst betraten das geräumige Zimmer, das genau so aussah, wie fast jedes Büro in einer Polizeistation. Großer Schreibtisch, übervoll mit Akten. Dahinter saß Hoffmann und stand auf. Er war schlank und groß. So groß wie Ritter, eins achtundachtzig. Die grauen Haare von Hoffmann waren kurz geschnitten und er trug einen gestutzten Oberlippenbart. Als sie sich alle begrüßt hatten, setzte sich Hoffmann wieder hinter seinen Tisch. Ritter und Probst setzten sich auf die beiden schlichten Stühle vor dem Tisch. Sie bekamen keinen Kaffee angeboten.

„Na dann lassen sie mal hören, Herr Ritter", eröffnete Hoffmann das Gespräch. „Zuerst einmal vielen Dank dafür, dass sie ihren freien Samstagmorgen für uns opfern." Ritter ließ ein paar Sekunden verstreichen, bevor er loslegte. „Also Herr Hoffmann, ich hoffe natürlich, dass sie uns behilflich sein können. Sie haben schließlich damals in diesem Fall ermittelt." „Wohl nicht gut genug", unterbrach ihn Hoffmann schroff. Probst übernahm jetzt energisch: „Da haben wir aber ganz andere Informationen. Und nach unseren Informationen haben sie hervorragend ermittelt. Und deshalb sind wir hier auch auf sie angewiesen."

Hoffmanns Miene hellte sich ein wenig auf. Er schien geschmeichelt. Ritter grätschte ein: „Meine Kollegin hat es auf den Punkt gebracht, Herr Hoffmann. Sie haben keine Fehler gemacht. Sie konnten einfach nur die Tatwaffe nicht finden."

Hoffmann sagte nichts. Er begann mit der linken Hand an seinem Kinn zu reiben und setzte einen nachdenklichen Blick auf. Ritter versuchte das Gespräch fortzusetzen: „Ich kann mir vorstellen, dass es für sie absolut unangenehm gewesen sein muss, hier im eigenen Revier unter den Kollegen zu ermitteln." Erneut unterbrach ihn Hoffmann: „Sie können sich überhaupt nichts vorstellen. Das war nicht unangenehm, sondern die Hölle. Und was hat es am Ende gebracht? Nichts hat es gebracht. Außer, dass ich jetzt ziemlich isoliert und ohne Freunde hier sitze. Die verachten mich doch alle seither. Und in Wildbad brauche ich mich auch nicht mehr sehen zu lassen. Die Kollegen dort waren schließlich noch tiefer in diesen Fall verstrickt." Es schwang ein trauriger, frustrierter Unterton in Hoffmanns Stimme mit.

Probst lockerte das Gespräch sofort wieder auf: „Könnten wir bitte einen Kaffee bekommen?" Hoffmann lächelte zu Probst rüber, stand auf und sagte: „Natürlich. Sorry. Bin gleich wieder da." Als alle zufrieden ihre Kaffeebecher in der Hand hielten, versuchte Ritter die Unterhaltung fortzuführen: „Natürlich kann ich mir nicht vorstellen, wie diese interne Ermittlung für sie abgelaufen ist. Es tut mir wirklich leid, dass es so beschissen für sie lief." Hoffmann zuckte kurz resignierend mit den Schultern. Plötzlich fragte Ritter: „Dieser Kai Fischer war ja damals ihr Hauptverdächtiger. Warum waren sie denn so überzeugt, dass er der Mörder wäre?"

Hoffmanns Antwort ließ etwas auf sich warten, aber dann sprach er deutlich lauter als zuvor: „Das arrogante Arschloch. Den muss ich auch noch fast jeden Tag hier sehen. Er arbeitet eine Etage tiefer im Drogendezernat. Der macht hier was er will und keiner zieht die Notbremse. Fischer hatte das klassische Motiv, nämlich Eifersucht. Und er ließ keine Gelegenheit aus, um seine Ex, diese Julia Mürrle, zu allen möglichen Einsätzen aus Wildbad anzufordern. Nur damit er sie sehen konnte. Sie musste dann meistens bei ihm mitfahren." Wieder ganz ruhig fuhr er fort: „Ansonsten möchte ich mit diesem Fall einfach nichts mehr zu tun haben. Das können sie doch sicher verstehen, oder?" Ritter runzelte verzweifelt die Stirn: „Ja klar. Aber ich dachte, sie würden kooperieren. Natürlich respektiere ich ihre Einstellung. Es wäre schön, wenn sie trotzdem noch einmal darüber nachdenken, ob sie nicht doch mit uns zusammenarbeiten möchten."

Hoffmann nahm einen Schluck Kaffee und sagte: „Okay. Ich werde darüber nachdenken. Aber meine Motivation ist im Augenblick sehr gering. Auf der anderen Seite würde ich schon gerne wissen, wer den Eberle damals so brutal erschossen hat." „Wir werden es herausfinden", warf Probst großspurig ein. Ritter zuckte leicht zusammen. Dann sagte sie: „Und wenn sie mit uns die Lösung erarbeiten, dann respektieren die Kollegen sie hier auch wieder. Wir werden uns um die internen Ermittlungen kümmern. Alles was unangenehm sein wird. Sie können ganz entspannt im Hintergrund wirken und uns mit ihren Erkenntnissen versorgen."

Hoffmann sagte nichts, er schien nachzudenken. Probst und Ritter nahmen fast gleichzeitig einen weiteren Schluck des bitteren Filterkaffees. Es war ein sehr zähes Treffen. Hoffmann hatte inzwischen einen Kugelschreiber in die Hand genommen und knipste ihn an und aus. So entstand ein regelmäßiges Klackergeräusch, dass Probst ganz nervös machte. Sie legte wieder los: „Hören Sie Hoffmann, wir sind hier nicht die Klugscheißer vom BKA. Wir sind Kollegen und wollen einen brutalen Mörder finden. Und dass wollen sie genau so, wie wir auch. Also jetzt geben sie sich mal einen Ruck und spielen hier nicht die frustrierte Leberwurst."

Hoffmann riss die Augen etwas auf und starrte Probst an. Die war aber jetzt in Schwung: „Und außerdem sind sie ein hervorragender Ermittler. Ihre Bilanz ist doch überragend. Warum sollten wir also auf ihre Kompetenz freiwillig verzichten? Mit ihnen zusammen wären wir doch viel besser aufgestellt und auch schneller. Und sie kennen die Beteiligten alle bereits, wir aber nicht." Sie grinste ihn mit all ihrem verfügbaren Charme an.

In Hoffmanns Gehirn hatte es längst angefangen zu arbeiten. Erneut fing er an, sich an seinem Kugelschreiber abzureagieren. Klack, Klack, Klack. Ritter hatte nun keine Lust mehr auf dieses Gespräch und sagte: „Okay, Herr Hoffmann. Denken sie mal bitte am Wochenende über alles nach. Und dann geben sie uns einfach am Montag Bescheid, ob sie dabei sein wollen oder nicht. Wir würden uns auf jeden Fall sehr freuen, wenn sie mitmachen würden." Schwungvoll stand er auf und stellte seinen leeren Kaffeebecher auf Hoffmanns Schreibtisch ab. Probst tat dasselbe. Sie verabschiedeten sich freundlich von Hoffmann und verließen anschließend das Polizeirevier in Calw.

Nachdem sie wieder in den Wagen eingestiegen waren, motzte Probst: „Das war ja ein ganz tolles Gespräch. Hatten sie mir gestern nicht gesagt, dass wir heute morgen jede Menge neue Informationen haben werden?" „Ja, das hatte ich. War wohl nichts." „Und jetzt? Fuck. Ich habe Hunger." „Ich auch. Dann fahren wir jetzt runter in die Innenstadt. Da finden wir schon etwas zu essen." Ritter startete den Wagen. Nach knapp zehn Minuten hatten sie den BMW in einer Parkgarage geparkt. Von dort aus konnte man direkt in die Fußgängerzone gehen. Sie schlenderten nach rechts und nach wenigen Sekunden sagte Probst: „Hier ist es aber doch schön. Nice. Die ganzen alten, restaurierten Fachwerkhäuser sehen total idyllisch aus. Und alle laufen hier so entspannt rum. Keine Hektik hier, wa?" „Ja das stimmt. Calw hat ja auch nur dreiundzwanzigtausend Einwohner und keine knapp vier Millionen wie Berlin. Schauen sie mal, da vorne die Metzgerei. Da gibt es frischen Leberkäse im Brötchen."

„Oh ja, das hört sich gut an", freute sich Probst. Sie betraten die Metzgerei und Ritter bestellte bei der stämmigen kleinen Verkäuferin. Die fragte: „Im Weckle?" Ritter nickte. „Was? Weckle?", fragte Probst. Ritter musste lachen und erklärte ihr: „In Berlin heißt das Schrippe, hier eben Weckle. In Bayern sind es Semmeln und in Sachsen nennt man eine Stulle auch Bemme." „Und warum heißt es nicht Brezele sondern Brezel?" „Brezele kann man auch sagen", grinste Ritter und nahm die Ware von der Verkäuferin entgegen. Probst rollte belustigt mit ihren Augen. „Brezele", murmelte sie kopfschüttelnd vor sich hin.

Die beiden stellten sich an einen der Plastik-Stehtische im Inneren des Ladens, um dort in Ruhe zu essen. Dazu tranken sie Wasser. „Boah, ist das lecker. Mega", freute sich Probst. Ihre Laune wurde im Minutentakt besser. Als sie die Metzgerei gesättigt wieder verließen, schlenderten sie gemächlich weiter. Und so entdeckten sie schon bald eine Eisdiele, wo bereits ein paar Tische rausgestellt waren. Die Sonne schien jetzt um die Mittagszeit direkt auf die kleine Terrasse. Das Thermometer war bereits auf siebzehn Grad gestiegen. Da alle Tische besetzt waren, gingen sie zu einem Tisch, an dem ein alter, übergewichtiger Mann saß. Ritter fragte ihn: „Entschuldigen sie die Störung. Würde es ihnen etwas ausmachen, wenn wir uns dazu setzen würden?" Der Alte antwortete, ohne dabei aufzusehen: „Wenn´s obedingt sei muss." „Ja muss onbedingt sei", versuchte sich Probst im schwäbischen Dialekt. Ritter musste lautstark und herzhaft lachen. Der Alte schaute die beiden jetzt feindselig an und rief laut: „Kellner. Zahle."

Probst und Ritter saßen bald schon alleine mit ihrem Kaffee da. Beide zogen ihre Jacken aus und dafür ihre Sonnenbrillen auf, denn die Sonne knallte ihnen direkt ins Gesicht. Und die Sonne hatte bereits wärmende Kraft entwickelt.

„Ach herrlich, endlich ist es wieder warm. Bald kommt auch der Sommer", freute sich Probst. Ritter nickte und genoss schweigend die Sonnenstrahlen. „Hey Chef, glauben sie, dass der Hoffmann doch noch mit uns arbeiten wird?" „Ich hoffe es jedenfalls. Und wenn er wirklich mitmachen sollte, dann haben wir das sicherlich ihnen zu verdanken. Sie waren gut in Form. Ich kann aber auch absolut verstehen, dass er sich das nicht noch einmal antun möchte." „Ja klar, ich auch. Aber er wäre schon wichtig. Hoffmann ist aber auch irgendwie etwas unfreundlich. Aber das scheint ja hier in der Gegend die Grundstimmung zu sein."

Sie schaute ihn provozierend an. Mit ihrer Sonnenbrille und den hellblonden Haaren sah sie aus wie ein Popstar. Als der dürre, große Kellner wieder auf die Terrasse herauskam, bestellte sich Probst noch ein Spagetti-Eis. Ritter grinste zu ihr rüber: „Bin mal gespannt wieviel sie am Ende der Ermittlung hier wiegen werden. Es kommen ja noch Käsespätzle und so einige andere Leckereien dazu. Und es schmeckt halt, gell?" Probst grinste frech zurück: „Mir doch scheißegal, ob ich fett werde. Ich muss ja niemandem gefallen. Und ja, es schmeckt hier einfach alles lecker." Genüsslich verputzte Probst ihr Eis. „Ohne den Hoffmann wird es doppelt so schwer", murmelte Ritter vor sich hin. „Der macht bestimmt noch mit, Chef! Was machen wir jetzt eigentlich noch heute?" Ritter überlegte kurz: „Wir fahren jetzt zurück nach Wildbad und stellen uns dort mal auf dem Polizeirevier vor. Vielleicht treffen wir ja zufällig gleich diese Julia Mürrle." Sie blieben allerdings noch eine ganze Weile schweigend in der Sonne sitzen und genossen diesen schönen Tag. Probst war mit ihrem Smartphone beschäftigt. Ritter rauchte eine Zigarette und beobachtete die Menschen, die hier an der Terrasse vorbeiliefen. Es war eine sehr friedliche und entspannte Stimmung in der Stadt, und die Menschen waren wohl auch alle froh, dass es so ein schöner, sonniger Tag war.

Gegen fünfzehn Uhr parkten sie vor dem Polizeirevier in Wildbad. Das Revier befand sich in einem gewöhnlichen Wohnhaus. In der zweiten Etage war ein großer Balkon angebracht und das Dachgeschoß war wohl bewohnt, hier war ein weiterer, sehr kleiner, bepflanzter Balkon zu sehen. Ritter und Probst betraten das Gebäude. Im Erdgeschoß war linker Hand ein großer Raum mit einem Tresen. Dahinter waren mehrere Schreibtische platziert. Allerdings war an diesem Samstagnachmittag nur ein Beamter tätig. Als die beiden am Tresen standen, drehte sich der Mann um und stand auf. Er war um die eins achtzig groß und schlank. Seine dichten schwarzen Haare trug er sehr kurz und er hatte sich zudem einen schwarzen Vollbart wachsen lassen. Die etwas zu lang geratene Nase war allerdings das auffälligste Merkmal in seinem Gesicht.

„Grüß Gott. Wie kann ich ihnen helfen?", fragte er. „Guten Tag. Probst und Ritter vom BKA", begrüßte ihn Probst. Dann zeigten sie beide dem Beamten ihre Ausweise. „Das BKA in Wildbad?", rutschte es ihm raus. „Und wie ist ihr Name?", fragte Probst. „Ähm ja, ich bin der Daniel Schäufele." „Net Brezele?", lachte sie herzhaft. Ritter trat sie ganz leicht gegen ihren Schuh. Probst verstand sofort.

Ritter übernahm: „Gut, Herr Schäufele. Wir sind hier jetzt für eine ganze Weile in Wildbad, um den Mord an ihrem ehemaligen Kollegen Julian Eberle aufzuklären. Und wir fahren sicherlich erst wieder nach Berlin zurück, wenn wir hier alle erfolgreich waren." Schäufele stöhnte auf und sagte nur: „Das bedeutet also für uns alle hier, dass dieser Irrsinn weitergeht, ja?" „Irrsinn?", fragte Probst und schaute ihm direkt in die Augen. Das linke Augenlid von Schäufele zuckte jetzt leicht, aber regelmäßig. „Ja, Irrsinn. Glauben sie denn ernsthaft, dass das damals hier angenehm für uns war? Irgendwann hat doch jeder jeden verdächtigt. Es war schlimm. Und wir waren alle am Ende entnervt, als der Täter nicht ermittelt werden konnte."

Ritter ging nicht auf diese Bemerkung ein und fragte: „Hat die Julia Mürrle auch zufällig Dienst heute?" „Nein, die hat seit gestern Urlaub. Die ist für eine Woche nach Mallorca zu ihren Eltern geflogen." „Scheiße", rutschte es Probst raus.

„Und eines kann ich ihnen gleich sagen. Ich werde zu diesem Fall nichts mehr erzählen. Ich habe damals alles gesagt, was ich wusste." Daniel Schäufele wollte jetzt einen starken, entschlossenen Eindruck machen. Doch Probst war heute weiter gut in Form: „Sie sehen aus wie ein kanadischer Baumfäller, hart und stark, aber sie sind echt so ein Lappen. Und sie werden auf jeden Fall mit uns sprechen müssen, sonst haben sie ganz schnell ein Problem." Schäufeles linkes Augenlid zuckte jetzt noch ein wenig heftiger. Und er wurde patzig: „Noch was? Oder kann ich jetzt weiter schaffen?" Ritter versuchte das Szenario wieder zu beruhigen: „Nein

erstmal nichts weiter. Wann ist denn der Chef hier zu sprechen?"
„Der Kresse? Der wird dann ab Montagmorgen wieder hier sein."
Ritter bedankte sich und sagte zum Abschied: „Einen schönen Tag noch. Wir sehen uns ja ab jetzt des Öfteren." Dann verließen beide das Revier.

Den Tatort von damals wollte Ritter unbedingt noch sehen, und so fuhren sie an den Ortsausgang Richtung Calmbach. Hier fand damals die tödliche Verkehrskontrolle statt. Beide sahen sich um, aber was sollte schon zu sehen sein? Kurz darauf fuhren sie zurück ins Haus.

Zehn Minuten später stand Ritter auf der Terrasse ihrer Ferienwohnung und genoss die frische Luft hier oben am Hang. Probst verschwand in ihr Zimmer. Plötzlich summte Ritters Handy. Aytin, seine Nachbarin in Berlin, hatte eine SMS geschrieben: *Geht es Dir gut? Lass mal was von Dir hören. Ich vermisse Dich. Deine Aytin.* Ritter hatte ihr ja noch gar nicht auf ihre SMS vom letzten Mittwoch geantwortet.

Sein schlechtes Gewissen meldete sich und er begann hektisch zu tippen: *Bin im Schwarzwald. Neuer, schwieriger Mordfall. Melde mich wieder. Hoffentlich hast Du Dich wieder eingelebt in Berlin. Bis bald, Dein Max.* Dann schickte er die SMS los. Er las sich noch einmal durch, was er ihr geschrieben hatte. Es wirkte etwas kühl und distanziert auf ihn. Und damit sicherlich auch auf Aytin. Das hatte er aber gar nicht beabsichtigt gehabt. Deshalb schickte er noch eine SMS hinterher und schrieb: *Ich vermisse Dich auch.* Tat er dies tatsächlich? Vermisste er Aytin wirklich? Oder bildete er sich das nur ein? Er wusste es nicht. Und er musste plötzlich an Paula Rose denken. Was sie wohl gerade machte? Ritter ertappte sich selbst bei diesem Gedanken und fragte sich, warum er darüber nachdachte, was Frau Rose gerade so macht.

Probst war zurück und riss ihn aus seinen verwirrten Gedanken: „Wollen wir mal heute Abend so richtig ausgehen? Ist ja schließlich Samstag. Und irgendeinen Club wird es hier doch auch geben." Ritter grinste sie an: „Ohne mich. So etwas tue ich mir nicht mehr an. Und wenn doch, dann sicher nicht hier, sondern in Berlin."

„Ach Mann. Sie sind ja manchmal ein ganz schöner Langweiler. Das würde ihnen guttun. Da sind auch jede Menge Frauen." Sie blinzelte kumpelmäßig mit einem Auge zu ihm rüber. „Das kann schon sein. Aber die Frauen in der Disco sind ja sicherlich nicht in meinem Alter, oder?" Probst stöhnte leicht auf und sagte: „Disco! Heute heißt das Club. Und eine jüngere Frau wäre doch auch mal was für sie." „Frau Mandy. Bitte. Nicht schon wieder dieses Thema. Wir können aber gerne noch etwas trinken gehen. Es gibt bestimmt eine nette Bar."

Und so verbrachten sie noch einen schönen Abend im *Art-Cafe* in der Wildbader Fußgängerzone. Ritter trank außer einem Radler keinen Alkohol und als sich Mandy Probst den dritten Gin Tonic bestellte, sagte er zu ihr: „Wir müssen doch noch all die Treppen wieder hochsteigen. Glauben sie, dass sie das noch schaffen?" „Ach Chefchen. Was sie sich immer für Gedanken machen. Sie sind eigentlich echt süß. Ich kann schon verstehen, dass sie bei den Frauen gut ankommen. Und schließlich haben sie eine ganz gute Figur dazu. Ich habe hier bisher sehr viele dicke Männer und Frauen gesehen. Daran sind bestimmt die vielen Spätzle schuld." Dann lachte sie laut los. Einige Gäste sahen zu ihnen herüber. Ritter nickte ihnen freundlich zu.

Gegen dreiundzwanzig Uhr stiegen beide die gefühlt tausend Stufen der Himmelsleiter hinauf. Probst hatte nach drei Gin Tonic und zwei Prosecco schwer zu kämpfen. Und so musste er sie mehrmals von hinten anschieben, wenn sie nicht mehr weiterlaufen wollte. Beide lachten dabei jedes Mal laut und herzhaft in dieser absoluten Stille. Als sie endlich oben im Haus angekommen waren, wusste auch die gesamte Nachbarschaft Bescheid. Sie fielen beide lachend, aber todmüde in ihr Bett.

Sonntag, 13.April 2014

An diesem Morgen betrat Ritter gegen neun Uhr mit einer Tasse Kaffee in der Hand die Terrasse. Es war auch heute ein wolkenloser, blauer Himmel zu sehen. Die Sonne allerdings noch nicht. Und so lag die gesamte Altstadt unten im Tal noch im Schatten. Er setzte sich auf einen der Stühle und genoss die Aussicht. Probst schlief noch und so erledigte er ein paar Anrufe. Zunächst sprach er mit seiner Mutter, anschließend mit seiner Schwester. Er wollte seine Schwester nächste Woche besuchen. Sie wohnte jetzt seit knapp einem Jahr in Karlsruhe. Ritter war gut gelaunt und überlegte sich, dass er auch noch Aytin in Berlin anrufen könnte. Aber irgend etwas hinderte ihn daran, so ließ er es sein und machte sich stattdessen einen weiteren Kaffee.

Kurz nach zehn Uhr kam auch Mandy Probst aus ihrem Zimmer und ging direkt in die Küche. Mit ihrer Kaffeetasse stellte sie sich zu Ritter auf die Terrasse. „Morgen. Ist ja heute wieder wunderschön hier. Herrlich." „Guten Morgen Frau Mandy. Wie geht es ihnen denn heute so?" „Bombe. War schön gestern. Und lustig. Danke."

Ritter schmunzelte, als er an den gestrigen Abend dachte. Probst fröstelte ein wenig, sie hatte nur einen Slip und ein enges Shirt an. Nach ein paar Sekunden ging sie barfuß zurück in die Wohnung und verschwand für eine Weile im Badezimmer. Ritter kümmerte sich in der Zwischenzeit um das Frühstück. Als Probst in die Küche zurückkam, freute sie sich über die Rühreier und den Schwarzwälder Schinken dazu. „Danke, Chef. Total lecker. Tut gut jetzt." Ritter war ebenfalls froh.

„Ich habe etwas über sie nachgedacht." Seine Kollegin schaute ihn mit einem fragenden Blick an. „Ich denke, sie könnten ihre Taktik hier im Schwarzwald etwas ändern. Sie sollten nicht ganz so forsch vorgehen, wie bei dem Schäufele gestern. Eher so charmant wie bei Hoffmann. Den haben sie doch gestern locker um den Finger gewickelt. Wie der sie angeschaut hat. Und außerdem weiß hier auch niemand, dass sie nicht auf Männer stehen. Und da sie nun mal eine optische Granate sind, könnten sie dazu noch ihren liebenswerten Berliner Charme einsetzen. Dann knacken sie die Männer doch hier alle ganz easy." Probst schaute ihn mit großen Augen an. Sie sagte aber nichts, da sie gerade den Mund voll hatte.

Ritter fuhr fort: „Sie haben natürlich auch recht, dass es hier einige Grummelbärte gibt, aber es sind nicht alle unfreundlich. Die meisten Menschen hier im Süden sind sehr nett. Wenn sie also freundlich sind, werden sie die Leute lieben." Probst zog ihre linke Augenbraue hoch. Dann stand sie auf und räumte ab. „Ja Chef. Das ist eindeutig die bessere Variante. Ich werde mal probieren nett zu sein, ha ha ha!"

Beide setzten sich nach dem Frühstück auf die Terrasse und schauten in die Ferne. „Was hat sich denn mein Freizeitminister für den heutigen Tag so ausgedacht? Gibt es einen Plan?" Ritter drehte seinen Kopf zu ihr rüber und nahm seine Zigarette aus dem Mund: „Nicht wirklich. Haben sie denn eine Idee, was wir an so einem schönen Sonntag machen könnten?" Probst grinste ihn frech an: „Ach Chef, sie haben mal wieder keinen Plan. Stimmt´s? Sie hatten auch an der Nordsee damals keinen wirklichen Plan. Aber sie sind ja sowieso am stärksten, wenn sie ihrem Instinkt und ihrem Gefühl folgen. Wir könnten ja mal die Bude von der Julia Mürrle auseinandernehmen. Die ist ja schließlich nicht zu Hause, sondern auf Malle." „Okay. Gute Idee. Haben wir da eine Genehmigung?" „Morgen dann. Zurück datiert auf heute. Frau Zuske macht das klar", sagte Probst selbstsicher. „Na gut. Wo wohnt die Mürrle denn?" Sie wischte auf ihrem Smartphone herum und sagte nach ein paar Sekunden: „In einem Ort namens Höfen. Ist nicht weit von hier. Vielleicht zehn, fünfzehn Minuten Fahrzeit. Höchstens." „Na dann los." Beide standen gleichzeitig auf und verließen die Terrasse.

Ritter setzte sich auf den Beifahrersitz und beschäftigte sich mit Jacky Brown. Jacky sollte sie nach Höfen führen. Probst fuhr vorsichtig los. Es ging steil nach unten ins Tal und daran musste sie sich erst gewöhnen. Als sie den Kreisverkehr am Bahnhof hinter sich gelassen hatten, fuhren sie weiter Richtung Calmbach. Dort führte sie Jacky in einen weiteren Kreisverkehr und dann Richtung Pforzheim. Ritter erinnerte sich langsam wieder an die Geographie seiner Heimat. Nach weiteren fünf Kilometern hatten sie die Ortschaft Höfen bereits erreicht. Von der Hauptstraße bogen sie links ab, in eine enge Straße. Am Ende der kleinen Straße stand rechts seitlich ein kleines, aber neu gebautes Häuschen. „Sie haben ihr Ziel erreicht", sagte Jacky Brown kühl. Probst parkte den Wagen etwas abseits in einer seitlich liegenden Gasse. Sie stiegen beide aus und liefen auf das kleine Häuschen zu. Man konnte das Rauschen und Plätschern des Flusses hören. Die Enz floss hier direkt hinter dem kleinen Haus vorbei. Vereinzelt standen krumme Obstbäume auf der nicht gemähten Wiese zwischen Haus und Fluss.

Ritter klingelte mehrfach, aber es öffnete ihnen niemand die Tür. Um sicher zu gehen, dass auch wirklich niemand zu Hause war, gingen sie um das Gebäude herum. Kurz vor der Terrassentür stoppte Ritter plötzlich. Probst war hinter ihm. Er schaute sie mit strengem Blick an und legte seinen Zeigefinger auf den Mund. Er flüsterte ihr zu: „Da sitzt jemand am Computer. Ich konnte aber nicht erkennen, ob es die Mürrle ist." „Oha", flüsterte sie zurück und zog ihre Waffe. Ritter seine ebenfalls. Er schaute erneut um die Ecke und versuchte etwas zu erkennen, aber das Sonnenlicht spiegelte sich ungünstig an der Terrassentür. Sein Pulsschlag erhöhte sich jetzt doch etwas. Dann trat er vor und klopfte an die Tür. Doch die Person am Computer hörte ihn nicht, da sie einen Kopfhörer aufgesetzt hatte. Und sie schoss mit irgend etwas auf den großen Screen. Wieder klopfte Ritter mehrfach an die Glasscheibe, aber es gab erneut keine Reaktion. Er drehte sich zu Probst um, die hinter ihm stand. Sie schaute ihn fragend an. Ritter zuckte mit den Schultern, um ihr zu signalisieren, dass er keine Ahnung hatte, wie es weitergehen sollte.

Als er seinen Blick wieder der Terrassentür zuwendete, sah er, wie die Person plötzlich einen Gegenstand auf den Tisch warf und ruckartig aufstand. Es war eine Frau. Überraschend drehte sie ihren Blick zur Terrassentür und entdeckte Ritter. Sie erschrak heftig und riss erschrocken ihre Augen auf. Ritter drückte seinen Ausweis an die Scheibe. Sie kam näher und betrachtete das Papier. Langsam öffnete sie die Schiebetür. Probst kam ebenso näher. Bevor die Frau etwas sagen konnte, fragte Ritter: „Sind sie Julia Mürrle?" Sie nickte wortlos. „Ritter und Probst vom BKA. Entschuldigen sie die Störung. Wir hatten ein paarmal geklingelt. Und als niemand öffnete, haben wir hier mal nachgesehen." Beide steckten ihre Waffe wieder ein.

Julia Mürrle starrte die beiden immer noch entgeistert an. Sie hatte eine hellblaue Jogginghose an und trug dazu ein graues, schlabbriges Kapuzenshirt. Man konnte ihre Figur nicht genau erkennen.

Trotz einer Größe von eins achtundsiebzig wirkte sie etwas stämmig. Sie trug ihre braunen Haare kurz und hatte diese streng nach hinten gekämmt. Julia Mürrle hatte kaum etwas Weibliches an sich.

„Kommen Sie doch rein", sagte sie unsicher. In dem kleinen Wohnzimmer sah es ziemlich unordentlich aus. Überall lagen Kleidungsstücke auf der Couch herum und auf dem Tisch aufgerissene Chips- und Schokoladepackungen. Neben der Couch lag zudem eine zerdrückte Pizzaschachtel auf dem Fußboden. Auf dem Tisch stand eine halbvolle Fanta-Flasche. Es sah hier aus, wie bei einem männlichen, heranwachsenden Jugendlichen. Alle drei standen etwas unbeholfen im Wohnzimmer, als Ritter sagte: „Meine Kollegin und ich wollten uns mal vorstellen, Frau Mürrle. Wir bleiben jetzt für längere Zeit hier in der Gegend. So lange jedenfalls, bis mein Team den Mord an Julian Eberle aufgeklärt hat." Es kam keine Reaktion von Mürrle. Sie musste das erst einmal verstehen. „Ach, wirklich? Und warum erzählen sie mir das ausgerechnet heute und versauen mir damit meinen Sonntag?" Probst reagierte am schnellsten: „Wir dachten, wir erreichen sie vielleicht noch, bevor sie nach Mallorca fliegen. Wann kommen sie denn wieder zurück?" „Ich bleibe hier. Ich fliege nicht nach Mallorca." „Und warum nicht?", fragte Ritter. „Das geht sie nichts an. Das ist meine Privatsache."

Probst begann sich im Zimmer genauer umzusehen, während Ritter nun Mürrle tief in die Augen blickte: „Das stimmt allerdings. Es ist ihre Privatsache. An welchem Tag nächste Woche hätten sie denn mal ein paar Stunden Zeit, um mit uns zu sprechen?" Julia Mürrle war jetzt genervt und antwortete pampig: „Mir doch egal. Ich kann immer, habe ja jetzt Urlaub." „Okay, dann Dienstagmorgen." „Von mir aus. Aber ich hätte da eine Bitte. Könnten wir das

Gespräch hier bei mir zu Hause führen? Ich möchte nämlich nicht, dass mich meine Kollegen sehen. Die denken doch alle, ich sei jetzt in Mallorca." Ritter nickte und antwortete: „Okay. Klar, kein Problem. Dienstagmorgen um zehn Uhr kommen wir dann hier vorbei." Ritter und Probst verabschiedeten sich und verließen das Wohnzimmer über die immer noch geöffnete Terrassentür. Es war noch etwas wärmer geworden und es fühlte sich richtig gut an, endlich wieder ohne Jacke unterwegs zu sein. Total befreiend. Ritters Laune war bestens. Als sie wieder im Auto saßen, konnten sie sehen, wie plötzlich ein weißer Porsche 911 langsam die Gasse runtergefahren kam und vor Mürrles Haus parkte. Ein großer, blonder Mann stieg aus und ging seitlich am Haus vorbei, um zur Terrasse zu gelangen. Sie erkannten ihn beide sofort von den Fotos der Ermittlungsakten. Es war Kai Fischer. Damals der Hauptverdächtige und Julia Mürrles derzeitiger Lebenspartner.

Als Fischer nicht mehr zu sehen war, holte Probst einen kleinen Sender aus ihrem Rucksack und stieg rasch aus. Sie lief zu Fischers Wagen, ging in die Hocke und legte sich langsam unter den Porsche. Ritters Pulsschlag erhöhte sich schlagartig. Für sein Zeitgefühl dauerte es eine halbe Ewigkeit, ehe sie wieder unter dem Wagen hervorgekrabbelt kam. Dann lief sie ganz entspannt zurück und als Probst wieder am Steuer saß, grinste sie ihn frech an. Ritter sah sie erstaunt an: „Können sie mir so eine Aktion nicht vorher ansagen? Ich bin jetzt noch ganz nervös." „Lieber Chef, sorry. Aber das wurde mir bis zum Abwinken antrainiert. Tägliche Übung während meines Studiums beim BKA. Tausendmal geübt. Außerdem wissen wir mit diesem Peilsender ab jetzt immer, wo sich der Drogen-Fischer so rumtreibt." Ritter grinste jetzt zufrieden zurück. „Gut gemacht. Eiskalt und schnell die Situation ausgenutzt."

Probst startete den Wagen und sie fuhren die enge Gasse hoch und bogen nach rechts auf die Hauptstraße. Nur ein paar hundert Meter weiter bog Probst plötzlich erneut rechts ab, fuhr über eine kleine Brücke und parkte den Wagen vor dem Hotel *Ochsen*. Ritter sah fragend zu ihr rüber. Sie stellte den Motor ab und sah ihn an: „Es ist Sonntag. Also müssen wir nicht übertreiben heute. Jetzt gehen wir mal hier ordentlich schwäbisch Mittag essen. Ich habe einen Mordshunger." Ritter musste schmunzeln und fragte sich gleichzeitig, warum sie wohl immer so viel Hunger hat. Sie hatten doch erst vor kurzem gefrühstückt.

Nach einigen Überlegungen bestellten sich beide einen „Bürgermeister Rostbraten" mit gedämpften Zwiebeln, dazu hausgemachte Maultaschen und Buabaspitzle, sowie Salat vom Buffet. „Ganz schön teuer hier. Zweiundzwanzig Glocken kostet der Spaß", merkte Probst an, als sie bestellt hatten. „Hier verdienen die Leute auch Geld für ihre Arbeit. Nicht so wie bei uns in Berlin, wo überall unter Mindestlohn bezahlt wird und jeder drei Jobs braucht, um über die Runden zu kommen. Dafür kostet ein Gözleme-Frühstück im Wedding auch nur zwei Euro fünfzig. Und der Kaffee dazu noch einen Euro. Es ist halt alles immer sehr relativ."

Probst schaute sich in diesem gemütlichen Gastraum um und sah ihn anschließend glücklich an: „Ach, schön hier. So langsam gewöhne ich mich doch noch an Süddeutschland. Ich bin echt gespannt, wie lange wir hier in der Gegend bleiben werden." „Könnte dieses Mal länger dauern."

Ritter wechselte abrupt das Thema: „Warum erzählt die Mürrle eigentlich allen Kollegen, dass sie nach Mallorca in den Urlaub fliegt? Und dann sitzt sie da am Computer rum und spielt irgendein Ballerspiel? Und warum wohnt sie nicht bei ihrem Freund? Dieser

Kai Fischer hat doch angeblich ein riesiges Haus von seinen Eltern geschenkt bekommen. Wir werden sehr viel fragen und reden müssen, um hier überhaupt voran zu kommen." Probst überlegte kurz und nahm einen Schluck Mineralwasser. „Das war nicht irgendein Ballerspiel. Es war das Spiel überhaupt. *„Killing Fields"*. Da ist man zurück im Vietnamkrieg und kann Schlitzaugen abknallen. Voll realistisch. Und dann spritzt das Blut fett und rot auf dem Screen. Kann auch süchtig machen." Die ersten Gäste schauten nun entsetzt in ihre Richtung. Ritter ließ sich nichts anmerken. „Und woher kennen sie dieses Spiel?" Probst schmunzelte: „Das hat sich mein zwölfjähriger Cousin illegal im Netz gesaugt und spielt es, bis er den Stecker gezogen bekommt. Ha, Ha. Armer Onkel Theo. Mit so einem raffinierten Sohn ist es sicher nicht einfach im Leben."

Als die schlanke blonde Kellnerin servierte, kehrte erst einmal Ruhe am Tisch ein. Beide genossen das wunderbare schwäbische Mittagessen. Probst wischte ab und zu auf ihrem Smartphone herum. Dann sagte sie mit vollem Mund: „Boah ey, ist das lecker. Mega." Ritter freute sich, dass es ihr so gut schmeckte.

Nachdem sie das Hotelrestaurant wieder verlassen hatten, beschlossen sie noch ein wenig spazieren zu gehen. Und so liefen sie in gemächlichem Tempo einen kleinen Weg entlang, der dem Flussverlauf folgte. Das Plätschern der Enz hatte eine beruhigende Wirkung auf Ritter. „Vielleicht spielt diese Julia Mürrle solche Ballerspiele ja schon ganz lange. Und vielleicht wollte sie nach ihren vielen Baller-Sessions auch mal im echten Leben einem Typen die Rübe wegpusten." Probst sah entsetzt zu ihm rüber: „Also Chef, echt mal. Das ist jetzt aber eine dreiste Theorie. Man ballert doch nicht einfach so einem echten Menschen den Kopf weg. Und außerdem war sie doch zu der Zeit mit Julian Eberle in einer Partnerschaft." „Ich habe doch nur laut gedacht. Ist doch nicht normal, Krieg zu spielen, wenn man so einen Beruf hat. Das passt doch nicht zusammen. Dann hätte sie zur Armee gehen sollen. Aber die haben ja auch nichts mehr zu ballern. Außer in Afghanistan vielleicht mal, wenn sie angegriffen werden." Probst schüttelte verstört den Kopf. Es wurde längere Zeit nicht mehr gesprochen.

Nachdem Probst auf ihr Handy geschaut hatte, bemerkte sie: „Nur zur Information. Der Fischer ist jetzt in der Polizeistation in Calw. Und wir werden auch demnächst die Wohnungen von Mürrle und Fischer verwanzen und mit Kameras ausstatten. Die Handys der beiden werden ab jetzt auch abgehört. Hat Frau Rätsel in Berlin schon alles organisiert." „Wann denn? Heute am Sonntag?" „Ja, gerade eben. Hatte sie dazu beauftragt. Fand sie zwar nicht gut, aber da muss sie durch. Frau Rätsel berichtet uns außerdem morgen von ihren bisherigen Ergebnissen." „Sehr gut", lobte er sie.

Nach knapp einer Stunde waren sie zurück am Wagen. Sie beschlossen nach Wildbad zurückzufahren und als sie schließlich am Bahnhof vorbeikamen, sagte Ritter: „Lassen sie mich hier mal raus bitte. Ich will noch ein wenig spazieren gehen, ich muss nachdenken." Sie stoppte den Wagen, damit Ritter aussteigen konnte. Dann fuhr Probst steil nach oben, zurück ins Haus.

Ritter blieb im Tal, schlenderte Richtung Kurpark und genoss diesen schönen Tag. Es war einiges los, viele Touristen. Fast in der Mitte des Parks kam ihm ausgerechnet Paula Rose entgegen. Sie hatte sich bei einem großen, braunhaarigen Mann untergehakt. Ritter versetzte dies einen Stich ins Herz und dieses fing plötzlich an, heftig zu klopfen. Und er wurde nervös, je näher sie kamen. Seine Gedanken beschleunigten sich rasant und er fragte sich, wie er nur so arrogant gewesen sein konnte, zu glauben, dass diese Frau keinen Mann hätte und sich nur für ihn interessieren könnte.

Als sie sich sehr nahegekommen waren, sagte Paula Rose: „Hey, Max. Schön dich hier zu sehen." Ritter antwortete reserviert: „Hallo Paula. Freut mich auch." Sie strahlte ihn mit einem breiten, freundlichen Lächeln an: „Darf ich vorstellen, mein Bruder Frank aus München. Er ist zu Besuch hier." Ritter und Frank begrüßten sich, indem sie sich die Hand gaben. „Angenehm, Rose", sagte ihr Bruder und lächelte ebenfalls freundlich. „So ganz alleine am Sonntag? Das ist aber nicht so schön. Wenn du mal Gesellschaft brauchst, ruf mich doch einfach an. Vielleicht passt es ja." Sie strahlte ihn immer noch an. Ihre Augen! Und ihre Stimme! Ritter wurde fast ohnmächtig. „Oh, vielen Dank für das Angebot. Das wäre schön. Ich werde mich auf jeden Fall demnächst mal melden." Dann tauschten sie noch ihre Nummern aus. Als Paula und Frank Rose weitergelaufen waren, beruhigte sich sein Pulsschlag langsam wieder. Sie war also bisher nicht verheiratet gewesen, sie trug noch ihren Geburtsnamen. Das stimmte ihn gleich wieder etwas optimistischer. Obwohl es ja überhaupt nichts zu bedeuten hatte. Und er wusste jetzt plötzlich mit absoluter Sicherheit, dass diese Frau gefährlich für ihn werden könnte. Er würde keinen klaren Gedanken mehr fassen können, wenn er sich hier jetzt verlieben würde. Ritter war völlig durcheinander. Er beschloss deshalb zu seiner eigenen Sicherheit, lieber nicht bei Paula Rose anzurufen.

Zurück in der Wohnung, konnte er hören, wie Probst voller Energie vom Wochenende in Wildbad erzählte. Kevin Wagner war wieder zurück aus Freiburg. Er saß bei ihr auf der Couch und hörte konzentriert zu, was sie ihm alles zu berichten hatte. Ritter setzte sich dazu und begrüßte Wagner. „Wollten sie nicht erst Montagfrüh zurückkommen? Aber schön, dass sie wieder bei uns sind." Wagner freute sich und schien glücklich. Er machte einen ausgeglichenen Eindruck. „Und? Was geht morgen so?", fragte Wagner. Ritter antwortete direkt: „Wir reiten morgen früh erstmal zu dritt da unten bei unseren Kollegen ein. Und dann stellen wir uns mal so richtig vor. Zuerst beim Chef, diesem Karl Kresse. Die werden alle nicht sehr begeistert sein. Und dann sehen wir weiter. Ich muss mir noch überlegen, wie und ob wir den Kai Fischer in dieser Woche rannehmen. Das wird sicherlich stressig und der Typ könnte bestimmt schön aggro drauf sein."

Als Ritter spät abends im seinem Bett lag, war es wieder totenstill. Keine Geräusche waren zu hören. Absolut keine. Überhaupt nichts. Er konnte sich sogar selbst atmen hören. Seine Gedanken begaben sich auf Wanderschaft. Warum erzählt diese Mürrle eigentlich allen, sie sei in Mallorca? Und warum saß sie stattdessen zu Hause und spielt ein Ballerspiel? Vielleicht hatte Fischer es ihr verboten, nach Mallorca zu fliegen. Er verwarf diesen Gedanken aber sofort wieder. Überhaupt sollte er aufpassen und sich nicht zu sehr auf diesen Fischer einschießen. Eventuell ist Julia Mürrle auch einfach nur pleite. Das neue Häuschen ist möglicherweise schuld daran. Sie würden Tausende von Fragen stellen müssen und Tausende von Antworten auswerten müssen.

Er wurde müde. Und dann war sie einfach wieder da. Ohne jede Verbindung zum letzten Gedanken. Erneut sah er plötzlich Paula Rose vor sich. Sie hatte sich in seinen Kopf und somit in seine Gedanken eingeschlichen. Und er fand kein Mittel, dies zu verhindern. Nach einem kurzen Zögern ließ er es einfach zu. Er sah sich mit ihr durch den Kurpark laufen. Statt bei ihrem Bruder hatte sie sich bei ihm untergehakt und lächelte ihn an. Glücklich schlief er langsam ein.

Montag, 14. April 2014

Nach einem kurzen Frühstück verließen Ritter, Probst und Wagner die Ferienwohnung. Sie ließen die Autos stehen und liefen zusammen die unendlich vielen Stufen ins Tal. Es war heute stark bewölkt und auch etwas kühler geworden. Gemeinsam betraten sie um neun Uhr dreißig die Polizeistation in Wildbad. Daniel Schäufele stand sofort auf, als er die Truppe vom BKA hereinkommen sah.

Probst übernahm direkt: „Guten Morgen, Herr Schäufele. Sie sehen aber heute gut aus. Wie geht es ihnen denn?" Schäufele setzte gleich einen freundlichen Gesichtsausdruck auf: „Es geht mir heute sehr gut, danke der Nachfrage." „Ich wollte mich noch entschuldigen. Ich war etwas genervt letzten Samstag, weil mein Ex-Freund am Telefon wieder so gemein zu mir war. Und dann habe ich das an ihnen ausgelassen. Sorry, Mister Schäufele."

Sie schaute ihn mit einem aufgesetzten Dackelblick an. Dabei stand sie kerzengerade da und drückte ihren Oberkörper unmerklich etwas nach vorne. Schäufeles linkes Augenlid begann wieder zu zucken. Es war aber ein weitaus entspannteres Zucken als neulich. Und er starrte schamlos auf ihre Brüste. Probst hatte dies längst bemerkt und lenkte nun geschickt ab: „Ist denn ihr Chef schon im Haus?" Zwei Sekunden benötigte Schäufele, ehe er wieder zurück in der Gegenwart war. „Äh, ja, der isch oben in seinem Büro." Wagner machte einen verwirrten Gesichtsausdruck, er verstand die ganze Szenerie hier nicht. Wie auch? Er war ja letzten Samstag nicht dabei gewesen. Ritter übernahm: „Danke, Herr

Schäufele. Kommen die Kollegen Becker und Leitle heute auch noch?" „Ja, wir haben heute Besprechung um elf Uhr beim Chef." „Na, das passt doch prima", freute sich Ritter.

Das BKA-Team stieg anschließend in die dritte Etage hoch. Die Tür zum ausgebauten Dachgeschoß stand offen. Ritter klopfte trotzdem an die Tür und sie wurden von einer tiefen Stimme hereingebeten. Alle drei staunten nicht schlecht über das Chefbüro. Es war riesig und eigentlich eine tolle Dachwohnung. Links befand sich ein großes braunes Sofa. Davor ein flacher runder Holztisch. Über dem Sofa war ein Hirschgeweih an der Wand angebracht. Ganz am Ende des Raumes stand ein riesiger, schwerer Schreibtisch, restauriert und voluminös. Davor standen mehrere, geschmacklose Plastikstühle gestellt. Rechts führte eine Tür zu dem kleinen Balkon. Hinter dem riesigen Tisch saß der Chef der Polizeistation, Karl Kresse. Er stand auf und kam auf Ritters Truppe zu.

Kresse war knapp eins fünfundsiebzig groß und hatte eine drahtige Figur, keine Haare mehr auf dem Kopf, totale Vollglatze. Dafür trug er einen schwarzen, riesigen Schnauzbart unter seiner Nase. Wie einst Freddy Mercury von *Queen*. Als sie sich alle gegenseitig vorgestellt hatten, setzte sich Kresse wieder auf den Chefsessel, Ritter und Probst auf einen der unbequemen Plastikstühle. Wagner dagegen machte es sich auf der Couch gemütlich, holte seinen Computer aus seinem Rucksack, klappte ihn auf und begann zu tippen.

Ritter erklärte Karl Kresse den Grund ihrer Anwesenheit für die nächsten Wochen. Kresse runzelte seine Stirn und sagte mit seiner wirklich sehr tiefen Stimme: „Das ist natürlich wahnsinnig unangenehm für uns. Aber es ist absolut notwendig. Es war damals sehr anstrengend für uns. Und das wird es nun wohl noch einmal werden. Aber wir wollen alle unbedingt wissen, wer unseren Julian erschossen hat. Es war ein furchtbarer Tag damals. Und furchtbare Tage danach. Sein Tod hat mich sehr mitgenommen. Und meinen Mitarbeitern hier ging es genauso."

Ritter ließ eine Pause entstehen. Probst wusste in diesem Augenblick genau, dass sie ihre Klappe halten musste. „Natürlich sind es grauenvolle Stunden und Tage, wenn man einen Kollegen verliert. Das ist mir auch vor zwei Jahren passiert. Es war ein Alptraum. Aber wir haben uns diesen Beruf nun mal selbst ausgesucht. Und wir wussten alle, dass dies jederzeit passieren kann. Und trotzdem sind wir Menschen und kommen natürlich nicht damit zurecht. Und man kann eben auch nicht trainieren, so einen sinnlosen Verlust zu akzeptieren." „Dem ist nichts hinzu zu fügen," sagte Kresse und schaute in die Richtung von Wagner, der fleißig tippte. Kresse bewegte verständnislos seinen Kopf. Er konnte mit einem Typen wie Wagner nichts anfangen. Ritter hatte diese Reaktion registriert. Spießer, schoss es ihm durch den Kopf.

Und wenn Ritter es nicht selbst besser wüsste, dann würde auch er denken, da sitzt ein Freak. War er also selbst auch ein Spießer? Aber Wagner konnte nun mal gleichzeitig lesen und tippen und zudem einem Gespräch folgen. Wagner war multitasking. So heißt es doch heute, oder?, fragte er sich.

„Entschuldigen sie bitte, ich habe sie gar nicht gefragt, ob sie etwas trinken möchten." Ohne eine Antwort abzuwarten nahm Kresse seinen Telefonhörer und sagte nach ein paar Sekunden: „Schäufele. Wir haben Durst hier oben. Bringen sie uns mal Wasser und Kaffee und alles was dazu gehört. Und das heute noch." Dann legte er auf und grinste breit zu Probst und Ritter. „Und? Wie wollen sie vorgehen?", fragte Kresse jetzt mit einem leicht arroganten Unterton. Ritter schaute ihm direkt mit festem Blick tief in die Augen. „Also, die Fragen und Antworten aus den Protokollen von damals kennen wir ja schon. Das müssen wir nicht noch einmal durchkauen. Ich will alles über das Leben von Julian Eberle wissen. Alles. Ich werde jede Sekunde in seinem Leben recherchieren, wenn es sein muss. Und dann werde ich diesen Geisteskranken schon finden." „Ist das eine spezielle BKA-Taktik?" Die Frage von Kresse sollte wohl ernst gemeint rüberkommen, aber er konnte einen leicht höhnischen Unterton nicht vermeiden.

Ritter blieb cool: „Nein. Es ist meine persönliche, ganz eigene Taktik. Und ich habe bisher alle meine Fälle gelöst. Funktioniert also bestens." Die Augenlider von Kresse bewegten sich für einen Bruchteil von Sekunden kurz schneller. Ritter hatte auch dies registriert.

Kresse war nur kurz beeindruckt: „Na dann können wir uns ja eigentlich alle freuen. Dann wird das Drama hier demnächst aufgelöst. Ich bin wirklich froh, dass sie gekommen sind. Für diesen Fall braucht man schon den Besten. Sehr gut."

Jetzt schaute Wagner verständnislos in Richtung Kresse. Der registrierte dies und veränderte daraufhin seine Sitzposition. Er war unsicher geworden. Probst freute sich innerlich, weil Ritter heute morgen gut in Form schien. Ritter legte nach: „Wie sie sich vorstellen können, benötigt man ein gutes Team, um der Beste zu sein. Und ich will sie in diesem Fall in meinem Team haben, Herr Kresse. Wir benötigen ihre Hilfe. Wir wollen hier nicht alleine und ahnungslos im Nebel herumstochern. Sie sind hier zu Hause, kennen die Leute, wir nicht. Werden sie uns also helfen?"

Mit dieser Frage hatte Kresse nicht gerechnet. Er veränderte erneut seine Sitzposition. Und er hatte kaum eine Wahl. „Ja, natürlich werde ich ihnen behilflich sein. Das ist doch wohl selbstverständlich. Und alle Mitarbeiter hier werden dies auch tun. Das garantiere ich ihnen."

Jetzt ist für Kresse die Welt wieder in Ordnung, dachte sich Ritter, als er sah, wie der zunehmend entspannter wurde. Mandy Probst stand ruckartig auf und streckte sich, indem sie ihre Arme soweit wie möglich nach oben reckte. Dabei rutsche ihr das knallenge Shirt aus der Hose und ihr nackter flacher Bauch war zu sehen. Zudem spannte das Shirt hauteng über ihren Brüsten. Kresse sah sie nicht an. Er schaute stattdessen wieder einmal zu Wagner. Ritter dachte sich augenblicklich: *Ist Kresse schwul? Könnte sein. Aber hat ja nichts zu bedeuten.* Kurz schweiften seine Gedanken zu seinem früheren, schwulen Kollegen Stefan in Stuttgart. Super Typ, sie verstanden sich richtig gut damals. Er hatte ihn jahrelang nicht gesehen.

Nach ein paar Sekunden setzte sich Probst wieder auf ihren unbequemen Plastikstuhl und auch Ritter kehrte gedanklich zurück in das Büro des Karl Kresse. Der wartete bereits auf eine Fortsetzung. Und die kam erst einmal in der Person von Schäufele. Dieser hatte sich mit einem großen Tablett nach oben bugsiert und stellte alle Getränke auf dem runden Holztisch vor dem Sofa ab.

Ritter reagierte sofort: „Vielen Dank, Herr Schäufele. Das ist sehr nett von ihnen. Könnten sie dann bitte noch ihre Kollegen holen?" Schäufele nickte und marschierte wieder los. Fünf Minuten später saßen die Polizisten Daniel Schäufele, Franziska Leitle, Michael Becker und Mandy Probst auf den Plastikstühlen vor dem riesigen Schreibtisch. Alle hatten sich mit Kaffee versorgt. Karl Kresse blieb auf seinem Chefsessel sitzen. Wagner auf der Couch. Ritter lehnte sich nun so an den Schreibtisch, dass Kresse nur seinen Rücken sah. Dafür konnte Ritter aber nun alle Mitarbeiter sehen. Dann setzte er sich leicht auf die Tischkante des Schreibtisches. Kresse schaute ihn feindselig von hinten an. Probst registrierte das mit einem schnellen Blick auf Kresse und nahm hastig einen Schluck Kaffee.

Entspannt begann Ritter seinen kurzen Monolog. „Also, meine Damen und Herren. Sie wissen ja bereits alle, warum wir hier sind. Und Herr Kresse, ihr Chef, wird uns unterstützen. Das freut uns natürlich sehr. Nun wollen wir von ihnen nicht wieder die gleichen Antworten auf die ewig gleichen Fragen. Wir wollen von ihnen, dass sie in den nächsten zwei Tagen an ihrem Feierabend mal so richtig relaxen und sich gedanklich fallen lassen. Und dabei an ihre gemeinsamen Zeiten und Erlebnisse mit Julian Eberle denken. Alles, an was sie sich erinnern, könnte wichtig für uns sein. Alles! Das kennen sie ja. Jedes noch so kleine Detail könnte am Ende wieder einmal entscheidend sein. Denken sie einfach an ihre privaten, sowie beruflichen Unternehmungen mit ihm. Ich weiß, das kann jetzt noch einmal sehr schmerzhaft werden, aber es ist einfach wichtig. Wir wollen absolut alles über ihn erfahren. Also machen sie sich bitte entsprechende Gedanken. Sie können dann Herrn Wagner und Frau Probst am Mittwoch morgen alles erzählen. Alles klar soweit?" Alle nickten.

Ritter schob sich vom Schreibtisch weg und stellte sich wieder gerade hin: „Gut, ich bin sehr froh, dass sie alle so kooperativ sind. Wir sind hier nämlich sehr wohl auf sie alle angewiesen. Wir werden das Ding hier zusammen zu Ende bringen. Danke Ihnen für ihre Aufmerksamkeit." Ein paar Minuten später verabschiedete sich das Ritter-Team und als sie vor der Polizeistation standen, fragte Wagner: „Und jetzt so?" Bevor Ritter antworten konnte, hüpfte Probst in die Luft und sagte laut: „Mittagessen, Mittagessen." Dabei strahlte sie, wie ein Kind an Weihnachten.

Als sie fünfzehn Minuten später gemeinsam im Restaurant *Wildbader Hof* saßen und sich auch alle Käsespätzle bestellt hatten, sagte Wagner plötzlich: „Den Kresse finde ich echt schlimm. Wie der seine Mitarbeiter behandelt. Lässt sie alle bei einer Besprechung auf Plastikstühlen vor seinem Angebertisch sitzen. Und in was für einem Ton der bei diesem Schäufele die Getränke bestellt hat. Bitte und Danke sind für den Kresse ja vielleicht auch lateinische Fremdwörter." Ritter grinste ihn an: „Der Junker und seine Knechte." „Was ist denn ein Junker?", fragte Probst. „Google weiß das." „Witzig. Aber Chef, sie hätten mal sehen sollen, wie feindselig er sie angesehen hat, als sie sich auf seinen Altar gesetzt haben." „Aha. Und ist das jetzt ihr neuer Hauptverdächtiger? Aber es stimmt schon, das ist echt ein komischer, unsympathischer Typ. Ich glaube übrigens, dass er schwul ist. Nur mal so nebenbei." Probst und Wagner sagten nichts.

„Ach, und Frau Mandy! Das mit ihrer neuen Taktik funktioniert doch auch prima. Der Schäufele macht doch jetzt was sie wollen." Dann schaute Ritter zu Wagner: „Sie war letzten Samstag etwas unfreundlich zu Herrn Schäufele, und deshalb haben wir eine neue Taktik für unsere Frau Mandy entwickelt. Die Charme-Offensiv-Taktik nämlich." „Verstehe", grinste Wagner. Endlich kam das Essen. Der Chef des Hauses servierte selbst. Er trug eine sehr moderne, kurze *Stockerpoint*- Trachtenlederhose. „Lasset se sichs schmecke", sagte er und drehte ab Richtung Tresen. Die Spätzle sahen super aus. Handgeschabt. Ritter tropfte fast schon der Zahn. Wie lange hatte er schon keine echten Käsespätzle mehr gegessen? Und der erste Happen im Mund bestätigte alles, was er sich erhofft hatte. Sie waren fantastisch. Er hatte sich dazu eine große Spezi bestellt. Probst trank Wasser und Wagner eine Cola. Ritter sah zu Wagner rüber, der in diesem Moment seinen Salat über die Spätzle schüttete und dann begann, alles zu vermischen. Verstört schaute er auf Wagners Teller, auf dem es jetzt aussah wie auf einem Schlachtfeld. Mandy Probst hatte als erste die riesige leckere Portion verputzt. Nachdem sie ihren Mund mit einer knallroten Serviette abgewischt hatte, sagte sie selbstsicher: „Also, den Schäufele können wir schon mal von unserer Liste streichen. Der war es bestimmt nicht." „Mal ganz langsam", bremste Wagner sie plötzlich. Beide schauten ihn erstaunt an. „Er besitzt ein ganzes Arsenal an Waffen. Er ist Waffennarr. Aber dazu später mehr. Wenn wir wieder in der Wohnung zurück sind, dann präsentiere ich euch alle meine Ergebnisse. Und da ist so einiges zusammengekommen." „Oh, yeah!" sagte Ritter.

Gegen vierzehn Uhr waren sie wieder zurück in der Wohnung. Ritter beschloss, zunächst mit Kommissar Hoffmann zu telefonieren. Hoffmann sagte ihm, dass er seine Entscheidung morgen früh um zehn Uhr in seinem Büro in Calw bekannt geben würde. Und er würde auch eine Begründung dazu abgeben. Ritter vermutete, dass Hoffmann wohl doch nicht mitmachen würde. Herrje. Er kam sich hier vor, wie bei der Wahl zum neuen Papst. Und die musste ja auch offiziell verkündet werden. Und überhaupt. Ritter war genervt. Sowohl von diesem selbstherrlichen Kresse, wie auch von diesem selbstmitleidigen Hoffmann.

Als sie alle drei im Wohnzimmer saßen, sagte Ritter: „Könntet ihr bitte mal die Frau Rätsel hier auf den großen Fernsehschirm holen?"

„Fernsehschirm! Geiles Wort. Mache ich sofort", sagte Wagner und grinste schelmisch. Zwei Minuten später war Frau Rätsel auf dem großen Flat Screen an der Wohnzimmerwand zu sehen. Sie bemerkte scheinbar nicht, dass sie schon online war. So konnten sie beobachten, wie Frau Rätsel sich in die Hände spuckte und versuchte ihre Haare in Form zu bringen. Ritter begann schmunzelnd: „Hallo, Frau Rätsel. Wirklich schön, sie wieder mal zu sehen. Und sorry, dass ich mich letzte Woche nicht verabschiedet hatte." Sie sah etwas zerstört aus. Aber durchaus reizvoll für Ritter. „Ach Jottchen, alles jut. Also denne mal los. Ich habe vor zehn Minuten eine Mail an den Herrn Wagner geschickt. Dort sind alle Informationen enthalten, die ich zu Kai Fischer finden konnte. Ja und sonst? Also einen Pumpgun-Serienmörder können sie getrost vergessen. Es gab keine weiteren Mordfälle in dieser Form in Europa. Jut, was noch? Ach ja, hier hat irgendein Nachbar rumjepöbelt." „Warum das denn?", fragte Ritter nun erstaunt. „Ich hatte ein Päckchen von DHL für ihn nicht angenommen, und das..."

„STOP. Frau Rätsel. Das bekommen sie doch sicherlich mit diesem Nachbarn geregelt. Und ansonsten ganz hervorragende Arbeit, danke", unterbrach sie Ritter. Sie strahlte in die Kamera: „Danke Chef." Dann nestelte sie nervös an ihrer Bluse rum. Ritter hatte weitere Aufgaben für sie: „Jetzt können sie ja mal den ganzen Überwachungskram da checken." „Ja, okay, Chef. Der Herr Wagner hat ja fast den ganzen Schwarzwald anjezapft." Ritter sah zu Wagner, der sagte: „Erkläre ich gleich alles."

Rätsel grinste wieder direkt in die Kamera. Ihr Gesicht war riesig auf dem Screen. Ritter starrte sie an. Sie hatte etwas Erotisches an sich. Er konnte aber nicht genau feststellen, was sie so reizvoll für ihn machte. Dann verabschiedeten sie sich alle von Frau Rätsel, und schwupps, da war sie verschwunden. Stattdessen waren plötzlich zwölf verschiedene kleine Bildsequenzen zu sehen. Wagner hatte den Screen gesplittet. Es sah hier jetzt aus wie im NASA-Kontrollzentrum.

Wagner begann unaufgefordert zu erzählen: „Also, ich habe sehr viele Neuigkeiten. Wollt ihr die geballt haben oder scheibchenweise? Ist ja vielleicht zu viel auf einmal?" Probst verdrehte die Augen. Ritter sagte: „Geballt. Ballern sie los, Wagner." Der freute sich: „Also zunächst einmal habe ich alle Computer der Polizeireviere in Wildbad und Calw angezapft. Nur an die Computer von Kresse und Hoffmann durfte ich nicht ran. Befehl von unserem Chef, Herrn Kiep. Den Privatcomputer und die X-Box von Julia Mürrle können sie hier sehen." Er deutete auf eins der zwölf Felder auf dem Screen. „Ich habe das Mikro und die Kamera ihres Computers aktiviert. Sie können sie also sehen und hören, wenn sie ihr Wohnzimmer betritt. Und beim Spielen beobachten. Ha, Ha. Sie spielt übrigens auf High-level. Dic ist absolute Weltklasse bei diesem Spiel. Die trifft immer!"

Ritter machte sich Notizen. Diese Julia Mürrle konnte er nicht begreifen.

„Nun mal zu diesem Kai Fischer. Der hat keinen privaten Computer, wickelt alles über sein Handy ab. Ich bin mir aber sicher, dass er noch ein Prepaid-Handy hat." Jetzt deutete Wagner auf das obere rechte Fenster. „Hier können wir dank Mandys Peilsender sehen, wo der Fischer überall rumfährt."

Probst stand auf und holte frisch gebrühten Pfefferminztee aus der Küche.

„Okay, und bei Schäufele ist ebenfalls der private PC unter Kontrolle. Der ist auch hier zu sehen." Wieder deutete er auf ein Fenster auf dem Screen. Ritter und Probst sahen gebannt zu Wagner. Der war noch längst nicht am Ende seiner Erzählungen angekommen.

Wagner sprach weiter: „Bei Schäufele ist nichts gelöscht auf dem Computer. Deshalb konnte ich sehen, dass er sich einige Waffen gekauft hat. Nur erste Sahne Knarren. Auch ein fettes Jagdgewehr. Das *Blazer R8*. Schön teuer. Eine Pumpgun hat er sich aber nicht gekauft. Im Darknet war er auch nicht unterwegs. Er schaut sich aber massenweise Pornos im Netz an. Er ist ja auch Single. An Singlebörsen nimmt er aber nicht teil. Dafür kocht er wohl gerne. Für wen wohl? Für sich alleine? Weiß ich noch nicht. Er hat sich jedenfalls hunderte Kochrezepte angeschaut. Die meisten Rezepte enthielten Wildfleisch. Vielleicht jagt er. Im hiesigen Jägerverein ist Schäufele aber nicht Mitglied." Wagner legte eine kleine Pause ein und nahm einen Schluck Pfefferminztee.

Endlich konnte Probst mal wieder etwas sagen: „Mein lieber Schwan. Wann hast du dir denn all diese Informationen besorgt und die alle angezapft?" „Als wir gerade bei Kresse saßen, habe ich zeitgleich sein Revier angezapft. Ha, Ha, Ha. Und Calw und die anderen Recherchen habe ich in Freiburg klargemacht." „Ich dachte, sie verbrachten die Zeit mit ihrer Freundin", sagte nun Ritter. Wagner grinste ihn wieder mal schelmisch an: „Also, Chef. Wir können doch nicht achtundvierzig Stunden aufeinanderhängen. Außerdem muss sie doch auch zwischendurch mal für ihr Studium büffeln." Ritter nickte. Probst kicherte albern.

„Seid ihr noch aufnahmefähig?", fragte Wagner. „Yes", sagte Probst, während Ritter still nickte und aufgeregt in seinen Schreibblock kritzelte. „Gut, dann weiter. Ich habe eine Liste erstellt, mit allen Vereinen und deren Mitgliedern, in denen der Julian Eberle war. Es sind ungefähr dreihundert Personen, die wir befragen müssten. Falls sie ihn auch wirklich alle gekannt haben. Wann sollen wir das tun?" Probst stöhnte auf. Ritter sah von seinem Schreibblock hoch und nahm einen Schluck Tee. Er antwortete nicht und begann zu grübeln.

Nach ein paar Minuten sagte er dann: „Das werden wir nur schaffen, wenn wir die Mitarbeiter hier in Wildbad für uns gewinnen. Wir müssen die auf uns Einschwören. Am besten macht ihr das schon während der Gespräche am Mittwoch. Die wollen schließlich auch nur das Gleiche wie wir. Nämlich den Mörder finden. Motiviert sie irgendwie und dann sollen die alle gemeinsam die dreihundert Leute befragen und abarbeiten. Wir haben keine andere Wahl bei dieser Menge an Menschen." Probst und Wagner nickten stumm.

Zum gemeinsamen Abendessen servierte Wagner eine Gemüsesuppe mit Butterbroten. Die drei Beamten wussten inzwischen, dass eine Menge Arbeit vor ihnen lag und deshalb verlief diese Mahlzeit recht schweigsam, da sie alle ihren Gedanken nachhingen.

Ritter lag bereits gegen zweiundzwanzig Uhr im Bett. Es war ein Tag mit vielen Neuigkeiten gewesen. Und die musste er zuerst einmal alle sortieren. Gab es überhaupt einen Hauptverdächtigen bisher? Nicht wirklich. Er ging die Personen durch. Julia Mürrle spielt treffsicher Ballerspiele. Na und? Daniel Schäufele hat sich jede Menge Waffen gekauft. Na und? Kai Fischer war eifersüchtig gewesen auf den Eberle. Na und? Und Kresse war ihm lediglich unsympathisch. Seine Gedanken kreisten immer schneller umher, und so schlief er dann doch recht schnell ein.

 # Dienstag, 15. April 2014

Um neun Uhr an diesem grauen, trüben Morgen erklärte Ritter seinen Mitarbeitern beim Frühstück den Tagesplan. „Ich fahre jetzt rüber nach Calw zu Kommissar Hoffmann und höre mir mal an, wie er sich entschieden hat. Und ihr beiden könnt jetzt die Julia Mürrle besuchen. Ich möchte, dass Frau Mandy das Gespräch leitet. Versuchen sie mal rauszufinden, so von Frau zu Frau, wie das mit ihren Gefühlen ist oder war. Die Tatsachen kennen wir ja bereits aus den Protokollen." Probst nickte zustimmend: „Okay Chef. So machen wir es. Dann bis später. Wir nehmen den BMW." Fünf Minuten später rauschten sie los. Ritter nahm den Golf und fuhr Richtung Calw. Es hatte in der Nacht leicht geregnet und die Temperaturen waren drastisch gefallen. Dadurch war es noch nebeliger geworden und er konnte höchstens fünfzig Meter weit sehen. Er musste langsam fahren. Die großen Bäume waren nur noch schemenhaft zu erkennen.

Mandy Probst und Kevin Wagner trafen gegen zehn Uhr bei Julia Mürrle ein. Kai Fischer war anwesend. Sie hatten seinen weißen Porsche schon vor dem Haus gesehen. Alle begrüßten und stellten sich gegenseitig vor. Kai Fischer war groß gewachsen, hatte blonde kurze Haare. Trotz seiner Größe, wirkte er etwas schwammig. Er legte gleich los: „Jetzt, wo die Götter vom BKA hier sind, verpisse ich mich mal am besten. Ich muss sowieso jetzt arbeiten. Viel Spaß mit denen, meine Liebste." Fischer warf Mürrle einen albernen Handkuss zu und verließ das kleine Haus am Fluss.

„Guten Morgen. Möchten sie einen Kaffee?", fragte Mürrle freundlich in die kleine Runde. „Oh ja, gerne", sagte Probst. Mürrle ging in die Küche. Probst und Wagner schauten sich um. Es war heute alles aufgeräumt und sauber hier. Der riesige Screen war angeschaltet und sie konnten jede Menge tote Vietnamesen auf einem Reisfeld liegen und Rauchwolken aufsteigen sehen. Die Grafik dieses Spiels war unglaublich real. Probst und Wagner sahen sich an. Er fragte: „Ob sie mich mal spielen lässt?" Probst grinste ihn an: „Bestimmt. Dann könnte ich sie unter vier Augen sprechen. Würde sogar gut passen."

Mürrle brachte den Kaffee ins Wohnzimmer und Wagner fragte, ob er mal spielen dürfte. Sie zeigte ihm alles, dann setzte er sich den Kopfhörer auf und nahm die Plastikwaffe in die Hand.

Probst saß auf der Couch und trank einen Schluck Kaffee. Mürrle setzte sich zu ihr. „Ich muss sie leider sehr persönliche Dinge fragen, um etwas mehr über den Julian Eberle zu erfahren. Ich hoffe, dass sie das aushalten können." Mürrle nickte und sah Probst in die Augen. „Wie haben sie ihn damals kennengelernt?" Nun senkte Mürrle ihren Blick: „Ich kannte ihn schon als Kind. Wir gingen zusammen in die Grundschule und später dann auch auf die Realschule. Wir waren immer wie Kumpels. Er hat auf mich aufgepasst und ich auf ihn. Wir sind zusammen Ski gefahren, haben beide zusammen Tennis gespielt und unsere Eltern kannten sich auch ganz gut. Dann verließ er Wildbad und begann seine Ausbildung in Bruchsal. Ich dagegen begann meine Ausbildung zwei Jahre später in Herrenberg."

Mürrle unterbrach ihre Erzählung und nahm einen Schluck Kaffee. Probst nutzte die Pause für eine Frage: „Und wann und warum haben sie sich dann in den Julian verliebt?" Mürrle hatte bereits erste

Tränen in den Augen: „Er kam 2006 zurück nach Wildbad um zu arbeiten. Ich begann dann zwei Jahre später ebenso hier in der Station. Es war so schön, meinen besten Freund wiederzusehen. Wir waren sofort wieder auf einer Wellenlänge. Aber irgendwie hatte er sich auch verändert. Er war schwermütig geworden und redete nicht mehr so viel, man musste ihm alles aus der Nase ziehen. Und er wirkte verdammt unsicher in manchen Situationen. Das war auch neu. Er hatte sich wirklich stark verändert."

Nun liefen die Tränen ohne Pause über ihre Wangen. Probst rückte näher an sie heran und nahm sie in den Arm. Mürrle legte ihren Kopf zu ihr und heulte nun ungebremst los. Sie sagte undeutlich: „Ich habe ihn so sehr geliebt." Ihr ganzer Körper vibrierte dabei. Probst versuchte sie zu beruhigen und streichelte ihr über ihre feuchte Wange.

Wagner bekam von dieser Szene nichts mit, er war mit Hunderten von Feinden beschäftigt und ballerte wie ein Berserker auf den Screen. Als Mürrle ihre Gefühle wieder unter Kontrolle hatte, setzte sie sich gerade hin und erzählte weiter: „Er war ein Mann geworden. Und er wirkte reif auf mich. Dann ist es halt eines Abends bei ihm zu Hause passiert. Wir haben uns beide total verliebt. Und es war eigentlich auch logisch. Keiner kannte mich besser als er. Und keine Frau kannte ihn besser als ich. Es war so schön mit ihm. Ich war unbeschreiblich glücklich. Aber es gab ja noch den Kai. Ich erklärte ihm, dass ich jetzt mit Julian zusammen sein werde. Er schrie mich sofort an und beleidigte mich übel." „Hat er sie geschlagen?" „Nein, hat er nicht. Aber er begann mich psychisch zu quälen. Er forderte mich zu Einsätzen in Calw an und ich musste immer bei ihm mitfahren. Es war die Hölle. Er beleidigte mich die ganze Zeit. Ich dagegen durfte nicht sprechen." Sie legte eine kleine Pause ein. „Und er machte Theater, wo es nur ging. Ich konnte ihn ja in gewisser Weise verstehen, aber das war zu viel." Probst runzelte die Stirn. Wagner spielte immer noch. „Und was sagte Julian Eberle dazu?" „Der war natürlich stinksauer. Er hat den Kai wohl ein paar Mal zur Rede gestellt, aber der erklärte ihm, dass er sich da raushalten solle. Das Ganze begann nach ein paar Monaten immer mehr zu eskalieren. Und Julian begann Pläne zu schmieden, um den Kai im Polizeidienst aus dem Verkehr zu ziehen. Keinen seiner nicht durchgeführten Pläne hat er mir allerdings jemals erläutert." Mürrle sah mit einem nachdenklichen Blick durchs Fenster.

„Und warum sind sie jetzt wieder mit Kai Fischer zusammen? Nach all dem, was er ihnen angetan hat?" Mürrle schaute weiter aus dem Fenster, während Wagner seinen Kopfhörer abnahm und die Waffe beiseite legte. „Wir sind ja nicht richtig zusammen. Er hat mich damals nach Julians Tod eines Abends getröstet, und dann haben wir zusammen geschlafen. Ich brauchte Halt und Stabilität. Und der Kai gab mir das wieder. Inzwischen ist unsere Beziehung stark abgekühlt. Er kommt nur ab und zu vorbei. Und dann erklärt er mir meistens, wieviel Arbeit er im Moment habe. Und deshalb natürlich auch keine Zeit für mich. Ich denke mal, er hat ein paar andere Mädels am Start. Und das würde ich sogar verstehen, denn ich kann ihm keine Liebe mehr geben. Ich bin gefühlsmäßig tot." Dann starrte sie mit einem irren Flackern in ihren Augen zu Probst rüber. Die war kurz ziemlich irritiert.

Wagner hatte die Szene genau beobachtet. Er sagte: „Vielleicht sollten sie mal ihren Wohnort wechseln und nochmal irgendwo neu anfangen." Mürrle wandte ihren Blick zu ihm, während Probst die Augen genervt verdrehte. „Haben sie das aus einem Ratgeber, oder was? So einen Scheiß habe ich ja schon lange nicht mehr gehört." Wagner bemerkte seinen Fehler und stammelte: „Sorry. Dafür habe ich einen ihrer Rekorde geknackt. Es war aber nicht so einfach als Rookie." „Sie haben es noch nie gespielt? Und dann einen meiner Rekorde gebrochen? Respekt!" Mürrle war plötzlich wieder voll da und schüttelte fassungslos ihren Kopf. „Wir könnten mal zusammen spielen, falls sie Lust haben." „Klar, gerne doch. Aber ich habe leider nur sehr wenig Zeit", antwortete Wagner stolz. Mürrle lächelte ihn an.

Nun war Probst wieder dran: „Vielen Dank Frau Mürrle. Ich denke, dass ist erst einmal genug für heute. Wir melden uns wieder. Falls ihnen etwas Wichtiges einfällt, rufen sie mich an. Jederzeit! Wir finden denjenigen schon, der ihren Julian erschossen hat." Mürrle nickte, aber sie schien nicht sehr überzeugt. Sie wirkte eher ziemlich abwesend.

Als sie wieder im Wagen saßen, sagte Probst zu Wagner: „Sag mal Kevin. Das war ja gerade echt daneben. Das mit dem Wohnort wechseln. Bist du bekifft, oder was?" „Ja, ja, hast ja recht, war echt doof. Aber ich bin nicht bekifft." „Ach, komm schon. Ihr kifft doch alle da bei den Cyber-Cops in Wiesbaden. Gib es doch zu." „Nicht alle. Aber ja. Okay. Da vielleicht manchmal schon. Aber da sind wir auch vierzehn Stunden vor einem Bildschirm in einem geschlossenen Raum. Hier würde ich das niemals machen. Ich gefährde doch unsere Mission nicht. Und ich habe auch nichts auf Tasche." „Gut. Dann Abfahrt", freute sich Probst. „Sag bitte unserem Chef nichts davon. Okay?" „Bleibt unser süßes Geheimnis, Lockenköpfle", beruhigte ihn Probst und lachte laut los, begeistert über ihre Fortschritte in der schwäbischen Sprache. Wagner lachte mit. Sie mochten sich einfach, und das war gut für Ritters Team.

Kurz vor zehn Uhr erreichte Ritter das Revier in Calw. Er rauchte noch eine Zigarette auf dem Hof, bevor er das Gebäude gemächlich betrat. Als er vor dem Schreibtisch im Büro saß, begann Volker Hoffmann auch gleich: „Ich habe mich entschieden, ihnen zu helfen. Aber wirklich nur aus dem Hintergrund. Den Rest müssen sie schon selbst erledigen. Und die Begründung ist auch einfach. Ich will unbedingt den Mörder von Julian Eberle finden. Und zusammen mit ihrem Team ist die Lösung vielleicht ja doch möglich." Ritter lächelte ihn an: „Super. Das freut mich jetzt aber wirklich sehr. Ich brauche sicherlich auch einige Beamte von ihnen, wenn ich dann Einsätze habe. Und natürlich eine Zelle und einen Verhörraum." „Kein Problem. Bekommen sie alles. Wie wollen sie vorgehen?"

Ritter nahm einen Schluck Kaffee und antwortete dann: „Ich weiß es ehrlich gesagt noch nicht so genau. Ich denke, wir haben nicht sehr viele Möglichkeiten, um an die Wahrheit heranzukommen. Denn warum sollte uns jemand die Wahrheit erzählen, wenn er es bei ihnen damals auch nicht getan hat. Am einfachsten wäre es natürlich, wenn wir die Pumpgun finden würden. Aber das dürfte erst einmal eine Illusion bleiben. Wir müssen einfach mehr über das Leben des Julian Eberle erfahren. Das werden wir auch. Und eventuell ist ja die Julia Mürrle irgendwann soweit, dass sie mehr Details aus ihrem Leben mit ihm erzählt. Meine Kollegen Wagner und Probst sind gerade bei ihr zu Hause. Ansonsten bin ich noch ziemlich ratlos." „Wenigstens ehrlich. Gefällt mir. Ich hatte zum Schluss der Ermittlungen damals auch keine Idee mehr."

Ritter runzelte nachdenklich die Stirn: „Warum sind sie damals eigentlich mit dem Kresse in Wildbad nicht ganz so gut ausgekommen?" „Nicht ganz so gut ist aber nett umschrieben. Der glaubt ja ernsthaft, er sei der König von Wildbad. Der hat eine echte Profilneurose. Und er behandelt seine Beamten fast wie Sklaven. Ich mag ihn nicht." „Ich auch nicht." „Alle seine Aussagen waren schwammig, immer sehr neutral und ohne Inhalt. Wenn es um ihn selbst ging, hat er meist gelacht. Er sagte immer, dass gerade Julian Eberle unter seinem besonderen Schutz gestanden hätte." Hoffmann nahm einen Schluck Kaffee. Ritter fragte: „Wie meinte er das denn? So eine Art Welpenschutz? Wie bei einem eigenen Sohn, oder was?" „Ja, genau. So kam es bei mir auch an. Er hat aber nicht gesagt, warum das so war." Ritter machte sich sofort Notizen, denn er vertraute seinem Gedächtnis nicht mehr so ganz. Und wenn er hier etwas übersehen würde, könnte das schlimme Folgen haben. Denn dieser Fall würde alles andere als einfach, das war jetzt schon sonnenklar.

„Kannten sie den Julian Eberle eigentlich gut?" Hoffmann schaute ihn mit festem Blick an: „Nein, nicht wirklich. Wir haben uns vielleicht zwei oder dreimal gesehen. Er war fast nur in der Ecke Dobel, Wildbad und Bad Herrenalb im Einsatz. Eberle wirkte nett und sachlich auf mich. Während der Ermittlungen habe ich ihn dann natürlich posthum sehr viel besser kennengelernt. Ich hörte ja plötzlich jede Menge Geschichten über ihn."

„Und welche dieser Geschichten kommt ihnen jetzt sofort in den Sinn?" Hoffmann überlegte kurz: „Die Geschichte hat mir damals die Franziska Leitle erzählt. Sie hatte mit ihm eine Verkehrskontrolle durchgeführt. Bei einem der kontrollierten Fahrer fand der Eberle dann Drogen. Fünf Kilo Hasch und eine größere Menge Speed. Eberle beschlagnahmte den Fund und begann die Personalien aufzunehmen. Dann kam Kai Fischer und regelte schnell alles. Er sei jetzt dafür zuständig. Als Fischer mit dem Dealer und der Ware verschwunden war, flippte Eberle aus. Er schrie rum, dass er den Kai Fischer eines Tages umlegen würde."

Ritter staunte nicht schlecht. Es entstand ein kurzes Schweigen. Er musste dringend mit Franziska Leitle sprechen.

„An welches markante Detail erinnern sie sich noch sehr deutlich?" Hoffmann überlegte wieder. „Kein Detail, aber der Daniel Schäufele kam mir auch öfter mal so vor, hmmm, als wenn zwei verschiedene Menschen in einem Körper leben. Er war so verschlagen, so unecht manchmal. Schwer zu beschreiben, nur ein Gefühl."

Wieder machte sich Ritter Notizen. „Und natürlich stand die Julia Mürrle damals unter starkem Einfluss des Herrn Fischer. Der diktierte ihr schon so einiges. Es war nicht leicht, mit ihr zu sprechen. Sie aufzumachen. Die war komplett zu. Wie traumatisiert." „Es scheint ja wirklich so, als hat der Fischer hier alles völlig im Griff. Und scheinbar auch schon damals. Den Typen könnte ich eigentlich jetzt gleich hier im Haus besuchen. Ich muss mich ja auch mal bei ihm vorstellen." Ritter grinste zu Hoffmann rüber, der blieb aber sehr ernst. „Passen sie auf, Herr Ritter, der Junge ist echt raffiniert. Er nutzt jede Schwäche sofort aus. Aber sie sind ja auch kein Idiot. Trotzdem, bleiben sie aufmerksam."

Es klang nicht nur wie eine Warnung, nein, es war eine Warnung. Ritter hatte dies sehr wohl registriert und in seinem Gehirn abgespeichert. Er bedankte sich für den Ratschlag und verabschiedete sich von Kommissar Hoffmann. Sie würden ab jetzt in regelmäßigem Kontakt stehen. Ritter war froh. Denn die Chancen auf eine Lösung waren deutlich gestiegen durch die Mitarbeit von Hoffmann. Kommissar Ritter war jetzt wirklich neugierig auf diesen Kai Fischer. Oder sollte er ihn noch eine Weile zappeln lassen? Er entschied sich für eine völlig andere Variante. Und er wollte um einiges besser vorbereitet sein, wenn es soweit sein sollte. Anschließend fuhr er zurück nach Wildbad. Es war nicht mehr ganz so nebelig, aber immer noch sehr trüb.

In Wildbad besorgte er sich zwei Butterbrezeln mit frischem Schnittlauch. Danach fuhr er zurück in die Wohnung und zog sich um. Er schnürte seine neuen Wanderschuhe und nahm seine Regenjacke. Wagner und Probst waren noch unterwegs. Schnell verließ er wieder das Haus und lief nach rechts, knapp dreihundert Meter, bis die Straße an ihrem Ende scharf nach links unten führte. Ritter ging geradeaus weiter, direkt in den Wald. Nach ein paar Metern war alles ruhig und friedlich. Fast dreißig Minuten wanderte er leicht bergauf. Dabei verlangsamte er allmählich seine Laufgeschwindigkeit und bog erneut rechts ab, auf einen Weg, der noch steiler nach oben führte. Bald schon musste er sein Tempo weiter drosseln, denn sein Atem ging jetzt schwerer und es wurde ihm heiß. Auf einer kleinen Ebene machte er Pause und setzte sich auf eine Holzbank. Es war auch hier oben sehr nebelig. Er konnte deshalb die vielen Bäume nur schemenhaft erkennen. Wieviel Nadelbäume bei normaler Sicht wohl zu sehen wären? Ritter atmete tief durch. Was für eine frische und gute Luft. Anders als an der Nordsee, nicht so salzhaltig.

Der Hunger meldete sich und so blieb er eine ganze Weile sitzen und aß die leckeren Butterbrezeln. Er genoss diese Ruhe bewusst. Ein magischer Platz hier oben, dachte er sich. Dazu dieses sanfte Rauschen der Baumwipfel. Seine Gedanken waren positiv angeregt und er fühlte sich erneut sehr wohl. Wie schön seine Heimat doch ist. Er fragte sich plötzlich, warum er eigentlich sein Leben nicht hier verbringt. Es gefiel ihm sehr viel besser als in Berlin. Diese Erkenntnis verwirrte ihn doch stark. In Berlin war er alleine, hier aber lebten seine Mutter und seine Schwester.

Ritter begann sich Vorwürfe zu machen, als er an seine Mutter dachte. Er hatte sie einfach jahrelang vernachlässigt und war unentwegt beschäftigt gewesen. Und das meist fern der Heimat. Und als er zwei Jahre Zeit gehabt hätte während seiner Krankschreibung hatte er sie auch nur zweimal kurz an Weihnachten besucht. Ritters innere Zerrissenheit kam nun deutlich zum Vorschein. Er stellte mit Schrecken fest, dass er mit fünfzig Jahren noch immer einsam und wohl auch heimatlos ist. Er atmete einmal tief durch, um sich von diesen traurigen Erkenntnissen zu befreien. Schwungvoll stand er auf und machte sich auf den Rückweg.

Am späten Nachmittag saßen sie alle zusammen im Wohnzimmer. Probst erzählte Ritter von ihrem Gespräch mit Julia Mürrle. Ritter berichtete anschließend von Kommissar Hoffmann und dessen ersten Geschichten. Als Wagner dann von seinem Rekordgeballere an Mürrles Computer berichtete, musste Ritter herzhaft lachen. Probst ebenso.

Sie sah zu Ritter: „Ich müsste am Wochenende mal nach Berlin fliegen, Chef. Mein Vater feiert seinen Fünfzigsten. Da geht die Post ab. Und da muss ich natürlich dabei sein. Geht das?" Ritter lächelte sie an: „Klar geht das. Natürlich. Ich kann sie ja zum Flughafen fahren." „Oh, toll. Danke, mein absoluter Lieblingschef." Wagner schmunzelte vor sich hin, während er mal wieder seine Tastatur traktierte. „Dann bin ich wohl ganz alleine hier", bemerkte Ritter.

Probst hatte jetzt richtig gute Laune. „Ich hole jetzt mal was zu essen, oder hat jemand Lust zu kochen?" Als keine Antwort kam, stand Probst auf, verließ das Zimmer und anschließend das Haus. Ritter ging auf die Terrasse und zündete sich eine Zigarette an. Man konnte heute einfach nicht weit sehen. Es war nicht hell geworden, blieb trüb und dunkelgrau. Und die Temperaturen waren weiter gefallen.

Probst war nach dreißig Minuten zurück und hatte drei Portionen Wiener Schnitzel und Pommes dabei. Alle drei stürzten sich auf das leckere Abendessen. Es kehrte Ruhe ein, doch dann klingelte das Handy von Probst. Sie stand sofort auf, nahm sich noch ein paar Pommes mit und verließ den Raum. Die beiden Männer konnten nur noch verstehen wie sie freudig sagte: „Hallo, Rita. Ich habe super Nachrichten und..." Der Rest des Satzes war nicht mehr zu hören.

Wagner schmunzelte schon wieder. Ritter sagte nur: „Aha. Wissen wir das auch?" „Ja, das wissen wir jetzt auch. Rita wird sich freuen, dass Mandy nach Berlin kommt, wa?"

Als Ritter spät abends im seinem Bett lag, war es wieder totenstill. Erneut konnte er kein Geräusch hören, dafür aber sich selbst atmen. Ritter ließ seinen Gedanken freien Lauf. Er musste einfach versuchen bei diesen Ermittlungen sehr geduldig zu sein. Diese Geschichte hier war zäh wie ein ausgespuckter Kaugummi und Geduld ist ja nun wahrlich nicht seine Stärke. Er musste daran denken, dass es hier sehr viel länger dauern könnte, als kürzlich an der Nordsee. Da hatten sie den Fall bereits nach vier Wochen gelöst.

Nach einer Weile fiel ihm ein, dass er am Wochenende ganz alleine hier sein würde. Er sollte mal Paula Rose anrufen. Dieser Gedanke gefiel ihm außerordentlich gut. Aber könnte auch gefährlich werden. Er spürte plötzlich sein Herz schlagen. Ob das ein Zeichen war? Er grübelte noch längere Zeit, bevor er endlich einschlief.

Mittwoch, 16.April 2014

Kurz vor neun Uhr an diesem Morgen betrat Ritter das Wohnzimmer und traute seinen Augen nicht. Die komplette Umgebung hatte sich verändert. Schnee soweit das Auge reicht. Die großen Tannenbäume waren alle komplett weiß. Es sah wunderbar aus, so rein und sauber. Der Schnee hatte ihn zurück katapultiert in die Winterzeit. Und das Mitte April. Auf der Terrasse war es trocken und so zündete er sich seine erste Zigarette noch vor dem Frühstück an. Ritter genoss die Aussicht und konnte sich an dieser Winterlandschaft kaum satt sehen. Doch ohne Jacke fröstelte es ihn schnell und so ging er in die Küche. Probst und Wagner saßen bereits da und die Espresso-Maschine gab in diesem Moment den berühmten Pfeifton von sich. Alle drei freuten sich auf den ersten Kaffee an diesem Morgen.

Wagner hatte frische Brezeln und Laugenbrötchen geholt und den Frühstückstisch reichhaltig ausgestattet. Probst und Ritter griffen beherzt zu. Als sie alle versorgt waren, begann Wagner aufgedreht: „Also ich glaube, ich weiß, wer der Mörder ist." Dabei grinste er breit und selbstsicher. „Ach ja? Iss ganz klar Kevin. Dann können wir ja wieder nach Hause fahren. Super. Du bist toll", bemerkte Probst spitzfindig. Ritter setzte noch einmal eine Kanne Kaffee auf, dann sagte er: „Wir können ja alle unseren Hauptverdächtigen auf einen Zettel schreiben. Und am Ende, wenn wir dann wissen wer es war, schauen wir mal, wer die richtige Lösung hatte." Probst freute sich: „Oh ja, tolles Spiel. Das machen wir."

Nachdem sie alle ihre kleinen Zettel beschriftet und gefaltet hatten, legte sie Probst in eine kleine Schale in der Küche. Ritter sagte: „Also, ich habe noch keinen Hauptverdächtigen. Keine Ahnung. Ich glaube die Mürrle hat dem Eberle den Kopf weggeballert." Probst sah schockiert zu Ritter: „Chef, manchmal machen sie mir etwas Angst. Das ist doch absurd." Wagner musste laut lachen. Als er wieder sprechen konnte, sagte er: „Getroffen hätte sie ihn ja auf jeden Fall. Ich habe da jemand anderen in Verdacht, aber mal abwarten."

Ritter und Wagner gingen auf die Terrasse, um zu rauchen. Es begann wieder leicht zu schneien. Beide schauten fasziniert auf die weiße Landschaft. Es sah aus, als hätten sich alle Bäume schick gemacht und extra ein neues, weißes Kleid angezogen. Ritter schaute zu Wagner: „Heute sprechen wir den ganzen Tag mit unseren Kollegen hier in Wildbad. Und danach wissen wir wieder etwas mehr über den Julian Eberle." „Ja, Chef. Ich bin auch mal gespannt. Aber ich denke nicht, dass wir soviel Neues erfahren werden. Ich glaube eher, dass wir es hier mit einem Mörder zu tun haben, der unglaublich in die Enge getrieben worden war. Voraussichtlich von Eberle." „Ja Wagner, könnte sein. Aber so wie es aussieht, waren sowohl Fischer als auch Eberle nicht gerade die Mutigsten. Also, ich habe keine Ahnung. So, dann mal los. Ab ins Tal."

Um elf Uhr trafen die drei BKA-Beamten im Polizeirevier in Wildbad ein. Sie konnten zwei große Zimmer in der zweiten Etage für ihre Befragungen nutzen. Im hinteren Zimmer richteten sich Wagner und Probst erst einmal häuslich ein. Beide hatten Kaffee und ihre Computer dabei. Wagner hatte zudem einige Seiten Papier ausgedruckt. Er zog seine Schuhe aus und fühlte sich offensichtlich wohl.

Anschließend sprachen sie fast neunzig Minuten mit Daniel Schäufele. Danach empfingen sie Michael Becker. Er arbeite bereits seit mehreren Jahren hier im Revier. Becker war knapp ein Meter achtzig groß, schlank und gut trainiert. Seine dunkelblonden Haare trug er kurz. Und er hatte eine Brille mit schwarzen Rändern auf der Nase. Wagner und Probst verbrachten auch mit ihm knapp neunzig Minuten im Gespräch. Becker bekam den Auftrag, alle Vereinsmitglieder der Skizunft Wildbad zu befragen. Schäufele sollte im Fußball Club FV Wildbad alle Mitglieder interviewen. Wagner gab ihnen eine aktuelle Mitgliederliste.

Ritter nahm das vordere Zimmer in Beschlag. Sein erster Gast an diesem Morgen war Franziska Leitle. Die Vierunddreißigjährige war trotz ihrer unmodischen Polizeiuniform eine attraktive Frau. Sie machte einen sehr stabilen und selbstsicheren Eindruck. Ihre mittellangen, schwarzen Locken leuchteten regelrecht. Leitle hatte ein schönes Gesicht und ein sympathisches Lächeln, dazu blaue Augen. Sie stand kerzengerade vor Ritter und lächelte ihn freundlich an: „Guten Morgen, Herr Ritter. Ich bin die Franziska", begrüßte sie ihn. „Guten Morgen, Frau Leitle, ich bin Max Ritter."

Sie setzten sich an einen runden Holztisch. Beide hatten einen großen Kaffeebecher für sich mitgebracht. Leitle hatte zudem Kekse dabei. „Also, Frau Leitle, dann erzählen sie mal ein wenig von ihren Erinnerungen an den toten Julian Eberle." „Da gibt es nicht viel zu erzählen. Ich kam ja erst vier Wochen vor seinem Tod hier nach Wildbad. Ich hatte zuvor in Baden-Baden gearbeitet, konnte dort aber die vielen kriminellen Russen nicht mehr ertragen. Diplomaten und sonstiges Gesindel. Na ja, egal, jedenfalls hatten wir nur ein paar wenige Einsätze zusammen. Er war sehr nett und auch professionell. Sachlich und ruhig. Ich empfand es sehr angenehm mit ihm zu arbeiten."

Beide nahmen einen Keks und einen Schluck Kaffee dazu. Ritter fragte: „Aber damals, als Julian Eberle die Drogen bei einer Fahrzeugkontrolle gefunden hatte und dann Kai Fischer dazu kam, da ist er doch nicht so ruhig geblieben, oder?" „Oh ja, da ist er total ausgerastet. Ich war echt schockiert, hatte ihn ja so noch nie erlebt. Ich traute mich auch nicht zu fragen, warum er diesen Fischer so hasst. Klar, jeder wusste hier von Fischer, Mürrle und Eberle und deren Beziehungschaos. Ob aber dieses Chaos damals der Grund für seine Mordfantasie war, kann ich leider nicht sagen." Franziska Leitle legte eine Pause ein und nahm einen weiteren Schluck Kaffee.

„Und dann kam dieser grauenvolle Tag?" „Ja. Es war Wahnsinn. Ich musste so dringend mal und bin ins Gebüsch runtergelaufen. Als ich mich gerade in die Hocke gesetzt hatte, war dieser irre laute Knall zu hören. Ich erschrak so heftig, dass ich das Gleichgewicht verlor. Und als ich wieder nach oben auf die Straße kam, lag Eberle ohne Kopf in einer Blutlache. Ich musste mich sofort übergeben."

Schlagartig stoppte Leitle ihre Erzählung und die Tränen schossen ihr in die Augen. Ritter nahm reflexartig ihre warme Hand in die seine, um sie etwas zu trösten. Sie schaute ihn direkt mit ihren blauen, tränengefüllten Augen an. „Das war so ein schlimmer Anblick damals. Ich habe es aber einigermaßen verkraftet, war lange bei einem Psychologen. Ich hoffe, sie finden das Schwein, der das getan hat. Denn er hätte ja auch mich erschossen." Sie schluchzte tief nach ihren letzten Worten und beugte sich nach vorne. Ritter legte ihr seine andere Hand auf den Rücken, um sie zu beruhigen. Nach kurzer Zeit atmete Leitle wieder etwas entspannter und setzte sich wieder gerade hin.

Ritter ließ ihre Hand nach einigen weiteren Sekunden wieder los, stand auf und lief zum Fenster. Immer noch alles weiß draußen. Sein Kopf war plötzlich völlig leergefegt, sein Blick erstarrte. Er befand sich im Nirgendwo. Und dann sah er die Szene genau vor sich. Zumindest so, wie er sich das in seiner Fantasie vorstellte. Der Todesschütze musste sportlich sein. Er war offensichtlich blitzschnell ausgestiegen und dann mit sehr schnellen Schritten auf Julian Eberle zugelaufen. Der Täter war mit Sicherheit ein guter Schütze. Der erste oder zweite Schuss musste nämlich sitzen. Und er könnte sehr mutig sein, denn er hätte im Normalfall auch Franziska Leitle erschießen müssen. Ritter konnte aber kein Gesicht dazu sehen, so sehr er sich das gerade auch wünschte. Dann riss ihn Leitle zurück in diesen Raum, in diesen Moment.

„Wie ist das Leben eigentlich so in Berlin? Ich werde im Juni für fünf Tage dort eine Freundin besuchen. Vielleicht haben sie dann ja zufällig ein wenig Zeit und können mir etwas von der Stadt zeigen?" Ritter drehte sich um und setzte sich wieder zu ihr an den Tisch. „Aber sehr gerne würde ich ihnen Berlin zeigen. Wir könnten eine kleine Bootsfahrt auf der Spree machen. Vielleicht klappt es ja tatsächlich. Vielleicht sind wir dann aber auch immer noch hier in Wildbad. Wer weiß?" Er lächelte sie freundlich an, sie zurück. Dann stand er abermals auf und bedankte sich bei Ihr. „Könnten sie bitte Herrn Kresse Bescheid sagen, das er jetzt zu mir kommen kann? Vielen Dank für ihre ehrlichen Worte." „Ja Chef, das mache ich. Wir sehen uns ja noch." Hatte sie ihn gerade Chef genannt? Er schaute ihr hinterher, und da fiel ihm natürlich auch ihr wohlgeformtes Hinterteil auf, außerdem ihr leicht beschwingter Gang. Ritter war beeindruckt. Leitle bekam anschließend von Wagner die Aufgabe, alle Vereinsmitglieder des Tennis-Clubs zu befragen. Alle Mitarbeiter schienen motiviert zu sein.

Es dauerte fast zehn Minuten, ehe Polizeichef Karl Kresse bei Ritter auftauchte. Er setzte sich an den Tisch und schlug die Beine übereinander. Dann sah er Ritter provozierend an. „Guten Tag, Herr Kresse. Danke erstmal, dass ihre Mitarbeiter so gut mit uns arbeiten. Jetzt zu ihnen. Berichten sie doch mal ein wenig über ihre Zeit mit Julian Eberle." „Ach, da gibt es eigentlich nichts zu berichten. Mir ist nichts Außergewöhnliches an ihm aufgefallen." Kresse grinste selbstgefällig. „Ich dachte, er war wie ein Sohn für sie. Es ist natürlich kein gutes Zeichen, wenn der Vater so wenig über seinen Sohn weiß." Nun grinste Ritter selbstgefällig. Der Gesichtsausdruck von Kresse verfinsterte sich dagegen: „So dämliche Bemerkungen können sie sich echt sparen, Herr Ritter. Soll ich etwa Geschichten erfinden, nur damit sie zufrieden sind? Okay, der Julian war immer sehr, sehr korrekt. Und als wir mal den Pfarrer besoffen aus seinem Wagen gezogen hatten, da musste ich ihm eben beibringen, dass man bei gewissen Personen auch mal ein Auge zudrücken muss." „Ach so! Ein Auge zudrücken? Kenne ich jetzt so gar nicht. Also, da verstehe ich aber schon eher die Einstellung ihres Julian. Keine Ausnahmen, egal welche Person. Der Papst kann ja auch nicht einfach besoffen in der Gegend rumfahren."

Nun nahm Kresse im Gesicht eine leicht rötliche Farbe an. „Haben sie eigentlich etwas gegen mich? Dann sagen sie es mir direkt in die Fresse. Okay, Mann?" Ritter musste unbedingt Ruhe in das Gespräch bringen. Obwohl es ihm gefiel Kresse zu reizen. Er machte eine kleine Pause, ehe er erwiderte: „Ich habe nichts gegen sie. Sie sind mir genauso egal, wie der Rest der Menschheit auf diesem Planeten. Ich mache hier nur meinen Job und sie behindern diese Arbeit. So sieht das für mich aus. Aber wir müssen ja nun wirklich keine Freunde werden."

Kresse sagte nichts. Er schaute jetzt seitlich zum Fenster hinaus. Ritter konnte sich nicht wirklich bremsen: „Kommt da jetzt noch was, außer dieser tollen Pfarrer-Geschichte? Oder war es das jetzt?" „Das war es", sagte Kresse, stand auf und verließ den Raum. Ritter saß ziemlich ratlos auf seinem Stuhl. Schließlich stand auch er auf und lief rüber zu Probst und Wagner ins Zimmer. Dort setzte er sich auf einen Stuhl und hörte einfach nur zu. Ab und zu machte er sich Notizen. Anschließend aßen sie alle drei ihre mitgebrachten Leberwurstlaugenbrötchen und tranken Wasser und Cola dazu.

Am späten Nachmittag verließen sie das Revier und liefen Richtung Innenstadt. Die drei Beamten schauten sich die Schaufenster an und schlenderten gemütlich durch die enge Hauptstraße. Am Ende der Straße betraten sie den Kurpark. „Echt schön hier", schwärmte Probst. „Das sieht hier aus wie auf einer Postkarte. Und das auch noch mit Schnee dazu. Morgen ist er bestimmt wieder geschmolzen, denn es soll zehn Grad geben." „Ja, es ist wirklich wunderschön hier", bestätigte nun auch Wagner.

Ritter sagte nichts. Er musste gerade an Paula Rose denken. Vor drei Tagen hatte er sie hier getroffen. Warum kam ihm diese Frau immer wieder in den Sinn? Sein Herz begann etwas heftiger zu schlagen. Doch dann kam ihm Karl Kresse in die Gedanken geschossen. Komischer Typ. Ein echter Sonnenkönig, dazu wohl schwul. Ein Spießer, der alle Regeln befolgte, aber für bestimmte Menschen eine Ausnahme zulässt. Und Kresse kann keine höhergestellten Beamten ertragen. Er war von Anfang an schräg drauf. Aber ein Mörder?

Ritter wurde aus seinen Gedanken gerissen, als Probst laut fragte: „Was machen wir denn jetzt noch mit diesem angebrochenen

Tag?" Er war abrupt wieder in der Gegenwart gelandet und antwortete: „Zurück ins Haus. Und alles, aber auch alles sortieren und analysieren. Ich blicke überhaupt nicht mehr durch. Wir brauchen Ordnung. In der Fußgängerzone ist ein Schreibwarengeschäft. Wir brauchen Papier. Wir müssen Profile erstellen und außerdem all unsere bisherigen Erkenntnisse zusammenwerfen."

Wagner kaufte noch ein frisches Brot und etwas Käse und Wurst für das Abendessen. Es würde wohl heute länger gehen, Ritter war in Fahrt gekommen.

Gegen zwanzig Uhr standen alle drei im Wohnzimmer und betrachteten ihr neu geschaffenes Werk. Das komplette Zimmer war mit riesigen, zusammengeklebten Papierpostern dekoriert. Alle waren beschriftet. Und geordnet nach Personen und Ereignissen. Es sah wie bei einer Kunst-Performance von Cristo aus. Da standen sie also nun und starrten auf die Wände, minutenlang sprach keiner. „Ich mache etwas zu essen, bis gleich", unterbrach Wagner die Stille und verschwand in die Küche.

Ritter und Probst blieben weiterhin vor den Postern stehen und versuchten, sich alle Informationen einzuprägen. Wagner hatte dies längst getan. Als er ein paar Minuten später wieder mit zwei riesigen Tellern zurückkam, setzten sie sich an den Wohnzimmertisch. Wagner auf den Boden im Schneidersitz. Er hatte jede Menge belegte Brote zubereitet. Die Drei griffen hungrig zu. „Das Brot hier ist echt der Hammer", sagte Probst mit vollem Mund. Wagner nickte wortlos. Ritter schien irgendwie nicht richtig anwesend, doch dann sagte er: „Ich möchte, dass Kommissar Hoffmann mit seinen Unterlagen zu uns kommt und sich dann unsere Wandbemalung hier ansieht. Dann kann er unsere Erkenntnisse mit seinen

Informationen von damals vervollständigen. Und wir müssen entscheiden, wie es weitergehen soll. Wen der Verdächtigen wir in die Enge treiben wollen. Oder so ähnlich!" Probst reagierte prompt: „Ja, genau, Hoffmann kann in unseren Listen hier sicherlich noch einiges einfügen. Ich ruf ihn gleich mal an." Sie nahm ihr Smartphone und rief bei Hoffmann an. Das Gespräch dauerte keine Minute, dann berichtete Probst: „Alles klar. Er kommt morgen früh um zehn Uhr zu uns. Alles dufte." Ritter schien nun zufrieden zu sein. Wagner hatte inzwischen abgeräumt.

Anschließend standen die beiden Männer mal wieder auf der Terrasse, um eine Zigarette zu rauchen. Wagner stellte fest: „Das wird ein richtig schwieriger Fall diesmal. Es ist alles so undurchsichtig." „Ja, Wagner, das stimmt. Und es gibt irgendeine Vorgeschichte, die wir bisher nicht kennen. Irgend etwas ist mit dem Eberle damals passiert. Und das passierte irgendwann im Sommer 2008. Das haben fast alle Befragten ausgesagt. Welch einschneidendes Erlebnis hatte der Eberle also damals? Und mit wem?" Die beiden Männer gingen schnell wieder rein, es war kalt draußen.

Donnerstag, 17.April 2014

Kurz vor zehn Uhr klingelte Kommissar Hoffmann an der Wohnungstür. Probst öffnete ihm die Tür und begrüßte ihn freundlich. Als er das Wohnzimmer betrat, staunte er nicht schlecht. Hoffmann stellte sich direkt vor die großen, beschrifteten Papierposter. Er hatte noch nicht einmal Ritter und Wagner begrüßt, die mit ihren Kaffeebechern auf der Couch saßen. Es vergingen einige Minuten des Schweigens. Probst verließ das Wohnzimmer.

Ruckartig drehte sich Hoffmann um und begrüßte die beiden Männer: „Guten Morgen, die Herren. Beeindruckend! Und das nach so kurzer Zeit. Es fehlen aber auch noch einige Informationen, die ich ihnen jetzt geben werde." Dann setzte er ein Siegerstrahlen auf. Ritter freute sich, stand schwungvoll auf und legte Hoffmann seine flache Hand ganz soft auf dessen Schulter. „Willkommen im Team, Mister Hoffmann. Ich bin gespannt, was sie alles an Informationen für uns dabeihaben. Und wir freuen uns natürlich hier alle, dass sie mit uns zusammenarbeiten. Auch einen Kaffee?" Hoffmann nickte freudig und Wagner sprintete los. Probst kam frisch aufgepeppt aus dem Badezimmer und ging erst einmal in die Küche zu Wagner.

Hoffmann öffnete derweil seinen großen, schwarzen Aktenkoffer und legte jede Menge Plastikordner auf den Wohnzimmertisch. Er nahm sich die erste Akte und sagte zu Ritter: „Nehmen sie den schwarzen Edding und dann geht es los. Zuerst einmal können sie bei Daniel Schäufele Informationen dazufügen. Bereit? Dann los! Er wuchs im Südschwarzwald auf. In der Gegend bei Titisee. Seine Eltern besitzen eine Metzgerei und der Vater ist leidenschaftlicher

Jäger. Schäufele hat also bereits als Kind schon gesehen, wie man tötet und ausnimmt. Es wurde normal für ihn. Er ist meiner Meinung nach jederzeit in der Lage, einen Menschen zu töten."

Ritter schrieb. Das war harter Tobak. „Hey, Hoffmann, ganz schön heftige Behauptung. Und direkt. Ist mir aber auch lieber so. Gut weiter." „Ja weiter. Schäufele wurde in seiner Schulzeit auch gemobbt. Wer weiß, was es bei ihm als Kind bewirkt hat. Er ist schon immer in der Rolle eines Dieners. Egal, wo er gearbeitet hat. Das haben wir damals alles recherchiert." „Schäufele könnte explodiert sein. Aber warum sollte er? Er hatte absolut kein Motiv." „Ja genau. Er hatte kein Motiv. Das hat ihn ja auch immer wieder aus dem Kreis der Verdächtigen ausgeschlossen."

Ritter überlegte kurz: „Aber er hat auch jede Menge Waffen zu Hause und ist ein hervorragender Schütze. Und ich weiß ja auch, dass sie damals eine Hausdurchsuchung bei ihm durchgeführt hatten." „Ja, das hatte ich. Leider erfolglos. Es war keine Pumpgun zu finden." Ritter fragte: „Könnte Schäufele in Julia Mürrle verliebt sein? Und dann hat er den Eberle aus dem Weg geräumt?" „Könnte natürlich sein. Aber dann hätte er ja auch den Fischer umlegen müssen." „Stimmt auch wieder. Aber vielleicht hatte er noch keine Gelegenheit dazu." Beide schwiegen einen Moment. Die Kommissare bemerkten, wie sie sich sofort mit ihren Thesen und Ideen befeuerten.

Wagner und Probst kamen dazu, sie hatten Kaffee dabei. Nachdem die Becher verteilt waren, setzten sich beide auf die Couch. Hoffmann stand weiterhin, er hatte sich lediglich eine andere Akte vom Tisch genommen. „Gut weiter. Jetzt gibt es etwas Füllung für das Karl Kresse-Poster. Der hat eine sehr bewegte Vergangenheit. Da werden sie staunen. Er ist in Enzklösterle aufgewachsen. Sein Vater war Alkoholiker und Schläger, seine Mutter arbeitete bei der Post. Beide sind bereits tot. Kresse kämpfte sich aber durchs Leben. Bei der Bundeswehr wurde er nach nur vier Monaten wegen angeblichen, heftigen Rückenproblemen entlassen. Ihn Wahrheit aber hatte er einem Offizier die Pistole in den Mund gesteckt und diesem gedroht, ihn zu vernichten. Diese Tatsache fiel aber irgendwie unter den Tisch, sie wurde nicht schriftlich festgehalten. Ich hatte es von zwei ehemaligen Soldaten erzählt bekommen. Anschließend begann er seine Polizeiausbildung und schob nebenbei jede Menge Extraschichten als Knastwärter in Rottweil. Dort berichteten mir einige ehemalige Insassen über die brutalen Methoden von Kresse in seinen jungen Jahren. Kresse hatte keine Probleme, einen Gefangenen zu schlagen oder zu treten. Später verbrachte er seinen Polizeidienst für viele Jahre in Rastatt. Seit knapp zehn Jahren ist er in Wildbad der Big Boss. Ich bin mir auch bei ihm sicher, dass er in der Lage ist, einen Menschen zu töten."

„Oha", kam von Probst. Wagner schluckte schwer und Ritter bemerkte dazu: „Wusste ich doch, dass der Kresse ein Psycho ist. Wir werden ihn im Auge behalten müssen. Aber er hatte ja auch kein Motiv, im Gegenteil, der Eberle war doch wie ein Sohn für ihn. Das hat er ihnen doch damals so erzählt. Vielleicht wollte Eberle sich ja auch an Kresse irgendwie rächen, oder so?" Hoffmann runzelte seine Stirn: „Ja, das kann schon sein, aber das kann uns Eberle ja leider nicht mehr erzählen. Und deshalb wird es unmöglich sein, da einen Zusammenhang herzustellen."

Hoffmann war nun nicht mehr zu bremsen. „Okay, weiter. Jetzt mal zu Michael Becker. Der schien damals sauber zu sein. Alles korrekt. Gute Ausbildung, keine Aussetzer, immer freundlich, zuverlässig und hilfsbereit. Er ist verheiratet und hat zwei kleine

Töchter. Überragender Schütze. Becker hätte Karriere machen können, doch er wollte lieber in der Heimat bleiben und eine Familie gründen. Allerdings hatte er einen kleinen Makel, traf sich damals heimlich mit einer anderen Frau. Ob das immer noch so ist, weiß ich natürlich nicht. Aber das ist ja auch keine Straftat. Jeder wie er will."

Ritter brauchte eine Pause und ging auf die Terrasse um zu rauchen. Es war wieder wärmer geworden. Knapp acht Grad zeigte das Thermometer, das an der Terrassenwand angebracht war. Es nieselte etwas und der Schnee war inzwischen wieder komplett verschwunden. Nachdenklich ging er wieder zurück ins Wohnzimmer. Inzwischen hatte Wagner den schwarzen Edding in der Hand und stand vor dem Poster Franziska Leitle. Hoffmann diktierte wie ein Lehrer und Wagner schrieb wie ein Schüler an der Tafel mit. Als er zu Kai Fischer kam, bemerkte Hoffmann: „Also, so viele Informationen hatte ich nicht über den Fischer. Da habt ihr schon ganz viele Details und Charakterzüge erarbeitet. Super."

Probst brachte Apfelkuchen und frischen Kaffee. Sie legten eine kleine Pause ein. „Lecker", freute sich Wagner. Probst berichtete: „Habe ich im *Cafe Jats* unten in der Stadt besorgt. Die Mädels da sind total nett. Ist ab jetzt mein neuer Lieblingsladen in Wildbad."

Ritter starrte auf die Posterwand. „Das wird dieses mal richtig schwierig. Jetzt haben wir so viele neue, wichtige Informationen bekommen und ich bin noch ratloser. Oh Mann! Aber wir können ja einfach fleißig weiter sammeln und hoffentlich irgendwann die Lösung sehen." Ritter sprach sich selbst Mut zu. Hoffmann grinste zu ihm rüber: „Hey Ritter, das wird schon. Keine Sorge. Ich bin dieses Mal weitaus optimistischer als damals. Mit euch zusammen kriegen wir diesen Irren schon noch. Und es wird auch langsam

Zeit. Wer weiß, wann der wieder austickt. Denn jetzt, wo ihr da seid, könnte der damalige Täter durchaus nervös werden."

Wagner musste erneut schwer schlucken. Es behagte ihm überhaupt nicht, dass sie dieses Mal so einen Psychopathen jagen mussten. Ritter sagte: „Danke, Hoffmann. Ich kann jetzt wirklich etwas Optimismus gebrauchen. Aber wir sind ja auch erst eine Woche hier in Wildbad." Probst stand auf und stellte sich vor das Schäufele-Poster. „Ich hätte nicht gedacht, dass der Schäufele so drauf ist. Und überhaupt. Es scheint ja so, als gäbe es bei der Wildbader Polizei nur überragende Schützen. Die könnten direkt bei einem Schieß-Wettbewerb mitmachen, wa? Wir müssen wirklich sehr vorsichtig sein." Dann ging sie an die große Fensterscheibe und schaute schweigend in die Landschaft. Wagner fühlte sich heute nicht sehr wohl, angesichts dieser Tatsachen. Man konnte es direkt an seiner Mimik ablesen.

Wagner fügte jetzt noch einige Details bei Julia Mürrle hinzu. Hoffmann informierte anschließend: „Von ihr haben wir ja damals kaum etwas erfahren, wie ich bereits erzählt habe. Die war wie traumatisiert. Und falls sie doch was erzählen wollte, war der Fischer gleich zur Stelle. Ich wurde nie schlau aus ihr. Aber sie ist eventuell der Schlüssel zur Lösung." Ritter bestätigte: „Ich werde auch nicht schlau aus ihr und deshalb ist Julia Mürrle ab jetzt die Spezial-Aufgabe für unsere Frau Mandy. Ich denke, sie kann Mürrle öffnen und sich außerdem Kai Fischer vom Leib halten. Natürlich zusammen mit Wagner. Ansonsten denke auch ich, dass sie der Schlüssel sein könnte. Falls Mürrle nicht sogar selbst ausgetickt ist."

Nun drehte sich Probst ruckartig um und sagte: „Sie hatte vorgestern einmal ganz kurz einen richtig irren Blick. Und zwar als sie sagte, sie sei gefühlsmäßig tot." Ritter grinste: „Na also. Da haben wir es doch. Das Ballerspiel hat sie komplett irre gemacht." Während Wagner plötzlich laut loslachen musste, schüttelte Probst verständnislos ihren Kopf. Hoffmann sah etwas ratlos in die Runde. Wagner erklärte ihm das Lieblingsspiel der Julia Mürrle. Nun verstand auch er.

Ritter analysierte: „Also Stand, heute siebzehn Uhr, ist folgender: Wir haben vier Hauptverdächtige: Kai Fischer, Daniel Schäufele, Julia Mürrle und Karl Kresse. Michael Becker und die freundliche Franziska Leitle können wir wohl ausschließen." „Oha! Die nette Franziska," sagte Probst und schaute zu Ritter. Der grinste breit zurück. Wieder mal schüttelte Probst ungläubig ihren Kopf. Es hatte sich doch tatsächlich ein Kumpelverhältnis zwischen Probst und Ritter entwickelt. Aber das hatte er irgendwie auch schon zu Wagner. Anders natürlich. Im Männermodus.

Doch dann sagte Probst: „Also für mich ist Julia Mürrle definitiv keine Hauptverdächtige. Niemals. Warum sollte sie denn ihren Freund abknallen? Aber es könnten einige neue Verdächtige dazukommen. Vielleicht hat ein guter Freund aus dem Drogenmilieu die Drecksarbeit für den Kai Fischer erledigt. Und das könnte dann durchaus gefährlich für uns werden. Denn in dieser Drogenszene ist Kai Fischer der Präsident. Ganz klar!" „Stimmt", reagierte Hoffmann. „Ich sehe es genau wie Frau Probst. Mürrle, nein! Neue Verdächtige könnten aber dazukommen."

Wagner stöhnte auf. Ritter ging an die Glasfront und starrte aus dem Fenster. Dann haute er wieder einen raus: „Der Kresse ist ja so richtig knüppelhart drauf. Und vielleicht auch schwul. Vielleicht so ein Hardcore Leder-Gewalt-Schwuler? Keine Ahnung. Der könnte doch dem sehr gut aussehenden, sportlichen Eberle die

Knarre in den Mund gesteckt haben, um ihn dann zu vergewaltigen. So knastmäßig!" „Also Chef! Wirklich mal. Sie sind echt etwas hart drauf, seit wir hier im Schwarzwald sind. So kenne ich sie ja gar nicht", reagierte Probst entsetzt. „Sie wissen, wie das ist, wenn ich laut denke." Ritter drehte sich um und schaute in die Runde. Hoffmann bestätigte ihn: „Das ist selbstverständlich auch möglich. Ganz klar. Dem Kresse traue ich alles zu."

Ritter schaute zu Probst: „Fragen sie bitte Julia Mürrle demnächst, ob der Eberle ab einem gewissen Zeitpunkt eventuell sexuelle Probleme hatte. Oder ob er mal irgend etwas in dieser Richtung erwähnt hatte." „Okay, Chef. Das wird aber nicht so einfach. Da muss ich wohl einen günstigen Moment bei ihr abwarten." „Selbstverständlich. Und Wagner! Ich besorge die Genehmigung, um Kresse komplett zu überwachen. Bevor wir den Arsch auseinandernehmen, müssen wir aber sicher sein, dass er nicht noch andere Gebäude besitzt. Eine scheiß Jagdhütte im Wald zum Beispiel. Wir müssen nämlich die Pumpgun finden. Und da dürfen wir bei einem der Verdächtigen nicht zu früh vorpreschen, sonst war´s das. Aber einfach so hat der Täter die Waffe auch nicht entsorgt. Sie war teuer. Und sie hat unglaublich eingeschlagen und Wirkung gezeigt. So etwas entsorgt man nicht, vor allem dann nicht, wenn man sich absolut sicher fühlt."

Es entstand ein längeres Schweigen im Raum. Alle mussten nachdenken, neu bewerten. Es war ein gutes Meeting. Probst durchbrach das Schweigen: „Hey Chef, Kevin und ich fahren gleich los, um das Haus von Kai Fischer zu verkabeln. Drogen-Fischer hat ab achtzehn Uhr Schichtdienst in Calw. Und anschließend bringen wir etwas zu essen mit." „Okay, seid aber bitte sehr vorsichtig. Und Wagner, sie nehmen gefälligst ihre Knarre mit, verstanden?" „Ja, Chef. Klar. Bin gut im Training."

Ritter war zufrieden. Er blieb mit Hoffmann noch eine ganze Weile im Zimmer stehen. Die beiden Kommissare starrten wieder auf die verschiedenen Poster. Ritter sagte überraschend zu ihm: „Sie sind der einzige Beamte in Calw und Wildbad, den ich nicht überwachen lasse. Damit sie das auch mal wissen. Ich hoffe nur, dass wir für den Kresse die Genehmigung bekommen." „Danke. Das ist ja eine Ehre. Hätte ich diese Möglichkeiten damals gehabt, hätte ich sie auch genutzt. Keine Frage."

Diesmal klopfte Hoffmann ganz leicht auf die Schulter von Ritter und fuhr fort: „Ich bin froh, dass sie gekommen sind. Und ich weiß jetzt, dass wir den Mörder finden werden. Ich hatte sehr, sehr viele schlaflose Nächte bei der Ermittlung damals und auch noch lange danach. Aber sie haben ein tolles Team. Ihre zwei BKA-Jugendlichen sind super drauf. Echt klasse. Und scheinbar auch noch hochintelligent. Das muss dieses Mal einfach klappen. Wir rocken das!" Er nahm seine Hand wieder von Ritters Schulter und sah ihn optimistisch an. Ritter blieb trotzdem skeptisch. Denn irgend etwas löste in ihm Unbehagen aus, wenn er an die kommenden Ermittlungen denken musste. Hatte er Angst um seine Mitarbeiter? Ja, vielleicht. Es könnte durchaus etwas Schlimmes passieren. Die tödliche Gefahr war ab jetzt zurück in seinem Leben.

Kurz vor neunzehn Uhr verließ Kommissar Hoffmann die Ferienwohnung und fuhr zurück nach Calw. Feierabend.

Ritter grübelte vor sich hin, als sein Handy summte und brummte. SMS von Aytin: *Lieber Max, ich habe zum Monatsende meine Wohnung untervermietet. Ich ziehe erstmal in die Türkei zu meinem Vater. Jetzt ist er auch noch gestürzt und hat sich den Arm gebrochen. Es tut mir wirklich leid, dass wir uns für sehr lange Zeit nicht mehr sehen werden. Denn ich glaube, dass es noch sehr viel schöner mit uns geworden wäre. Du bist aber für immer in meinem Herzen. Deine Aytin.*

Ritter ging wie paralysiert auf die Terrasse und zündete sich eine Zigarette an. Das war jetzt eine heftige Nachricht. Er sah die gegenüberliegenden Waldhänge nicht mehr, sein Blick hatte sich verklärt, seine Augen füllten sich mit Tränen. Er sah Aytin vor sich und wie sie sich leidenschaftlich geküsst hatten. Und wie fröhlich sie immer war. Wie sie beide damals dem alten, nörgelnden Nachbarn aus dem Dritten die Weinkisten nach oben getragen hatten und dann bei ihm völlig abgestürzt waren. Er erinnerte sich daran, wie er jedes Frühjahr ihr Fahrrad in Schuss gebracht hatte und mit ihr durch die Gegend geradelt war. Er wurde sentimental und traurig, sein Herz schlug schwer. Sie war weg. Einfach weg. Erneut hatte es mit einer Beziehung nicht geklappt. Wieder einmal fühlte er sich in diesem Moment völlig alleine und einsam. Ritter schnippte frustriert seine Kippe direkt auf das Dach eines unten geparkten Autos. Ohne Jacke blieb er auf der Terrasse. Das Thermometer zeigte minus drei Grad an. Er wollte jetzt frieren und leiden. Doch dann kam sein Trotz zum Vorschein. Ritter musste an Paula Rose denken. Und an Monika Rätsel. Also kein Grund um Trübsal zu blasen. Dennoch blieb er trotz dieser neuen Möglichkeiten, den Rest des Abends unglaublich traurig. Ohne sich von seinen Mitarbeitern zu verabschieden, ging er bereits um einundzwanzig Uhr in sein Zimmer und schloss die Tür hinter sich.

Probst und Wagner, die inzwischen von ihrem Auftrag in Fischers Haus zurück waren, sahen ihm ratlos hinterher. Sie hatten keine Ahnung, warum es ihrem Chef plötzlich so schlecht ging. Warum er kaum noch Farbe im Gesicht hatte.

Mindestens eine Stunde lag Ritter noch wach auf dem Rücken und starrte an die dunkle Decke ins Nichts. Seine Gedanken schossen ohne Kontrolle durch sein Gehirn. Hatte er wirklich in seiner Fantasie an Gewalt zugelegt, wie Probst behauptete? Warum klappte es nicht mit einer Frau? War es sein Schicksal, das Leben ohne Partner zu verbringen? Aytin war doch so eine gute Freundin. Wo war sie jetzt gerade? Wo war Paula Rose jetzt gerade? Wer hat Julian Eberle so zugerichtet? Sein Gedankenkarussell drehte sich immer schneller, er konnte ihm nicht mehr folgen und schlief ein.

# Freitag, 18. April 2014

Als Ritter gegen neun Uhr das Wohnzimmer betrat, saßen Probst und Wagner bereits an dem großen, länglichen Tisch und hatten Kaffee und Butterbrezeln aufgetischt. Ritter setzte sich dazu: „Guten Morgen," war alles, was er zu sagen hatte. Beide schauten ihn mitleidig an. Er hatte noch immer eine sehr blasse Gesichtsfarbe. Seine Haare standen wild durcheinander, zudem hatte er sich auch seit Tagen nicht rasiert und auch sein Gesichtsausdruck war komplett anders, als üblich. Er schien immer noch sehr traurig zu sein. Probst brach als erste das Schweigen: „Hey, Chef. Was ist passiert? Sie sehen ja furchtbar aus." Es dauerte, bis Ritter antwortete: „Eine alte Schulfreundin ist überraschend gestorben. Ich mochte sie sehr. Sie war erst fünfzig." Energisch biss er ein großes Stück von der Brezel ab. „Mein Beileid", sagte Probst. Wagner sagte nichts und starrte auf seinen Labtop.

Nach diesem schweigsamen Frühstück gingen Ritter und Wagner auf die Terrasse. Es regnete unablässig und schwere, dunkle Wolken hingen über Wildbad. Sie rauchten ihre Zigarette schweigend und als sie wieder ins Wohnzimmer zurückkehrten, sagte Probst zu Ritter: „Ich würde mal sagen, dass sie jetzt in das Badezimmer da vorne gehen. Und dann sorgen sie dafür, dass sie optisch wieder gesellschaftsfähig sind. Okay? Und dann sehen wir weiter." Ritter nickte wortlos und war kurz darauf im Badezimmer verschwunden.

Probst fragte Wagner: „Ob wir unseren Chef am Wochenende hier alleine lassen können? Ich mache mir jetzt schon ein paar Sorgen. Der ist doch so totally lost." „Der packt das schon. Ich mache mir da eigentlich keine Sorgen." „Wann fährst du denn heute nach Freiburg?" „Ich wollte so gegen neunzehn Uhr losfahren." „Ja, gut. Um diese Zeit fahren wir wohl auch los. Ritter bringt mich zum Flughafen." „Wird bestimmt lustig auf der Party deines Vaters." Sie nickte freudestrahlend.

Als Ritter frisch geduscht, rasiert und angekleidet war, kam er aus seinem Zimmer und stellte sich wieder einmal vor die beschriftete Posterwand. Er stand minutenlang da. Wagner und Probst sagten lieber nichts. Ruckartig drehte er sich um: „Ich möchte bitte mal die Frau Rätsel sprechen."

Fünf Minuten später sah er Monika Rätsel auf dem riesigen Screen. Sie strahlte in die Kamera, sah heute sehr frisch und lebendig aus. Sie trug eine schwarze Bluse mit roten Blumen darauf. Ritter sprach ganz sachlich: „Hallo, Frau Rätsel. Wir vermissen sie schon. Wie geht es ihnen denn heute?" „Ach, eigentlich ganz jut. Aber am Wochenende ist schon wieder eine Hochzeit. Die Sheena, meine Nichte, heiratet doch tatsächlich noch. Und ooch noch einen Schwarzen. Sachen jibt´s, wa?" „Was macht die laufende Überwachung? Haben sie irgend etwas Auffälliges bemerkt?" „Nee, nüscht. Aber der Kai Fischer ist ganz schön umtriebig. Der fährt kreuz und quer durch den Nordschwarzwald. Also privat. Olle Fischer schrieb gestern und heute schon mehrfach eine SMS an einen Peter Kleinle. Kleinle arbeitet unter Fischer im Drogendezernat. Er schreibt so was wie: Läuft alles? Alles klar? Klappt das? Die Antworten lauten dann meistens: Läuft. Warte noch. Jetzt alles tutti."

Ritter runzelte die Stirn. „Dann bleiben sie an Drogen-Fischer dran. Ist ja sowieso von Anfang an ihr Spezialkunde. Und dann könnten sie mir noch einen Gefallen tun. Karl Kresse war jahrelang in Rastatt im Dienst. Finden sie dort jemanden, der gegen ihn aussagen möchte, beziehungsweise etwas erzählen möchte. Ich fahre dann nächste Woche nach Rastatt rüber, wenn sie da ein paar Jungs für mich klargemacht haben." „Jut, Chef. Läuft." Sie schaute fröhlich in die Kamera. „Sie sehen übrigens heute super aus, Cheffe. Scheint ihnen jut zu gehen in ihrer Heimat." Wieder grinste sie fröhlich in die Kamera. Nun hatte sie es doch tatsächlich geschafft, Ritter ein kleines Lächeln ins Gesicht zu zaubern. Probst hatte es genau beobachtet und freute sich darüber.

Nachdem Monika Rätsel nicht mehr auf dem Bildschirm zu sehen war, nahm Ritter sein Handy. „Guten Tag, Herr Ritter", bekam er zur Begrüßung zu hören. „Guten Tag, Herr Kiep. Ich brauche eine Genehmigung." „Und für was genau?" „Ich denke, dass Karl Kresse, der Polizeichef in Wildbad, zu den Hauptverdächtigen zählt. Unbedingt sogar. Ich brauche seine komplette Überwachung, im späteren Verlauf der Ermittlungen dann sicher auch Durchsuchungsbeschlüsse." „Hat sie der Hoffmann da nicht etwas aufgehetzt? Die beiden können sich nämlich nicht ausstehen, wie ich erfahren habe." „Nein, Hoffmann und ich liegen auf einer Wellenlänge. Mir war der Kresse gleich verdächtig." „Gut, Ritter. Sie bekommen alles, was sie wollen. Hauptsache, sie finden diesen Polizistenmörder. Frau Zuske wird alles an Frau Probst rüberschicken. Viel Erfolg weiterhin und vor allem ein schönes Wochenende." Damit war das Gespräch mit Ritters Chef beendet.

Probst und Wagner schauten erwartungsvoll zu ihm rüber: „Wir bekommen die Genehmigung zur kompletten Überwachung von Kresse." Wagner freute sich: „Yes! Das ist super. Ich kann diesen Menschen nämlich nicht ertragen." „Ich würde sagen, ihr beiden könnt jetzt mal etwas unsere Wildbader Kollegen unterstützen. Gehen sie ruhig mal nachschauen, wie weit die bereits gekommen sind und wie sie arbeiten. Und falls nötig, motivieren sie die Kollegen dort ein wenig. Ich werde jetzt mal durch den Wald laufen und mir ein paar Gedanken machen. Bis später dann."

Schwungvoll stand Ritter auf und ging in sein Zimmer, um sich seine Wanderschuhe und Regenjacke anzuziehen. Fünf Minuten später war er verschwunden. Ritter lief die gleiche Strecke wie schon vor ein paar Tagen langsam in den Wald. Er wollte sich entschleunigen und die Luft genießen. Immer wieder blieb er stehen und horchte in den Wald hinein. Die Geräusche einiger Tiere und Vögel, dazu das softe Rauschen der Baumwipfel, hatten eine zutiefst beruhigende Wirkung auf ihn. Dazu dieses Grün. Alles grün! In diesem Moment musste er feststellen, dass er wieder einmal alleine unterwegs war. Wie schon sein ganzes Leben und es wurde ihm einfach immer klarer, dass es so mit ihm nicht weitergehen konnte. Langsam lief er weiter. An der Gabelung nahm er wieder den Weg, der rechts abging und steil nach oben führte. Erneut musste er schwer atmen und erneut wurde ihm recht heiß in der Regenjacke. Es war nicht so richtig kalt heute, obwohl es regnete. Kurz vor der kleinen Ebene stand eine Frau mit einer schwarzen Regenjacke und Kapuze. Er grüßte sie: „Guten Tag." „Grüß Gott", sagte sie mit sanfter Stimme und fuhr fort: „Da oben auf der Bank sitzt der Klaus. Das ist mein Sohn, er ist Autist. Er sitzt hier jeden Tag von zwölf bis vierzehn Uhr. Ich wollte sie nur vorwarnen, falls er merkwürdig reagiert." „Ja also, okay. Danke. Ich probiere dann mal mein Glück." Ritter lief weiter nach oben.

Als er auf der kleinen Ebene ankam, konnte er Klaus sehen. Der saß kerzengerade auf der Bank, wie einst *Forest Gump* an dieser Bushaltestelle. Klaus hatte sich ein Fernglas umgehängt und total nasse Haare vom Dauerregen. Seine Hände hatte er schulmäßig auf seinen Oberschenkeln abgelegt. Ritter setzte sich vorsichtig an den anderen Rand der Bank und sagte: „Guten Tag, ich bin der Max." Von Klaus kam keine Reaktion, er starrte auf die gegenüberliegende Hangseite. Ritter holte etwas Schokolade und Wasser aus seinem Rucksack. Dann brach er ein Stück der Schokolade ab und reichte sie zu Klaus: „Möchtest du auch Schokolade?" Klaus schaute ihn an. Besser gesagt durch ihn durch. Er nahm die Schokolade nicht an. „Hi, Max." Zwei Minuten nichts und dann: „Ich bin Klaus." „Hi, Klaus." Sie schwiegen anschließend für mehrere Minuten. Ritter schaute ebenfalls mit starrem Blick auf die unendlich vielen Bäume. Ob er selbst auch autistisch veranlagt war? Ob es vielleicht in allen Menschen steckt? Er erinnerte sich an eine Dokumentation über *Savants* und deren speziellen Fähigkeiten und dass sie meist eine sogenannte Inselbegabung haben, da nur ein Teil ihres Gehirns funktionierte. Und es kam fast nur bei Männern vor. Ritter sah zu Klaus rüber. Ob Klaus nur Autist war? Oder sogar ein hochbegabter *Savant*?

Klaus schien sich wohlzufühlen. Nach einigen weiteren Minuten des Schweigens stand Ritter wieder auf und verabschiedete sich: „Tschüss, Klaus. War schön hier oben mit dir." „Tschüss, Max." Gut gelaunt begann er mit dem Abstieg, nickte der schönen Mutter von Klaus wohlwollend zu und lief langsam an ihr vorbei. „Schönen Tag noch", sagte er dabei freundlich. Sie lächelte ihn liebevoll an. Während des Abstiegs musste er an diese Frau denken. Wieviel Liebe muss man in sich haben, um jeden Tag mit seinem Sohn hier oben zu sein? Jedes Mal zwei Stunden warten, bis Klaus wieder zufrieden ist. Und das wohl bei jedem Wetter. Man muss schon sehr viel Liebe in sich tragen. Deshalb begann er diese Frau mit ihrer Kraft und Liebe zu bewundern.

Gegen fünfzehn Uhr war Ritter zurück im Haus und setzte erst einmal einen Kaffee auf. Probst und Wagner waren noch unterwegs.

Anschließend stellte er sich mit seiner Tasse wieder vor die dekorierten Wohnzimmerwände. Konzentrieren konnte er sich allerdings nur für kurze Zeit, dann verschwammen die vielen Wörter und Buchstaben und er sah erneut die Tatszene vor seinem geistigen Auge. Dazu sah er Kresse. Dann ließ er die Tatszene erneut vor seinem Auge ablaufen. Dieses Mal sah er Schäufele. Diese Version sah er sich dann noch in der Mürrle- und Fischervariante an. Sie konnten es alle gewesen sein. Alle vier. Julia Mürrle war durchaus nicht raus aus seiner Liste. Längst nicht, auch wenn Hoffmann und Probst das ganz anders sahen.

Ritter konzentrierte sich nun wieder auf die Informationen. Er musste unbedingt demnächst mit Kai Fischer sprechen. Welche Startvariante sollte er nur wählen? Drei verschiedene Szenarien hatte er sich bereits ausgedacht. Wieder konnte er ein gewisses Unbehagen spüren. Im Magen. Irgend etwas gefiel ihm überhaupt nicht, aber er kam nicht drauf. Ritter begann zu zweifeln. Er musste es eingrenzen. Karl Kresse und Daniel Schäufele hatten kein Motiv. Und Julia Mürrle auch nicht. Blieb nur Kai Fischer übrig. Er hatte ein Motiv und war verrückt genug. Aber auch wirklich mutig? Hier lag Wagner vielleicht richtig. Fischer könnte tatsächlich auf Drogen ausgerastet sein. Oder jemanden beauftragt haben, diesen Mord zu begehen. Hier lag Probst vielleicht richtig mit ihrer Variante. Dieser Fischer bereitete ihm Bauchschmerzen.

In diesem Moment klingelte Ritters Handy. Paula Rose! Sein Pulsschlag schoss innerhalb von zwei Sekunden völlig in die Höhe. „Hey, Paula. Hallo. Das ist ja eine schöne Überraschung. Wie geht es dir?" „Danke Max, gut. Und dir?" „Auch gut. Ich stehe gerade in deinem Wohnzimmer." Von der neuen Posterdekoration erzählte er ihr lieber nichts. Mit ihrer zarten Stimme sagte sie: „Ich wollte dich fragen, ob wir am Sonntag etwas unternehmen wollen?" „Ja gerne. Klar. Ich habe nichts vor." „Oh, wie schön. Dann hole ich dich so gegen fünfzehn Uhr ab. Ist das okay für dich?" „Klar. Super. Da freue ich mich aber jetzt echt. Vielen Dank für deine Einladung." „Schön. Ich freue mich auch. Dann bis Sonntag. Tschau." „Bis dann, tschüss."

Ritter schaute auf sein Handy, als sei es eine Wunderwaffe. Er war plötzlich völlig verzaubert, und er liebte ihre Stimme. Alle Gedanken an den Fall waren wie ausgelöscht. Ritter setzte sich auf die Couch und begann sich sofort vorzustellen, wie Paula Rose mit ihm zusammen Hand in Hand durch den Kurpark läuft. Er fühlte sich unglaublich wohl dabei, schwelgte dahin.

Überraschend klingelte erneut sein Handy. Seine Schwester Tina! „Hey, Tinchen, alles gut?" „Ja, du alter Floskelkönig. Und bei dir so?" „Ja klar, alles gut." „Und? Kommst du mich nun morgen besuchen? Klappt das? Kannst auch hier pennen, wenn du willst." „Okay. Cool. Ja, ich komme dich besuchen. Freue mich echt riesig, dich endlich wiederzusehen." „Ich mich aber auch, das kannst du mir glauben", sagte Tina Ritter. Als sie das kurze Gespräch beendet hatten, war Ritters Laune weiter gestiegen. Morgen seine Schwester und Sonntag ein Date mit Paula Rose. Super Weekend-Programm. Er sprang vom Sofa auf und ging auf die Terrasse um zu rauchen. Es regnete immer noch.

Um neunzehn Uhr verließen die Berliner ihre Ferienwohnung. Wagner fuhr wie schon letztes Wochenende mit dem Golf nach Freiburg zu seiner Freundin. Ritter setzte sich ans Steuer des BMW und fuhr mit Probst über Calw und Leonberg auf die A8 Richtung Stuttgarter Flughafen. Bereits nach wenigen Minuten erreichten sie das Ende eines zehn Kilometer langen Verkehrsstaus. Er setzte

Blaulicht auf das Dach und schaltete die Warnblinkanlage an. So fuhr er langsam durch die Rettungsgasse bis ganz nach vorne zum Unfallort und links an den Rettungsfahrzeugen vorbei. Plötzlich befanden sie sich auf einer völlig autofreien Bahn. Es war niemand vor ihnen. Ritter beschleunigte heftig und so waren sie bereits viertel vor acht am Flughafen. Den Wagen parkte er an einem der Eingänge vor Gate 1. „Danke fürs Fahren, Chef. Und verabreden sie sich doch mal mit der Frau Rose. Die mag sie wirklich sehr gerne. Ich konnte das letztens genau sehen. Die ist gut für sie. Schönes Wochenende." Probst zwinkerte ihm noch zu und sprang aus dem Wagen. Dann nahm sie ihren Rollkoffer aus dem Kofferraum und lief Richtung Eingang. Sie drehte sich noch einmal kurz um und winkte ihm zu, dann war sie nicht mehr zu sehen.

Ritter startete den Wagen und fuhr durch den starken Regen zurück auf die A8 und weiter über Leonberg und Calw nach Bad Wildbad. Alleine und ohne Licht saß er schließlich in dem riesigen Wohnzimmer, und wusste nichts mit sich anzufangen. Diese Ruhe und diese Einsamkeit. Einsam an einem Freitagabend in Wildbad. Ritter wollte gerade beginnen, in Selbstmitleid zu zerfließen, als er trotzig beschloss, noch in diese Bar in der Fußgängerzone zu gehen. Er brauchte jetzt Menschen um sich herum. In Berlin kein Problem. In diesem Augenblick vermisste er die vielen Menschen, Bars und Restaurants. Die Lichtreklamen und Autos, die Sirenen, die U-Bahn und überhaupt. Einfach alles, was Berlin eben ausmacht.

Entschlossen ging der Kommissar die Stufen hinunter bis ins Tal nach Bad Wildbad. Es war inzwischen zweiundzwanzig Uhr und in der Innenstadt waren keine Menschen zu sehen. Überhaupt keine! Ritter stöhnte entsetzt auf und ging in das *Art Cafe,* wo er ja schon einmal letzten Samstag mit Probst gewesen war. Als er den

Raum betrat, hörte er bereits nach wenigen Sekunden seinen Namen: „Hey, Ritter. Kommen sie doch zu uns rüber." Ritter schaute in die Richtung aus der die Stimme gekommen war und sah Franziska Leitle neben einer dürren, braunhaarigen Frau an der Bar sitzen. Leitle winkte ihm freudig herüber. Er nickte und ging direkt auf sie zu. Leitle stand auf und gab ihm zur Begrüßung ihre Hand. Sie hatte eine große, fleischige und warme Hand. Anschließend stellte sie ihm die andere Frau vor. „Das ist die Lena. Eine ganz liebe Freundin." Ritter gab auch Lena die Hand, die bedeutend knochiger und kälter war.

Leitle reichte ihm die große Cocktail-Karte rüber. Sollte er wirklich Alkohol trinken? Warum eigentlich nicht? Die letzten vierundzwanzig Stunden waren emotional etwas zu abwechslungsreich gewesen. Nach kurzem Zögern bestellte er sich schließlich einen Mai Tai. Zehn Minuten später verabschiedete sich die dürre Lena und verließ die Bar.

Franziska Leitle tätschelte ein paarmal mit ihrer großen Hand auf die Sitzfläche des frei gewordenen Barhockers. Er sollte Platz nehmen. Das tat Ritter auch und dann drehte er seinen Barhocker in ihre Richtung, sie ihren in seine. Sie lächelte ihn freundlich an und er bemerkte ihre kleinen Grübchen. Die hatte er bei der Befragung letztens gar nicht gesehen. Es gefiel ihm. Leitle prostete ihm zu und dann nahm er über den Strohhalm einen ersten und großen Schluck. Der Alkohol knallte sofort. Ritter hatte seit dem frühen Nachmittag nichts mehr gegessen. Es wurde ihm sofort um einige Grad wärmer und um die Magengegend sogar heiß. „Und wie gefällt es ihnen hier bei uns in Wildbad, Herr Ritter?" Ihre blauen Augen verliehen ihr eine warme Aura, sie schien ein positiver Mensch zu sein. Und dass, trotz dieser brutalen Geschichte damals. Ritter zog erneut kräftig an seinem Strohhalm. „Gut. Wunderschön hier. Ich bin ja ursprünglich aus Pforzheim und als Kinder sind wir oft in Enzklösterle Ski gefahren. Es ist also nicht neu für mich. Aber ich war viele Jahre in Stuttgart, Leipzig und Berlin tätig und somit lange nicht mehr hier in der Gegend." Leitle trank ihr Glas leer und bestellte noch einmal beim Barkeeper: „Hey Stanko, machst du mir bitte noch einen Wodka Mule? Und noch einen Mai Tai dazu." Der attraktive, am Hals tätowierte Barkeeper nickte freundlich. Es lief House Musik. Es war voll Berlin gerade. Stanko stellte ihnen die neuen Drinks auf den Tresen. Ritter begann sich wohl zu fühlen und nahm einen weiteren großen Schluck. Dabei wurde ihm langsam noch wärmer und wohliger ums Gemüt.

Plötzlich rutschte Leitle von ihrem Barhocker und verlor etwas ihr Gleichgewicht. Sie stand deshalb direkt zwischen Ritters gespreizten Beinen und nur wenige Zentimeter vor seinem Gesicht entfernt. „Uppsi", kicherte Franziska Leitle und küsste ihn überraschend. Ritter wehrte sich nicht. Er konnte nicht. Der Alkohol und diese blauen Augen hatten ihn wehrlos gemacht. Sie drückte ihn dezent etwas nach hinten und intensivierte ihren Kuss. Nach einer gefühlten Ewigkeit drückte Ritter sie etwas weg von sich. Sie sah ihn lasziv an und sagte: „Mein Gott. Wie sie küssen! Das ist ja der Oberhammer. Ich bin die Franzi." Dann strahlte sie ihn mit ihren blauen Augen an. Ritter schaute sie glückselig an. „Ich muss mal," bemerkte sie energisch und war verschwunden. Der Barkeeper lächelte ihn an. Voll Berlin hier heute oder was? Er nahm einen weiteren Schluck und starrte dösig vor sich hin. Hier geht es ja ab!

Draußen am Fenster huschte eine Frau mit blonder Lockenpracht vorbei. War das Paula Rose gewesen? Ritter erschrak heftig, sein Herz begann zu rasen. Scheiß Alkohol. Hatte er sich das eben nur eingebildet? Fuck! Er musste höllisch aufpassen. Das ist hier eben nicht Berlin. No way! Es ist klein und jeder kennt jeden. Hier kann man keinen Schritt mal einfach so daneben setzen. Selbst wenn er gleichzeitig drei Frauen in Berlin hätte, eine in Friedrichshain, eine in Steglitz und eine in Reinickendorf, dann würden die sich doch in zwanzig Jahren nicht einmal über den Weg laufen. Aber hier? In der Provinz wusste doch jeder sofort Bescheid, wenn man sich mal einen Fauxpas leistete. Er wusste plötzlich wieder, warum er seine Heimat damals verlassen hatte. Diese Enge konnte er schon in seiner Jugend nicht gut ertragen. Denn er war schon immer ein Freund freier Gedanken gewesen.

Franziska Leitle riss ihn aus seinen Gedanken und stand nun wieder dicht vor ihm. Ritter reagierte sofort: „Wir sollten das lassen, Franzi. Das bringt uns nur Ärger ein." „Ja. Du hast recht Max. Schade. Ich bin noch nie im Leben so geküsst worden." Sie sah in schmachtend an.

Ritter bezahlte und sie gingen vor die Bar. Er zündete sich seine erste Zigarette seit Stunden an. Dazu die kalte, frische Luft und die zwei Mai Tai. Es knallte in seinem Kopf. Für einige Sekunden sah er Franzi Leitle tatsächlich doppelt. Schwankte er etwa auch? Doch er fragte mutig: „Soll ich dich nach Hause begleiten?" „Nein danke. Nicht nötig. Ich wohne doch nur hundert Meter von hier entfernt." Sie strahlte ihn mit ihren blauen Augen an. „Aber möchtest du vielleicht nicht doch lieber mitkommen? Ich gehöre heute Nacht nur dir ganz alleine." Ritter war inzwischen fast völlig willenlos, sagte aber entgegen seiner Wunschvorstellung überraschend: „Nein. Besser nicht. Aber vielleicht ja ein anderes Mal, liebe Franzi. Und du kannst auch unglaublich gut küssen. Tschau."

Wortlos drehte er ab und lief los. Aber er drehte sich noch einmal um und konnte dabei ihren wippenden Hintern nur noch schemenhaft erkennen. Leicht schwankend lief er gemächlich weiter Richtung Heimat. Als Ritter unten an den vielen Treppen der Himmelsleiter angekommen war, sah er nach oben, konnte aber das Ende nicht erkennen. Mutig begann er mit dem Aufstieg. Seine Schritte waren schwerfällig, er musste schwer atmen und seine Pumpe hatte mächtig zu tun. Als Ritter die Hälfte der Treppen geschafft hatte, war er völlig außer Atem. Der Alkohol zeigte weiterhin volle Wirkung. Erschöpft setzte er sich auf die nassen Stufen. Es regnete immer noch, aber das machte ihm nichts aus und er fror auch nicht. Genüsslich zündete er sich eine Zigarette an und genoss es, hier im Regen zu sitzen. Dabei sah er nach unten auf das kleine Wildbad und die wenigen Lichter, die noch um diese Uhrzeit zu sehen waren. Unerwartet rauschte plötzlich der Pumpgun-Killer in seine Gedanken. Der Typ könnte ihm gerade jetzt ohne Gegenwehr den Kopf wegknallen. Er wäre völlig wehrlos, hatte ja noch nicht einmal seine Pistole dabei.

Schwerfällig stand Ritter auf und kämpfte mit seinem Gleichgewicht. Sein T-Shirt war ihm längst aus der Hose gerutscht. Die letzten Stufen krabbelte er fast auf allen vieren nach oben, als ihn eine zugeschlagene Wagentür plötzlich in Alarmzustand versetzte. Sofort war er voll da und duckte sich ruckartig. Und dann sah er einen dünnen, kleinen Mann, der an seinem Wagen vor ihrem Haus lehnte und telefonierte. Die Entfernung war allerdings zu groß, um etwas zu hören. Anschließend stieg der Mann in den Wagen und fuhr davon. Ritter stand auf, kämpfte sich nach oben und schließlich in die Wohnung zurück. Er machte kein Licht an. Ausgerechnet jetzt könnte er Probst und Wagner dringend gebrauchen. War der Typ vielleicht hier drin gewesen? Ritter setzte sich in dem dunklen Wohnzimmer auf die Couch, er war platt. Nach ein paar Minuten wechselte er seine durchnässte Kleidung und schlief anschließend tief und fest.

# Samstag, 19. April 2014

Ritter hatte starke Kopfschmerzen, als er kurz vor zehn Uhr aufwachte und er konnte nirgends eine Schmerztablette finden. Zudem hatte er tierisch Hunger nach dieser Nacht. Nachdem er gefrühstückt hatte, begab er sich ins Badezimmer und sah im Spiegel einen müden, älter gewordenen Mann. Zumindest äußerlich frisch und restauriert, ging er anschließend mit seinem Kaffee auf die Terrasse. Die Aussicht war wie jeden Morgen unglaublich schön. Es war heute nur leicht bewölkt, ansonsten schmückte der tiefblaue Himmel dieses Postkarten Panorama aus. Ritter rauchte keine Zigarette an diesem schönen Morgen. Franziska Leitle tauchte vor seinem geistigen Auge auf und zauberte ihm ein Schmunzeln ins Gesicht. Zufrieden stellte er fest, dass er sie wirklich sehr mochte. Sie hatte so etwas Einnehmendes, ohne dabei aufdringlich zu sein. Außerdem fand er sie ziemlich attraktiv.

Zwanzig Minuten nach elf stieg Ritter in den BMW und fuhr ins Tal. Unten angekommen, bog er scharf rechts ab und fuhr auf der anderen Seite den Hang wieder steil nach oben auf den Sommerberg. Auf dem großen, kostenpflichtigen Parkplatz stellte er den Wagen ab, stieg aus und schlenderte auf einem breiten Waldweg Richtung Skihütte. Dabei kam er auch am neu eröffneten Baumwipfelpfad vorbei und blieb stehen. Ein imposanter Turm mitten im Wald. Die neue Attraktion von Bad Wildbad. Die Stadt mit ihrem neuen jungen Bürgermeister begann scheinbar wieder den Tourismus zu aktivieren. Jahrelang hatte man nichts getan und sich nur auf die zu erwartenden Kurgäste verlassen. Die blieben aber zunehmend aus. Heute war hier aber bereits jede Menge los. Ein tolles Ausflugsziel für Familien und Naturfreunde. Beeindruckt lief er weiter zur Hütte der Skizunft. Nach bereits zehn Minuten hatte er sein Ziel erreicht und blieb erneut stehen um sich umzuschauen. Man konnte den Skilift und den kleinen Skihang sehen. Auch hier war die Aussicht faszinierend.

Entspannt betrat er die große braune Holzhütte. Michael Becker saß an einem der Tische und befragte Vereinsmitglieder der Skizunft. Als Becker den BKA-Beamten entdeckte, nickte er ihm freundlich zu. Ritter holte zwei Kaffee und ging dann zu Becker, nahm sich einen freien Stuhl und setzte sich zu ihm an den Tisch.

„Hallo, Herr Becker, ich habe ihnen mal einen Kaffee mitgebracht." „Danke, Herr Ritter, sehr nett von ihnen." Ritter lächelte ihn freundlich an: „Und wie läuft es?" „Es läuft ganz gut. Ich habe jetzt ungefähr ein Drittel aller Mitglieder gesprochen. Jeder hat so seine persönlichen Geschichten und Erlebnisse mit Julian erzählt. Ist einiges zusammengekommen." Ritter zog einen USB-Stick aus seiner Hosentasche und gab ihn Becker. Der steckte ihn in seinen Laptop und überspielte die Protokolle. Kevin Wagner hatte Ritter damit ausgestattet, damit er etwas moderner wird. Allerdings besaß Ritter keinen eigenen Computer. Er saß noch gut eine Stunde bei Becker und hörte den nächsten Mitgliedern bei deren Erzählungen zu. Freundlich verabschiedete er sich und lief durch den flachen Waldweg zum Parkplatz zurück. Ritter fuhr in die Stadt, parkte den Wagen und ging anschließend in den *Wildbader Hof* zum Mittagessen. Natürlich bestellte er sich erneut die Käsespätzle, dazu einen gemischten Salat und eine große Apfelsaft-Schorle. Die Spätzle waren wieder einmal hervorragend. Ritter hatte sich mit zwei Tageszeitungen ausgestattet und so las er einen Artikel über die abstrusen Zustände in Syrien, während er die Spätzle genoss.

Gesättigt schlenderte Ritter die paar Meter zum Polizeirevier. Als er das Erdgeschoß betrat, traf er unerwartet auf Franziska Leitle. „Hallo, Frau Leitle," grinste Ritter. „Hallo, Herr Ritter," grinste sie frech zurück. „Ich dachte, du hast frei heute." „Eigentlich ja. Aber Schäufele musste dringend eine Familienangelegenheit regeln und da haben wir heute morgen schnell getauscht." „Aha. Okay." Er reichte ihr den USB-Stick. „Könntest du mir das mal bitte ausdrucken? Da sind die Befragungen von Kollege Becker drauf." Sie nickte ihm zu: „Ich kann dir meine bisherigen Ergebnisse vom Tennis-Club auch gleich mit ausdrucken." „Super. Danke", freute er sich. Der Drucker begann zu rattern. Als das Gerät seinen Dienst verrichtet hatte, nahm Leitle das bedruckte Papier und kam hinter dem Tresen hervor. Sie überreichte es Ritter und lächelte ihn an. Er sah sich schon wieder im Ozean dieser tiefblauen Augen untergehen. Überraschend gab sie ihm einen heftigen, langen Kuss und sah ihm anschließend tief in die Augen. Obwohl sonst niemand anwesend war, sagte Ritter im Flüsterton: „Mensch, Franzi. Das geht so nicht. Auch wenn es mir echt gut gefällt." Sie blinzelte ihm belustigt zu: „Dann eben nicht." Verwirrt drehte er sich um und verließ das Revier.

Zurück im Haus legte er sich auf die Wohnzimmercouch und las sich die Aussagen der Vereinsfreunde des Ski-Clubs durch. Julian Eberle war bis zum Sommer 2008 ein fröhlicher, aufgekratzter und liebenswerter Mensch gewesen. Doch dann hatte er sich unerwartet zurückgezogen und war bis zu seinem Tod kaum noch zu sehen gewesen. Im Tennis-Club genau die gleichen Aussagen. Damit war auch schon klar, was die Mitglieder des Fußball-Klubs berichten würden. Er musste unbedingt herausfinden, was Eberle damals passiert war. Wer konnte das wissen? Hatte Eberle es überhaupt jemandem erzählt? Falls nicht, würden sie es auch nicht erfahren.

Ritter ahnte, dass dieses Erlebnis der Auslöser für den Mord gewesen sein könnte.

Ruckartig stand er auf und verließ die Wohnung. Als Ritter im Wagen saß, gab er GPS Jacky eine Zieladresse in Karlsruhe und startete den BMW. Eine Stunde Fahrzeit für knapp vierzig Kilometer, erklärte ihm Jacky. Gemütlich fuhr er über Höfen, Straubenhardt und Karlsbad nach Karlsruhe in die Winterstraße, nahe der Ettlinger Straße. Problemlos fand er einen Parkplatz. Aufgeregt und erwartungsvoll klingelte er bei Ritter. Der Summer brummte und ließ ihn eintreten. In der zweiten Etage stand Tina Ritter bereits mit ausgebreiteten Armen an ihrer Haustür. Ritter rannte auf sie zu. Die Geschwister fielen sich in die Arme und drückten sich heftig und herzlich. Als sie sich wieder voneinander lösten, musterte sie ihn genau. „Gut siehste aus. Komm rein, Bruderherz." Tina Ritter trug ihre hellbraunen, wohl inzwischen gefärbten Haare, immer noch kurz und sie hatte immer noch eine Top-Figur. Ob sie wohl immer noch so oft schwimmen geht wie früher? fragte er sich.

Tina Ritter bewohnte eine Zweizimmerwohnung mit einer geräumigen Küche und einem kleinen Badezimmer. Er schaute sich im Wohnzimmer um, seine Schwester stand ihm gegenüber. „Du siehst auch gut aus. Wirst gar nicht älter", grinste er sie freundlich an. Wortlos zeigte sie ihm den Vogel, lachte herzlich und ging in die Küche. Bepackt mit zwei Gläsern und einer Flasche Rotwein kam sie ins Zimmer zurück und stellte alles auf dem Tisch ab. Beide setzten sich auf die Couch, sie begann einzuschenken. „Für mich bitte keinen Alkohol", reagierte er leicht panisch. „Hab dich nicht so. Der ist lecker. Nur ein Glas. Danach gehen wir schön zusammen essen." „Okay. Klar. Na dann, Prost mein Schwesterle. Auf unser Wiedersehen nach dieser langen Zeit." Die Gläser klirrten sanft, und beide nahmen einen kräftigen, ersten Schluck.

„Lass mal hören. Was geht in Wildbad?" „Nicht viel im Moment. Ich soll dort mit meinem Team einen Polizistenmord aufklären. Der Junge wurde vor vier Jahren erschossen, und der Fall konnte nie aufgeklärt werden." „Und dann brauchen sie dich dazu? Bist du so gut? Beim BKA jetzt. Mann, du hast es drauf, hast es geschafft. Du bist ganz oben angekommen." „Ja, vielleicht," antwortete er kleinlaut. „Und warum bist du dann so unglücklich?" „Ich bin doch nicht unglücklich. Ich bin nur etwas schlapp heute." Tina Ritter schaute ihn skeptisch an: „Ist schon klar. Ich kenne dich doch." „Es könnte auch mein neues Heimweh sein. Vielleicht ziehe ich auch irgendwann zurück in die Heimat."

Erstaunt schaute sie ihn nun an: „Das glaubst du ja selbst nicht. Du gehst doch hier ein wie eine Primel. Berlin ist das komplette Gegenteil. Ich war doch bei dir zu Besuch. Du hattest mir diesen Millionen-Moloch gezeigt. Und ich habe selbst erlebt, dass es dort keine Regeln für niemanden gibt. Und das in jeder Form. Hier gibt es aber Regeln. Und Verkehrszeichen sind doch in Berlin allenfalls Dekoration. Hier aber nicht. Und es gibt sogar immer noch die Kehrwoche im Schwabenland." Ritter musste lachen: „Ja, aber im Schwarzwald, speziell auch Wildbad, ist es wunderbar. So schön. Diese Ruhe, diese frische Luft. Der Wald. Dazu unsere leckeren Heimatgerichte. Ich fühle mich hier im Moment echt wohler als in Berlin."

Seine Schwester sah ihn erneut skeptisch an. Euphorisch sagte sie: „Also los, komm. Wir gehen jetzt zum Griechen. Wie früher. Ich habe einen Tisch reserviert." „Oh, ja. Das ist super. Ich habe mächtig Hunger." Schwungvoll standen beide auf und gingen los. Als sie Seite an Seite auf dem sehr engen Bürgersteig liefen, bemerkte Max Ritter: „Viel wärmer hier unten in der Rheinebene. Echt angenehm. Fühlst du dich wohl in Karlsruhe?" „Ja, ich fühle mich hier gut. Und ich fahre nur zehn Minuten mit meinem Fahrrad, um mein neues Büro zu erreichen. Ein großer Park ist auch um die Ecke, und das Klima ist wirklich angenehm hier."

Nach zehn Minuten Fußweg hatten sie ihr Ziel erreicht. Das Restaurant „*Santorini*" war an diesem frühen Samstagabend gut besucht. Sie hatten einen Tisch am Fenster bekommen. Im Hintergrund lief leise Musik. Klassische Sirtaki-Musik.

Nachdem sie beide den Hellas-Teller bestellt hatten, musste er grinsen: „Ich habe in meinem Leben noch keine Frau kennengelernt, die so gerne Fleisch isst wie du." Sie grinste schelmisch zurück: „Ich liebe es hier. Du wirst sehen, das Fleisch ist top." Als der schlaksige, gepflegte Kellner servierte bekamen die Ritters einen fast identischen, glücklichen Gesichtsausdruck. Sie sprachen oft mit vollem Mund, da sie sich so viel zu erzählen hatten. Und sie lachten mehrfach herzhaft, denn sie hatten den gleichen Humor. Zum Abschluss spendierte der Kellner einen Ouzo.

Anschließend saßen beide satt und glücklich wieder im Wohnzimmer seiner Schwester und tranken ein weiteres Glas Rotwein. „Bist du immer noch alleine?", fragte ihn seine Schwester überraschend. Er nickte leicht. „Und warum? Du siehst doch noch gut aus für dein Alter." „Ach, keine Ahnung. Ich bin ja immer unterwegs." „Ja, aber doch erst seit ein paar Wochen. Davor warst du doch ständig in Berlin." Ritter nahm einen weiteren Schluck. Es wurde ihm ganz schön warm. „Du brichst immer noch jede Menge Frauenherzen, stimmt´s?" „Quatsch! Die Frauen brechen mir doch ständig das Herz. Und es ist einfach schwierig. Dieser Job und ein paar Wochen hier und da. Ich hätte sehr gerne eine Frau an meiner Seite. Aber das wird wohl nichts mehr in diesem Leben. Manchmal wünsche ich mir für einen kurzen Moment so ein richtiges Leben. Mit

Familie und Haus und so. Aber diese Vorstellung macht mich auch nicht glücklich. Aber du bist ja auch immer noch ohne Mann. Warum eigentlich?" „Weil die meisten Männer scheiße sind. Narzissten und Egoisten. Oder leider verheiratet."

Tina Ritter füllte die inzwischen leeren Gläser mit Rotwein auf. Dann prosteten sie sich wieder zu und grinsten sich beide an. „Hey, Max, falls wir in zehn Jahren immer noch alleine sind könnten wir ja eine Alters-WG gründen. Wir zwei würde doch passen, oder?" „Ja klar, das würde passen. Gute Idee, mein Schwesterle. Ich bin dabei." Sie stand auf, ging auf die Toilette und holte eine weitere Flasche Rotwein. Als sie wieder ins Wohnzimmer kam, lag Ritter auf der Couch und war eingeschlafen. Seine Schwester deckte ihn zu und streichelte ihm ein paar Mal liebevoll über die Wange. Zufrieden brummte er vor sich hin und hatte dabei einen glücklichen Gesichtsausdruck.

Sonntag, 20. April 2014

Nach einem gemeinsamen Frühstück mit seiner Schwester verließ Ritter das Haus und schlenderte zum Wagen. Dabei schaute er auf sein Handy. Paula Rose hatte ihm eine SMS geschickt und ihr heutiges Treffen abgesagt. Es sei ihr etwas sehr Dringendes dazwischengekommen. Und es würde ihr furchtbar leidtun. Aber dafür würde sie am Dienstagabend für ihn kochen, falls das okay für ihn sei. Er schrieb zurück: *Es muss Dir nicht leidtun. Und kein Problem für mich. Dann freue ich mich jetzt eben ganz dolle auf den Dienstagabend, und ich bin schon sehr gespannt, was du kochen wirst. Liebe Grüße Max*. Sie schickte ihm ein Herz zurück. So ein Herz würde er jetzt auch gerne zurückschicken, aber er wusste nicht genau, wie das mit diesen Smileys und Herzen funktionierte.

Mit Jackys Hilfe fuhr er zurück nach Bad Wildbad. Dicke weiße Wolken dekorierten den blauen Himmel. Die stolzen, großen Bäume leuchteten grün. Ritter fühlte sich erneut gut heute, aber er war jetzt auch etwas planlos. Was sollte er nur unternehmen? Deshalb rief er bei Monika Rätsel an. Die hatte heute eine tiefe, krächzende Stimme: „Cheffe. Alles jut im Wald?" „Hallo, Frau Rätsel. Sorry, dass ich sie am Sonntag störe. Könnten sie mir mal bitte schnell sagen, wo sich der Kai Fischer im Augenblick aufhält?" „Der iss seit heute Nacht um zwei Uhr bei sich zu Hause." „Danke. Und noch einen schönen Sonntag. Wir sprechen dann morgen wieder." „Jut."

Ritter fuhr nun direkt von Wildbad nach Calmbach, wieder bergauf und anschließend bergab nach Hirsau. Die Strecke kannte er bereits, denn dieser Ort lag schließlich auf dem Weg nach Calw. In Hirsau brauchte er aber doch Jacky, um die Zieladresse zu finden. Als er sein Ziel erreicht hatte, bog er nach rechts ab und fuhr eine breite Auffahrt hinauf. Das riesige Grundstück lag weit oben am Hang und grenzte direkt an den dichten Wald. Das sehr große, zweistöckige Haus ähnelte schon sehr einer Villa im Baustil der 20er Jahre. Der weiße Porsche von Kai Fischer stand vor der geschlossenen Garagentür.

Ritter stieg aus, lief auf das große Haus zu und klingelte. Nach ein paar Sekunden öffnete sich die Tür, und Fischer stand in einem weinroten Bademantel barfuß vor ihm. Ritter zeigte ihm seinen Ausweis. Sie hatten sich ja bisher noch nicht getroffen.

Kai Fischer staunte nicht schlecht. „Sonntags also! Okay. Gut. Dann kommen sie mal rein, Herr Ritter." Ritter folgte ihm nach rechts in ein großes, altmodisch eingerichtetes Wohnzimmer. „Die Einrichtung ist noch von meinen Eltern. Ich kam noch nicht dazu, den ganzen Kram hier rauszuschmeißen. Selbst am Sonntag hat man ja keine Ruhe." Beide setzten sich im Wohnzimmer. Dann sah ihn Fischer feindselig an und fragte: „Und? Was gibt es so Dringendes?" Ritter sah ihn dagegen entspannt an: „Also, ich bräuchte nur ein paar Informationen zu Julian Eberle. Und im Gegensatz zur allgemeinen Meinung halte ich sie nicht für einen Mörder. Dazu sind sie überhaupt nicht fähig. Sie sind viel zu feige und ängstlich, um so etwas zu tun." Fischer starrte ihn mit einem überraschten Gesichtsausdruck an. „Das ist ja mal eine ganz neue Variante. Gefällt mir aber gut. In diesem Fall bin ich doch wirklich gerne ein Feigling. Möchten sie etwas trinken?" „Ja, ein Wasser oder eine Cola wären super."

Als Fischer mit den Getränken zurück war, sagte er: „Na dann los. Ich habe auch nicht ewig Zeit. Mein Vater hat mich angefordert, um seinen beschissenen Garten wieder in Schuss zu bringen. Und ich hasse seinen Garten. Und ihn auch."

Fischer war an Arroganz kaum zu überbieten. Ritter schaute ihn an: „Die meisten Menschen haben ausgesagt, dass Julian Eberle so knapp zwei Jahre vor seinem Tod von heute auf morgen ein anderer Mensch geworden sei. Zurückgezogen und schweigsam, statt unternehmungsfreudig und fröhlich. Irgendetwas muss also mit ihm passiert sein. Hatten sie das damals auch so empfunden?" Fischer nahm einen Schluck Cola. „Ja, es stimmt. Er war stark verändert. Ich hatte es aber erst nicht so richtig mitbekommen, da ich ihm ungefähr zu diesem Zeitpunkt meine Freundschaft kündigte. Er hatte mir schließlich die Julia ausgespannt." „Und dann?" „Und dann? Dann bin ich ausgerastet. Ich konnte es nicht verkraften, war super fies zu den beiden. Das tut mir jetzt natürlich leid. Der Julian und ich kannten uns ja schon sehr lange. Wir haben in unserer Jugend zusammen Fußball gespielt, sind auch Ski gefahren. Irgendwann trennten sich aber unsere Wege, denn ich war dann lange zur Ausbildung in Villingen-Schwenningen."

Ritter nahm einen Schluck Cola und fragte: „Was könnte Eberle denn damals so verstört haben?" „Ich habe absolut keine Ahnung. Er war sehr aggressiv geworden und hatte mich mehrfach bedroht." „Wie hatte er sie bedroht?" „Er wollte mir was anhängen wegen Drogen oder so. Und dann hat er mir sogar gesagt, dass er mich eines Tages abknallen wird, falls mein Terror nicht aufhört." „Heftig." „Ja, das dachte ich auch. Eberle hatte mir tatsächlich Angst gemacht. Ich hörte damals sofort auf, die Julia zu weiteren Einsätzen anzufordern. Das war so knapp vier Wochen vor seinem Tod." „Gut. Denken sie mal in den nächsten Tagen noch etwas genauer nach. Vielleicht fällt ihnen noch etwas Wichtiges ein. Sie kennen das ja. Alles könnte wichtig sein." „Klar doch. Und jetzt Abflug. Ich muss gleich los und hänge hier noch im Bademantel rum. Und sie wollen sich ja auch nicht den ganzen Tag ihren Arsch auf meinem Sofa plattsitzen." Seine Arroganz war zurück.

Ritters Handy klingelte, als er gerade wieder in den Wagen eingestiegen war. Unbekannte Nummer! „Ritter." „Hallo Max, die Franzi hier. Sorry, dass ich dich störe. Deine Nummer hat mir der Kresse gegeben. Ich bin noch im Tennis-Club einige Mitglieder befragen. Vielleicht möchtest du ja vorbeikommen? Es gibt im Clubhaus ein leckeres Mittagessen. Und anschließend könnten wir im Wald spazieren gehen." Ritter war kurz sprachlos. Aber nur kurz: „Okay. Ich komme vorbei. Bin so in einer halben Stunde bei dir." Entspannt fuhr er los. Doch er zweifelte sofort an seiner Entscheidung, sich jetzt mit Franziska Leitle zu treffen. Aber man kann es ja auch beruflich sehen, beruhigte er sich schnell wieder. Als er das Clubhaus des Tennisvereins betrat, war er überrascht, wieviel hier los war.

Leitle befragte gerade ein männliches Vereinsmitglied. Fröhlich winkte sie ihm lächelnd zu. Er winkte zurück und schaute anschließend aus einem der großen Fenster. Die Tennisplätze wurden für die neue Freiluftsaison vorbereitet. Einige freiwillige Helfer waren im Einsatz, um die Sandplätze zu walzen. Die Hecken wurden gestutzt und es wurde geputzt. Alle waren fleißig, um hier wieder klar Schiff zu machen. Ritter drehte sich wieder um, und ging zu Leitle an den Tisch. „Hallo, Frau Leitle." „Hallo, Herr Ritter. Bin gleich soweit. Setzen sie sich doch." Das tat er auch. Nachdem Leitle ihre Befragung beendet hatte, bestellten beide Tortellini mit Käse gefüllt an Bärlauch Pesto. Dazu gab es einen bunt gemischten Salat. Beide sprachen nicht sonderlich viel während ihrer Mahlzeit. Ritter war positiv überrascht, wie gut hier im Tennis Clubhaus gekocht wurde.

„Gibt es außergewöhnliche Neuigkeiten?" fragte er sie. „Nein, leider nicht. Fast alle berichteten, dass Eberle die letzten zwei Jahre vor seinem Tod kein einziges Ligaspiel mehr gewonnen hatte. Er hatte wohl seinen Kampfgeist komplett verloren, und so ließ er sich immer wieder einfach vom Platz fegen."

Ritter war nicht sonderlich überrascht. Dennoch fand er es sehr merkwürdig, dass es scheinbar möglich war, sich so schnell und stark zu verändern. Seine Charakterzüge verliert man doch nicht einfach so. Vom Kämpfer zum Looser. „Irgendetwas ist ihm damals passiert." Leitle schaute ihn an: „Ja. Aber ob wir das rausfinden werden? Er hat ja mit niemandem darüber gesprochen. Zumindest nicht hier im Tennis-Club." Nachdenkend schwiegen beide eine längere Zeit, ehe Leitle sagte: „Sodele, jetzt aber los. Ab an die frische Luft."

Durch den tiefen Wald fuhren sie steil bergauf Richtung Schömberg. Franzi Leitle ersetzte Jacky und dirigierte. Als sie an einem Waldparkplatz angekommen waren, stiegen sie aus und schlenderten langsam los. Nach wenigen Metern nahm Leitle einfach Ritters Hand. Der ließ es geschehen, und so liefen sie wie ein Liebespaar durch die pure Natur. Den Schwarzwald.

Ritter fühlte sich in diesem Moment unglaublich wohl und bemerkte: „Du, Franzi! Es gibt doch sicherlich noch das Protokoll über deinen Einsatz mit dem Eberle damals. Die Sache, als Kai Fischer übernahm und mit diesem Dealer verschwand. Ich bräuchte dringend den Namen dieses Dealers. Könntest du das bitte für mich herausfinden?" Sie strahlte ihn an: „Klar kann ich das. Hörst du denn nie auf mit Arbeiten?" Er antwortete ihr nicht, und so liefen sie einige Minuten schweigsam weiter. „Hast du eigentlich eine Freundin? Oder bist du sogar verheiratet?" Er schaute sie überrascht an: „Nein. Ich bin solo. Wie soll ich denn eine Freundin haben, wenn ich nie zu Hause bin?" Leitle war anscheinend zufrieden mit seiner Antwort. „Und du? Wie ist es bei dir?" „Ich bin auch solo. Es ist nicht so einfach, hier in der Gegend einen Mann zu finden. Es tauchen ja keine Neuen auf. Immer die gleichen Gesichter hier." Plötzlich blieben beide stehen und dann küssten sie sich zärtlich und lange. Sie schaute ihn verliebt an. Ritters Gedanken nahmen wieder mal Fahrt auf. Was machte er hier nur? Er war doch schon wieder dabei, sich in ein weiteres Desaster zu stürzen. Aber es gefiel ihm auch. Sie war so fröhlich und lieb zu ihm. Und er fühlte sich endlich mal nicht einsam an einem Sonntag.

Nach zwei Stunden waren sie wieder zurück am Tennisplatz und Leitle bedauerte: „Schade, dass ich heute auch noch die Spätschicht habe. Sonst hätten wir es uns bei mir gemütlich machen können." „Ja, wirklich schade. Vielleicht ein anderes Mal. Ich werde später auch noch etwas arbeiten." Zum Abschied gaben sie sich im Wagen noch einmal einen längeren, intensiven Kuss, bevor Franzi Leitle schließlich ausstieg, um mit ihrem Fahrrad loszuradeln.

Gegen neunzehn Uhr war Ritter gut gelaunt wieder im Haus angekommen. Er hatte durch die frische Waldluft wieder Hunger bekommen und machte sich ein paar belegte Brote. Wagner war noch nicht wieder zurück, hatte aber eine SMS geschrieben, dass er Probst morgen früh am Flughafen abholen und sie anschließend nach Wildbad kommen würden. Ritter war froh, dass er morgen nicht zum Flughafen musste. *Wagner ist echt so ein hilfsbereiter und gutmütiger Mensch*, dachte er sich. Und deshalb war er glücklich, dass er Wagner in seinem Team hatte.

Ritter musste an Kai Fischer denken, als er am späten Abend im Bett lag. Fischer mochte zwar ein arroganter Idiot sein, aber ein Mörder? Nicht wirklich, eigentlich scheidet er aus. Dennoch könnte Fischer aber jemanden beauftragt haben, Julian Eberle aus dem Weg zu räumen. Aber er selbst war es garantiert nicht. Aber wie hat es Fischer damals nur geschafft, immer diese Julia Mürrle zu seinen Einsätzen anzufordern? Ritter grübelte weiter. Hat Fischer etwa mit Kresse zusammengearbeitet? Oder wie lief das ab? Und wie sollte er das nur in Erfahrung bringen? Keiner der beiden würde es jemals zugeben. Er musste unbedingt aufmerksamer und auch viel vorsichtiger werden. Konzentrierter. Professioneller. Und er durfte auf keinen Fall seine jungen Mitarbeiter in Gefahr bringen. Ab jetzt keine Frauengeschichten mehr. Er würde Paula Rose absagen. Und Franzi Leitle? Er musste das sofort beenden. Aber wie nur? Ritter schlief unruhig, wachte mehrfach auf und träumte wild durcheinander.

Montag, 21. April 2014

Um acht Uhr morgens stand Ritter bereits auf der Terrasse. Mit seinem Kaffeebecher in der einen und seiner Morgenzigarette in der anderen Hand. Das Thermometer an der Wand zeigte zehn Grad. Es war windstill, der Himmel hell bewölkt. Im Tal unten war es allerdings bedeutend dunkler als hier oben. Nachdem er seine Zigarette im Aschenbecher ausgedrückt hatte, ging er zurück ins Wohnzimmer und schaute auf sein Handy. Leitle hatte ihm noch um Mitternacht eine SMS geschickt: Die Personalien des damaligen Dealers, den Fischer mitgenommen hatte.

Ritter freute sich und leitete die SMS direkt an Monika Rätsel weiter. Sie solle diesen Menschen für ihn ausfindig machen. Er müsse ihn unbedingt sprechen. Ritter grübelte anschließend etwas vor sich hin. Seine Mutter rief ihn überraschend an und fragte ihn, ob er denn morgen kommen würde. Er sagte zu. Als sie das Gespräch beendet hatten, stellte er sich mal wieder vor die großen, beschrifteten Papierposter und begann zu lesen. Hatte er bereits etwas Wichtiges übersehen? Etwas Entscheidendes? Konzentriert ging er die einzelnen Personen nochmals durch.

Gegen zehn Uhr klingelte erneut sein Handy. Rätsel war dran: „Morgen, Chef. Ick hab da vielleicht was Interessantes für sie. Michael Becker hat ein Verhältnis mit Franziska Leitle." Ritter war entsetzt, völlig sprachlos und so erzählte Rätsel munter weiter: „Ick hab ja das Handy von olle Becker erst heute morgen jecheckt. Geht ja auch nicht alles so schnell. Becker hat tolle Selfies auf seinem Handy. Wie die zwee knutschen. Mann, Mann. Und die Whats app-

Nachrichten der beiden sind auch sehr eindeutig. Ditt iss der Hammer, wa?"

„Allerdings. Super, Frau Rätsel. Gute Arbeit." „Danke Chef. Jetzt suche ich mal diesen ehemaligen Dealer da, diesen Frank Hafermann. Ach ja, bevor ich es vergesse. Franziska Leitle ist jetzt och anjezapft. Seit heute früh um acht Uhr. Hab ick selbst entschieden. War doch richtig, oder?" „Sehr gut", war alles, was Ritter noch zustande brachte. Seine Franzi wurde ab sofort abgehört! Fuck! Aber es war ja wohl eher Beckers Franzi. Oh, my god! Rätsel sagte noch: „Ach Chef, ick hab sie ja auch live jesehen, als sie bei Drogen-Fischer waren. Super Qualität. Frau Probst hat da wohl erstklassige Kameras installiert. Und echt jute Taktik, die sie da angewendet haben. Große Klasse. Tschüssi dann." Klack. Da war sie weg.

Ritter stand regungslos und auch geschockt im Wohnzimmer. Leitle und Becker? Warum bildete er sich eigentlich immer ein, dass er der einzige Mann sei? Der einzige bei Rose, der einzige bei Leitle. Und jedes Mal war er überrascht, wenn es dann nicht so ist. Er musste unbedingt ein paar Verhaltens- und Denkweisen an sich ändern. Weiter kam er nicht in seinen Gedanken, denn in diesem Moment kamen Probst und Wagner zur Tür rein. Sie waren anscheinend gut angekommen und strahlten ihn fröhlich an, als sie das Wohnzimmer betraten. Ritter lächelte glücklich. Er war in diesem Moment so froh, dass die beiden wieder zurück waren. Sie wirkten in diesem Augenblick wie ein Rettungsanker auf ihn. Endlich wieder Realität. Die Nachrichten von Rätsel hatte er allerdings noch nicht verdaut.

Ein paar Minuten später saßen alle gemeinsam im Wohnzimmer, und Ritter erzählte von seinem Wochenende hier. Von seinem Absturz mit Leitle. Plötzlich fiel ihm der telefonierende, kleine Mann vor dem Haus wieder ein. Er erzählte ihnen auch davon. Probst begann sofort, die komplette Wohnung nach Wanzen abzusuchen. Nach wenigen Minuten sagte sie: „Alles sauber hier." Ritter und Wagner waren über diese Nachricht sehr froh.

Nun erzählte Ritter von seinen Besuchen beim Ski- und Tennisverein. Und als er von seinem Gespräch mit Fischer berichten wollte, sagte Probst: „Haben wir schon als Video gesehen. Hat uns die Frau Rätsel geschnitten." Ritter war mal wieder über die technischen Möglichkeiten seiner Mitarbeiter positiv überrascht. „Ja, und zum Abschluss das Beste: Michael Becker und Franziska Leitle haben ein Verhältnis." „Ihre Franzi?", grinste Probst frech und fragte im Anschluss sofort resolut: „Hatten sie was mit ihr?" „Quatsch. Nein. Wir haben uns Freitagabend nur an der Bar im Art Cafe unterhalten. Anscheinend mag sie mich wohl und ich finde sie auch sehr nett. Wir haben außerdem am Sonntag im Tennisclub zusammen Mittag gegessen, als ich sie aus beruflichen Gründen besucht hatte." Probst zog ihre linke Augenbraue hoch und grinste schelmisch. „Iss klar. Aber auch egal. Das hat doch jetzt nichts zu bedeuten, oder etwa doch?" Wagner antwortete: „Bisher waren die Zwei ja unverdächtig, und es hat sicherlich nichts zu bedeuten." Ritter nickte desillusioniert. Er musste Leitle dringendst erklären, dass ab sofort der Job vorgeht, und sie das sofort beenden müssen.

„Alles klar, Chef?", fragte Wagner und sah ihn dabei skeptisch an. „Ja, alles klar. Ich denke auch, dass es nichts zu bedeuten hat. Frau Mandy, haben wir schon die Genehmigung bekommen, um Karl Kresse zu überwachen?" „Nein. Noch nichts gekommen, aber sicher heute noch." „Haben wir sonst noch irgendwelche Neuigkeiten?", fragte Ritter in die Runde.

Wagner antwortete sofort: „Ja klar. Der Peilsender bei Schäufele am Wagen und sein Handy haben uns gezeigt, dass er das ganze Wochenende in seiner Heimat am Titisee verbrachte. Allerdings war er am Samstag gegen zwölf Uhr knapp eine Stunde in Freiburg unterwegs. Anschließend hat er am Samstagnachmittag mehrere Stunden in Basel verbracht. Dort traf Schäufele einen Mann namens Herbert Neumann. Er hatte sich telefonisch mit ihm verabredet. Neumann stand in der Schweiz und Österreich schon ein paarmal wegen illegaler Waffengeschäfte am Pranger. Neumann wurde aber immer freigesprochen. Vielleicht hat der ihm damals eine Pumpgun besorgt, nichts mit Darknet. Nein. Old school. Agenten style!"

Für kurze Zeit sagte keiner etwas, aber dann Probst: „Damit können wir jetzt aber auch nicht soviel anfangen, oder doch?" Ritter schaute sie entsetzt an: „Haben sie ihr Gehirn heute noch nicht angeschaltet, oder was? Natürlich können wir damit etwas anfangen. Wir wissen jetzt, dass sich ein Polizeibeamter in seiner Freizeit mit einem illegalen Waffenhändler in der Schweiz trifft. Und das ist für mich schon ein echter Hammer. Franziska Leitle hat außerdem ihren Dienst mit Schäufele am Samstagmorgen blitzartig getauscht. Schäufele hatte ihr erzählt, er müsse ganz dringend eine Familienangelegenheit regeln. Deshalb vermute ich mal, dass es ein sehr spontanes Treffen in der Schweiz war."

Wagner schaute ihn an: „Vielleicht hat Schäufele auch gar nichts gekauft, sondern die Pumpgun verkauft." Ritter antwortete sofort: „Daran dürfen sie nicht mal eine Sekunde lang denken, Wagner. Denn das wäre das Ende für unsere Ermittlungen. Nein, das glaube ich nicht. Sollte er tatsächlich eine Pumpgun besitzen, hat er sie ja vielleicht in seiner Heimat am Titisee versteckt. Bei seinen Eltern zum Beispiel. Oder was weiß ich wo. Bei ihm hier zu Hause wurde ja damals nichts gefunden."

Wagner reagierte sofort: „Wir brauchen unbedingt eine Genehmigung, um an die Bankdaten von Schäufele und dem Rest dieser Bande da zu kommen." „Hey, Kevin, ich kümmere mich darum. Könnte zwar dauern, aber wenn wir die Bankauszüge haben, können wir sehen, ob Schäufele Bargeld abgehoben hat. Ich glaube nicht, dass man bei diesem Waffenhändler mit Kreditkarte bezahlen kann." Ritter musste kurz lachen: „Genau. Das müssen wir unbedingt wissen. Bleiben sie da dran, Frau Mandy. Sie sind ja jetzt wieder voll da."

Probst und Ritter grinsten sich schelmisch an. Nach einem weiteren Schluck Kaffee sagte Ritter anschließend: „Ab jetzt ist der Schäufele allerdings ganz oben auf unserer Liste. Gefolgt von Kresse. Ich vermute mal stark, dass wir uns auf die beiden konzentrieren werden, ohne dabei die anderen Verdächtigen aus dem Blickfeld zu verlieren."

Nachdenklich schwiegen alle für einen längeren Moment. Dann sagte Probst: „Julia Mürrle wohnt übrigens zur Miete. Und das sehr günstig, denn das Haus gehört ihrer Tante. Am Geld lag es sicher nicht, die Flüge waren außerdem bereits gebucht. Mürrle hätte also durchaus nach Mallorca fliegen können. Vielleicht hat sie sich ja nur mit ihren Eltern verkracht, oder es gab einen anderen banalen Grund." „Danke, Frau Mandy. Es ist ja vielleicht auch nicht so wichtig. Ist sie eigentlich ab heute wieder zurück im Dienst?" „Yes", antwortete Probst und nahm sich noch einen der Blaubeer-Muffins, die sie von irgendwoher mitgebracht hatte.

Ritter schaute auf sein Handy, das soeben gesummt hatte. SMS von Rätsel! Nachdem er sie gelesen hatte, stand er schwungvoll auf: „Ich habe gerade die Adresse von diesem ehemaligen Dealer bekommen. Frank Hafermann ist in der Ortschaft Bad Liebenzell gemeldet. Da fahre ich jetzt mal hin. Ihr könnt ja die Kollegen hier weiter motivieren und bei ihren Befragungen helfen." Probst und Wagner schienen nicht begeistert zu sein, nickten aber beide wortlos.

Fünfzehn Minuten später stieg Ritter in den BMW und fuhr los. Jacky führte ihn sicher durch den Schwarzwald über Höfen und dann wieder bergauf nach Schömberg. Anschließend ging es wieder bergab in das nächste Tal. Das Nagoldtal. Ritter war froh, erst einmal etwas Zeit für sich zu haben. Er musste nachdenken. Die Sache hier wurde immer merkwürdiger und verworrener. Und er musste dringend all diese Frauengeschichten hier weglassen. Unbedingt. Nach knapp dreißig Minuten Fahrzeit hatte er in Bad Liebenzell die Zieladresse dank Jacky erreicht.

Nachdem Ritter den Wagen abgestellt hatte, klingelte er bei Hafermann. Nach wenigen Sekunden konnte er eintreten. Hafermann bewohnte zum Glück die Erdgeschoßwohnung und so musste Ritter nicht schon wieder Treppen steigen. Der ehemalige Dealer stand an seiner Wohnungstür und schaute Ritter überrascht an. Hafermann war insgesamt eine sehr unauffällige Erscheinung. Mittelgroß, leichter Bauchansatz. Allerweltgesicht, schon tausendmal gesehen. Ritter zeigte ihm seinen Ausweis und so bat ihn Hafermann in die Wohnung.

Beide gingen in die kleine Küche, die sehr spärlich eingerichtet war und als sie schließlich an dem kleinen Küchentisch saßen, begann Ritter resolut: „Ich habe ein paar Fragen zu Kai Fischer. Wie war ihre Beziehung zum ihm?" „Wer ist Kai Fischer? Den kenne ich nicht." „Ich bitte sie, Herr Hafermann. Ich habe keine Zeit für so einen Quatsch. Und ich lasse sie ab jetzt jeden Morgen auf ihrer Arbeit abführen, wenn sie mir nicht gleich alles erzählen, was ich hören möchte. Ist das klar?" Hafermann nickte wortlos. „Gut! Ich warte."

Hafermann brauchte noch ein wenig, ehe er in einem sehr gemächlichen Sprachtempo zu erzählen begann: „Ich habe damals Drogen verkauft. Speed und Hasch. Als mich der Kai Fischer dann bei einem Deal auf frischer Tat erwischte, dachte ich erst, das war es jetzt. Doch er bot mir überraschend ein Geschäft an. Es würde mir nichts passieren, wenn ich ihm einen meiner top Lieferanten nennen könnte. Und er würde mir sogar helfen, falls ich in Zukunft wieder mal Schwierigkeiten haben würde. Ich stieg natürlich voll drauf ein und musste also einen meiner Lieferanten verraten. Fischer war damals zufrieden. Trotzdem nahm er meine gesamte Ware in Beschlag. Dafür ließ er mich in Ruhe weiter dealen." „Und dann kam diese Verkehrskontrolle in Wildbad damals?" „Oh ja. So ein übermotivierter Polizist nahm meine ganze Karre auseinander und fand schließlich meine Ware. Ich konnte gerade noch eine SMS an den Kai Fischer schreiben. Tatsächlich war Fischer dann sehr schnell vor Ort und half mir aus der Patsche. Anschließend nahm er mir erneut meine komplette Ware ab und sagte zu mir, dass er mich hier in dieser Gegend nie mehr sehen wolle."

„Und dann?" fragte Ritter. „Und dann? Dann war ich natürlich pleite. Ich hatte ja die Ware bereits bei meinen Lieferanten bezahlt. Ich beschloss also damals sofort, dass ich nicht mehr in diesem Mileu arbeiten will und werde. Deshalb begann ich ein sehr normales Leben zu führen und in einem Call Center zu arbeiten. Und das ist bis heute so geblieben." „Würden sie gegen Kai Fischer in einem Gerichtsverfahren aussagen?" „Ja. Unbedingt. Ja, das würde ich tun." „Sehr gut. Falls es dazu kommt, werden sie es erfahren, ich werde sie dann kontaktieren. Vielen Dank für diese Informationen, Herr Hafermann. Und ich gratuliere ihnen zu ihrer Entscheidung, keine Drogen mehr zu verkaufen."

Ritter stand auf und verließ die Wohnung. Als er wieder im Wagen saß, war er doch sehr froh, diese Informationen von Hafermann bekommen zu haben. Denn nun hatte er ein Druckmittel gegen Kai Fischer, falls dieser noch schräg draufkommen sollte.

Es war etwas dunkler geworden, da die Wolken immer dichter und dicker wurden. Ritter dachte sich, dass es irgendwie auch immer etwas Düsteres hier in diesen engen Tälern und Ortschaften an sich hat. Es hatte etwas Bedrückendes. Oder eher morbide? Er konnte es nicht genau einordnen. In flachen Ebenen kommt die Sonne im Durchschnitt zwei Stunden früher und bleibt zwei Stunden länger, als in diesen düsteren Tälern hier. Sollte er jemals wieder hier leben, dann nur weit oben an einem Hang, wo die Sonne auch wirklich lange zu sehen ist.

Ritter überlegte kurz, was jetzt zu tun sei, und als er den Wagen gestartet hatte, fuhr er die Strecke durch das Nagoldtal direkt nach Calw. Fünfzehn Minuten später erreichte er die Polizeistation und saß kurz darauf bei Kommissar Hoffmann in dessen Büro. Der freute sich, Ritter zu sehen: „Hey Ritter. Wie geht's? Was gibt's Neues?" „Danke, es geht mir gut. Da gibt es so einiges an Neuigkeiten."

Hoffmann war gerade dabei, seine mitgebrachten, belegten Brote zu essen. Und er konnte sehen, wie Ritter auf seine reichlich gefüllte Brotdose starrte. „Auch eins?", lächelte Hoffmann zu Ritter rüber. „Ja klar, danke. Ich habe echt Hunger." Voller Vorfreude nahm er sich ein Käsebrot. „Danke, Hoffmann." „Gerne doch."

Ritter berichtete ihm von seinen Besuchen bei Fischer und diesem Dealer namens Hafermann. Außerdem erzählte er ihm, dass sich Daniel Schäufele mit einem Waffenhändler in Basel getroffen, ansonsten das Wochenende in seiner Heimat am Titisee verbracht hatte. Hoffmann hörte sehr aufmerksam zu. Er war erfreut: „Jetzt haben wir endlich was gegen den Fischer in der Hand. Großartig. Das macht die Sache etwas einfacher, denn jetzt könnten sie ihm seine berufliche Karriere ruinieren. Kai Fischer hat das Zeug garantiert nicht hier in der Aservatenkammer abgegeben. Mit Sicherheit nicht!" Ritter nickte: „Das werden wir überprüfen. Ich habe ja die genauen Daten zu den zwei Beschlagnahmungen. Wir wissen das bald. Und ob es überhaupt Protokolle dazu gab, wissen wir dann auch."

Hoffmann runzelte angestrengt seine Stirn: „Der Schäufele macht mir echt Sorgen. Mit dem stimmt doch offensichtlich etwas nicht. Wie wollen sie bei ihm weiter vorgehen?" „Keine Ahnung. Wir wissen einfach immer noch zu wenig über ihn. Was wissen wir denn zum Beispiel über seine Eltern? Nur, dass sie jagen und eine Metzgerei besitzen. Sonst nichts! Oder, was wissen wir über seine alten Freunde in seiner Heimat? Nichts! Wir wissen auch nichts über eventuelle Frauengeschichten, die Schäufele dort vielleicht hatte." Beide schwiegen einen Moment. Dann sagte Hoffmann: „Das stimmt. Wir müssen einfach mehr über ihn erfahren. Aber wie nur?" „Ich habe da so eine Idee. Muss ich aber noch zu Ende denken." „Bin gespannt", bemerkte Hoffmann dazu. Ritter schmunzelte, ehe er dann aber ernsthaft anfügte: „Wir warten übrigens noch immer auf die Genehmigung, um Karl Kresse zu überwachen. Dürfte aber bald soweit sein. Das müssten wir dann aber vorher sehr genau planen, damit meine Mitarbeiter nicht in Gefahr geraten." „Aber klar doch. Da helfe ich natürlich gerne mit. Selbstverständlich." Ritter grinste ihn jetzt schelmisch an: „Und Michael Becker hat übrigens ein Verhältnis mit Franziska Leitle." „Ach echt? Schon wieder ein Verhältnis? Damals, vor vier Jahren, hatte er eine andere Lady am Start. Muss mal schnell nachschauen."

Hoffmann holte einen seiner Plastikordner aus seinem Schreibtisch und blätterte sich durch die verschiedenen Seiten. Bald schon wurde er fündig: „Die Dame hieß Jennifer Neumann. Sie war in Bad Herrenalb wohnhaft. Verheiratet und zwei Kinder. Falls sie mit ihr sprechen wollen."

Gegen sechzehn Uhr verließ Ritter die Station in Calw und fuhr direkt zum nächsten Polizeirevier nach Wildbad. Als er die Station betrat, waren Leitle und Schäufele anwesend. Beide schauten von ihren Schreibarbeiten auf, als er am Tresen stand. „Hallo, Kollegen. Ich müsste sie beide gleich mal einzeln sprechen. Wäre das jetzt möglich?", fragte Ritter. Beide nickten stumm. „Gut. Zuerst Frau Leitle bitte. Haben wir einen Raum dafür?"

Leitle nickte erneut und so folgte Ritter ihr in ein Zimmer auf der anderen Seite im Erdgeschoß. Sie schloss die Tür auf und sah Ritter freudestrahlend an. „Coole Methode um zu knutschen", freute sie sich. Ritter sah sie mit ernster Miene an: „Liebe Franzi. Wir müssen das alles sofort beenden. Es wird ab jetzt noch tiefer intern ermittelt. Also müssen wir uns wie Profis benehmen. Wir dürfen das ganze Projekt nicht gefährden. Das ist dir doch klar? Oder?" Ihr Gesichtsausdruck änderte sich nur unmerklich und so antwortete sie freundlich: „Ja klar. Du hast absolut recht. Schade. Aber ich komme ja im Juni nach Berlin." „Genau. Und ich mache hier noch mindestens eine Woche Urlaub, wenn wir den Fall gelöst haben."

Sie strahlte ihn verliebt an: „Einen letzten noch?" „Okay. Einen letzten noch." Dann küssten sich Leitle und Ritter fünf lange Minuten sehr heftig. „Das ist ja schon wie Sex. Und das nur beim Küssen," hauchte Leitle in sein Ohr. Dann lösten sie sich wieder voneinander. Ritter war schwer erhitzt und es nervte ihn gewaltig, dass er das jetzt hier abbrechen musste. „Frau Leitle, könnten sie mir bitte den Herrn Schäufele rüberschicken. Wir haben ja jetzt alles besprochen." Er sah sie wieder ernsthaft an. „Natürlich, Chef."

Schnell verließ sie den Raum. Ritter war immer noch mächtig erhitzt und wunderte sich, dass sie wieder Chef zu ihm gesagt hatte. Er musste an Michael Becker denken. Wie oft sich die beiden wohl so treffen? Und was würde Becker wohl dazu sagen, wenn er wüsste, dass seine Franzi noch ein weiteres Verhältnis angefangen hatte. Nämlich eines mit ihm. Ritter wurde aus seinen Gedanken gerissen, denn plötzlich stand Schäufele vor ihm. Was sollte er Schäufele überhaupt fragen? Er hatte ja nichts vorbereitet. Okay, dann halt schnelle Improvisation.

„Herr Schäufele, ich hätte da eine etwas delikate Frage. Sie müssen darauf nicht antworten, wenn sie nicht möchten." Schäufeles linkes Augenlid begann sofort leicht zu flackern. Ritter ließ eine Pause entstehen, so konnte er sich schnell überlegen, was er mit ihm besprechen sollte. „Und wie lautet diese delikate Frage?" „Ja also, ich möchte erst einmal sagen, dass ich hier niemanden gegeneinander ausspielen möchte. Aber ich will unbedingt wissen, ob der Kresse den Eberle damals bevorzugt behandelt hat. Vielleicht sogar wie einen Sohn."

Schäufeles Antwort kam regelrecht angeschossen: „Und wie der den bevorzugt hat. Der Eberle durfte ja alles. Als erschter den Urlaub im Plan eintragen. Immer mit dem Chef mitfahren. Alles immer ganz wichtig damals. Aber so ischer halt, der Kresse. Ein echter Wichser. Könnet sie ihm auch ruhig von mir ausrichten. Das habe ich ihm aber selbst schon mal in sein blödes Gesicht gesagt." Ritter musste schmunzeln. Er mochte es, wenn Schäufele so im Dialekt sprach. „Hatte Kresse mit Eberle denn auch mal Streit?"

Schäufele überlegte kurz, bevor er antwortete: „Im letzten Jahr vor seinem Tod, hatten sie sich öfter mal gestritten. Es waren laute Diskussionen im Büro oben beim Kresse. Man konnte es bis runter zu uns ins Erdgeschoß hören. Aber fragen sie mich net, um was es da ging." „Vielen Dank Herr Schäufele. Das sind unglaublich wichtige Informationen für mich." Schäufele drehte wortlos um und ließ ihn alleine in dem Raum zurück.

Ritter verließ anschließend das Revier und lehnte sich an den BMW. Er zündete sich eine Zigarette an und schaute ziellos in die Gegend, die auch sofort milchig verschwand. Stattdessen tauchten Kresse und Eberle vor seinen Augen auf und er sah wie sie miteinander sprachen. Er sah auch, wie sie miteinander lachten. Und er sah zu seiner Überraschung nun, wie sie miteinander knutschten. Sofort war er in der Realität zurück. Vermischte er hier nicht irgend etwas? Warum produziert mein Gehirn immer wieder diese abstrusen Ideen? fragte er sich. Ritter stieß sich vom Wagen ab, ließ die Kippe fallen und trat sie mit seinem rechten Schuh aus. Nachdem er eingestiegen war, rief er bei Rätsel an.

„Cheffe, wat jibts?" „Heute telefonieren wir ja öfter als sonst. Das ist doch auch mal schön. Ich habe nämlich schon wieder eine Aufgabe für sie. Könnten sie mal bitte rausfinden, wo eine gewisse Jennifer Neumann wohnhaft ist. Sie war zuletzt in Bad Herrenalb gemeldet und hatte damals auch ein Verhältnis mit Becker." „Hui.

Olle Becker iss wohl ein janz schlimmer Finger, wa?" „Ja, kann sein. Haben sie da in Rastatt schon was erreicht?" „Nee, leider nicht. Wenn es um den Kresse geht, will keener wat erzählen. Wer weiß, was da noch so rauskommt. Aber ick bleib natürlich dran." „Sehr gut. Danke Frau Rätsel. Was würde ich nur ohne sie machen?" „Das was sie sonst auch machen würden. Bis denne." Zack, da war sie wieder verschwunden.

Kurz vor neunzehn Uhr erreichte Ritter die Ferienwohnung, und als er das Wohnzimmer betrat, servierte Wagner gerade frisch zubereitete Crepes mit Apfelmus und anderen, süßen Leckereien. Ritter freute sich, denn er hatte inzwischen mächtig Hunger bekommen. Während sie zusammen aßen, berichtete er ihnen von seinen Neuigkeiten. Davon, das Hafermann im Ernstfall gegen Fischer vor Gericht aussagen würde. Und davon, dass Kresse und Eberle tatsächlich erst wie Vater und Sohn waren, aber am Ende mehrfach Streit hatten. Wagner freute sich: „Klasse, Chef. Jetzt haben wir schon mal den Fischer unter Kontrolle. Mit diesen Informationen wird er ihnen alles, aber auch alles erzählen, was sie wissen wollen. Er wird alles dafür tun, um seine Karriere als Polizist zu retten." „Das kannste aber glauben", pflichtete ihm Probst bei. Jetzt freute sich Ritter mit und sagte: „Ja, das mit Fischer ist gut. Erstmal. Eine sehr spannende Frage ist auf jeden Fall, ob Kresse und Eberle vielleicht sogar eine sexuelle Beziehung hatten? Wenn wir das nur wüssten. Aber wir wissen ja noch nicht einmal, ob der Kresse homosexuell ist. Und der Eberle war ja bestimmt nicht schwul. Alles Mist."

Nun stieg Probst wieder ein: „Vielleicht war der Eberle ja auch bisexuell veranlagt. Könnte doch sein. Er war ja sein ganzes Leben lang mit nackten Männern zusammen duschen." Ritter und Wagner sahen sie erstaunt und etwas ratlos an. „Na ist doch wahr," fuhr sie fort. „Skifahren, Fußball und Tennis. Nach jedem sportlichen Wettkampf und Training zusammen unter der Dusche. Bei der Bundeswehr, bei der Polizeiausbildung. Alles klärchen?"

Die beiden Männer nickten stumm. So hätten sie das natürlich niemals gesehen. „Interessante Theorie. Aber alles unglaublich weit hergeholt. Lassen wir das mal so stehen. Ich vermute aber eher, dass sich der Eberle immer wieder bei Kresse beschwert hat, warum der seine Freundin immer zu Fischer nach Calw geschickt hatte, wenn der sie anforderte. Und Julian Eberle war ja deshalb offensichtlich verärgert, so kam es zum Streit. Vielleicht sogar Drohungen!" Wagner antwortete: "Das ist wohl eher der Fall, ja." „Und was habt ihr noch an neuen Informationen?", fragte Ritter.

Probst berichtete ihm, dass es absolut keine Neuigkeiten gäbe. Fast alle Vereinsfreunde von Eberle hatten nahezu das Gleiche erzählt. Es überraschte Ritter nicht sonderlich.

Kurz nach zweiundzwanzig Uhr lag Ritter in seinem Bett. Er war todmüde. Es herrschte wieder eine unglaubliche Ruhe und es war auch so dunkel. Keine Lichtfetzen von vorbeifahrenden Autos, die im Zimmer auftauchten, an der Decke entlang wanderten und langsam wieder verschwanden. Keine Leuchtreklamen. Nichts! Er war froh, dass er das mit Leitle geklärt und beendet hatte. Zum Glück war sie vernünftig genug. Obwohl er sie wirklich sehr gern hatte. Und morgen? Frau Rose! Seinen einundfünfzigsten Geburtstag könnte er doch bei ihr verbringen. Warum nicht? Könnte doch nicht besser sein. Ritter beschloss, Paula Rose nicht abzusagen. Nein, er würde mit ihr seinen Geburtstag verbringen. Sein Herz begann heftig zu schlagen. Dieses Herzrasen hatte er nur, wenn er an sie dachte. Und er hatte es noch nie so heftig gehabt, konnte sich zumindest nicht daran erinnern.

# Dienstag, 22. April 2014

Kevin Wagner betrat fast zeitgleich mit Mandy Probst gegen neun Uhr das Wohnzimmer. Ritter stand bereits an den Papierpostern und trug die neuen Informationen mit dem schwarzen Edding ein. „Guten Morgen. Kaffee ist gerade fertig geworden. Frisch in der Küche." Beide begrüßten ihren Chef, um sich anschließend sofort in die Küche zu begeben. Fünfzehn Minuten später saßen sie alle zusammen an dem kleinen Küchentisch. Ritters Handy summte mehrfach, ohne das er es beachtete. „Wer schreibt denn da alles so?" fragte ihn Probst frech. „Ihre Kontaktfreudigkeit hat ja ganz schön zugenommen", ergänzte sie. Genervt sagte Wagner: „Ist gut jetzt Mandy. Nicht wieder diese Frauennummer. Es reicht jetzt mal."

Ritter schaute erstaunt zu Wagner und dann zu Probst. Die grinste schelmisch. Und wieder summte und brummte sein Handy. „Haben sie heute etwa Geburtstag?", fragte Probst überraschend. „Ja." „Echt jetzt?" Probst stand ruckartig auf und gab ihm einen Kuss auf die Wange. „Happy Birthday, Cheffe." Ritter freute sich und dann sang Wagner lautstark los. Natürlich *„Happy birthday to you"*.

Probst stieg sofort mit ein und so sangen die beiden laut und kräftig ein Geburtstagsständchen für ihren Boss. Der lachte schüchtern und freute sich offensichtlich weiter. „Jetzt haben wir gar kein Geschenk für sie", stellte Wagner fest. „Ach Leute. Das größte Geschenk ist der Augenblick, die Gesundheit und das wir jetzt hier schön zusammensitzen." Es entstand kurz Ruhe. Probst bemerkte anschließend: „Sie sind ja so bescheiden. Das ist wirklich bewundernswert."

Ritter schmunzelte immer noch schüchtern. Sie wechselte plötzlich das Thema: „Wir haben die Genehmigung bekommen, um Kresse zu überwachen. Also Chef, es geht voran." Ritter nickte zufrieden: „Super!"

Nachdem sie das Frühstück beendet hatten, gingen Ritter und Wagner auf die Terrasse. Es regnete leicht und war dunkel bewölkt. „Kein wirklich schönes Geburtstagswetter", stellte Wagner fest. Die Männer rauchten ihre Guten-Morgen-Zigarette. „Und was geht heute so?" fragte Wagner, als sie wieder bei Probst im Wohnzimmer waren. „Wir fahren jetzt mit zwei Autos zu Hoffmann nach Calw und besprechen mit ihm, wie wir das mit der Überwachung von Kresse organisieren und absichern wollen. Wir werden es morgen irgendwann einrichten, wenn alles gut geht. Von Hoffmann aus fahre ich zu meiner Mutter. Geburtstagsessen. Und am Abend bin ich bei Paula Rose eingeladen." Beide schauten ihn erstaunt an. Probst sagte dieses mal nichts, dafür aber Wagner: „Erst schön essen bei Mutti ist doch super. Und das Abendprogramm ist doch ein absoluter Höhepunkt für ihren Geburtstag. Das finde ich gut."

Wagner freute sich ehrlich. Probst ebenso. „Ihr beiden könnt ja nach der Besprechung mal wieder bei Julia Mürrle vorbeischauen." Probst antwortete darauf: „Wir müssten dringend heute noch der Frau Rätsel bei ihren Auswertungen helfen. Das sind eindeutig zu viele Informationen für nur eine Person." „Okay, dann erstmal heute Frau Rätsel unterstützen. Die Mürrle läuft uns ja nicht davon."

Kurz vor elf Uhr waren alle Beamten mit Kaffee versorgt und saßen bei Hoffmann im Büro. Ritter startete die Besprechung: „Das Haus von Kresse liegt etwas ungünstig an einem Waldhang. Es führt nur eine sehr enge Gasse zu diesem Haus. Die umliegenden Häuser sind zudem sehr nah an seinem gebaut. Die Nachbarn würden uns also sofort entdecken." Nun war Probst dran: „Und deshalb würde ich vorschlagen, wir kommen von hinten aus dem Wald. Das ist unsere einzige Chance. Der Kresse hat außerdem garantiert sein Haus abgesichert. Irgendwie. Das werden wir sehen." Ritter überlegte kurz und bestätigte: „Stimmt! Von hinten aus dem Wald ist unsere einzige Möglichkeit. Probst und Wagner werden das übernehmen. Ich versuche jetzt gleich, einen Termin mit dem Kresse zu machen. Und während ich Kresse morgen im Büro besuchen werde, könnt ihr loslegen. Und Hoffmann! Sie sind zufällig im Wagen am Anfang dieser Gasse. Falls etwas aus dem Ruder läuft, sperren sie die Gasse." Hoffmann sah ihn an: „Das ist ein guter Plan. Na dann los, Ritter. Rufen sie den Kresse an."

Gespannt sahen alle zu Ritter, der nach einem kurzen Moment begann: „Hallo, Herr Kresse, Ritter hier. Ich würde sie gerne morgen mal kurz sprechen. Wir müssen wieder zueinander finden. So kann es ja nicht weitergehen. Wir sind doch erwachsene Menschen." Es wurde ruhig. Kresse antwortete unhörbar für die anderen. „Gut, Herr Kresse, das freut mich. Dann also vierzehn Uhr bei ihnen im Büro. Schönen Tag noch." Ritter grinste in die Runde: „Ihr habt es ja gehört. Morgen Vierzehn Uhr startet unsere Special Mission Kresse."

Die vier Ermittler besprachen noch einige weitere Details. Die Berliner verabschiedeten sich anschließend von Hoffmann. Probst und Wagner fuhren im Golf zurück nach Wildbad in die Ferienwohnung.

Ritter nahm den BMW und fuhr nun ohne die Hilfe von Jacky Brown nach Bad Liebenzell, wieder bergauf durch den Wald nach Schömberg und von dort nach Büchenbronn. In diesem Dorf bewohnte seine Mutter ein kleines Erdgeschoß Appartement mit Garten. Das Mehrfamilienhaus lag an einem Hang, und so hatte seine Mutter einen tollen Ausblick auf Pforzheim. Heute allerdings nicht, denn es regnete in Strömen. Ritter verbrachte einen wunderschönen geruhsamen Geburtstagsnachmittag mit seiner Mutter. Die Maultaschen waren wie immer unfassbar gut. Mutter und Sohn sprachen lange über das Leben, die Liebe und sonstige Irrungen und Wirrungen des Lebens. Es tat ihm unglaublich gut. Natürlich gab es bereits zwei Stunden nach dem Mittagessen gleich wieder Kaffee und Kuchen. Ritter freute sich und fühlte sich so sehr zu Hause, wie lange nicht. Er erzählte ihr, dass er ab jetzt öfter zu Besuch kommen würde. Sie winkte lachend ab. Als er ihr schließlich erzählte, dass er vielleicht in nicht allzu ferner Zeit sogar wieder in die Heimat zurückkommen möchte, lachte sie laut los und zeigte ihm den Vogel. Ritter musste mitlachen, obwohl es ihm völlig ernst gewesen war.

Gegen achtzehn Uhr verließ er die Wohnung seiner Mutter und fuhr nun zurück Richtung Schömberg. Kurz vor Calmbach klopfte sein Herz vor Aufregung immer heftiger. Der Wohnort von Paula Rose. Die künstliche Stimme von Jacky führte Ritter zu ihrem Haus. Es lag ebenfalls am Hang und sah ihrem Haus in Wildbad sehr ähnlich. Ritter nahm die neun roten Rosen vom Beifahrersitz und stieg aus. Als er gerade den Klingelknopf drücken wollte, öffnete sich überraschend die Tür.

Paula Rose stand vor ihm und strahlte ihn mit einem zuckersüßen Lächeln an. „Hallo Max", begrüßte sie ihn mit ihrer zarten Stimme.

„Hallo Paula," säuselte Ritter schüchtern und übergab ihr den Blumenstrauß. „Oh, vielen Dank. Das ist doch nicht nötig. Komm rein schöner Mann." Sie lief voraus in die große Eingangshalle und bog dann nach links in eine geräumige Küche. Ritter folgte ihr. Sie war so zierlich. Das fiel ihm erst jetzt auf, da sie eine enge Jeans trug. Nachdem Paula Rose eine Vase mit Wasser gefüllt hatte, wickelte sie das Papier von den Blumen und erblickte die großen, blühenden roten Rosen. Sie platzierte die Blumen in der Vase, und dann strahlte sie ihn erneut an. „Die sind sooooo schön. Vielen Dank, lieber Max."

Ritter wurde fast schwindelig. Sein Kreislauf würde doch nicht ausgerechnet jetzt kollabieren? Aber sie war so in sich ruhend, dass es nicht allzu lange dauerte, bis auch Ritter völlig ruhig wurde. Frau Rose servierte eine unglaublich leckere Lasagne und dazu einen bunt gemischten Salat. Beide saßen sich wie in einem Restaurant gegenüber. Paula Rose hatte eine Kerze angezündet und auf den schön dekorierten Tisch gestellt. Es war eine friedliche, aber auch knisternde Stimmung. Nach dem Abendessen setzten sich beide auf die Wohnzimmercouch. Paula Rose trank keinen Alkohol, rauchte auch nicht und so tranken sie tatsächlich wie in Teenagerzeiten eine Cola nach der anderen. Ritter gefiel das irgendwie. Es dauerte nicht sehr lange, bis ihre Gesprächsthemen sehr persönlich wurden. Er liebte ihre Stimme. Sie verzauberte ihn völlig. Nach vier Stunden intensivem Augenkontakt, musste Ritter feststellen, dass er noch nie so viel über seine Gefühle und sein Leben mit einem Menschen gesprochen hatte, wie mit Paula Rose. Kurz vor zwei Uhr nachts stand sie schwungvoll auf und nahm seine Hand. Ritter stand auch auf und folgte ihr. Sie zog ihn ganz langsam, aber bestimmt, in ihr Schlafzimmer und schloss die große Tür.

Drei Stunden später standen beide an der Haustür und sahen sich verliebt an, als Paula Rose leise sagte: „Lieber Max, das war ein wunderschöner Abend. Vielen Dank. Aber wir werden uns nicht mehr wiedersehen." „Warum das denn?", schoss es aus Ritter. Dabei riss er etwas die Augen auf. Dass ihm nicht noch die Kinnlade runterklappte, war alles. „Weil ich mich sonst unsterblich in dich verlieben würde. Und dann verschwindest du nach Berlin und ich werde alleine hier sitzen und Schmerzen haben. Schmerzen vor Sehnsucht und Liebe. Und das will ich nicht. Es tut mir leid, schöner Mann."

Ritter war sprachlos. Seine Antwort kam aus reinem Instinkt, denn sein Gehirn war in diesem Moment komplett ausgeknipst: „Das kann ich absolut verstehen. Ja klar, vielleicht ist das wirklich besser so. Denn es würde mir wohl genauso gehen. Ich hatte noch nie so Herzrasen wie bei Dir. Und vielen Dank für diesen schönen Abend und diese traumhafte Nacht. Good bye, schöne Frau." Er drehte ab und lief los, ohne sich noch einmal umzudrehen. Sie schloss langsam die Tür.

Wie ferngesteuert stieg Ritter in den Wagen und fuhr los. Es war bereits fünf Uhr morgens. Nach knapp zehn Minuten war er am Haus angekommen. Noch immer hatte er Herzrasen und deshalb musste er sich jetzt endlich mal eine Zigarette anzünden. Er hatte seit mindestens zehn Stunden keine geraucht.

Paula Rose war Nichtraucherin. *Oh, nein! Da ist sie schon wieder in meinem Kopf,* dachte er sich und schlich anschließend in die Wohnung. Er wollte Probst und Wagner nicht wecken. Es wurde bereits dezent heller am Himmel und Ritter konnte natürlich nicht einschlafen. Also wälzte er sich in seinem Bett hin und her und sah

Paula Rose deutlich vor sich. Wie glücklich und schön sie da gerade ausgesehen hatte, als er ihr ganz nahe war. Ritter war hellwach. Sein Herz klopfte noch immer heftig.

Und die Mission Karl Kresse heute? Er musste fit sein. Das würde aber nicht der Fall sein. Und das gefiel ihm überhaupt nicht. Aber dann schlief Ritter tatsächlich doch noch erschöpft ein.

# Mittwoch, 23. April 2014

Gegen zehn Uhr klopfte Wagner kräftig an Ritters Schlafzimmertür. Sein Chef war sofort hellwach. „Komme", schrie er Richtung Tür und stand ruckartig auf. Als er in Shorts und Shirt barfuß und mit einem Kaffee in der Hand das Wohnzimmer betrat, standen Probst und Wagner bereits in voller Montur da. Sie waren bereit, die heutige Mission zu starten. Und sie wollten früh los, da sie sich erst durch den Wald anschleichen mussten. Zudem wollten sie das Haus erstmal aus der Ferne überwachen, und sie würden dann auf das verabredete Zeichen warten.

Nachdem die beiden die Wohnung verlassen hatten, setzte sich Ritter erst einmal auf die Couch. Es war eigentlich ein schöner Tag, blauer Himmel ohne Wolken und bereits vierzehn Grad. Aber dieses Ende bei Paula Rose hatte ihn immer noch gefühlsmäßig völlig im Griff. Und das Schlimme daran war, dass er diesen Geburtstagsabend wohl nie mehr in seinem Leben vergessen würde. Könnte er sie überhaupt jemals vergessen?

Ritter brauchte jetzt dringend Ablenkung und so besprach er sich noch einmal telefonisch mit Kommissar Hoffmann. Was sollte er nur bis vierzehn Uhr tun? Ziemlich rasch schlief er auf der Couch wieder ein. Als er ruckartig aufwachte, erschrak er heftig und stand sofort auf. Zum Glück erst dreizehn Uhr. Ritter war jetzt nervös und ärgerte sich über sich selbst. Wie konnte er sich nur so verlieren? Überhaupt hatte Ritter das Gefühl, dass er sich immer mehr verliert. Abdriftet. Er brauchte dringend wieder festen Boden unter seinen Füßen. Und der Fall hier? Ritter musste sich eingestehen, dass er nicht sehr viel im Griff hatte.

Gegen vierzehn Uhr traf Kommissar Max Ritter bei Karl Kresse im Büro ein. Kurz zuvor schickte er eine SMS an Hoffmann, Probst und Wagner ab. Das Startzeichen. Dann setzte er sich auf einen der unbequemen Plastikstühle vor dem riesigen Schreibtisch.

Probst und Wagner begannen nun ihren kleinen Abstieg an dem doch recht steilen Waldhang hinter dem Haus, das Kresse bewohnte. Wagner kam kurz ins Schlingern und rutschte etwas, fiel aber nicht. Als sie schließlich abgestiegen waren, entdeckte Probst einen sehr dünnen, unauffällig gespannten Draht. „Stop", sagte sie resolut zu Wagner. Beide stiegen behutsam darüber. An der Hintertür des Hauses war eine Alarmanlage angebracht. Probst schaltete sie aus. Konzentriert gingen beide durch die Tür ins Haus, das bereits im Schatten der Sonne lag. Es war düster und roch nach altem Muff. Sie mussten sich erst einmal an die Dunkelheit gewöhnen, denn Licht konnten sie ja nicht einschalten. Es dauerte recht lange, bis die beiden alle Kameras installiert hatten. Als sie das Haus verließen, schaltete Probst die Alarmanlage wieder ein. Durch den Wald krabbelten sie anschließend den steilen Hang hoch. Probst verwischte dabei mit einem Ast mögliche Spuren, die sie hinterlassen hatten.

Hoffmann saß in seinem Wagen am Anfang der Gasse, als er die SMS von Probst bekam: *Alles erledigt!*

Ritter war nervös und unsicher heute. Zögerlich und oberflächlich begann er das Gespräch mit Kresse. Als er Kresse schließlich fragte, ob er auch mal Streit mit Eberle hatte, wurde dieser wieder mal komisch: „Natürlich. Man lacht zusammen, man diskutiert zusammen und man streitet auch zusammen. Alles halb so wild. Ich kann mich sowieso nicht mehr erinnern, um was es damals so ging." Ritter bekam nach dreißig Minuten endlich die lang ersehnte SMS von Probst. „Gut. Danke, Herr Kresse. Ich bin froh, dass wir wieder eine Gesprächsbasis gefunden haben. Denn ich habe sicherlich bald neue Fragen."

Erfreut verließ Ritter das Büro. Es war noch etwas wärmer geworden. Deshalb zog er seine Jacke aus und lief die Treppen nach oben in das Ferienhaus. Ein bisschen Training. Schwer atmend kam Ritter am Haus an. Hoffmann wartete bereits davor. Beide begrüßten sich freundlich und gingen rein. Ritter setzte frischen Kaffee auf, denn er war völlig aus dem Rhythmus. Gleichzeitig wach und müde ist ein unangenehmer Zustand.

Eine Stunde später kamen endlich auch Wagner und Probst zurück. Alle Beamten saßen im Wohnzimmer bei offener Terrassentür. Es gab Schwarzwälder Kirschtorte zur Belohnung für die gelungene Mission. Mandy Probst hatte mal wieder im *Cafe Jats* eingekauft. „Der ist so dermaßen lecker, danke, Frau Mandy", freute sich Ritter.

Es dauerte nicht allzu lange, bis die Gruppe wieder zu diskutieren begann. Ritter brabbelte ohne nachzudenken einfach los: „Vielleicht hatten Julian Eberle und Karl Kresse tatsächlich ein Verhältnis miteinander. Dann aber kommt Julia Mürrle zurück nach Wildbad. Und klar, dann will Eberle eben seine Zeit mit Mürrle verbringen und nicht mehr mit seinem Chef. Und wahrscheinlich hat deshalb Kresse dem Fischer auch immer die Mürrle zu seinen Einsätzen geschickt. Ja Mensch. Ist doch klar. Da hatten schließlich beide etwas davon. Beide hatten einen Partner verloren. Ich weiß, dass ist jetzt echt an den Haaren herbeigezogen, aber wir müssen einfach laut und ohne Grenzen im Kopf denken."

Nachdenklich sahen ihn die anderen an. Wagner kämpfte noch mit seinem Tortenstück. Hoffmann reagierte zuerst: „Sie müssen ja kein Verhältnis miteinander gehabt haben. Vielleicht verbrachten Kresse und Eberle auch nur als Freunde ihre Freizeit. Der Kresse hat ja keine Freunde, soweit ich weiß. Also war er bestimmt froh, auch endlich mal einen Kumpel zu haben. Doch dann hatte Eberle, wie schon gesagt wurde, kaum noch Zeit für Kresse, da er nun mit Julia Mürrle seine Zeit verbrachte."

Wagner nickte überzeugt. Probst bestätigte: „Das scheint für mich auch die plausibelste Möglichkeit zu sein. Die waren halt zusammen in ihrer Freizeit. Das wird Kresse nicht zugeben, und die anderen werden es nicht wissen." Ritter ergänzte: „Stimmt genau. Den anderen haben sie es sicher nicht erzählt, damit die nicht noch neidischer auf die Privilegien des Herrn Eberle wurden."

Hoffmann runzelte die Stirn: „Aber falls es so war, muss doch irgendwer die beiden mal zusammen in Zivil gesehen haben. Und diejenigen müssen wir finden. Aber wie?" „Manchmal hilft ja auch der Zufall", bemerkte Probst altklug.

Es entstand eine längere Sprachpause, ehe Wagner sagte: „Vielleicht waren sie zusammen Sport treiben. Karl Kresse sieht doch sehr trainiert und drahtig aus. Was für einen Sport betreibt der denn?" Ritter zog die Schultern hoch: „Keine Ahnung. Werde ich ihn beim nächsten Besuch mal fragen."

Hoffmann fragte: „Und wie gehen wir jetzt bei Schäufele weiter vor?" Nach einem Schluck Kaffee antwortete Ritter: „Der Titisee, an dem seine Eltern wohnen, ist ja nur einen Katzensprung von Freiburg entfernt." Sofort schaute Wagner zu Ritter, der weitersprach: „Und am Wochenende könnten doch Frau Mandy und der

Herr Wagner dort mal etwas forschen." „Und wo soll ich da pennen?", fragte Probst etwas gereizt. „Na im Hotel", war Ritters knappe Antwort. Alle sahen ihn jetzt gespannt an und er ergänzte: „Gehen sie mal in der Metzgerei der Eltern vorbei. Seine Tante hat dort auch eine Bäckerei. Solche Sachen eben. Wagner, sie geben sich als alter Schulfreund aus, der schon lange nicht mehr zu Hause war. Hoffmann! Sie haben doch die Liste aller damaligen Schulfreunde von Schäufele?" Hoffmann nickte. „Und Frau Mandy ist eben seine Freundin oder Begleiterin in diesem schönen Urlaub. Das glauben die doch alle sofort." Probst und Wagner nickten und sahen ihn mit großen Augen an. Wagner bemerkte unsicher: „Ich kann doch aber gar keinen Dialekt sprechen." „Ihnen wird schon etwas einfallen, da bin ich mir sicher." Wagner schaute ratlos.

Energisch sagte Ritter zu Probst: „Ich bräuchte mal einen Flug für Freitagabend nach Berlin. Muss dringend mal raus hier aus diesem Naturparadies. Rückflug dann für Montagabend. Das wäre perfekt. Könnten sie das bitte für mich buchen?" Wagner und Probst sahen ihn noch immer erstaunt an. Ihr Chef erschien ihnen jetzt doch sehr entschlossen. „Klar, buche ich", antwortete Probst.

Wagner begann in rasender Geschwindigkeit auf seinem Laptop zu tippen. Er richtete die Überwachung für Kresse ein. Probst räumte den Tisch ab und Hoffmann verabschiedete sich schließlich und fuhr zurück nach Calw.

Ein paar Minuten später war Monika Rätsel auf dem Flatscreen zu sehen. Ritter begrüßte sie wie immer sehr freundlich und fragte: „Haben sie Neuigkeiten aus Rastatt für mich?" „Ja, endlich. Ein jewisser Thomas Hacke würde mit ihnen sprechen. Ist der Einzige, den ich auftreiben konnte. Tut mir leid." „Sie müssen sich nicht entschuldigen. Sehr gute Arbeit, Frau Rätsel." Sie grinste jetzt wieder fröhlich, aber auch müde in die Kamera. Ritter sah ihr den Stress der letzten Tage deutlich an: „Machen sie mal am Freitag etwas Pause. Urlaub. Langes Wochenende. Haben sie sich verdient. Ich komme übrigens am Wochenende nach Berlin zurück. Wir können uns dann am Montag im Büro treffen, da ich erst am späten Abend wieder zurückfliegen werde." „Oh, supi. Cheffe kommt zu Besuch. Und vielen Dank für den freien Extratag. Den kann ick echt jebrauchen", war ihre erfreute Reaktion. Und die war sehr ehrlich rübergekommen, was wiederum Ritter erfreute. „Sonst noch wat? Ach ja, olle Becker hat plötzlich alle Fotos von seiner Franzi jelöscht. Hat wohl einen Tipp bekommen, wa? Und die Adresse von der Julia Neumann haben sie gerade per SMS bekommen. So, muss dringend los. Noch wat Wichtiges?" „Nein. Danke. Und Abflug. Bis dann", sagte Ritter und danach war Rätsel verschwunden.

Franziska Leitle hatte wohl ihrem Michael Becker erzählt, dass Ritter ihr gesagt hatte, dass ab jetzt tiefer intern ermittelt werden würde. Daraufhin hatte Becker wohl Panik bekommen. Mussten ja Probst und Wagner jetzt nicht unbedingt wissen und so sagte Probst auch unwissend: „Der Becker hat wohl seinen Kopf eingeschaltet, etwas weitergedacht und dann kalte Füße bekommen. Ha, Ha." Wagner lachte mit. Ritter war nicht zum Lachen zumute.

Am frühen Abend fuhren die drei BKA-Ermittler zusammen über Calmbach und Höfen in das Eyachtal. Bei *„Zordel"* gab es gegrillte Zuchtforellen und leckeren Kartoffelsalat dazu. Ritters verspätetes Geburtstagsessen für seine beiden Mitarbeiter. Die bedankten sich herzlich. Allen schmeckte es hervorragend und so war es ein würdiger Tagesabschluss.

„Wie war eigentlich ihr gestriger Abend bei Frau Rose?", fragte Probst neugierig. Ritter schmunzelte und legte seinen Finger auf den Mund. „Oha! Der Gentleman schweigt, wa?", grinste sie zurück. In fröhlicher und ausgelassener Stimmung fuhren sie durch den dunklen Wald zurück nach Bad Wildbad. Ritter fiel todmüde in sein Bett.

Donnerstag, 24. April 2014

Punkt acht Uhr wachte Ritter auf und konnte hören, wie der Regen prasselte. Das war ihm aber egal, denn er hatte lange und gut geschlafen und endlich mal nicht an Paula Rose gedacht. Dafür war sie aber gleich jetzt zur Begrüßung in seinem Kopf. Er schüttelte sich kurz, ging ins Badezimmer und anschließend kochte er sich einen Kaffee.

Kurz darauf kamen Probst und Wagner in die Küche. Beim gemeinsamen Frühstück erklärte Ritter: „Ich werde heute erst nach Karlsruhe fahren und meinen Cousin treffen. Anschließend fahre ich nach Rastatt, um diesen ehemaligen Mitarbeiter von Kresse zu sprechen. Seid ihr noch weiter am Auswerten?" Wagner antwortete zuerst: „Ja! Und wir müssen noch die Aussagen der Vereinsmitglieder alle lesen. Vielleicht ist ja doch etwas Wichtiges dabei." „Gut Wagner, dann machen sie das zusammen mit Frau Mandy und Frau Rätsel." Probst war nicht sehr gesprächig an diesem Morgen und nickte nur mit dem Kopf.

Ritter ging auf die Terrasse. Es war heute sehr dunkel und regnete in Strömen. Gestern Sonne, heute Regen. Das Wetter war im Moment genauso abwechslungsreich wie seine Gefühle und Emotionen. Nachdenklich ging er wieder zurück ins Wohnzimmer. Probst informierte ihn: „Ihr Flug für morgen ist gebucht. Abflug neunzehn Uhr, Rückflug Montag zwanzig Uhr. Ich fahre sie dann Chef. Iss doch klar, wa?" „Danke, Frau Mandy. Das ist super. Ich brauche dringend mal eine Pause."

Gegen elf Uhr fuhr Ritter mit dem BMW nach Karlsruhe. Er hatte sich mit seinem Cousin in einem Thai-Restaurant namens *Kim Wang* verabredet. Jacky brachte ihn sicher ans Ziel. Ritter betrat kurz vor zwölf Uhr das schöne Restaurant. Sein Cousin Martin saß bereits an einem der Tische, stand aber sofort auf, als er Ritter hereinkommen sah. Die beiden Kommissare begrüßten sich herzlich mit einer Umarmung. Als die wirklich sehr kleine Kellnerin an ihren Tisch kam, bestellte sich Ritter das Hühnchen mit grünem Curry und Kokosmilch, während sein Cousin die gebratenen Garnelen mit Gemüse nahm.

Ritter fragte ihn anschließend: „Und, wie läuft es mit deiner aktuellen Ermittlung?" „Geht so. Gestern haben wir den Tatverdächtigen endlich gefunden und festgenommen. Meine Kollegen haben schon versucht, mit ihm zu sprechen. Aber er will noch nicht reden. Ich werde ihn heute am Nachmittag zum ersten Mal verhören. Falls er spricht. Und bei dir in Wildbad?" „Oh je. Schwierige Sache. Wir haben bereits Tausende von Informationen, aber trotzdem kommen wir kaum einen Schritt weiter." „Das kennen wir doch aber beide, oder? Manchmal sieht es eben so aus, als komme man keinen Schritt voran. Aber irgend etwas passiert dann ja immer und am Ende haben wir den Mörder meistens doch geschnappt." „Hast du gute Kontakte zu eurem Drogendezernat?" Martin Rabe nahm einen Schluck seiner Apfelschorle und antwortete: „Ja, ich habe zwei sehr nette Kollegen dort. Warum fragst du?" „Vielleicht wissen die irgend etwas über den Kai Fischer aus Calw. Ist der große Zampano dort in der Drogenabteilung und einer der Hauptverdächtigen." „Ach ja, stimmt. Hattest du mir ja letztens am Telefon erzählt. Klar, ich check das mal für dich." Ritter freute sich. Nach dreißig Minuten kam endlich das Essen. Das Warten hatte sich allerdings gelohnt, es schmeckte hervorragend.

Pünktlich um fünfzehn Uhr erreichte Ritter das Polizeirevier in Rastatt. Der Regen hatte merklich nachgelassen. Fünf Minuten später saß er im Büro des Polizeibeamten Thomas Hacke. Ritter stellte sich vor und begann das Gespräch: „Vielen Dank, Herr Hacke, dass sie sich die Zeit nehmen, um mir ein paar Geschichten über Karl Kresse zu erzählen." Hacke nickte freundlich: „Was wollen sie wissen?" „Alle negativen Stories und Gerüchte über ihn. Alles was ihnen zu ihm einfällt." Hacke begann zu erzählen und Ritter hörte aufmerksam zu. Kresse hatte damals natürlich auch Streit mit dem einen oder anderen Kollegen gehabt. Bei zwei Einsätzen hatte er zudem die Kontrolle verloren und die Verdächtigen jeweils heftig verprügelt. Es hatte aber keinerlei Konsequenzen für ihn. Aber er sei auch immer zuverlässig und sehr ehrgeizig gewesen.

Nach einer kurzen Pause sagte Hacke überraschend: „Ich glaube auch, dass er schwul ist. Einer meiner besten Kumpels hat ihn nämlich mal in einem Gay-Club in Frankfurt gesehen. Kresse in schwarzem Leder! Ja, unvorstellbar, aber wahr. Mein Kumpel hatte ihn damals auf einer kleinen Geburtstagsparty von mir kennengelernt. Deshalb erkannte er Kresse wieder, wenn auch erst auf den zweiten Blick." Ritter war gerade jetzt, wo seine Ahnung bestätigt wurde, doch sehr überrascht. „Ich hatte es vermutet. Er führt also ein Doppelleben. Kresse ist ja jetzt Chef in Wildbad. In Clubs wird er aber wohl in seinem Alter nicht mehr gehen?" „Wahrscheinlich eher nicht", schmunzelte Hacke. Ritter bedankte sich freundlich und verließ das Polizeirevier in Rastatt.

Zurück am Wagen beschloss er spontan den Schlosspark und das dazugehörige Schloss anzuschauen. Es war vor über dreihundert Jahren gebaut worden. Der Parkplatz war nicht sonderlich gefüllt, und so stellte er den Wagen rasch ab und schlenderte durch den

Park. Dabei genoss er die frische Regenluft. Es war trotzdem warm hier in der Rheinebene. Knapp sechzehn Grad und so zog er seine Jacke aus. Das Schloss war ein beeindruckender Prachtbau. Diese Barockresidenz schaute er sich von innen an und war nach einer Führung stark beeindruckt. Wieder zurück im Park suchte Ritter vergeblich in seinen Taschen sein Handy. Hatte er es verloren? Es wurde ihm kurz heiß. Doch dann fiel ihm ein, dass er sein Telefon im Wagen vergessen hatte. Beruhigt schlenderte er zurück Richtung Parkplatz. Ritter öffnete das Auto und fand sein Handy in dem Fach an der Fahrertür. Er hatte siebzehn SMS und achtundzwanzig Anrufe bekommen. Alle von Probst, Wagner und Hoffmann. Und das innerhalb von drei Stunden. Und alle ohne jegliche Information. Nur die immer gleichen Fragen: Wo sind sie Chef? Wo sind sie, Ritter?

Aufgeregt rief er bei Probst an: „Hey Chef, endlich. Wo stecken sie denn?" „Ich bin noch hier in Rastatt. Was ist denn los?" „Kommen sie erstmal zurück, dann erzähle ich ihnen alles." „Was soll das denn? Und warum nicht jetzt?" „Weil etwas Schlimmes passiert ist." „Ich will auf der Stelle wissen, was los ist", schrie Ritter bereits leicht hysterisch in sein Handy. Probst hatte das Gespräch danach einfach beendet. Er versuchte erneut sie anzurufen. Nicht erreichbar! Dann versuchte er bei Wagner anzurufen. Nicht erreichbar! Und bei Hoffmann war Dauerbesetzt oder er ging nicht ran. Ritters Pulsschlag erhöhte sich dramatisch. Mit Blaulicht fuhr er in einer rasanten Geschwindigkeit zurück nach Wildbad. Dabei verlor er den Wagen ein paarmal leicht aus der Kontrolle.

Es war bereits zwanzig Uhr und gerade dunkel geworden, als er das Wohnzimmer betrat. Probst und Wagner saßen auf der Couch und sahen ihn mit einem traurigen Gesichtsausdruck an. Probst sagte in ruhigem Ton zu ihm: „Setzen sie sich Chef. Ist besser so, glauben sie mir." „Sagen sie mir bitte jetzt sofort, was los ist", befahl er lautstark, ohne sich dabei zu setzen. Probst hatte Schwierigkeiten, den nächsten Satz zu formulieren: „Also. Ähm. Okay. Franziska Leitle wurde vor vier Stunden bei einem Einsatz erschossen. Tut mir sehr leid."

Ritter traute seinen Ohren nicht. Hatte er das gerade richtig verstanden? Doch diese Nachricht träufelte nun langsam und klebrig wie Honig in sein Gehirn. Ihm wurde schlecht, und er drehte ab Richtung Toilette. Dann hörten Probst und Wagner nur noch, wie sich Ritter mehrfach lautstark übergab.

Das eiskalte Wasser in seinem Gesicht am Waschbecken beförderte ihn zurück ins Leben. Im Spiegel konnte er sehen, wie alt er in diesem Moment aussah. Aber dann trocknete er sich ab und ging langsam zurück ins Wohnzimmer. Nachdem er sich auf die Couch gesetzt hatte, bekam er einen völlig starren Blick. Wagner stellte ihm eine kleine Jägermeister-Flasche auf den Tisch. „Vielleicht hilft das etwas", sagte er schüchtern. Ritter sah ihn an, nahm das kleine Fläschchen und zog sich die Ladung auf Ex rein. Der Kräutersaft wärmte ihn augenblicklich.

Probst traute sich, eine erste Frage zu stellen: „Wollen sie wissen, wie alles ablief?" „Nein. Danke. Nicht jetzt." „Okay, klar. Kommissar Hoffmann ist vor Ort und es ist bereits alles geklärt. Es hat nichts mit dem Eberle Fall zu tun. Damit sie wenigstens das wissen." Ritter nickte benommen. Wagner fragte schüchtern: „Tut es sehr weh?" Ritter schaute ihn an. „Ja! Ja, Wagner, das tut jetzt mal richtig weh! Sie war so fröhlich, so lieb, so nett, so positiv und auch so fleißig. Sie liebte das Leben. Und dass nach diesem Schockerlebnis damals. Sie war stark. Psychisch echt so stark. Oh Mann, das ist doch alles nicht wahr jetzt." Alle schweigen betreten. Ritter schossen ein paar Tränen in die Augen, als er plötzlich seine Franzi Leitle ganz nah vor sich sah. Wie sie lachte mit ihren Grübchen und diesen blauen Augen. Er wischte sich ohne Scham vor den beiden die Tränen aus den Augen.

„Wir müssen noch vorsichtiger werden. Das läuft doch alles aus dem Ruder." Ritter wurde lauter: „Der Mörder von Eberle rennt da draußen auch noch mit seiner scheiß Pumpgun irgendwo rum. Fuck!"

Ruckartig stand Ritter auf, nahm den Autoschlüssel, seine Jacke und verschwand wortlos. Probst und Wagner sahen sich beide fragend an.

Ritter stieg in den schwarzen BMW und legte eine CD der Metalband *Helmet* ein. Dann drehte er den Sound laut und fuhr los. Es regnete inzwischen wieder in Strömen. Nachdem er Calmbach Richtung Höfen verlassen hatte, wurde es immer schwieriger etwas zu sehen und es stand inzwischen sehr viel Wasser in den Spurrillen der Straße. Aquaplaning, totale! Ritter fuhr viel zu schnell, dazu das viele Wasser auf der Scheibe. Seine Brille blendete ihn immer wieder von den entgegen kommenden Fahrzeugen. Die Sicht war äußerst schlecht. Der nächste Song von *Helmet* hieß *„In the meantime"*. Ritter liebte diesen Song. Nachdem er die Ortschaft Neuenbürg hinter sich gelassen hatte, drehte er den Sound noch lauter. Die Gitarrenriffs peitschten ihn auf, und er gab richtig Gas. Ritter sah kurz Franzi Leitle vor sich. Die Tränen schossen ihm in die Augen, dazu der Regen, er sah kaum noch etwas. Alles verschwamm vor ihm, wurde eins. Er beschleunigte erneut und raste in die nächste Kurve. Das Heck des BMW scherte heftig aus. Ritter lenkte gegen, beschleunigte weiter und konnte die nächste Kurve nur noch optisch erahnen. Dieses Mal scherte das Heck des Wagens um einiges mehr aus und so hatte Ritter bereits enorme Schwierigkeiten den BMW wieder auf Spur zu bringen. Er lachte kurz irre auf und sang dann lautstark mit. Ein entgegenkommender LKW spritze ihm die komplette Scheibe zu, und so sah er für einige Sekunden überhaupt nichts mehr. Ritter drückte das Gaspedal voll durch und schrie lautstark: „Franziiiiiii. Ich komme! Ich bin gleich bei dir." Die nächste Kurve kündigte sich an. Ritter schoss ohne jede Kontrolle und mit irrer Geschwindigkeit rein. Dieses Mal rutschte der Wagen so heftig ab, dass er fast quer auf der gesamten Straße weiter rutschte. Doch Ritter bekam den Wagen auch dieses Mal nach einigen Sekunden wieder unter Kontrolle. Sofort nahm er seinen Fuß vom Gaspedal und ließ den Wagen ausrollen, bis die Tachometeranzeige bei fünfzig Stundenkilometern angekommen war.

Ritter hatte nicht bemerkt, dass er bereits am äußersten Rand seiner Heimatstadt angekommen war. Die erste Ampel stand auf Rot. Er drehte die Musik ab und als der Wagen zum Stehen gekommen war, sagte er leise: „Du Franzi, die wollen mich noch nicht. Tut mir leid. Gute Reise ins Paradies." Wieder füllten sich seine Augen mit Tränen. Die Ampel schaltete auf Grün. Ein schönes Grün, dachte Ritter gedankenverloren. Der Wagen hinter ihm hupte. Ritter fuhr langsam an. Er rollte zum ersten Mal, seit er hier im Schwarzwald war, in Pforzheim ein. Es war inzwischen zweiundzwanzig Uhr.

Er fuhr über die Wildbader Straße in die Stadt, bog dann links in die Kurze Steige und fuhr steil hoch Richtung Wilferdinger Höhe. Er wollte zu dem kleinen Turm in der Hachel Allee. Dort hatten sie als Teenager ihre ersten Zigaretten geraucht. Als er sein Ziel erreicht hatte, stieg er aus und lief schnellen Schrittes zu dem kleinen

Türmchen, denn es regnete noch immer stark. Zwei dürre Jugendliche standen unter dem Vordach und rauchten einen Grasjoint. „Verpisst Euch", sagte Ritter laut und energisch. Die beiden flüchteten sofort. Zufrieden wendete er seinen Blick nach vorne. Da lag sie friedlich im Tal. Seine Heimatstadt. Er sah die vielen Lichter, den markanten Sparkassenturm mit seinen wandernden Leuchtdioden. Ja, da lag sie ganz friedlich und ruhig im Tal der drei Flüsse Nagold, Enz und Würm. Seine Stadt. Es war in diesem besonderen Moment ganz alleine seine Stadt, und so genoss Ritter diesen Augenblick unheimlich intensiv. Die leicht flackernden Lichter im Tal hatten eine beruhigende Wirkung auf ihn. Vereinzelt schossen plötzlich Bildfetzen aus seiner Jugend durch sein Gehirn. Das arbeitete jetzt kräftig in den hintersten Ecken seines Gedächtnisses. Vor fünfundzwanzig Jahren hatte er seine Stadt verlassen. Jetzt war er wieder hier. In der Zwischenzeit hatte er Tausende von Zeugen und Verdächtigen befragt und gesprochen. Einige Mörder überführt. In mehreren Städten gelebt und gearbeitet und sich mit den niedrigsten, menschlichen Abgründen beschäftigt.

Ritter zündete sich eine Zigarette an. Der Kreis schloss sich, denn hier hatte er mit vierzehn auch seine erste geraucht. Zusammen mit Claudia. Was die wohl heute so macht? Wahrscheinlich zwei Kinder und geschieden. Er musste grinsen. *Mal nicht so zynisch, mein Lieber*, sagte er in Gedanken zu sich selbst.

Ritter musste an diese Höllenfahrt vor ein paar Minuten denken. War er suizidgefährdet? Oder etwa doch nicht? Jetzt in diesem Moment wollte er nämlich unbedingt weiterleben und keinesfalls zu Franziska Leitle in den Himmel. Seine Gefühlsausschläge waren extremer geworden. Es waren aber auch zu starke emotionale Erlebnisse in den letzten Tagen gewesen. Zu viel auf einmal in zu kurzer Zeit. Der Abschied von Aytin. Das harte Ende bei Paula

Rose und nun auch noch als absoluter Höhepunkt der Tod von Franziska Leitle. Sollte er etwa Hilfe in Anspruch nehmen? Ritter verwarf diesen Gedanken, denn er war stark und zäh. Das hatte ihn immer ausgemacht. Demnächst würde er alles völlig im Griff haben, dessen war er sich jetzt sicher. Nur wusste er noch nicht, wie er es in den Griff bekommen sollte.

Ritter konnte zu diesem Zeitpunkt nicht ahnen, wer ihm bald dabei helfen würde, wieder Boden unter den Füßen zu bekommen.

Schnell wurde ihm kühl und so ging er rasch zurück in den Wagen. Er wollte noch kurz durch seine Stadt cruisen. Jetzt! Jetzt, da sie schlief, friedlich und ruhig war. Fast in Schrittgeschwindigkeit fuhr er über die Hohenzollern Allee in die Nordstadt. Hier, in diesem Stadtteil, war er aufgewachsen. Immer wieder musste er links und rechts aus dem Fenster schauen. Es sah alles so unfassbar vertraut aus. Ritter kannte hier jede Ecke, jedes Haus, jede Straße. Alles! Dann fuhr er über die Nordstadtbrücke am Hauptbahnhof vorbei, und immer weiter gerade aus. Es waren fast keine weiteren Autos zu sehen. Und Menschen? Fehlanzeige! Es war kein einziger Mensch zu sehen. Alles war ruhig. Und tot! Wie nach einem Atomschlag. Niemand mehr hier! Alle tot! Er versuchte, verzweifelt einen Überlebenden zu erblicken. In Berlin war jetzt gerade Ausgehzeit und mächtig was los. Oh, Mann! Nun gut, Pforzheim ist auch nur eine kleine Stadt, allein Kreuzberg ist mehr als doppelt so groß.

Langsam fuhr Ritter wieder Richtung Wildbad und verließ die Stadt. Es regnete immer noch stark, und so fuhr er in angemessenem Tempo zurück durch den dunklen Wald. In diesem Moment hatte der Schwarzwald eine düstere und beklemmende Wirkung auf ihn. Er fühlte sich irgendwie eingeengt. Und man konnte nie weit sehen. Die Sicht war immer begrenzt, ob Tag oder Nacht. Ob diese Darkness auch Einfluss auf die Bewohner hier hat? Haben die Menschen vielleicht alle etwas Düsteres in ihrer Seele? Diese Dunkelheit hat auf jeden Fall Einfluss auf die Gefühlslage, dessen war er sich sicher.

Und an der Nordsee? Da konnte man zwar unendlich weit sehen, bis an den Horizont, aber auch nur dann, wenn mal klare Sicht war. Waren die Menschen dort deshalb weniger in der Darkness? Egal, Nordsee oder Schwarzwald. Ritter vermisste in diesem Augenblick Berlin. Die ganzen Verrückten, die Türken, Farbigen, Asiaten, die Paradiesvögel und die vielen jungen aufgedrehten Menschen. Die Assis, den Dreck, die langen Schlangen an den Kassen, das Gedränge in der U-Bahn, die schlechte Luft, die Hektik und das viele Licht. Denn in Berlin wurde es niemals richtig dunkel. Man konnte fast nie den Sternenhimmel sehen, denn nachts war es künstlich hell. Und was hat das Licht nun für einen Einfluss auf die Menschen?

Ritter kam nicht mehr dazu, dieses Thema zu Ende zu denken, denn er fuhr in diesem Moment in die Alte Doblerstrasse und erreichte ihre Ferienwohnung.

# Freitag, 25. April 2014

Weit nach Mitternacht betrat Ritter das Wohnzimmer. Probst und Wagner waren bereits in ihren Zimmern verschwunden. Auf der Terrasse rauchte er noch eine Zigarette und ging anschließend ebenfalls in sein Zimmer. Viele Gedanken konnte er nicht mehr erfassen, die Müdigkeit kam immer heftiger. Was für ein irrer Tag! Leitle tot und er auch beinahe. Trotzdem schlief er sofort ein, tief und fest.

Kurz vor neun Uhr wachte er wieder auf. Ritter fühlte sich unheimlich matt und hatte absolute keine Lust aufzustehen. Könnte er heute nicht einfach im Bett liegenbleiben? Natürlich nicht! Franziska Leitle kam in seine Gedanken. Sie ist tot. Nur langsam stand er auf und ging geknickt in die Küche. Wagner und Probst saßen bereits am Tisch und frühstückten. Ritter setzte sich dazu. Es wurde minutenlang nicht gesprochen. Keiner der beiden traute sich etwas zu sagen.

Endlich sagte Ritter: „Karl Kresse wurde vor Jahren in einem Gay-Club in Frankfurt im Lederdress gesehen." Beide schauten ihn mit großen Augen an. „Ich nehme den Golf heute. Sie müssen mich also nicht zum Flughafen fahren oder abholen. Das ist echt Zeitverschwendung. Fahren sie ruhig nach Freiburg, wann immer sie wollen. Okay? Und natürlich schöne Ferien am Titisee." Beide nickten wortlos. „Ich fahre jetzt mal nach Bad Herrenalb zu dieser Julia Neumann. Der Ex Affäre von Becker. Anschließend fahre ich zu Kommissar Hoffmann nach Calw und dann von dort aus zum Flughafen." Probst sagte: „Okay, Chef. Guter Plan. Und Berlin wird ihnen sicher guttun. Für mich war es auch gut letztes Wochenende. Ich wurde so geerdet auf der Party meines Vaters." „Ach ja, wie war es denn?" „Soooo lustig. Alle Tanten, Onkels, Cousins und Cousinen waren da. War echt mega." „Toll. Das freut mich ja jetzt", lächelte Ritter.

Wagner ging heute zuerst auf die Terrasse, Ritter folgte ihm. Es regnete, allerdings bedeutend schwächer als gestern noch. Aber es war auch wieder dunkel, besonders unten im Tal, im Zentrum von Bad Wildbad. *Diese Darkness hier*, dachte sich Ritter schon wieder. Vielleicht hatte er ja selbst etwas von dieser Darkness in seinen jungen Jahren hier abbekommen?

Anschließend begannen die drei Beamten ihre Sachen zu packen. Zum Glück hatte Probst zwischendurch die Wäsche für ihn gewaschen. Deshalb nahm er auch nur seinen Rucksack mit auf die Reise. Dreizehn Uhr verließen alle drei gemeinsam das Ferienhaus in Bad Wildbad. Wochenende! Probst und Wagner nahmen den BMW und fuhren nach Freiburg.

Ritter fuhr im Golf über Höfen wieder Richtung Eyachtal, links über die kleine Brücke, die über die Enz führte und dann ging es wieder steil bergauf durch den dunklen, tiefen Schwarzwald. Auf siebenhundert Metern Höhe liegt auf einem Hochplateau der Luftkurort Dobel. Im Sommer sind hier viele Wanderer und Ausflügler, da man von oben sowohl ins Albtal als auch ins Rheintal sehen kann. Man nennt den Dobel deshalb auch Sonneninsel des Schwarzwalds. Heute war es aber nichts mit Sonneninsel, denn es war dunkel und regnete immer noch. Am Ende des Plateaus ging es wieder steil abwärts durch den immer noch tiefen Wald. Als er in Bad Herrenalb ankam, war er erstaunt, wie schön dieser kleine Ort ist. Auch Bad Herrenalb war als Kurstadt ausgezeichnet. Die kleine Stadt entstand damals um ein Kloster herum. Ritter parkte den Wagen, denn Jacky hatte ihm gesagt, dass er am Ziel ist.

Dreißig Minuten später saß Ritter wieder im Wagen. Das Gespräch hatte nichts ergeben, außer, dass Julia Neumann und Michael Becker zwei Jahre lang ein Verhältnis hatten. Was hatte er auch erwartet? Also fuhr er zurück über den Dobel, wieder steil bergab ins Eyachtal, bog dann rechts ab, Richtung Höfen und weiter nach Calw.

Kommissar Hoffmann schaute von seinem Schreibtisch auf, als Ritter durch die offenstehende Tür eintrat. Hoffmann sah heute sehr bedrückt aus. Die Geschichte mit Leitle musste wohl schlimm gewesen sein. Er wusste ja selbst noch überhaupt nichts darüber. Und so wurde Ritter von Hoffmann gefragt: „Und? Wollen sie wissen, was gestern abging?" Ritter schaute ihm in die Augen. „Erst einmal nicht. Nächste Woche dann gerne." „Okay. Klar. Nur eins. Es hat nichts mit dem Eberle-Fall zu tun. Das sollten sie unbedingt wissen." Ritter nickte: „Karl Kresse wurde in Leder in einer Schwulen-Disco in Frankfurt gesehen. Vor Jahren allerdings. Neueste Information aus Rastatt." „Aha. Das wird ja jetzt immer spannender. Vielleicht liegen sie doch nicht ganz so falsch mit ihren Theorien und Vermutungen. Sie hatten das von Anfang an gespürt." Ritter runzelte etwas die Stirn, ehe er antwortete: „Wer weiß? Vielleicht hat es aber auch überhaupt nichts zu bedeuten. Diese Frage könnte uns nur der tote Eberle beantworten." „Stimmt. Wir werden ja sehen, was die Überwachung von Kresse ergibt. Vielleicht kommen wir einen kleinen Schritt weiter." „Ja, vielleicht", antwortete Ritter während er aufstand. „Ich muss zum Flughafen. Muss mal raus hier. Bis nächste Woche Hoffmann. Schönes Wochenende." „Danke Ritter. Ebenso."

Als Ritter den Mietwagen am Stuttgarter Flughafen in einem Parkhaus abgestellt hatte, lief er zum Gate und checkte ein. Im Warteraum saßen schon einige Fluggäste. Außer drei Männern, die Zeitung lasen, starrten alle auf ihr Handy. Er setzte sich. Noch fünfzig Minuten bis zum Boarding, und so holte er eben auch sein Handy aus der Tasche. Ritter las sich alle Geburtstags-Glückwünsche durch und beantwortete auch alle, indem er sich bedankte. Anschließend schrieb er eine lange und schöne SMS an Aytin. Auch er würde sie in seinem Herzen tragen und hoffe sehr, dass sie sich eines Tages wiedersehen werden. Und Paula Rose? Sollte er ihr auch schreiben? Doch Ritter verwarf diesen Gedanken wieder. Obwohl sein Herz in diesem Moment deutlich heftiger schlug.

Endlich war es soweit. Das Flugzeug hatte die Starterlaubnis erhalten, um Stuttgart zu verlassen. Als die Maschine beschleunigte, drückte es ihn leicht in den Sitz. Diese Power! Geil. Immer wieder faszinierend. Und dann hob die Maschine ab. In die dunklen, dichten und fetten Regenwolken. Es war mehrere Minuten nichts zu sehen. Ob er dieses Bordmagazin lesen sollte? Lieber nicht. Dafür schaute er wieder gedankenverloren aus dem kleinen Fenster. Plötzlich schoss die Maschine durch die Wolkendecke und dann war er da! Der superblaue Himmel. Soweit das Auge reicht. Diese Aussicht. Ritter wurde langsam ganz ruhig und schaute nach unten. Die dunklen, schweren Wolken entfernten sich immer weiter. Es war alles blau und friedlich. Endlich hatte er diese dunkle Waldhölle verlassen. Er hatte Vietnam verlassen. Nun gut, Vietnam war sicher etwas brutaler gewesen als der Schwarzwald. Trotzdem kam er sich vor, als ob er der Hölle gerade nochmal entkommen sei. Dabei war er ja geradewegs auf dem Weg in die nächste Hölle. Berlin. Action total. Fast vier Millionen Menschen. Immer und überall alles! Aber auch Freiheit total.

Ritter schaute wieder aus dem kleinen, ovalen Fenster, und dann sah er Franzi Leitle vor sich. Sie war jetzt sicherlich irgendwo hier im Himmel. Zufrieden nickte er kurz ein, als ihn ein paar Minuten später eine Stewardess fragte, ob er etwas trinken möchte. Kaffee und ein Wasser, lautete seine Antwort.

Kurz nach zwanzig Uhr verließ Ritter das Flughafengebäude in Tegel und nahm den Bus zur Osloer Straße. Unglaublich, wieviel Verkehr hier noch um diese Zeit war und wieviele Menschen unterwegs waren. Das Leben ist zurück, freute er sich und fuhr mit der Tram zur Grüntaler Straße. Endlich zu Hause. Nachdem er die Wohnung betreten hatte, kam ihm leicht muffiger Geruch entgegen. Er öffnete die Fenster. Es war auch in Berlin wärmer geworden. Noch gute fünfzehn Grad im Moment und kein Regen. Alles trocken. Ritter schaute sich in seiner Wohnung um. Sie kam ihm verlassen vor. Bis vor kurzem hatte er hier während seiner Krankschreibung noch jeden Tag verbracht. Die Wohnung mit Leben gefüllt. Und jetzt? Der Kühlschrank war selbstverständlich auch leer und er hatte Hunger. Raus hier!

Entschlossen lief Ritter in die Badstraße und kaufte sich einen Döner. Wo es den Besten gab, wusste er ja. Anschließend kaufte er noch Getränke ein. Hier waren jede Menge Menschen um diese Zeit unterwegs. Überall leuchtete buntes und weißes Licht von Geschäften, Restaurants und Buden. Autos hupten und natürlich rauschte ein Feuerwehr Wagen mit höllisch lauter Sirene vorbei. Big City Life. Oh yeah!

Nachdem er wieder zurück in der Wohnung war, klingelte es kurz darauf zweimal an seiner Wohnungstür. Ritter öffnete und sah einen jungen, südländisch und gutaussehenden Mann. „Hallo, isch bin Yüksel. Ein Neffe von Aytin. Isch wohn jetzt hier. Ihre Post."

Er reichte ihm einen kleinen Stapel Briefe zu. Ritter nahm die Post entgegen. „Hey, Yüksel. Schön dich kennenzulernen. Vielen Dank. Könntest du bitte weiterhin meine Post sammeln? Ich muss bereits am Montag zurück. Arbeiten im Schwarzwald." „Hey klar. Hab gehört, sie sind ein mega krasser super Bulle." „Na ja, nicht ganz so mega vielleicht. Aber ja, ich bin Bulle. Speziale! BKA." „Nicht schlecht, Mann. Aytin hat immer voll Stolz von ihnen erzählt." „Echt? Cool. Ja, ich hoffe es geht ihr gut." Beide grinsten sich an und verabschiedeten sich, indem sie sich die Faust gaben. Macht man so unter jungen Männern. Hatte ihm Wagner mal gezeigt. Ritter schloss die Tür. Netter junger Mann, dachte er sich und musste dabei kurz an Aytin denken. Was sie wohl jetzt gerade im Moment so macht? Wie schön, wenn sie jetzt hier wäre. Die Briefe legte er auf den Küchentisch, ohne sie zu öffnen, denn er hatte absolut keine Lust dazu. Morgen vielleicht. Dreißig Minuten später schlief Ritter in voller Montur auf seiner Couch ein. Mitten in der Nacht wechselte er dann ins Schlafzimmer.

Mandy Probst und Kevin Wagner erreichten gegen fünfzehn Uhr an diesem Tag die Stadt Freiburg. Das Thermometer war auf zwanzig Grad gestiegen. Es war trocken, aber bewölkt hier unten, im tiefen Süden des Landes. Daniela Franke, Wagners Freundin, begrüßte die beiden vor ihrer Haustür. Sie bewohnte eine kleine Zweizimmerwohnung, etwas außerhalb vom Zentrum. Franke war hier in der Stadt geboren und deshalb war es natürlich sehr praktisch für sie, hier zu studieren. Wagner machte die beiden Frauen miteinander bekannt. Als sie im Wohnzimmer saßen, brachte Wagner natürlich Kaffee. Sie hatten vereinbart, dass Probst hier auf dem Sofa schlafen könne, statt im Hotel zu übernachten, was Probst sehr erfreute.

Daniela Franke war eins siebzig groß, schlank und hatte rötliche, glatte lange Haare. Sie hatte außerdem jede Menge Sommersprossen in ihrem Gesicht und das machte sofort einen sympathischen Eindruck auf Probst. Sie fragte prompt: „Und wo habt ihr Süßen euch denn nun kennengelernt?" Wagner grinste fröhlich: „In Berlin. Daniela war für eine Woche in der Stadt, um sich alles anzuschauen. Gleich am ersten Abend haben wir uns kennengelernt. In einer Bar in Schöneberg. Anschließend verbrachten wir alle Tage und Nächte zusammen. Ich hatte gerade Urlaub und konnte ihr die Stadt zeigen. Ein krasser Zufall." Franke ergänzte: „Oh ja, es war wunderschön. Es ist nur hart, sich so selten zu sehen. Jetzt im Moment geht es ja gerade, seitdem ihr hier im Süden seid. Und wie läuft es in Wildbad?"

Probst zog ihre linke Augenbraue hoch und antwortete ihr: „Schwierige Sache. Sehr zäh und unser Chef verliert immer mehr die Kontrolle. Habe ich zumindest so im Gefühl. Was sagst du denn, Kevin?" „Ja! Es hat ihn in diesen Tagen etwas erwischt. Erst starb scheinbar eine alte Freundin von ihm, und am Donnerstag wurde auch noch eine Kollegin von uns erschossen." Franke riss entsetzt ihre Augen auf: „Das ist ja grauenvoll. Furchtbar. Was habt ihr nur für einen schrecklichen Beruf." Schwungvoll, aber geschockt, ging sie in die Küche.

Probst und Wagner sahen sich an. Wagner erklärte ihr: „Sie mag meinen Job nicht so gerne. Na ja, Hauptsache sie liebt mich." „Ja, unser Job ist halt etwas außergewöhnlich und auch gefährlich. Aber es muss ja irgendwer machen." Wagner ging raus auf die kleine Terrasse der Erdgeschoßwohnung. Davor war ein kleines Rasenstück, eingegrenzt durch Hecken. Probst ging mit raus: „Wie sollen wir das denn morgen machen? Da an diesem Tittensee?" „Titisee, nicht Tittensee", lachte Wagner kurz, um sofort leicht verzweifelt fortzufahren: „Mann, ey. Keine Ahnung. Ich kann mich doch unmöglich als Schwarzwälder ausgeben. Wie soll das denn gehen?" „Daniela aber. Die könnte es. Sie ist hier geboren." Wagner schaute sie entsetzt an. „Das ist jetzt nicht dein Ernst, oder?" „Hast du etwa eine bessere Idee?" Probst sah ihn schelmisch an.

Dreißig Minuten später servierte Wagners Freundin Flammkuchen mit Käse und Zwiebeln. Direkt aus dem Ofen. Ohne Speck, denn Franke lebte vegetarisch. Sie setzten sich gemeinsam an den Tisch auf der Terrasse und begannen, die vorzüglichen Flammkuchen zu verputzen. Probst war begeistert: „Mega lecker. Danke, Daniela." Die grinste zufrieden zurück: „Freut mich, dass es dir schmeckt."

Die Stimmung war locker und gelöst. Während Wagner den Tisch abräumte, fing Probst an, Franke von ihrer Idee zu erzählen. Die hörte aufmerksam zu und war begeistert: „Oh, wie geil. Ich kann selbst mal in einem Krimi mitspielen." Wagner verdrehte genervt die Augen und sagte: „Das hier ist kein lockerer Familienausflug, sondern etwas ernster als sonst." „Ja, Ja, ist ja gut", entgegnete sie.

Am Abend begannen Probst und Wagner mit dem Training für Daniela Franke. Sie sollte sich als alte Schulfreundin von Schäufele ausgeben, und sie würde jetzt in Braunschweig leben. Ihr Name sei Karin Hörnle. Die gab es wirklich und die lebte im echten Leben tatsächlich gerade in Braunschweig. Dann erzählten sie ihr zum Thema Daniel Schäufele so viele Details wie möglich. Franke hörte gespannt und aufmerksam zu. Spät am Abend fragte sie noch: „Und kann es denn wirklich gefährlich werden?" Probst beruhigte sie und zeigte ihre Waffe: „Nein, nicht wirklich." Wagner grinste zufrieden und dann gingen sie zusammen rein in die Wohnung. Bald schon schliefen sie.

# Samstag, 26. April 2014

Mandy Probst wachte gegen neun Uhr auf. Der frische und leckere Kaffeeduft war in ihre feine Nase gezogen. Die Temperatur betrug um diese Uhrzeit knapp sechzehn Grad, und die Sonne schien bereits kräftig. Deshalb gingen die Drei auf die Terrasse, um zu frühstücken. Probst und Franke waren gut drauf und lachten viel an diesem Morgen. Wagner dagegen war diese geplante Aktion heute immer noch sehr suspekt. Gegen zehn Uhr fuhren sie dann los. Allerdings nicht in dem großen BMW mit dem Berliner Kennzeichen. Sie nahmen den Wagen von Daniela Franke. Der kleine Opel war doch um einiges unauffälliger. Über die B31 fuhren sie Richtung Titisee-Neustadt. Nach wenigen Kilometern konnte man schon die hohen, grün bewaldeten Hänge sehen. Da viele Touristen auf dieser Strecke unterwegs waren, kamen sie nur sehr langsam voran, die Strecke wurde zudem immer kurviger. Es ging von der Rheinebene hoch bis auf achthundertfünfzig Meter über dem Meeresspiegel. Nach knapp dreißig Minuten erreichten sie den berühmten Titisee im Südschwarzwald.

Ihr erstes Ziel war die Metzgerei von Schäufeles Eltern. Wagner und Franke gingen rein, Probst blieb im Wagen. Sie war mit ihren blonden Haaren und ihrer gesamten Erscheinung sowieso etwas zu auffällig für diese Aktion. Probst fragte nur: „Könnt ihr mir bitte einen Leberkäse im Weckle mitbringen?" Nach ein paar Minuten kamen die beiden bereits zurück und stiegen in den Wagen. Genüsslich aßen Wagner und Probst ihren Leberkäse im Brötchen. Franke hatte keinen Hunger, und Fleisch kam für sie sowieso nicht infrage. Wagner berichtete kurz: „Es war nur die Mutter anwesend.

Sie war extrem wortkarg und sehr allgemein. Sie wirkte auf mich sehr kühl." „Ja, auch mir erschien Mutter Schäufele sehr kalt", bestätigte Franke.

Das nächste Ziel war nun die Bäckerei von Schäufeles Tante. Als Daniela Franke nach ihrem angeblich alten Schulfreund Schäufele fragte, bekam sie nur eine knappe Antwort: „Lasset se mi bloß mit dem in Ruh." Das war alles. Wagner kaufte zwei Laib frisch gebackenes Bauernbrot. Erneut fuhren sie eine neue Zieladresse an. Während ihrer Fahrten konnten sie immer wieder einen Blick auf den Titisee erhaschen. Allerdings verlief der gesamte Tag für die drei Pseudo-Urlauber völlig ergebnislos. Probst analysierte während der Rückfahrt: „Gar keine Informationen sind ja trotzdem Informationen. Wir wissen jetzt, dass Schäufele sich wohl nur alleine bewegt. Er hat hier, wie auch in Wildbad, scheinbar keine sozialen Kontakte. Das haben wir immerhin heute ermittelt. Ist doch nicht soooo schlecht." Gegen zweiundzwanzig Uhr kamen sie wieder in Freiburg an. Erschöpft und müde von diesem langen Tag. Es dauerte nicht sehr lange, und alle schliefen tief und fest.

Ritter verbrachte auch einen schönen Samstag. Er verließ um zehn Uhr seine Wohnung und schlenderte in die *Lichtburg* um zu frühstücken. Anschließend holte er sein altes Fahrrad aus dem Keller und machte es für den anstehenden Frühling und Sommer fit. Mit seinem Rad fuhr Ritter danach zum Volkspark Rehberge. Es war schönes Wetter, schon vierzehn Grad um diese Uhrzeit. Nachdem er fast eine Stunde lang durch den Parkt gerannt war, schlief er am Nachmittag doch tatsächlich wieder ein. Er hatte wohl dringend Nachholbedarf.

Ziemlich verwirrt wachte Ritter kurz vor achtzehn Uhr wieder auf. Die Sonne schien noch immer, und so beschloss er, raus zu gehen, um etwas zu essen. In seiner Straße hatte eine neue Pizzeria eröffnet, und die wollte er mal testen. Ritter setzte sich an einen der kleinen Tische, die schon draußen auf dem breiten Bürgersteig standen. Neugierig konnte er die Menschen beobachten, die hier vorbeiliefen. Ein buntes Völkergemisch aller Herren Länder. Ritter gefiel diese Mischung an Kiezbewohnern. Man konnte die verschiedensten Gerüche aus den umliegenden Küchen schnuppern. Dafür liebte er den Wedding irgendwie.

Nachdem er die Pizzeria wieder zufrieden verlassen hatte, schlenderte er zurück in die Wohnung und öffnete anschließend seine Post. Natürlich nur Rechnungen und Werbung. Im Fernsehen kam auch nur Mist. So richtig wusste er nichts mit sich anzufangen. Ob er mal endlich wieder in Berlin ausgehen sollte? Hey, saturday night, dachte er sich und verließ gegen zwanzig Uhr erneut die Wohnung.

Ritter fuhr mit Tram und U-Bahn in knapp fünfzig Minuten nach Kreuzberg. Sein Kumpel Mathias betrieb in der Schlesischen Straße eine wunderschöne Bar. *LUX.* So hieß der Laden. In dem Gebäude befand sich früher eine kleine Maschinenfabrik, die Sprungfedern herstellte. Als er die große Bar betrat, entdeckte er Mathias gleich hinter dem Tresen. Dieser freute sich riesig, ihn endlich mal wiederzusehen, und kam auch prompt nach vorne. Mathias begrüßte ihn herzlich mit einer Umarmung und sagte: „Mensch, Maxe, ewig nich jesehen. Alles jut?" „Klar. Und bei Dir?" „Ja, super. Darf ich dir ein leckeres Kaltgetränk servieren?" „Oh ja, ein Wodka-Cola wäre jetzt genau das Richtige." Mathias lächelte zufrieden und ging zurück hinter seinen riesigen Tresen. Er sah Ritter sehr ähnlich, die beiden könnten optisch auch als Brüder durchgehen. Eine attraktive Frau im Gothicdress legte Vinyl-Platten auf. Sie spielte tolle 80er Musik. Gerade hatte sie den Song

„Lullaby" von *The Cure* auf dem Plattenteller. Der große Raum mit der hohen Decke war sehr schön beleuchtet und er füllte sich langsam, aber stetig, mit angenehmen Gästen.

Zweiundzwanzig Uhr klingelte Ritters Telefon. Monika Rätsel! „Hallo, Frau Rätsel." „Hallo Cheffe. Wie isset? Lust auszugehen?" „Bin schon unterwegs. In Kreuzberg." „Echt? Ick bin in Friedrichshain drüben. Wollen wa uns treffen?" „Okay, klar. Soll ich rüberkommen?" „Ja, ick bin hier in der völlig überfüllten Simon-Dach-Straße. Unser Touristrich. Aber bei *Paules Metal Eck* ist es immer supi dupi." „Okay, bin so in dreißig Minuten da. Bis gleich." „Juhu, bis gleich."

Ritter trank noch entspannt aus und verabschiedete sich von Mathias. Er lief über die Oberbaumbrücke mit ihren schönen Türmchen und anschließend über die Warschauer Brücke nach Friedrichshain. Massen an jungen Menschen kamen ihm entgegen und liefen mit ihm. Dabei konnte er Englisch, Französisch, Spanisch, Italienisch und so einige, andere Sprachen hören. Touristen. Dreißig Minuten später betrat er *Paules Metal Eck*. Wie der Name schon sagt, eine Bar, in der Heavy Metal Musik gespielt wird. Zudem mit die erste Bar überhaupt, die damals hier in dieser heutigen Vergnügungsmeile eröffnete. Es lief gerade *„St. Anger"* von *Metallica*.

Monika Rätsel saß auf einem Barhocker und winkte ihm hektisch zu. Sie war so klein, dass ihre Füße den Boden nicht berühren konnten. Ritter nickte ihr zu und dann rutschte sie vom Barhocker ab, kam ihm entgegen getippelt und schlang ihre Arme um ihn. So fest, als wolle sie ihn nie mehr loslassen. Sie schaute strahlend zu ihm hoch und sah ihm mit ihren braunen Augen tief in die Seinen. „Alles jut, Cheffe?" „Ja, alles gut. Und was trinken wir?" Sie ließ ihn wieder los und kämpfte sich auf den Barhocker zurück. Ritter blieb am Tresen stehen. „Ick nehm Weißwein. Und Du?", fragte sie ihn. „Wodka-Cola." Sofort zitierte sie den Kellner lautstark zu sich. Dieser spurte, und sie bestellte. Hatte sie ihn gerade geduzt? Auch egal. Ritter war irgendwie zufrieden und entspannt. Hauptsache gute Musik und verrückte, schrullige Menschen, Metal Fans. Kein dunkler Wald und keine menschenleeren Städte mehr. Künstliches Licht statt Darkness.

Eine Stunde später war der Laden knallvoll, und die Musik war inzwischen auch um einiges lauter. Es lief *„Gardenia"* von *Kyuss*. Ritter liebte diesen Song. Es gefiel ihm einfach gut, dass man hier an der Bar rauchen durfte und gleichzeitig sein Getränk genießen konnte. Immer diese unsinnigen Regeln überall in seiner Heimat. Gut, er selbst musste ja auch sehr viele Regeln befolgen, aber gerade deshalb kann es in der Freizeit auch mal locker zugehen.

Gegen zwei Uhr verließen sie die Bar. Auf der Straße war immer noch die Hölle los. Scharen von Touristen. „Kommste mit? Wohne hier um die Ecke in der Boxhagener." Ritter schaute sie skeptisch an. „Musste ja nicht," sagte Rätsel augenzwinkernd. Natürlich ging Ritter mit. Auf dem Weg zu ihrer Wohnung aßen sie noch eine Currywurst mit Pommes. In einem Spätkauf besorgten sie sich anschließend noch zwei Flaschen Weißwein. Als sie den geräumigen Flur ihrer Zweizimmerwohnung betraten, feuerte Rätsel ihre Jacke auf den Boden und verschwand in die Küche. Ritter dagegen ging ins Wohnzimmer und legte seine Jacke ordentlich auf den Sessel. Sie kam mit zwei gefüllten Gläsern zurück. Warmer Weißwein mit Eiswürfeln. Beide prosteten sich zu und nahmen einen großen Schluck. Rätsel ging an ihren Blue-Tooth-Lautsprecher und schaltete ihn an. Dazu tippte sie auf ihrem Handy rum. Plötzlich donnerte House Musik durch den Raum. Erst 80er, dann Heavy Metal und jetzt House. Die ganze Bandbreite.

Rätsel drehte mächtig laut auf und begann wild zu tanzen. Die Bassdrum musste im ganzen Haus zu hören sein. „Ist das nicht etwas zu laut?", schrie Ritter zu ihr rüber. „Mir doch so scheißegal", lachte sie und tanzte weiter. Ritter kannte diese Musik ja bestens von seinen Fahrten mit Probst, und so begann auch er zu tanzen. Beide hatten nach ein paar Minuten richtig Spaß, lachten immer wieder, und Ritter konnte sich endlich mal so richtig fallenlassen. Lange dauerte es allerdings nicht, bis es mehrfach an der Haustür klingelte. Ohne leiser zu drehen ging Rätsel zur Tür und öffnete. Eine dürre, verhärmte, ungefähr dreißigjährige Frau stand da: „Könnten sie bitte etwas leiser machen? Meine Kinder sind aufgewacht und können nicht mehr schlafen." „Mir doch völlig egal. Deine scheiß Gören trampeln auch jeden Tag hier über mir rum. Und das bis elf abends. Und ick kann dann ooch nich pennen. Und tschüss." Dann knallte Rätsel mit voller Wucht ihre Tür zu. Auch dieses laute Knallen der Tür musste das ganze Haus gehört haben.

Schnell kam sie zurück ins Wohnzimmer und lachte laut: „Soll sie doch die Bullen rufen. Wir sind ja selbst welche." Diesmal lachte sie noch lauter und füllte die Gläser wieder auf. „Meine Gören mussten damals um acht Uhr ins Bett und nicht um elf. Die Olle da oben hat doch so einen an der Klatsche, wa?"

Nach weiteren dreißig Minuten beendete Rätsel plötzlich diese Tanzparty und schaltete die Musik ab. Sie nahm seine Hand und versuchte, ihn Richtung Schlafzimmer zu ziehen. Ritter sträubte sich dagegen. „Kannst natürlich ooch auf dem Fußboden schlafen. Mir egal, ick geh jetzt ins Traumland." Dabei grinste sie ihn frech an. Rätsel hüpfte in voller Montur auf ihr Bett und lachte albern. Innerhalb weniger Sekunden schlief sie ein, und begann auch prompt zu schnarchen. Ritter schmunzelte und legte sich neben sie ins Bett. Auch er schlief trotz ihrer Schnarcherei schnell ein.

Sonntag, 27. April 2014

Als Ritter gegen zehn Uhr aufwachte, lag ein Kopf mit wilden Haaren auf seiner Brust. Oh je, war sein erster Gedanke an diesem Morgen. Er versuchte sich etwas zu bewegen, und Rätsel von sich runter zu bugsieren. Dabei wachte sie auf und strahlte ihn sofort an. Nach einigen Sekunden sagte sie: „Weit sind wa ja nich gekommen, wa? Wir haben ja noch unsere Klamotten an. Ha, Ha." Dann stand sie ruckartig auf: „Bleib liegen, bin gleich zurück."

Fünfzehn Minuten später brachte sie zwei Teller mit Rührei und Butterbrot. Dazu Kaffee und Wasser. „Wir frühstücken schön im Bett, wie sich das jehört am Sonntag. Kannst auch anschließend hier rauchen. Musst heute nichts machen. Nur ausruhen und faul sein und so..." Wieder grinste sie ihn fröhlich an. Ritter fühlte sich augenblicklich super wohl. Essen im Bett. Rauchen im Bett. Einfach mal liegen bleiben. Hammer! Doch dann sagte er: „Draußen scheint aber auch die Sonne und es wird bestimmt schön warm." „Die Sonne kann so viel scheinen wie se will, das ist mir heute schnurz piepe egal, dit kannste dir nicht vorstellen." *Auch gut*, dachte er sich.

Nach dem Frühstück blieben sie gemütlich im Bett und sprachen ein wenig über ihre Überwachungsergebnisse. Es gab keinerlei Annäherungsversuche von einem der beiden. Keinen Sex. Am späten Nachmittag schliefen beide wieder ein. Anschließend bestellten sie sich beim Chinesen Ente süß sauer und Cola. Als sie mit ihrem Essen im Bett saßen, begann der Tatort im Ersten. „So, jetzt Klappe halten Mäxi Päxi, das will ick nämlich sehen. Kapischke?" Ritter nickte: „Ja, Moni Love". Sie lächelte ihn zufrieden kurz von der Seite an. Ritter aß sein letztes Stück Ente. Vierzig Minuten lang schaffte er es, sich den Tatort anzusehen, doch dann schlief er fest ein. Rätsel schaute ihn glücklich an, gab ihm einen Kuss auf die Wange und sah weiter mit großen Augen gespannt fern.

Mandy Probst, Kevin Wagner und Daniela Franke fuhren kurz vor elf Uhr an diesem Sonntagmorgen ins Zentrum nach Freiburg. Sie frühstückten ausgiebig und anschließend gab es eine kleine, touristische Fremdenführung für Probst. Es war ein wunderschöner Tag, blauer Himmel und bereits zwanzig Grad. Entspannt schlenderten sie durch die Innenstadt. Luftig und leicht mit Shirt und Sonnenbrille. Probst staunte nicht schlecht, als sie den riesigen Freiburger Münster zum ersten Mal erblickte. So blieben sie zusammen mit einigen Touristen am Münsterplatz stehen und blickten sich um. Sie zeigten Probst das historische Kaufhaus, das bereits 1532 erbaut wurde. Außerdem zeigten sie ihr das Alte und Neue Rathaus und natürlich auch das Martinstor. Probst kam aus dem Staunen kaum raus und war nach kurzer Zeit von dieser Stadt begeistert. Am Nachmittag fuhren sie ins nahegelegene Städtchen Breisach. Hier legten sich alle auf eine Wiese am Rheinufer und genossen die Sonne. „Endlich mal chillen", seufzte Wagner glücklich vor sich hin. „Oh, yes", kam es von Probst. Sie beobachtete fasziniert den Schiffsverkehr auf Deutschlands größtem Fluss, der selbst hier im Süden schon sehr große Ausmaße hat.

Gegen zwanzig Uhr verabschiedeten sich Probst und Wagner von dessen liebenswerter Freundin und fuhren zurück nach Bad Wildbad in die Ferienwohnung. Nach ihrer Ankunft öffnete Wagner die Terrassentür, um erst einmal eine Zigarette zu rauchen, und so musste er feststellen, dass es hier doch deutlicher kühler war, als noch eben in Freiburg. Er bereitete noch einen gemischten Salat zu und das frische Bauernbrot vom Titisee. Nachdem sie gesättigt waren, fielen beide in ihr Bett und schliefen fest und lange.

# Montag, 28. April 2014

Nachdem Probst ihren ersten Schluck Kaffee getrunken hatte, rief sie bei Rätsel an und erklärte ihr den Tagesplan in Wildbad. Sie solle es Ritter bitte ausrichten. Anschließend starteten Wagner und Probst in den Tag. Kurz nach zehn Uhr trafen sie wieder einmal bei Julia Mürrle in Höfen ein.

Mürrle hatte die Terrassentür offenstehen, es war heute ein schöner, sonniger Tag und die Temperatur war bereits auf fünfzehn Grad gestiegen. Und das, obwohl die Sonne die Täler noch gar nicht erreicht hatte. Mürrle sah deprimiert aus und begrüßte die beiden Ermittler sehr zurückhaltend. Wagner zeigte mit seinem Finger Richtung Monitor und sah sie fragend an. Mürrle nickte wortlos und so nahm er schnell seinen Platz an ihrem Computer ein, um wieder einmal eine Runde Vietnam Krieg zu spielen.

Wie schon beim letzten Besuch setzten sich Probst und Mürrle auf die Couch und tranken Kaffee. Bitteren, dünnen Filterkaffee. Probst begann das Gespräch: „Wie geht es ihnen heute?" „Wie soll es mir schon gehen? Schlecht natürlich. Die Sache mit der Franzi hat uns alle umgehauen. Ich jedenfalls fühle mich wie unter einer Glocke. Außerdem muss ich jetzt wieder jeden Tag an den Julian denken, seit ihr hier ermittelt." Probst ließ eine Pause entstehen. Das hatte sie sich bei Ritter abgeschaut. Luft lassen! „Wann ist denn die Beerdigung? Steht der Termin schon fest?" Mürrle musste einmal sehr tief durchatmen: „Am Freitag morgen um elf Uhr auf dem Waldfriedhof in Wildbad. Es wird sicherlich furchtbar werden. Ich werde heulen wie blöd." Erste Tränen liefen Julia Mürrle bereits über ihre Wangen. Probst rückte näher und wischte ihr zart mit ihrer Hand über ihre rechte Wange. Mürrle wirkte so einsam und traurig. Die Tränen liefen ungebremst. Probst nahm sie in den Arm und Mürrle drückte ihr Gesicht direkt an das von Probst. Die gab ihr sogar ein paar Sekunden später einen Kuss auf die Wange.

Traumhafte Fotos für Kai Fischer. Der hatte sich unbemerkt an die Terrassentür geschlichen. Wagner hatte ihn nicht bemerkt und die beiden Frauen auch nicht. Zufrieden drehte Fischer ab und verschwand wieder. Endlich könnte er einen dieser BKA Beamten denunzieren, falls die ihn noch weiter mit diesem Eberle-Mord belästigen würden.

Nachdem sich Julia Mürrle einigermaßen beruhigt hatte, setzte sie sich gerade hin. „Sie hatten mir beim letzten Mal erzählt das sich Julian Eberle damals so verändert hatte. Hatte er sich denn auch im Liebesleben verändert?" Mürrle riss die Augen auf: „Wie meinen sie das?" „Na ja, war er weniger zärtlich? Wollte er vielleicht sogar nicht mehr mit ihnen schlafen? Sie müssen mir das nicht erzählen, falls ihnen das zu intim ist." Mürrle sagte tatsächlich ein paar Sekunden nichts, ehe sie dann doch langsam auspackte: „Ja, er hatte sich sehr schnell verändert. Eigentlich waren nur die ersten vier Wochen richtig heiß. Dann hatte er plötzlich keine Lust mehr, erfand alle möglichen Ausreden. Zärtlich blieb er trotzdem und verwöhnte mich, wann immer es ihm möglich war. Oft war er aber in gemeinsamen Stunden gedanklich immer wieder abwesend. Nicht mehr richtig bei mir." „Danke für diese sehr intime Information Frau Mürrle." Die nickte nur und presste ihre Lippen fest und verzweifelt zusammen.

Probst sah rüber zu Wagner, der in diesem Moment seinen Kopfhörer absetzte und die Plastikwaffe auf den Tisch legte. Zufrieden widmete Probst ihren Blick wieder Mürrle: „Wussten sie von Eberles Morddrohungen gegenüber Kai Fischer?" Mürrle riss erneut die Augen auf: „Nein! Nein davon wusste ich nichts. Oh je. Dann war es ja vielleicht doch der Kai." Sie heulte sofort wieder los. Probst blieb diesmal regungslos sitzen: „Nein, Quatsch. Das muss nicht sein. Mein Chef ist sich sicher, dass es Kai Fischer auf keinen Fall war." Ganz langsam beruhigte sich Julia Mürrle. Wagner half auch noch etwas mit: „Dieses Mal habe ich keinen ihrer Rekorde gebrochen. Sie sind wirklich unfassbar gut." Ein kurzes, stolzes Lächeln huschte über Mürrles Gesicht.

Ein paar Minuten später verließen sie das Haus und fuhren mit dem BMW zurück in die Ferienwohnung. Den Rest des Tages waren sie damit beschäftigt, die Aussagen der vielen Vereinsmitglieder auszuwerten.

Der gleiche Morgen bei Monika Rätsel. Sie staunte nicht schlecht, als sie um kurz vor neun Uhr ihre Küche betrat. Ritter hatte bereits das Frühstück fertig angerichtet. Rätsel strahlte ihn an: „Juten Morgen. Das ick sowas noch erleben darf. Frühstück für mich!" „Morgen. Klar doch. Greif zu." Beide hatten gute Laune. Kurz bevor sie loswollten, um nach Steglitz ins Büro zu fahren, rief Probst bei Rätsel an. Die stellte sofort auf Lautsprecher, damit Ritter mithören konnte. „Morgen, Frau Rätsel. Habe es schon im Büro probiert." „Ja, ick wollte gerade los, hatte noch den Klempner hier." „Könnten sie Ritter bitte etwas ausrichten?" „Ja, aber der ist doch gar nicht hier." „Ich weiß, aber er wollte später noch ins Büro kommen." Rätsel war kurz etwas durcheinander: „Ach so, ja klar." „Wagner und ich fahren jetzt zu Julia Mürrle. Anschließend lesen wir die Masse an Aussagen aller Vereinsfreunde des Herren Eberle durch. Und vom Titisee gibt es keine großen Neuigkeiten." „Jut, richte ich ihm alles aus." Ritter und Rätsel grinsten sich breit an, als das Gespräch beendet war. Resolut sagte sie: „Vor Probst und Wagner duzen wir uns aber nicht. Iss doch klar, oder?" „Oh ja, absolut."

Eine Stunde später betraten die beiden das Büro in Steglitz und Rätsel machte erst einmal frischen Kaffee. Anschließend zeigte sie ihm die ganzen Monitore und erklärte deren Überwachung. Aufmerksam hörte er zu und sagte: „Wenn wir nur mehr über diesen Schäufele wüssten. Der ist mir inzwischen doch sehr verdächtig. Obwohl. Alles Quatsch. Eigentlich haben wir immer noch die vier gleichen Hauptverdächtigen." „Also, mir ist aufgefallen, dass Kai Fischer im Moment sehr, sehr ruhig ist. Da scheint nichts los zu sein, oder er hält absichtlich den Ball flach, weil ihr da seid."

Ritter seufzte: „Irgendwie sind die doch alle schräg drauf. Julia Mürrle hat doch auch ein Rad ab. Und Karl Kresse führt sowieso ein geheimes Doppelleben. Keine Ahnung. Das Problem ist, dass ich da nicht so richtig aufräumen kann und mal Dampf reinlassen. Denn ein kleiner Fehlschritt und wir können es vergessen. Wir müssen einfach dieses Mal geduldig und cool bleiben." „Ja, es ist kompliziert. Aber diese Mürrle? Gloob ick nich." „Na ja, wer weiß. Mal sehen. Am liebsten würde ich ja noch ein paar Tage hier in Berlin bleiben." „Oh ja, das wäre klasse," strahlte sie ihn an.

Die beiden BKA-Beamten besprachen noch eine ganze Weile den Fall, ehe Ritter aufstand und sagte: „Liebe Moni Love, ich muss los. Zurück in den Wald. Danke für dieses tolle Wochenende. Es war schön." Sie rannte auf ihn zu und legte wieder ihren beiden Arme um ihn, als wolle sie ihn nie wieder gehen lassen. Während sie mitleidig nach oben schaute, sagte sie: „Ja, es war super, großer Mann. Pass jut auf dich auf, Mäxi. Okay? Und pass uff unsere Jugendlichen da auf." „Mache ich, klar. In zwei oder drei Wochen komme ich wieder. Vielleicht. Pass du auch gut auf dich auf." So standen sie noch gut eine halbe Minute da und hielten sich gegenseitig fest.

Pünktlich um zwanzig Uhr hob Ritters Maschine in Tegel ab. Dieses Mal hatte er einen Sitzplatz am Gang. Er fühlte sich jetzt frisch und glücklich. Aber vor allem klar und geerdet. Ausgerechnet die nervöse, leicht durchgeknallte Monika Rätsel hatte ihm wieder einen Boden unter die Füße gelegt. Mit ihrer einfachen, rotzfrechen Art hatte sie ihn wieder klar im Kopf gemacht. Ritter fühlte sich mental echt stark und zudem total motiviert. Sie hatte ihm für kurze Zeit ein Zuhause gegeben, ohne irgendwelche Forderungen und Zwänge. *Rätsel ist sowieso freier als frei im Kopf. Die macht halt einfach*, dachte er sich und musste zufrieden schmunzeln. Und sie hatten keinen Sex gehabt. Gut so! Jetzt wusste Ritter genau, dass er sich nur noch auf den Fall konzentrieren würde. Keine Ablenkung mehr. Diesen Mord musste er unbedingt aufklären. Wie lange es wohl noch dauern würde?

Um einundzwanzig Uhr landete die Maschine in Stuttgart. Es war bereits dunkel geworden, der Himmel färbte sich blau schwarz. Ritter holte den Golf aus der Parkgarage und fuhr über die A8, dann nach Calw und zurück nach Wildbad. Zurück durch den dunklen Wald. Nun war er also wieder hier in dieser beengten Natur. Aber er war in einer viel stabileren Verfassung zurück, hatte plötzlich eine unheimliche Energie und war bis in die Haarspitzen motiviert, diese Darkness zu bekämpfen. Ritter beschloss, eine etwas härtere Gangart an den Tag zu legen. Diese ganzen Psychotypen gingen ihm mächtig auf den Keks. Dieser Kresse. Dieser Schäufele und auch dieser Fischer. Er würde die drei jetzt intensiv beobachten.

Eine Stunde später betrat er das riesige Wohnzimmer der Ferienwohnung. Probst und Wagner saßen noch mit ihren Laptops auf der Couch und sahen gleichzeitig auf. Ritter lächelte die beiden an: „Schön, euch wiederzusehen." Die freuten sich auch und Probst fragte sofort: „Und? Wie war es im Dicken B an der Spree?" Ritter musste kurz lachen: „Super. Das hat so gutgetan. Und ab jetzt lassen wir hier mal Dampf rein und fangen an, unsere Verdächtigen etwas in die Enge zu treiben."

Energisch drehte er ab und legte seinen Rucksack im Schlafzimmer ab. Die restlichen belegten Brote, die noch auf dem Wohnzimmertisch lagen, verputzte er genüsslich, denn er hatte lange nichts gegessen. „Morgen früh besprechen wir alle Neuigkeiten und dann legen wir Strategien fest. Oder so! Kommissar Hoffmann sollte eigentlich auch dabei sein, aber vielleicht hat er ja gar keine Zeit." Probst schickte augenblicklich eine SMS an Hoffmann, der eine Minute später antwortete. Er würde gegen neun Uhr kommen, habe aber nur bis zwölf Uhr Zeit. Bald schon waren alle drei in ihren Zimmern verschwunden.

Dienstag, 29. April 2014

Hoffmann klingelte um neun Uhr an der Tür. Pünktlich wie ein Schweizer Uhrwerk. Zehn Minuten später saßen alle um den Wohnzimmertisch und tranken Kaffee. Dazu gab es heute mal wieder frische Butterbrezeln, die Hoffmann mitgebracht hatte. Er erklärte: „Die sind von der Bäckerei *Riexinger* in Calmbach. Die Besten in dreißig Kilometern Umkreis. Glaubt mir." Die Beamten griffen beherzt zu. Schließlich begann Ritter: „Brutal gut. Habe noch nie bessere Brezeln gegessen. Okay! Wir sind ja alle soweit auf aktuellem Stand. Es fehlen also nur die Neuigkeiten von Frau Mandy und Herrn Wagner."

Wagner begann, da Probst den Mund noch voll hatte: „Am Titisee konnten wir über Schäufele nichts in Erfahrung bringen. Wir waren in der Metzgerei der Eltern. Es war nur die Mutter anwesend, aber die war sehr wortkarg und kühl. Wir waren auch in der Bäckerei seiner Tante, die nicht sehr erfreut war, als wir nach ihm fragten. Zudem haben wir fünf ehemalige Klassenkameraden gesprochen. Nichts. Kaum Informationen. Alles oberflächlich. Schäufele scheint in seiner Heimat die Dinge alleine durchzuziehen. Wie unsichtbar. Alle sagten nur, jetzt da er in Wildbad tätig sei, sehe man ihn nicht mehr. Wir wissen aber, dass Schäufele des Öfteren in seiner Heimat unterwegs ist. Alte Kontakte scheint er aber nicht zu pflegen. Der unsichtbare Herr Schäufele."

Niemand sagte für ein paar Sekunden etwas, dann aber Hoffmann: „Er ist ein einsamer Wolf. Schäufele hat ja kaum soziale Kontakte, außer auf der Arbeit. Und vielleicht spielen sich in seinem Kopf

Dinge ab, von denen wir nicht einmal annähernd ahnen, wie schräg die sind. Oder, was jetzt? Ich kapier den einfach nicht." Ritter sah zu ihm rüber: „Wie auch? Wir kennen ihn noch immer nicht wirklich. Was macht der eigentlich immer so zu Hause? Ihr überwacht den Heini doch?" Probst antwortete jetzt: „Nichts Besonderes. Er isst meist Eintöpfe aus der Dose und ansonsten Fertigpizza oder solch Kram. Warum er sich also die vielen Kochrezepte im Internet anschaut, bleibt völlig unklar. Und er sieht gelangweilt, fast sogar völlig abwesend, Fernsehen. Oder eben Pornos im Netz. Er hat noch nie Besuch bekommen. Ansonsten bisher absolut keine Auffälligkeiten."

Ritter wirkte etwas nervös und stellte fest: „Kresse mag brutal sein, aber Schäufele ist mir um einiges Unheimlicher. Wie lange wohnt der schon alleine in seiner Einzimmerwohnung?"

Wagner tippte kurz auf dem Computer: „Seit fast zehn Jahren." „Voll krass", schoss es aus Probst und sie schaute zu Hoffmann rüber: „Er muss wirklich unglaublich einsam sein. Die Frage ist ja nun, ob ihm diese Einsamkeit etwas ausmacht oder nicht? Wissen wir nicht. Oder, ob er einer großen, unerfüllten Liebe nachhängt und sehr enttäuscht wurde. Vielleicht ja sogar Julia Mürrle liebt. Aber alles irgendwie spekulativ. Der Schäufele ist wirklich nicht zu greifen."

Wagner ergänzte nun: „Kresse ist doch auch nicht zu greifen. Über den wissen wir privat auch kaum etwas. Der bekommt ja auch nie zu Hause Besuch. Und wie Schäufele schaut auch er am Abend geistesabwesend in die Glotze. Allerdings keine Pornos im Netz. Seit wir ihn überwachen, war Kresse nicht einmal an seinem Computer. Ansonsten läuft er im Wald herum."

„Oh, Mann", stöhnte Ritter. „Zwei Psychos, die in der gleichen Stadt wohnen und auch noch zusammenarbeiten. Ob die sich vielleicht damals gegenseitig verdächtigt haben? Könnte ja durchaus sein. Aber das ist wohl auch egal." Ritters neuer Optimismus war bereits dabei, sich in Luft aufzulösen und Hoffmann beschleunigte diesen Vorgang noch zusätzlich mit seiner nächsten Frage: „Und was ist mit Fischer?" Keiner gab eine Antwort und so fuhr Hoffmann fort: „Eigentlich müssten wir bei Fischer einen Drogentest machen lassen. Um wenigstens zu wissen, ob er sauber ist oder vielleicht ja doch auf Drogen ausgerastet sein könnte. Um jetzt mal bei der Theorie des Herrn Wagner zu bleiben." „Stimmt", presste Ritter durch seine fast geschlossenen Lippen. Er wusste in diesem Moment, dass die Geschichte hier in den nächsten Tagen und Wochen noch unangenehmer werden würde. Viel unangenehmer. Er brauchte unbedingt seine Power und musste klar bleiben. Keine Frauen. Keinen Alkohol. Das schwor er sich in diesem Moment.

Ritter fragte Probst: „Was hat denn jetzt eigentlich die Mürrle gestern noch erzählt?" „Julian Eberle hatte bereits nach kurzer Zeit keinen Sex mehr mit ihr. Er hatte immer wieder alle möglichen Ausreden, blieb aber zärtlich und zuvorkommend. Aber er sei sehr oft gedanklich abwesend gewesen in gemeinsamen Stunden." Ritter reagierte sofort: „Also doch. Sein damaliges Erlebnis hatte also auch Einfluss auf sein Sexualleben und nicht nur auf seine Persönlichkeit und seinen sportlichen Kampfgeist." „Und was sagt uns das jetzt genau?" fragte Hoffmann.

Etwas lauter und sehr bestimmt sagte Ritter: „So! Ihr zwei Männer! Sehen wir uns das Ganze mal aus einer anderen Perspektive an. Stellt euch bitte mal Folgendes vor." Probst schaute, wie die anderen auch, mit großen Augen zu Ritter. „Ihr verliebt euch heftig, und diese Frau liebt euch überraschender Weise auch. Ihr seid total glücklich und könnt euer neues Glück noch gar nicht richtig fassen. So frisch verliebt seid ihr. Nun muss aber eure neue Liebe immer wieder mit ihrem ehemaligen Freund im Polizeiauto mitfahren. Immer wieder. Mit diesem Ex-Freund hatte sie ein paar Wochen zuvor noch geschlafen, und sie war mit ihm Tag und Nacht zusammen. Habt ihr trotzdem einhundert Prozent Vertrauen in eure neue Freundin? In eure neue, große Liebe. Habt ihr dieses Vertrauen? Oder wird nicht doch irgendwann das Misstrauen größer als das Vertrauen?"

Ritter ließ eine kurze Pause entstehen: „Okay, fühlen wir weiter. Wir fragen unsere neue Freundin, wie das abläuft bei diesen Dienstfahrten. Und ob sie treu ist und so weiter. Der ganze Misstrauens-Quatsch. Und es ging lange. Fast zwei Jahre. Jede Woche fährt deine neue Freundin immer wieder mit ihrem Ex im Auto mit. Das Misstrauen könnte größer und größer geworden sein. Gewachsen. Es könnte sogar in die totale Eifersucht ausgeartet sein. Und Julia Mürrle? Erst wird sie monatelang von ihrem Ex im Auto wüst beschimpft und beleidigt und nun, zu Hause, auch noch zusätzlich diese heftigen Vorwürfe. Jeden Tag Eifersucht von allen Seiten."

Ritter nahm sich noch eine Butterbrezel.

Hoffmann reagierte schließlich: „Klar. Mürrle bleibt im Kreis der Hauptverdächtigen. Sie haben mich überzeugt, Ritter. Mürrle könnte die Nerven verloren haben. Unter diesen Umständen wäre es ja sogar nachvollziehbar. Also, dass sie die Nerven verloren hat. Aber warum hat sie dann den Eberle und nicht den Fischer abgeknallt?" Probst antwortete entschlossen: „Einfach totaler Kurzschluss. Sie kannte zudem die Dienstpläne und die geplanten Verkehrskontrollen." Ritter schmunzelte. Nun hatte auch Probst begriffen und sie ergänzte: „Allerdings konnte sie damals nicht ahnen, dass Franziska Leitle gerade im Busch war. Sie musste davon ausgehen, dass Leitle im Normalfall zurückschießen würde. Und was sagt nun ihr berühmter Instinkt?"

Ritter atmete tief durch, als er den Namen Franziska Leitle hörte: „Mein Instinkt sagt leider gar nichts mehr. Ich habe ihn wohl in meiner Heimat verloren, da ich hier vielleicht zu emotional bin. Und deshalb halten wir uns mal vorerst an die Fakten und unsere Ideen."

Kurz vor zwölf Uhr verließ Hoffmann das Haus. Ritter und Wagner gingen erst einmal auf die Terrasse. Es war auch heute ein schöner Tag mit blauem Himmel und Sonnenschein. Die großen Tannen leuchteten in verschiedenen grünen Farben. Ein Panorama wie gemalt.

Ritter verließ kurz darauf das Haus und lief wieder einmal in den Wald. Er musste nachdenken und brauchte frische Luft. Als er nach dreißig Minuten kurz vor dem kleinen Plateau mit der Holzbank ankam, sah er wieder die Mutter von Klaus im Wald stehen. Wie Ritter selbst, war auch sie heute etwas leichter gekleidet. Sie hatte unglaublich schöne Beine und lächelte ihn freundlich an. Beide nickten sich wohlwollend zu. Klaus saß wieder in der Forest-Gump-Haltung auf seiner Bank. Ritter setzte sich dazu: „Hallo, Klaus." „Hallo, Max", sagte Klaus, ohne seinen Blick vom Fernglas zu nehmen. Er schien konzentriert zu sein. Ritter schaute nun auch in Richtung des gegenüberliegenden Waldes. Er konnte aber trotz klarer Sicht außer den vielen grünen Nadelbäumen nichts erkennen.

„Mobi. Mobi", sagte Klaus begeistert. Ritter schaute ihn an. Was meinte er denn damit? Mobi? Und nach einigen Minuten sagte Klaus wieder: „Mobi. Mobi. Heute viele Mobis." „Mobis? Was ist das?" Klaus antwortete nicht, er war sehr konzentriert und freute sich immer wieder. Nach ein paar weiteren Minuten verließ Ritter das kleine Plateau und verabschiedete sich von Klaus. Als er die Mutter erblickte, fragte er sie: „Was sind denn Mobis? Was beobachtet Klaus denn da?" Sie lachte kurz, aber herzlich, ehe sie ihm antwortete: „Mobi bedeutet für ihn Mountain-Bike. Seine Abkürzung dafür. Jeweils die ersten zwei Buchstaben dieser Wörter. Klaus beobachtet unheimlich gerne die Mountainbikefahrer, wie sie da drüben den Hang runter rasen." Sie sah in freundlich an. „Jetzt verstehe ich den Klaus etwas besser. Danke. Ich wünsche ihnen noch einen schönen Tag." Sie lächelten sich an. Dann lief er den Waldweg steil bergab und zurück nach Wildbad.

Probst kam zeitgleich mit dem Golf vor dem Haus an. „Ich habe noch Kuchen im *Cafe Jats* besorgt," grinste sie ihn schelmisch an. Ritter freute sich, denn die frische Waldluft hatte ihn wieder hungrig werden lassen.

Die drei BKA-Beamten setzten sich gemeinsam auf die Terrasse, um den frischen Kuchen und Kaffee zu genießen. Wagner informierte: „Ich habe vielleicht etwas gefunden. Julian Eberle hatte einige gute Freunde im Skiclub. Einer seiner besten Skifreunde aus Jugendtagen sagte aus, dass ihm Eberle oft von seinem Kumpel bei der Bundeswehr erzählt habe. Und dieser Bundeswehrfreund muss wirklich wichtig für Eberle gewesen sein. Sein Name ist Sascha Trichter. Frau Rätsel sucht ihn bereits. Vielleicht kann der uns ja etwas Wichtiges über ihn erzählen." Ritter freute sich: „Na also. Eventuell hat sich der Aufwand doch gelohnt und selbst, wenn es der einzige Hinweis bleiben sollte. Mal sehen, was uns dieser Sascha Trichter erzählen wird."

Ritter überlegte und sah Probst an: „Frau Mandy, sie müssten Julia Mürrle bei Gelegenheit nochmal etwas genauer fragen, wie das mit Eberles Eifersucht war." „Okay, geht klar." „Wir bekommen trotz aller Schwierigkeiten ein immer genaueres Bild von Julian Eberle. Auch wenn wir noch immer keine Lösung haben, so sehen wir doch neue Möglichkeiten und Varianten. Es bleiben zwar weiterhin unsere vier Hauptverdächtigen im Spiel, aber wir werden sehr bald weiter eingrenzen können. Hoffentlich!"

Probst zog angesichts Ritters Unsicherheit ihre linke Augenbraue hoch. Wagner schwieg und zündete sich eine Zigarette an. Ritter ebenfalls. Probst seufzte tief: „Ach, wie schön es doch im Schwarzwald ist. Ich hätte am Anfang niemals gedacht, dass es mir hier einmal gefallen könnte. Übrigens. Wir haben die Genehmigungen, um die Bankkonten der Verdächtigen zu überprüfen, und ich habe jetzt wieder etwas Luft. Deshalb werde ich mir gleich mal die Kontobewegungen von Herrn Schäufele ansehen." „Sehr gut. Und die von Kresse könnten sie bitte auch gleich mal überprüfen," war Ritters Antwort. „Klar, Chef."

Ritter war heute nachdenklicher als sonst. In seinem Gehirn ging es unruhig zur Sache. „Ich glaube, dass wir jetzt doch sehr bald mit den Eltern von Eberle sprechen sollten. Wir müssen unbedingt viel mehr über ihn erfahren, deshalb gehe ich jetzt mal zu seiner Mutter. Die hat doch ein Kosmetikstudio in der Fußgängerzone. Kommt wer mit?" Wagner antwortete: „Ja. Ich muss mal raus hier."

Fünf Minuten später liefen Ritter und Wagner die kleinen Treppchen zur Straße hinunter. Probst wollte lieber die Konten von Kresse und Schäufele überprüfen. Als sie mit dem Abstieg der vielen Stufen ins Zentrum begannen, sagte Ritter überraschend: „Sie können mir jetzt gerne erzählen, wie das mit Franziska Leitle letzte

Woche ablief." Wagner schaute erstaunt zu ihm rüber und begann etwas stockend: „Ja! Also! Leitle und Schäufele wurden von Kai Fischer angefordert. Ein Routineeinsatz bei ein paar Verdächtigen. Als sich die Beamten dem Haus am Stadtrand von Calw näherten, schossen die zwei Verdächtigen wie die Wilden um sich. Ein Schuss traf Franziska Leitle und der war tödlich. Anschließend wurde einer dieser Männer erschossen, der andere festgenommen. Beide waren voll mit Wodka. Absolut unberechenbar." Ritter ließ diese neue Geschichte kurz sacken und schwieg. Er musste darüber noch einmal mit Hoffmann sprechen.

Kurz bevor sie den Laden von Monika Eberle in der Wildbader Innenstadt betraten, sagte Ritter doch noch etwas dazu: „Der Tod von Leitle ist so dermaßen tragisch. Und so absolut sinnlos. Einfach nur zum Kotzen. Freitag ist die Beerdigung." Hatte er etwa deshalb immer wieder dieses komische Gefühl gehabt? Dieses Gefühl, dass etwas Schlimmes passieren könnte? Ritter öffnete die Ladentür, und sie gingen rein. Es war niemand zu sehen. Der Laden war klein, aber sehr gemütlich eingerichtet, man fühlte sich sofort wohl hier. Nur den Geruch der Duftstäbchen konnte Ritter nicht ertragen.

Monika Eberle kam rechts aus einem Behandlungszimmer und schaute die zwei Männer freundlich an. „Grüß Gott, die Herren. Wie kann ich ihnen helfen? Sicherlich möchten sie Gutscheine kaufen, damit sich ihre Frauen mal so richtig verwöhnen lassen können." Ritter antworte: „Guten Tag, Frau Eberle. Ich bin Max Ritter und das ist mein Kollege Kevin Wagner. Wir sind beide vom Bundeskriminalamt. Wir sind hier in Wildbad, um den Mörder ihres Sohnes zu finden." Sie schaute die beiden mit großen Augen an, und so ganz langsam änderte sich ihr freundlicher Gesichtsausdruck in lähmendes Entsetzen. „Tut mir leid, Frau Eberle. Aber wir müssen da jetzt alle durch. Und es ist auch für uns nicht ganz so einfach, den Täter zu finden. Deshalb bräuchten wir dringend Informationen zu ihrem verstorbenen Sohn."

Er ließ eine Pause entstehen, damit Monika Eberle diese Neuigkeiten erst einmal verarbeiten konnte. „Wann hätten ihr Mann und sie denn mal ein paar Minuten Zeit für uns?" Sie zuckte hilflos mit den Schultern und ihre Mundwinkel hingen nun verbittert nach unten. Nachdem sie kurz mit ihrem Mann telefoniert hatte, sagte sie: „Also morgen Abend, zwanzig Uhr, bei uns zu Hause. Geht das?" Ritter schaute sie direkt an und sagte sehr leise: „Natürlich geht das Frau Eberle. Tut mir sehr leid, aber ich denke, sie wollen auch, dass wir diesen Mörder finden und ihn dann hinter Schloss und Riegel bringen." Sie nickte abwesend. Es war ein bedrückender und sehr trauriger Moment und so verabschiedeten sich die beiden schnell von Frau Eberle.

„Endlich wieder frische Luft", freute sich Ritter. „Diese Räucherstäbchen da haben mich ganz dösig gemacht." Wagner musste schmunzeln. In der Metzgerei kauften Ritter und Wagner anschließend noch so einige Leckereien ein, und als sie zurück im Haus waren, machte sich Wagner auch sofort in der Küche an die Arbeit. Er servierte eine halbe Stunde später einen schwäbischen Wurstsalat mit Käsestreifen, Zwiebeln und Gewürzgurken. Dazu gab es das restliche knusprige Brot vom Titisee. Ritter und Probst waren happy, und alle genossen dieses schöne Abendessen auf der Terrasse. Es waren noch gut sechzehn Grad an diesem frühen Abend.

Nachdem Probst aufgegessen hatte, sagte sie: „Der Schäufele hat kaum Guthaben auf seinem Konto. Aber er hat letztes Wochenende, also kurz bevor er sich mit diesem Waffenhändler in der

Schweiz traf, dreitausend Euro in bar abgehoben. In einer Bankfiliale in Freiburg. Schäufele hatte in den letzten sechs Jahren immer wieder größere Barauszahlungen. Und er überwies auch an verschiedene Menschen Geldbeträge. Das waren seine Waffenkäufe im Internet." Alle schwiegen kurz, Ritter und Wagner zündeten sich eine Zigarette an.

Ritter sagte: „Sehr gut, Frau Mandy. Also wissen wir jetzt, dass er da in Basel nichts verkauft, sondern wohl eher etwas bezahlt hat. Entweder war noch eine Rechnung offen, oder er hat sich eine neue Waffe gekauft." Wagner nickte: „Ich bin mir inzwischen fast sicher, dass ihm dieser Waffenhändler damals auch die Pumpgun besorgt hat." Ritter schaute ihn an: „Ja, kann sein. Sieht so aus. Ich glaube das inzwischen auch. Aber wir können es ja bisher nicht beweisen. Jedenfalls nicht in diesem Moment. Ist denn dieser Waffenhändler irgendwie zu greifen? Mit dem müssten wir unbedingt sprechen." „Das wird extrem schwierig", analysierte Wagner. „Der hat sein Handy sehr selten eingeschaltet. Deshalb vermute ich auch, dass er mehrere Karten besitzt. Vielleicht für jedes Land eine extra Simkarte. Und sicher noch jede Menge Prepaidkarten." Ritter runzelte die Stirn: „Und wie sieht es bei Kresse aus?" Jetzt war wieder Probst dran: „Der gibt überhaupt kein Geld aus. Er bezahlt nur seine monatlichen Rechnungen. Er hat knapp achtzigtausend Euro Guthaben auf seinem Konto. Das Haus gehört ihm auch. Das hat er von seinem Onkel vererbt bekommen."

Sie diskutierten noch eine gute Stunde über die neuen Tatsachen, ehe sich dann einer nach dem anderen verabschiedete und schlafen ging.

Mittwoch, 30. April 2014

Da es an diesem Morgen um einiges kühler war als noch am Vortag, verlegten die drei ihre Frühstückszeremonie wieder zurück ins Wohnzimmer. Probst sagte nach einem recht wortkargen Frühstück: „Frau Rätsel möchte uns sprechen. Alle bereit?" Die Männer nickten und nach wenigen Minuten war Frau Rätsel mal wieder auf dem riesigen Screen zu sehen. Sie trug ihre altmodische Lesebrille.

Ritter begann: „Guten Morgen, Frau Rätsel. Ich hoffe, es geht ihnen gut. Was gibt es denn an neuen Infos?" „Alles jut bei mir, danke. Die Adresse von diesem Bundeswehr-Fritzen bekommt ihr gleich. Den habe ick nämlich gerade jefunden. Er ist allerdings in Potsdam gemeldet." „In Potsdam?", fragte Ritter und fuhr fort: „Gut. Frau Mandy hat ja am Wochenende frei und fliegt sicherlich zurück nach Berlin." Er schaute zu ihr rüber, und sie nickte heftig mit freudigem Blick.

„Dann fahren sie beide bitte am Wochenende mal kurz zu diesem Sascha Trichter nach Potsdam. Beide zusammen! Keine Alleingänge, auch wenn wohl keine Gefahr droht." Rätsel schmunzelte in die Kamera: „Jut. Dann machen wir Ostberliner Ladies mal einen schönen Ausflug nach Brandenburg." Rätsel nahm ihre Lesebrille ab und schaute direkt in die Kamera. „Genau. So macht ihr Beiden das. Und ich fahre am Wochenende mit Wagner nach Freiburg. Herr Schäufele hat ein freies Wochenende und wird bestimmt an den Titisee fahren. Und dann beschatte ich den mal so richtig." Wagner schaute erstaunt zu ihm rüber, während Rätsel breit grinste und sagte: „Zwee Frauen und zwee Männer auf Mission. Ditt jefällt ma."

Ritter musste schmunzeln, konnte ihr aber nicht sagen, was er in diesem Moment gerne gesagt hätte. Und so fragte er: „Was gibt es denn sonst noch Neues?" „Ich weiß nicht, ob es wichtig ist, aber Michael Becker hat sich mit seiner Ehefrau per SMS heftig jestritten. Muss ick gleich mal alles lesen. Sonst jibt es nüscht Neues. Ach doch, der Kresse hat gestern einen Nachfolger für die tote Leitle bekommen. Der jute Mann heißt Frank Guldner. Fängt ab 2.Mai an zu arbeiten." Ritter musste wieder schwer schlucken als er den Namen Leitle hörte. „Okay, danke Frau Rätsel. Dann bis die Tage." „Passt bloß auf da im Wald. Tschüssi." Schon war sie verschwunden.

Ritter stand auf und streckte sich: „Ich gehe jetzt mal zu Kresse runter. Kommt wer mit?" Wagner hatte keine Lust auf Kresse, und Probst wollte die Kontobewegungen von Becker und Fischer checken, und so ging er alleine runter ins Tal. Als er das Polizeirevier betrat war nur Daniel Schäufele anwesend. Ritter begrüßte ihn freundlich und fragte: „Sie kommen doch ursprünglich vom Titisee, stimmt´s? „Klar." „Vielleicht könnten sie mir einen Gefallen tun?" „Und was jetzt genau?", fragte er etwas pampig. „Meine Mutter hat in zwei Monaten Geburtstag und sie liebt diese Kuckucksuhren mit Häuschen. Bei euch am Titisee gibt es doch jede Menge davon. Vielleicht könnten sie mir eine mitbringen, wenn sie demnächst mal wieder in ihrer Heimat sind." „Ha jo, klar doch. Ich fahr am Wochenende heim. Große oder kleine Uhr?" „Mittelgroß vielleicht?" „Okay, geht klar, Herr Kommissar." „Das ist super. Danke Schäufele. Ich muss mal", sagte Ritter und deutete mit seinem Finger an die Decke. Schäufele nickte wissend.

„Ach nein! Kommt das BKA auch mal wieder hier vorbei? Wenn es unangenehm wird, ist ja keiner von euch zu sehen. Was wollen sie hier Ritter?" Kresse war richtig angefressen. Ritter versuchte zu entschärfen: „Es tut mir sehr, sehr leid. Das ist für alle ein unglaublich großer Verlust." „Ausgerechnet die Leitle," war alles, was Kresse erst einmal zu sagen hatte. Ritter wollte schon fragen, ob es denn bei einem anderen nicht genauso so schlimm gewesen wäre. Aber er stellte diese Frage lieber nicht. Stattdessen sagte er: „Ja, sie war so fleißig und zuverlässig." „Woher wollen sie das denn wissen? Sie kannten sie doch gar nicht richtig. Sie haben doch absolut keine Ahnung."

Ritter antwortete nicht und ließ Stille im Raum einkehren. Und die Stille hatte Wirkung auf Kresse. Nach zwei Minuten sagte er dann: „Tut mir leid Ritter. Meine Nerven sind seither etwas angefressen." „Schon gut. Kein Problem. Das kann ich sehr gut verstehen. Und dann auch noch so ein sinnloser, früher Tod." Kresse schaute deprimiert aus dem Fenster. Es hatte ihn wirklich hart getroffen. Er war scheinbar immer noch geschockt. „Ja. Total sinnlos. Diese scheiß Ausländer." „Woher kamen die Täter denn?" „Scheiß Bulgarenpack. Zum Glück waren es keine Kanaken" „Ist gut jetzt", sagte Ritter sehr energisch. Er verabscheute Rassismus in jeder Form. Kresse schaute ihn mal wieder feindselig an. Ritter stand auf und verabschiedete sich: „Bis Freitag dann zur Beerdigung." Kresse nickte nur noch abwesend und sagte nichts mehr.

Im Kurpark war gerade nicht viel los, und so fand Ritter problemlos eine freie Parkbank. Noch immer erregt, setzte er sich und lauschte dem Gesang der vielen Vögel. Zudem plätscherte die Enz vor sich hin, und so beruhigte er sich langsam. Dieser Kresse schaffte es doch tatsächlich immer wieder, ihn so richtig schnell hochzufahren, und das gefiel ihm überhaupt nicht.

Einige ältere Menschen machten ihren Spaziergang hier und er schaute ihnen zu, wie sie langsamen Schrittes an ihm vorbeiliefen.

Ob er auch alt werden würde? Als Polizist? Vielleicht! Alt und alleine. Irgendwie ist doch jedes Ende eines Lebens sinnlos. An dieser Stelle endeten seine trüben Gedanken, denn sein Handy summte plötzlich. SMS von Paula Rose. Und jetzt? Hatte er sich nicht gerade erst geschworen...? Egal. Er musste das jetzt lesen. *„Lieber Max, ich hoffe es geht dir gut. Das wir uns nicht mehr sehen war die richtige Entscheidung. Denn es war so schön, dass ich jeden Tag an dich denken muss und bereits jetzt schon heftige Sehnsucht habe. Sei mir nicht böse und behalte mich bitte in guter Erinnerung, deine Paula."*

Was sollte das denn jetzt? Nach dieser SMS war er doch erst recht angefixt. Oh, Mann. Er schrieb zurück: *„Liebe Paula. Ich kündige jetzt meinen Job und ziehe morgen bei Dir ein. Ich bleibe für immer bei Dir. Ist das okay für Dich? Das ist kein Spaß. Dein Max."* Ein paar Sekunden später bereute er bereits diese Kurzschlusshandlung. Obwohl. Warum auch nicht? Immer noch besser, als weiterhin geisteskranke Mörder zu jagen, besser als alleine alt zu werden. Nichts ist besser, als das Leben mit Paula Rose zu verbringen.

Ihre Antwort kam in diesem Moment: *„Das geht doch nicht. Wir kennen uns ja überhaupt nicht wirklich. Wir müssen uns doch erst einmal kennenlernen."* Herrje. Und jetzt? Er schrieb: *„Leider habe ich im Moment keine Zeit, um dich kennenzulernen. Und später dann wohl auch nicht. Also geht nur ja oder nein! Jetzt oder nie!"* Ritter wartete noch weitere fünfzehn Minuten auf eine Antwort. Die kam aber nicht, und so stand er schwerfällig auf und schlenderte zurück zu den vielen Treppen, die ihn in sein derzeitiges Zuhause führen würden.

Außer Atem wieder oben angekommen, setzte er sich auf die Couch und schaute abwesend auf den Tisch. Ritter sah Paula Rose vor sich. Er hatte doch gerade versucht, sie in den letzten Tagen zu vergessen und jetzt war sie erneut in seinem Kopf. Wieder klopfte sein Herz heftiger als sonst. Und wieder schien es so, als habe er sich verliebt. Probst riss ihn brutal aus seinen Gedanken: „Also Chef, ich würde mal sagen, der Fischer hat so viel Kohle, der müsste gar nicht arbeiten. Allerdings ist das fast ausschließlich Geld von seinen Eltern. Fischer hat noch nie Bargeld auf sein Girokonto eingezahlt. Alles sauber und legal. Im Gegensatz dazu ist Michael Becker chronisch pleite. Haus abzahlen, zwei Autos, zwei Kinder, Frau und so weiter." Probst sah ihn erwartungsvoll an. Ritter hatte nur die Hälfte verstanden. Er war so derart abwesend gewesen. „Sagt uns das etwas?" fragte er sie. „Nee, nicht wirklich." „Kommen sie heute Abend mit zu den Eltern von Eberle?" „Wenn sie das möchten, komme ich gerne mit, klar." „Gut. Ich vermute nämlich, dass es sehr emotional werden könnte. Und da sind sie doch sehr viel einfühlsamer als unser liebenswerter Herr Wagner." Mandy Probst schmunzelte zufrieden.

Kurz nach zwanzig Uhr trafen Ritter und Probst bei den Eltern des ermordeten Julian Eberle ein. Als sie alle gemeinsam im Wohnzimmer Platz genommen hatten, begann Ritter das Gespräch sehr vorsichtig. Die Antworten der Eltern kamen meist zögerlich und oft auch unter heftigem Schluchzen. Oder aber sie gaben überhaupt keine Antwort. Ritter fragte sie, ob denn sein Jugendzimmer noch existiert. Sie nickten beide im Duett. „Dürften wir uns das mal anschauen bitte?", fragte Ritter. Wieder nickten beide stumm. „Danke sehr."

Probst und Ritter standen auf und gingen in die erste Etage des sehr kleinen Hauses. Ritter schloss die Tür hinter sich, als sie das Zimmer betreten hatten. Beide schauten sich um. Probst bemerkte sofort: „Alles mega clean hier. Sie putzt wohl fast täglich. Kein

Staubkorn zu sehen." "Ja, das ist hart. Sie kann und will sicherlich keinen Abschied nehmen. Das ist aber wichtig im Leben. Man muss Abschied nehmen. Denn es geht weiter. Immer weiter. Die Erde dreht sich ohne Pause weiter." Probst sah ihn an: "Wow! So philosophisch heute. Alles okay?" "Geht so." "Was ist los, Chef?" "Nicht jetzt. Ein anderes Mal." "Okay, klar."

Ritter bestaunte die zwei Poster an der Wand. Roger Federer in jungen Jahren. Damals kämpfte er sich in der Tenniswelt gerade nach oben. Ritter erinnerte sich wieder daran. Federer war aktuell noch immer in absoluter Topform. Er sah sich die Sportpokale an. Tennis. Skimedaillen. Alles sauber in Reih und Glied aufgestellt und gelegt. Was sollten sie denn hier finden? Längst alles arrangiert und dekoriert. Doch dann entdeckte er ein Actionfoto von Eberle, dass ihn beim Mountainbiken zeigte. Mobi!!! Mobis!!! Hatte Klaus vielleicht gesehen, wie Eberle gefahren ist? Aber woher sollte Klaus wissen, wer welcher Fahrer ist? Die hatten ja alle Helme auf. Und selbst wenn, was sollte diese Information schon nützen? Nach ein paar Minuten verabschiedeten sich Probst und Ritter von den Eltern des ermordeten Julian Eberle.

Wagner hörte aufmerksam zu, als Probst von ihrem Besuch berichtete. Dann sagte Ritter zu seinen beiden Mitarbeitern: "Morgen geht ihr beiden zu Kai Fischer und macht einen Drogentest mit ihm. Nehmt bitte zwei Beamte von Hoffmann mit zu ihm, falls er durchdrehen sollte. Und ich überprüfe derweil die Asservatenkammer und die Protokolle beim Drogendezernat. Dann wissen wir, ob Fischer damals alles regulär abgewickelt hat, oder nicht. Alles klar?"

Wagner antwortete: "Geht so. Morgen ist der 1.Mai. Feiertag." "Mir doch egal, ob hier Feiertag oder sonst was ist", sagte Ritter energisch. Probst lächelte zu ihm rüber: „Ich bin froh, dass sie wieder so motiviert sind. Es ist ein wirklich harter Fall und es ist auch für uns nicht immer einfach hier." Ritter sah sie an: „Ja, ich weiß. Und es wird mit Sicherheit noch heftiger werden. Deshalb machen wir danach nicht eine, sondern wir machen gleich zwei Wochen Urlaub. Denn den werden wir wohl am Ende hier alle dringend brauchen."

Als Ritter gegen dreiundzwanzig Uhr erschöpft im Bett lag, musste er an Julian Eberle denken. Was war ihm damals nur passiert? Sicherlich etwas Schlimmes, wenn es so eine krasse Wirkung hatte. Was nur? Er würde es vielleicht nie erfahren. Und Daniel Schäufele? Er würde ihn beobachten. Seine Wege aufzeichnen. Und ihn endlich besser kennenlernen. Er würde aber höllisch vorsichtig sein müssen, denn Schäufele war ein ausgezeichneter Schütze und Jäger. Schäufele durfte auf keinen Fall bemerken, dass Ritter hinter ihm her war. Dann schlief er endlich ein.

Donnerstag, 1. Mai 2014

Rechtzeitig zu diesem Feiertag kam die Sonne wieder zurück. Zwanzig Grad kündigte die Wettervorhersage auf Ritters Handy an. Langes Wochenende für viele Arbeitnehmer. Aber nicht für Ritter und seine Crew. Denn er war auch heute morgen wieder frisch, fit und motiviert. Gegen zehn Uhr fuhren sie zunächst einmal gemeinsam im BMW nach Calw. Sie berichteten Hoffmann anschließend von ihren Plänen. Danach fuhren Wagner und Probst mit zwei Beamten nach Hirsau zu Kai Fischer. Ritter wollte sich erst einmal mit Hoffmann besprechen.

„Wir kommen langsam aber sicher voran, Hoffmann. Jetzt machen wir erstmal diesen Drogentest bei Fischer und am Wochenende werde ich Schäufele am Titisee beschatten. Ich werde jetzt endlich wieder zum Jäger." Hoffmann sah in skeptisch an: „Der Schäufele kennt seine Heimat sicherlich sehr gut. Passen sie bloß auf Ritter. Aber es ist gut so, wir müssen unbedingt wissen, was der so treibt." „Deshalb ja. Und eigentlich müssten wir Karl Kresse auch mal observieren, aber der verlässt ja selten sein Haus. Was macht der in seiner Freizeit, außer durch den Wald zu laufen? Vielleicht hat er noch so einen geheimen Hobbykeller oder sowas? Probst und Wagner waren ja nicht in den Kellerräumen." „Was schlagen sie vor?", fragte Hoffmann. „Wenn wir nicht bald mehr über ihn wissen, dann werden wir bei Kresse mit der Kavallerie einreiten. Und dann nehmen wir seine Bude komplett auseinander." Hoffmann schmunzelte: „Ich mag ihn ja wirklich nicht, aber ob er ein Mörder ist? Könnte natürlich sein. Es könnten ihm die Sicherungen durchgebrannt sein. Mist. Alles weiterhin so undurchsichtig." „Ja, aber wir kommen voran, keine Sorge Hoffmann. Wir drehen jetzt den Gashahn auf, okay?" „Okay, lassen wir es krachen." Dann hoben sie beide ihren rechten Arm und klatschten ihre Hände aneinander. Einig und motiviert, diesen irren Polizistenmörder zu finden.

Anschließend überprüfte Ritter die Dokumente im Drogendezernat. Fischer hatte die beiden Beschlagnahmungen von Hafermanns Drogen damals nicht protokolliert und auch keine Ware abgegeben. Es waren keine Unterlagen zu diesen beiden Vorfällen zu finden. Damit hatte er Fischer endgültig in der Hand. Ritter freute sich in diesem Moment diebisch. Wenigstens überhaupt mal ein kleiner Erfolg.

Probst und Wagner hatten keinerlei Probleme bei Kai Fischer in Hirsau. Der saß in seinem Wohnzimmer und ließ die Prozedur schweigend über sich ergehen. Er ließ sich Blut abnehmen, auch eine Urinprobe und Haarproben. Als sie wieder das Haus verlassen wollten, sagte Fischer lautstark zu Probst: „Hör zu, Lesbe! Das hier wirst du noch schwer bereuen." Er grinste sie höhnisch an. Probst gab keine Antwort, die zwei anderen Beamten auch nicht. Aber Wagner sagte ebenso lautstark: „Sollte meiner Kollegin irgendetwas passieren, dann wird dich Ritter bis an sein Lebensende ohne Gnade über diesen Planeten jagen. Das kannste mir glauben, du Penner." Probst schaute erstaunt zu Wagner. So hatte sie ihn ja noch nie erlebt.

Nach einem kurzen Mittagessen in der Calwer Innenstadt fuhren die beiden zum Revier und sammelten Ritter wieder ein. „Und jetzt so?", fragte Wagner. „Jetzt fahren wir mal zu Herrn Kresse und fragen ihn, ob er Kaffee und Kuchen für uns hat." Probst und Wagner mussten gleichzeitig laut loslachen. „Echt jetzt?" fragte Probst dann doch skeptisch. „Klar doch. Er wird uns sowieso nicht in sein

Haus hereinbitten, wird uns abwimmeln und vielleicht nervös werden. Ich beobachte ihn dann noch eine Weile, und vielleicht fährt er ja irgendwo hin. Na ja, auch totaler Quatsch eigentlich. Man kann doch nicht sein ganzes Leben in einer Wohnung verbringen. Das geht doch nicht." Wagner schaute ihn an: „Doch das geht. Sogar sehr gut." Ritter schaute verständnislos zu ihm rüber.

Probst wischte auf ihrem Handy rum und sagte: „Also, der Kresse ist nicht zu Hause. Er ist auf dem Sommerberg. Da steht jedenfalls sein Wagen." „Okay, dann fahren wir da jetzt hin", sagte Ritter energisch. Der Wagen von Kresse stand noch da, als sie knapp dreißig Minuten später ihren BMW parkten. Schnellen Schrittes gingen sie den Waldweg Richtung Skihütte entlang und kamen auch am neu erbauten, gigantischen Baumwipfelpfad vorbei. An der Eingangskasse standen die Ausflügler in einer langen Schlange an. Wildbad hatte endlich eine neue Attraktion und die schien bereits sehr beliebt zu sein. An der Skihütte kam ihnen tatsächlich Kresse entgegen. Der schaute erstaunt, als er die drei sah und begrüßte sie: „Seid ihr auch mal in der Natur?" Ritter schmunzelte: „Ja klar. Bietet sich ja an. Wir müssen auch mal Pause machen." „Sie können hier zur *Grünhütte* laufen. Es ist ein schöner Wanderweg und man kann dort sehr gut essen. Kleiner Tipp für euch Großstadtbanausen." Ritter lächelte ihn an: „Danke ihnen, Kresse. Bis morgen früh dann auf dem Friedhof."

Sie verabschiedeten sich und Kresse lief weiter Richtung Parkplatz. „Und jetzt?" fragte Wagner. „Jetzt laufen wir mal durch den Wald, ganz einfach," antwortete Ritter. Wagner war nicht sonderlich erfreut, im Gegensatz zu Probst. Doch bald schon war auch Wagner vom Waldspaziergang begeistert und so verbrachten sie einen schönen Nachmittag in der Natur.

In der *Grünhütte* kehrten sie ein und aßen exzellente Pfannkuchen. Ritter musste seinen Berliner Mitarbeitern vor der Bestellung allerdings erklären, dass ein Eierkuchen hier im Süden Pfannkuchen heißt. Und der Pfannkuchen hier Berliner genannt wird. Beide sahen ihn ungläubig mit großen Augen an. Es schmeckte trotzdem allen hervorragend. Am Abend waren die drei ganz schön erschöpft und gingen recht früh zu Bett.

Freitag, 2. Mai 2014

Nach einem sehr wortkargen Frühstück und der anschließenden Beerdigung von Franziska Leitle, war das Ritter-Team kurz vor dreizehn Uhr wieder zurück im Haus. Es herrschte eine betretene, deprimierende Stimmung.

Probst durchbrach diese traurige Situation endlich: „Also Chef, falls der Schäufele in den Wald zur Jagd geht und sie ihn verfolgen wollen, dann sollten sie auch gut ausgerüstet sein. Eigentlich sollte ich ja unbedingt mitkommen." Ritter schaute sie erstaunt an und Probst fuhr fort: „Ich gebe ihnen ein paar Sachen von mir mit. Spezial-Lampe, Seil, Messer, einen Kompass, und wenn sie wollen auch, ein Nachtsichtgerät." „Okay. Ja, vielleicht brauche ich das wirklich alles, aber das Nachtsichtgerät können wir wohl weglassen."

Anschließend packten alle ihre Sachen. Probst verabschiedete sich herzlich und fuhr mit dem Golf nach Stuttgart zum Flughafen. Sie würde erst wieder Montagmorgen aus Berlin zurückkommen.

Ritter und Wagner fuhren mit dem BMW nach Freiburg, dass sie gegen sechzehn Uhr dreißig erreichten. Vierundzwanzig Grad und trocken hier. Wagner stellte ihm seine Freundin Daniela vor, und sie tranken kurz zusammen Kaffee auf ihrer kleinen Terrasse. Anschließend fuhr Ritter mit Danielas unauffälligem Opel weiter an den Titisee. Den Dienstwagen überließ er den beiden Verliebten. Gegen zwanzig Uhr erreichte er Neustadt. Im Hotel *Birger* hatte ihm Probst ein Zimmer gebucht. Nachdem er eingecheckt hatte, bestaunte er die grandiose Sicht auf den Titisee. Sein Zimmer und das Hotel waren sehr modern eingerichtet. Wagner hatte ihm zudem beigebracht, wie er auf seinem Handy sehen konnte, wo sich Schäufele mit Telefon und mit seinem Wagen befand. Schäufele war allerdings noch immer in Wildbad. Im Hotelrestaurant aß Ritter lecker zu Abend und lief anschließend noch gut eine Stunde spazieren. Auch hier gab es einen Kurpark, der lag allerdings direkt am See. Die umliegenden bewaldeten Hänge und dieser große, tiefe See hatten auch wieder so etwas Dunkles an sich. Zumindest gerade in diesem Augenblick.

Ritter nahm sich bei seinem Spaziergang Zeit, um diese Beerdigung heute morgen in Wildbad nochmal Revue passieren zu lassen. Daniel Schäufele war völlig cool geblieben, ohne jede Regung. Polizeichef Karl Kresse dagegen hatte einen sehr traurigen, deprimierenden Gesichtsausdruck gehabt. Der Tod von Leitle hatte ihn tatsächlich hart getroffen. Und Michael Becker? Seine Frau hatte kurz laut „Aua" gesagt und ihre Hand ruckartig von seiner gelöst. Becker hatte wohl aus seinen Gefühlen heraus die Hand seiner Frau gequetscht. Er hatte es gefühlsmäßig wohl am schwersten von allen gehabt. Er hat sie vielleicht sogar richtig geliebt, wer weiß? Julia Mürrle dagegen war erst gar nicht erschienen, sie schob lieber Dienst zusammen mit dem Neuen. Und was sagte ihm das jetzt alles? Zumindest, das Schäufele ziemlich kalt ist und Kresse durchaus Gefühle hat. Und er selbst? Er musste während der Beerdigung ein paar Mal schwer schlucken, hatte sich aber sonst im Griff. Gegen dreiundzwanzig Uhr schlief Ritter in seinem sehr bequemen Hotelbett ein.

Samstag, 3. Mai 2014

Munter und ausgeruht betrat Kommissar Ritter gegen acht Uhr dreißig den Frühstücksraum des Hotels und war doch überrascht, wie viel hier los war. Ja klar, langes Wochenende, jede Menge Touristen. Während eines ausgiebigen Frühstücks schaute er immer wieder auf sein Handy.

Schäufele hatte sich in Bewegung gesetzt und war bereits auf die Autobahn Richtung Freiburg eingebogen. Die Sonne schien und der Himmel strahlte in einem tiefen Blau. Ritter fühlte sich wohl und beschloss, sich diese Kurstadt hier genauer anzusehen. Und so schlenderte er planlos durch die kleine, schöne Innenstadt. Dabei bestaunte er die vielen Läden. Die meisten boten Kuckucksuhren und anderen Schnickschnack für die Touristen an. Nicht zu übersehen war natürlich der St.-Jakobus-Münster, das Wahrzeichen von Neustadt. Er blieb kurz stehen, als er an der Metzgerei von Schäufeles Eltern vorbeikam. Ein schönes Haus und auch ein schönes Ladengeschäft. Es wirkte sehr einladend auf ihn. Natürlich beschloss er, die Metzgerei nicht zu betreten. Immer wieder schaute er auf sein Handy. Schäufele war bereits kurz vor Freiburg.

Ritter entdeckte ein Cafe und setzte sich an einen freien Tisch auf der kleinen Terrasse. Er genoss die Sonne und deren Wärme bei einer Zigarette und einem wunderbar duftenden Kaffee. Dazu las Ritter die Tageszeitung aus Freiburg, die hier auslag. In den USA hatte das Innenministerium bekannt gegeben, dass man sechshundertvierzig Verdächtige der mexikanischen Mafia verhaftet hatte. Darunter waren sieben gesuchte Mörder.

Ritter war unruhig, legte die Zeitung beiseite und sah wieder auf sein Handy. Schäufele war jetzt am Haus seiner Eltern angekommen. Deren Haus und die dazugehörige Metzgerei waren nur drei Straßen von hier entfernt, weshalb er das Cafe wieder verließ, um Schäufele nicht über den Weg zu laufen. Ritter setzte sich im Kurpark auf eine Sitzbank. Der See lag friedlich vor ihm. Ganz ruhig. Kein Wind. Nur Sonne und blauer Himmel. Erneut richtete sich sein Blick auf das Display seines Handys. Schäufele bewegte sich nicht. Zeit für Privates.

Er rief bei Rätsel an. „Hallo Mäxi, wat jibts?" „Hallo Moni. Wie geht´s dir?" „Alles jut bei mir. Und wie geht es dir? Alleine wa?" „Ich bin jetzt am Titisee und warte, bis sich der Schäufele mal bewegt. Ist echt schön hier." „Soll ick kommen?", lachte sie laut los und sagte anschließend: „Ick muss jetzt gleich nach Schwerin zu meiner Schwester. Irgendwas wird da wieder jefeiert. Und morgen fahren Probst und ick nach Potsdam." „Okay, na dann viel Spaß und bis bald." „Ja, ebenso lieber Mäxi Päxi. Bis janz bald, tschüssi."

Schäufele bewegte sich immer noch nicht. Ritter überlegte sich deshalb, ob er es riskieren könnte, mal den Spa und Erholungsbereich des Hotels zu nutzen. Und das tat er dann auch. Anschließend legte er sich komplett angezogen auf sein Bett und schlief rasch ein. Als plötzlich sein Handy laut und hektisch piepste, wachte er ruckartig auf. Schäufele hatte sich in Bewegung gesetzt. In einem höllischen Tempo spurtete Ritter mit seinem bereits gepackten Rucksack zum Wagen. Dann nahm er die Verfolgung auf. Es war neunzehn Uhr und noch hell. Schäufele fuhr über die B315 in Richtung Lenzkirch. Von dort aus ging es weiter, immer tiefer in den Wald. Am Parkplatz zur Wutachschlucht stellte Schäufele seinen Wagen ab und betrat dieses knapp dreißig Kilometer lange

Flusstal. Ritter kam nur kurze Zeit später ebenfalls am Parkplatz an und setzte sich in Bewegung. Er musste Schäufele auf den Fersen bleiben, denn irgendwann würde es hier vielleicht keinen Handyempfang mehr geben und dann könnte er ihn nicht mehr orten. Deshalb rannte er fast in die Wutachschlucht, was nicht ganz ungefährlich war. Der enge Pfad hatte einige Unebenheiten und immer wieder ging es über kleine Brücken.

Schäufele bog nach drei Kilometern in der Schlucht links ab, auf einen Weg, der steil durch den tiefen Wald bergauf führte. Ritter hatte ihn fast erreicht. Auch er bog auf diesen Pfad ab. Es ging wirklich sehr steil bergauf und so war Ritter recht schnell außer Atem. Und nach einigen, weiteren Minuten war dann auch der Handyempfang weg, er konnte Schäufele nur noch erahnen. Ritter lief diesen Pfad immer weiter bergauf. Immer langsamer und schwerfälliger. Nach knapp einer guten Stunde Fußmarsch gabelte sich der Weg. Links oder rechts? Ritter musste schnell entscheiden und ging nach links. Nach wenigen Metern war der schmale Pfad fast eben. Links neben ihm ging es auf dieser Höhe jetzt steil bergab.

Ob es die falsche Entscheidung war? Die Sonne war längst untergegangen und es wurde auch schnell deutlich kälter. Er zog seine Jacke an. Die große Taschenlampe von Probst musste er nun auch einschalten. Nach weiteren dreißig Minuten Fußmarsch kam er irgendwann an einem Felsvorsprung vorbei und setzte sich darunter auf einen großen Felsbrocken. Ritter rauchte eine Zigarette. Pause! Er hatte Schäufele wohl verloren. Und jetzt? Dann nahm er einen kräftigen Schluck Wasser aus seiner Proviantflasche. Was sollte er jetzt nur tun? Ritter lauschte den Geräuschen des Waldes, und je länger er still verharrte, desto mehr davon konnte er hören. Allerdings konnte er die Geräusche nicht zuordnen. Ritter dachte nach:

Jetzt sitze ich doch tatsächlich ganz alleine im dunklen, tiefen Südschwarzwald und habe auch noch Schäufele verloren. Oh Mann!

Ein Knall beendete seine Gedanken. Ritter zuckte leicht zusammen und stand ruckartig auf. Aus welcher Richtung war der Schuss gekommen? Das anschließende Echo hallte aus fast allen Richtungen und so konnte er nicht bestimmen, wo der Schuss gefallen war. Dann knallte es ein zweites Mal. Das Schussgeräusch und ein Tierschrei war deutlich und weit über ihm zu hören gewesen. Erneut kam das Echo. Schäufele musste den anderen Weg genommen haben. Ritter war jetzt genervt. Und so lief er zurück zu dieser Gabelung. Mit der Lampe in der Hand versuchte er etwas schneller zu laufen, kam dabei aber mehrfach ins Schlingern. Deshalb zwang er sich dazu, wieder langsamer zu gehen. Es war zu gefährlich, denn es ging jetzt auf dem Rückweg rechts am Rand des Pfades steil bergab. Nach dreißig Minuten war Ritter wieder an der Gabelung angekommen. Er hatte Hunger. Aber er lief weiter, und schon bald führte dieser neue Weg ebenfalls steil nach oben. Nach weiteren dreißig Minuten gabelte sich auch dieser Pfad.

Ritter verzweifelte nun langsam. Rechts oder links? Auch diesmal entschied er sich nach links zu gehen und lief zunächst leicht bergauf, ehe der Weg eben wurde. Es war inzwischen noch kälter geworden und es war fast stockfinster hier in diesem Teil des dichten Waldes. „So eine Scheiße", fluchte er leise vor sich hin. Seine Laune sank im Minutentakt.

Dann ging es überraschend wieder bergab. *Auch gut*, dachte sich Ritter. *Dann komme ich wenigstens zurück in dieses Tal, in diese Schlucht.* Dies war aber nicht der Fall, denn kurze Zeit später begann der Weg ihn wieder bergauf zu führen. Ritter lief immer tiefer und ohne jegliche Orientierung in den Wald hinein, immer weiter weg vom nächsten Ort, immer weiter weg von jeglicher Zivilisation. Er wusste dies aber nicht.

Irgendwann legte Ritter endlich eine Pause ein und setzte sich auf einen herumliegenden Felsbrocken. Inzwischen war er körperlich am Ende, schwitzte und fröstelte gleichzeitig, und der Hunger war sowieso schon seit Stunden sein ständiger Begleiter. Sein Proviant bestand aus belegten Brötchen, einem Apfel und einer Banane. Ritter blieb nach dieser nächtlichen Mahlzeit sitzen und machte noch etwas Pause. Dabei lauschte er erneut den Geräuschen des Waldes, die ihm jetzt viel lauter erschienen, viel näher als noch einige Stunden zuvor. Er fühlte sich nun total kaputt von dieser super Nachtwanderung und fragte sich, wieviel Kilometer er bereits durch diesen Wald gelaufen war? Schwerfällig stand Ritter auf, er musste jetzt eine Entscheidung treffen. Zurücklaufen? Oder weitergehen? Er beschloss, zurück zu laufen, denn er hatte Schäufele ja ohnehin längst verloren. Was hatte er sich nur gedacht? Ohne einen ortskundigen Jäger oder Menschen hier alleine wie ein Idiot durch den Wald zu rennen? Hatte er wieder mal gedacht, er sei Supermann, oder was? Ritter verfluchte sich in diesem Moment selbst.

Sonntag, 4. Mai 2014

Nach weiteren drei Stunden Fußmarsch, der ihn bergauf und bergab führte, erreichte er endlich wieder dieses Flusstal. Es begann bereits hell zu werden, der Himmel änderte seine Nachtfarben und hatte bereits eine blaue Färbung angenommen. Mit dem Kompass konnte Ritter nichts anfangen, er wusste ja überhaupt nicht, wo er sich genau befand. Er beschloss, in der Schlucht nach rechts weiterzulaufen, denn auf dem Hinweg waren sie links abgebogen. Kurze Zeit später war auch wieder Handyempfang. Gegen sieben Uhr morgens erreichte Ritter den Wagen auf dem Parkplatz.

Zurück im Hotel half ihm zunächst einmal eine heiße Dusche, denn er war am Ende doch sehr durchgefroren. Die Kälte im nächtlichen Wald hatte er wohl deutlich unterschätzt. Anschließend frühstückte Ritter noch relativ geistesabwesend im Hotelrestaurant und fiel dann in einen tiefen Schlaf. Gegen dreizehn Uhr wachte er wieder auf und sah sofort auf sein Handy. Schäufeles Wagen stand immer noch auf dem Parkplatz an der Wutachschlucht. Sein Handy dagegen war nicht zu orten. Er musste also dort oben im Wald sein. Ritter stand auf und schaute aus seinem Fenster. Der große Titisee leuchtete blau, der Himmel ebenso, keine Wolke zu sehen. Er beschloss, erneut in die Innenstadt zu gehen, Probst hatte late-check-out für ihn gebucht. Als er wieder in demselben kleinen Cafe wie gestern saß und die Sonne genoss, beschloss er, den Tag zu genießen. Ritter war immer noch völlig kaputt von dieser Nachtwanderung und so gönnte er sich ein Eis zur Wiedergutmachung für sein jämmerliches Versagen im Wald.

Am späten Nachmittag checkte er im Hotel aus und fuhr zurück nach Freiburg. Daniela Franke hatte mal wieder frische Flammkuchen gebacken und so kam auch Wagners Chef in den Genuss. Anschließend fuhren Wagner und Ritter zurück nach Wildbad. Auf der Fahrt erzählte ihm Ritter von seinem völligen Desaster im tiefen Wald. Wagner fuhr konzentriert und sagte: „Mandy wäre das nicht passiert. Die hätte ihn nicht verloren. Aber sie hat ja auch Überwachung und Observierung studiert und ist darin echt Vollprofi. Nächstes Mal müssen sie Mandy mitnehmen, Chef." „Hoffentlich gibt es kein nächstes Mal. Mir tun die Füße weh und ich habe tierisch Muskelkater." Wagner musste herzhaft lachen, nach einigen Sekunden musste Ritter mitlachen. Als die beiden wieder zurück in ihrer Ferienwohnung waren, fiel Ritter bereits nach wenigen Minuten in einen langen Tiefschlaf.

Montag, 5. Mai 2014

Während Ihrer täglichen, morgendlichen Zigarette auf der Terrasse fragte Wagner: „Und wie geht es jetzt weiter?" Ritter schaute ihn an: „Absolut keine Ahnung. Das ist hier alles so dermaßen schräg. Jeder hat mit jedem zu tun, und das in ziemlich negativer Art und Weise. Es ist kein Licht am Ende des Tunnels zu sehen. Haben sie denn zufällig eine Idee?"

Wagner schwieg und schien nachzudenken. Der Himmel war inzwischen komplett mit grauweißen Wolken zugezogen. Sechzehn Grad zeigte das Thermometer an. „Also Chef, wir haben ja unsere vier Verdächtigen. Am besten überlegen wir nochmal, wer denn wirklich in Frage kommt." „Aber Wagner, das sind wir doch jetzt tausendmal durchgegangen. Ich sehe da keine neuen Fakten. Lassen sie uns mal mit Rätsel sprechen, was die beiden Frauen Neues in Erfahrung gebracht haben."

Das Signal für Kevin Wagner, um Monika Rätsel zu kontaktieren. Zehn Minuten später war sie mal wieder auf dem großen Flatscreen zu sehen. Wie meist montags sah sie auch heute etwas zerschossen aus. Aber sie grinste fröhlich. „Morgen, Frau Rätsel. Wie geht es ihnen?" Sie lächelte nun sehr liebevoll in die Kamera: „Danke Chef, alles jut bei mir." „Freut mich. Wie war ihr Ausflug nach Potsdam mit Frau Mandy?" „Och, ditt war super. Wir hatten tolles Wetter und waren zuerst mal bei diesem Sascha Trichter. Der hat uns erzählt, dass Julian Eberle ihn einmal beim Duschen gefragt hätte, ob er es schon mal mit einem Mann getan hätte. Trichter habe ihm dann gesagt, dass er auf Frauen steht. Er habe aber seit damals das Gefühl gehabt, dass der Eberle durchaus bisexuell veranlagt sein könnte."

Rätsel holte Luft und so sagte Wagner: „Na also. Das ist doch eine wichtige Information." Rätsel freute sich: „Ja, und dann waren wa noch schön Mittagessen in der Innenstadt von Potsdam und anschließend sind wa wieder zurück nach Berlin." Ritter fragte: „Hat der Trichter sonst noch irgendwas Wichtiges erzählt?"

Rätsel überlegte angestrengt. „Ja, also. Er hat gesagt, dass Eberle eigentlich nie Polizist werden wollte, sondern Sportprofi. Er habe sich aber verzettelt zwischen Fußball und Skifahren. Das mit dem Job als Polizist habe ihm damals sein Vater vorgeschlagen." „Okay! Und sie hatten letzte Woche erwähnt, dass Michael Becker und seine Ehefrau per SMS Streit hatten. Gab es da etwas Besonderes?" „Nee, nüscht. Banale Dinge. Waschmaschine kaputt und keene Knete im Haus. Ditt war das Streitthema." „Okay. Gut. Vielen Dank. Dann bis bald Frau Rätsel." „Tschüssi." Zack, da war sie weg und auf dem Screen erschienen wieder die zwölf kleinen Überwachungsfenster.

Ritter konnte auch hier sehen, wo sich Schäufele gerade befand: Auf dem Weg zurück nach Wildbad. Er hatte ja erst die Spätschicht heute. Ritter erinnerte sich sofort an sein Desaster im Wald. Ein paar Minuten später kam Mandy Probst in der Wohnung an. Sie war zurück aus Berlin. Die beiden Männer begrüßten ihre Kollegin herzlich und freuten sich, dass sie wieder hier war. Während sie alle drei frisch gefüllte Kaffeebecher in der Hand hielten und auf die Terrasse gingen, erzählten ihr Wagner und Ritter von ihren Neuigkeiten und Erlebnissen.

Probst sah zu Ritter und zog ihre linke Augenbraue hoch. „Ich hätte doch mitkommen sollen. Aber was soll der Schäufele denn da im Wald gemacht haben, außer zu jagen?" „Ich weiß auch nicht so genau, was ich mir erhofft hatte. Vielleicht, ein geheimes Waffendepot zu finden? Ja, eigentlich war das mein Traum. Meine Idee."

Probst sagte lieber nichts, dafür aber Wagner: „Also jetzt mal zu den anderen. Vielleicht sind Julian Eberle und sein Chef, Karl Kresse, damals öfter mal zusammen Mountain Bike gefahren und sich dabei nähergekommen." Ritter nahm blitzschnell sein Handy. „Hallo Becker, Ritter hier. Kleine Frage. Welche Sportart betreibt denn eigentlich der Kresse? Der sieht so fit aus." Michael Becker antwortete sofort: „Der fährt leidenschaftlich gerne Mountainbike und läuft durch den Wald." „Danke."

Bestimmt sagte Ritter in die Runde: „Also sind Kresse und Eberle wohl tatsächlich zusammen Bike gefahren. Wissen wir das auch schon mal. Aber wir können dem Kresse ja nichts beweisen. Und wenn er es war, dann hat er längst mögliche Spuren beseitigt. Kresse hatte sogar vier Jahre Zeit, eventuelle Fehler zu korrigieren. Er ist schließlich Polizist und weiß, wonach wir suchen würden. Wobei er sicherlich nicht damit rechnet, dass wir bald bei ihm einreiten werden. Aber wir werden nichts finden, es sei denn, er hat eine Pumpgun zu Hause. Und das glaube ich eigentlich nicht so wirklich." Wagner ergänzte: „Und ohne Fakten bekommen wir sowieso keinen Durchsuchungsbeschluss. Auch nicht von Kiep oder Zuske. Das bekommen selbst die nicht geregelt." Ritter bemerkte kleinlaut: „Ich weiß."

Am späten Nachmittag standen dann wieder mal alle im Wohnzimmer und starrten auf ihre Papierposter mit den vielen Informationen. Probst begann langsam zu spekulieren: „Also, es könnte ja sein, dass Julian Eberle ein sexuelles Erlebnis mit einem Mann hatte. Und vielleicht war es schön für ihn. Anschließend war er sich nicht mehr sicher, was mit ihm los ist. Frauen oder Männer? Oder beides? Eberle muss völlig verwirrt gewesen sein. Deshalb hatte er vielleicht diesen zarten Versuch bei Sascha Trichter unter der Dusche gestartet. Der hat aber eine klare Ansage gemacht. Und vielleicht war dann Eberles zweiter Mann im Leben ausgerechnet Karl Kresse. Vielleicht hat ihn Kresse hart rangenommen und das war überhaupt nicht gut für Eberle. Das hat ihm alles genommen, jede Romantik und Zärtlichkeit. Er war ja doch auch sensibel, laut einiger Zeugenaussagen. Und dann kam noch der Stress mit Mürrle und Fischer dazu. Kresse begann zudem, ihn psychisch zu quälen." Probst legte eine Pause ein und nahm einen großen Schluck Wasser. „Aber auch das bringt uns nicht unbedingt weiter."

Keiner sagte etwas für den Moment, ehe Ritter wieder dran war: „Und weil der Kresse den Eberle liebte, hätte er ihn niemals erschossen, es sei denn, dass ihn Eberle tatsächlich erpresst hätte. Kresse wollte sicher nicht, dass ganz Wildbad erfährt, dass er schwul ist. Aber ob es so war, werden wir niemals erfahren, dessen bin ich mir jetzt schon völlig sicher." Wagner sagte nur: „Fuck!"

Ritter setzte sich auf die Couch und ging seine Notizen durch. Er musste sich absolut sicher sein, nicht irgendetwas übersehen zu haben. Probst und Wagner halfen wieder Frau Rätsel mit der Auswertung der Überwachungsergebnisse.

Zum Abendessen servierte Wagner wunderbare Schinkennudeln und die schmeckten um einiges besser, als die von Probst damals an der Nordsee. Obwohl die auch gut waren.

Überraschend rief Schäufele bei Ritter an: „Hallo, Herr Kommissar. Ich hab ihre Kuckuksuhr dabei. Ich bin im Revier." „Oh, klasse. Super. Ich komme gleich mal vorbei. Danke." Als Ritter am Tresen des Polizeireviers stand, lächelte ihn Schäufele freundlich an. Er lächelte freundlich zurück und schaute dann geistesabwesend an den anderen Tisch, an dem Franziska Leitle immer gesessen hatte. Ritter sah sie für einen kurzen Moment klar und deutlich vor sich. Dann beförderte ihn Schäufele zurück in die Gegenwart.

„Hier isch ihr Uhr." Er reichte ihm den Pappkarton über den Tresen. „Oh, vielen Dank. Echt nett von ihnen. Wieviel bekommen sie von mir?" „Vierzig." Ritter gab ihm das Geld und fragte anschließend: „Wie war ihr Wochenende zu Hause am Titisee?" „Super Wetter. Ich war auf der Jagd. Fast zwei Tage im Wald. Herrlich." „Haben sie auch was geschossen?" „Ja, einen Hirsch. Da war mein Vater anschließend ganz stolz auf mich." „Das glaube ich ihnen gerne", antwortete Ritter und stieg anschließend mit seiner Kuckuksuhr wieder die vielen Treppen der Himmelsleiter nach oben zur Wohnung. Längst musste er mit diesem Aufstieg nicht mehr so kämpfen, als noch drei Wochen zuvor.

Wie lange waren sie jetzt eigentlich schon hier? Er rechnete nach. Am Donnerstag sind es genau vier Wochen. Und was hatten sie erreicht? Nichts! Absolut nichts! Sie drehten sich so dermaßen im Kreis. Unfassbar! Er musste sich jetzt dringend etwas überlegen. So konnte es nicht weitergehen.

Und wem sollte er nur die Kuckucksuhr schenken? Seine Mutter hatte ja gerade erst im März Geburtstag gehabt, und sie mochte absolut keine Kuckuksuhren. Ritter schlief unruhig und wachte mehrfach auf. Er träumte von Paula Rose, aber auch von Kai Fischer und Kommissar Hoffmann.

Dienstag, 6. Mai 2014

Probst und Wagner saßen bereits auf der Terrasse, als Ritter gegen neun Uhr frisch geduscht ins Wohnzimmer kam. Ritter setzte sich dazu, nachdem er sich in der Küche einen Kaffee besorgt hatte. Es war auch heute bewölkt bei sechzehn Grad. Die Aussicht auf Wildbad und die umliegenden Hänge faszinierte ihn immer wieder aufs Neue.

Probst schoss gleich mal los: „Morgen Chef." „Morgen, Frau Mandy. Morgen, Wagner." Wagner nickte und sah in freundlich an, dann sagte Probst: „Der Drogentest bei Kai Fischer ergab, dass er absolut sauber ist." Ritter wollte sich gerade seine erste Zigarette des Tages anzünden, ließ es dann aber sein. Er stand wieder auf und wendete seinen Blick zurück auf die Natur. „Gut. Wissen wir wieder etwas mehr. Kai Fischer ist also nicht auf Drogen ausgetickt und selbst war er es auch nicht. Da bin ich mir sicher. Also bleibt nur noch die Möglichkeit, dass er jemanden beauftragt hatte, diesen Mord auszuführen. Fischer bleibt also trotzdem weiterhin im Spiel."

Genervt sagte Wagner: „Kresse, Schäufele, Mürrle und Fischer. Ich kann diese Namen bald nicht mehr hören. Die nerven alle total. Und Kresse und Schäufele rennen auch noch ständig in den Wald, wo wir ihre Spur verlieren. Einer der beiden war es, da leg ich mich jetzt fest."

Ritter und Probst sahen ihn erstaunt an. Wagner hatte heute morgen tatsächlich einen verzweifelten Gesichtsausdruck, was fast nie bei ihm vorkam. „Hey, Wagner. Chillen sie mal ihr Gemüt und...." Probst lachte lautstark los. Wagner musste auch schmunzeln. Dann ergänzte Ritter: „...und wir kriegen den Mörder. Keine Sorge. Dauert vielleicht dieses Mal etwas länger, aber ich fühle, dass der Showdown näher rückt." Probst sah zu Ritter, der sich wieder gesetzt hatte: „Hoffentlich. Ich habe auch langsam die Schnauze voll. Zum Glück ist das Essen hier so vorzüglich im Schwarzwald. Und die Landschaft ist auch mega."

Ritter überlegte kurz und sagte dann zu den beiden: „Es wäre gut, wenn ihr jetzt schnell zu Julia Mürrle fahren könntet. Fragt sie bitte, wie das mit der Eifersucht von Eberle war. Und auch, warum sie nicht auf der Beerdigung von Leitle war? Dann kommt ihr bitte gleich wieder zurück." Beide schauten ihn an und nickten. Probst stand auf und sagte zu Wagner: „Na dann los, Kevin." Kurz darauf waren sie unterwegs. Ritter nahm sein Handy und führte ein längeres Gespräch mit Walter Kiep, seinem Chef beim BKA. Anschließend rief er bei Kommissar Hoffmann an.

Gegen Mittag traf Hoffmann in Wildbad ein. Zehn Minuten später kamen auch Wagner und Probst zurück. Alle begrüßten sich freundlich und nahmen auf der riesigen Couch und den breiten Sesseln im Wohnzimmer Platz. Probst berichtete zunächst: „Es stimmt also tatsächlich. Das letzte Jahr in ihrer Beziehung, war Julian Eberle sehr eifersüchtig gewesen. Er war richtig anstrengend geworden, erzählte Julia Mürrle. Und die Beerdigung von Franziska Leitle hätte sie nervlich nicht überstanden, deshalb war sie lieber auf dem Revier geblieben." Hoffmann sah erstaunt zu ihr rüber: „Also war Mürrle permanent unter Druck. Sie muss wirklich sehr gelitten haben. Vielleicht so sehr, dass sie tatsächlich ausgerastet ist." „Yes", kam nur von Wagner.

Dann übernahm Ritter das Kommando: „Also Folgendes: Ich bekomme von Kiep für sämtliche unserer Verdächtigen jede Genehmigung, die wir für die Hausdurchsuchungen brauchen. Auch für Kresse. Wir können also ab jetzt loslegen und alle Verdächtigen auseinandernehmen. Deshalb wäre es gut, wenn wir jetzt einen Masterplan anlegen."

Alle schauten ihn erstaunt an, schließlich fragte Probst: „Und bei wem wollen wir anfangen?" Ritter sah zu ihr rüber: „Ich glaube, wir können es nur bei allen gleichzeitig durchführen. Denn sollten wir nur bei einem der Verdächtigen anfangen, erfahren es die anderen doch sofort und entsorgen dann die Pumpgun, falls wir ausversehen beim Falschen angefangen haben. Nein, wir müssen sie alle gleichzeitig durchsuchen."

Es entstand eine kleine Pause ehe Hoffmann dann fragte: „Und wen durchsuchen wir alles? Gehen wir sie durch. Schäufele: Kein Motiv, jede Menge Waffen. Er hat sich mit einem Waffenhändler in der Schweiz getroffen. Könnte also durchaus eine Pumpgun besitzen. Könnte sie aber auch am Titisee bei seinen Eltern oder sonst irgendwo im Wald versteckt haben." Ritter ergänzte: „Kresse: Fades Motiv. War vielleicht in Eberle verliebt. Eventuell hat ihn Eberle erpresst. Könnte die Waffe ebenfalls irgendwo im Wald deponiert haben. Und Fischer? Der hatte ein Motiv. Eifersucht! Er hat mit Sicherheit keine Pumpgun in seinem Haus rumliegen. Niemals. Wenn Fischer wirklich damit zu tun hatte, dann hatte er sicherlich jemanden beauftragt. Einen Killer. Und Julia Mürrle? Hatte auch ein Motiv. Sie wollte endlich Ruhe in ihrem Kopf und in ihrem Leben. Könnte ausgetickt sein. Aber woher sollte sie eine Pumpgun haben? Und wo verstecken?" Anschließend sagte fast eine Minute keiner etwas, alle dachten nach.

Hoffmann reagierte schließlich: „Also wenn, dann durchsuchen wir sie alle gleichzeitig. Und dann auch das Haus der Eltern von Schäufele am Titisee gleich mit. Wann wollen wir das durchziehen?" Ritter rieb sich mit der Hand nachdenklich an seiner Stirn: „So schnell wie möglich und falls wir nichts finden, müssen wir anschließend knallhart observieren, denn spätestens dann muss einer der vier etwas unternehmen. Es sei denn, es war ein Killer, der angeheuert war." Probst sah ebenfalls nachdenklich aus und Wagner immer noch etwas genervt, aber dann sagte er: „Ganz schön riskant, denn sollten wir nichts finden, kriegen wir den Mörder vielleicht niemals. Und das war es dann!" Erneut entstand eine längere Gesprächspause.

Ritter presste seine Lippen fest zusammen. Das tat er äußerst selten. Eigentlich nur, wenn er wusste, dass es heikel werden würde. Sollte er jetzt alles riskieren oder Geduld bewahren? Er schwankte in seiner Entscheidung und bemerkte unsicher: „Die Frage ist ja, ob wir ohne diese Aktion weiterkommen? Kommt noch von irgendwoher irgendeine Information, die uns nützlich wäre? Nein, kommt nicht! Also stürmen wir. Alles oder nichts!"

Die anderen schauten ihn an und konnten dabei deutlich an seinem Gesichtsausdruck sehen, dass er nicht sehr glücklich mit dieser Entscheidung war. „Und wann?" fragte Probst. „Das muss ich mir noch überlegen. Außerdem müssen wir es gut planen, ohne dass etwas vorher durchsickert. Und bis dahin versuchen wir eben doch noch etwas herauszufinden. Jeder von uns. Hoffen wir auf ein Wunder."

Alle nickten und Hoffmann sagte: „Wir werden Verstärkung brauchen. Und wir müssen es mit den Kollegen aus Freiburg koordinieren. Die sind zuständig für die Region am Titisee." Probst ergänzte:

„Und wir müssen sehr gute Teams für die anschließende Observierung zusammenstellen. Das ist sogar das Wichtigste für mich."
„Stimmt. Sehr gut, Frau Mandy."

Ritter lockerte sich wieder etwas, denn er war doch ziemlich angespannt gewesen. Überraschend klingelte Ritters Handy. Das Wunder? Er ging ran und sprach überhaupt nicht, denn er bekam offensichtlich etwas erzählt. Und es musste spannend und informativ sein.

Nach drei Minuten beendete er das Gespräch und sah die anderen an: „Das war gerade mein Cousin Martin aus Karlsruhe. Einer seiner Kollegen hat ihm berichtet, dass Kai Fischer 2009 im Zusammenhang mit einem Italiener namens Giuseppe Fatali aufgetaucht sei. Die Kripo Karlsruhe hat gegen den Italiener damals wegen Drogen ermittelt und auch ein Jahr später mit zehn Kilo Kokain verhaftet. Ein weiteres Jahr später gelang Fatali die Flucht aus dem Knast, und er wurde nie mehr gesehen." „Unfassbar", stammelte Hoffmann. „Ja, da fragen wir uns jetzt natürlich, was Fischer damals in Karlsruhe zu tun hatte? Karlsruhe liegt ja schließlich außerhalb seiner Zuständigkeit. Hat er bei diesem Giuseppe Fatali etwa einen Killer angeheuert? Und wir fragen uns, ob gegen ihn ermittelt wurde? Und wie und warum?" Hoffmann fragte: „Also erstmal doch keine Durchsuchungen?" Und wieder entstand eine längere Pause.

Ritter quälte sich ein zweites Mal an diesem Tag mit einer schwierigen Entscheidung. Erneut schwankte er hin und her. Er verkrampfte wieder etwas. „Wir versuchen jetzt herauszufinden, was damals in Karlsruhe lief. Wenn wir mehr Informationen dazu haben, verhören wir Kai Fischer. Trotzdem planen wir parallel unsere Mission „Kurpark". Denn so nennen wir ab jetzt diesen Einsatz."

„Mission Kurpark?", fragte Probst entsetzt. Wagner lachte laut los. Ritter sah die beiden mit einem naiven Gesichtsausdruck an und sagte: „Ja, genau. Mission Kurpark." „Okay. Why not?", grinste Probst.

Die Beamten besprachen noch zwei weitere Stunden, wie sie vorgehen würden. Anschließend fuhr Hoffmann zurück nach Calw und das Ritter Team ging zu Döner Kemal in der Innenstadt. Sie hatten alle mächtig Hunger bekommen und +ein wenig Bewegung schadete schließlich auch nicht. Frische Luft. Freie Gedanken. Der Döner war wirklich gut, aber natürlich zwei Euro teurer als in Berlin. Anschließend gingen Wagner und Probst zurück ins Haus, um mit den Forschungen über Kai Fischers Aktion 2009 in Karlsruhe zu beginnen. Rätsel stieg auch mit ein, sie wurde von Probst informiert.

Ritter ging mal wieder in den Kurpark. Mission Kurpark! Er musste kurz lachen. *Zum Glück kann ich noch über mich selbst lachen*, dachte er sich. Ritter schlenderte gemächlich am Fluss entlang. Das Plätschern beruhigte ihn augenblicklich und schon begaben sich seine Gedanken auf die Reise. Würde er hier in Wildbad dieses Mal grandios scheitern? Er hatte sich ja schließlich schon im Wald am Titisee wie ein Vollidiot benommen. Und nun auch noch die Mission Kurpark. Und wenn das auch danebengehen würde? Sein Selbstvertrauen war auch irgendwie verschwunden. Wann ist das eigentlich passiert? Er verlor sich in seinen Gedanken.

Eine Fahrradklingel holte ihn zurück in den Park. Er ging etwas zur Seite und ein rüstiger Rentner mit schwarzem Hut fuhr an ihm vorbei und hob grüßend seinen Arm. Ritter winkte zurück, was der alte Mann allerdings nicht mehr sehen konnte.

Auf dem Rückweg besuchte Ritter erneut Monika Eberle in ihrem Kosmetikstudio. Die sah nicht begeistert aus, als sie ihn erblickte. „Tut mir leid, dass ich schon wieder hier bin. Ich habe nur eine Frage: Ist ihr Sohn des Öfteren mit seinem Chef zusammen Mountainbike gefahren?" „Ja, das ist er. Warum? Ist der Kresse etwa verdächtig?" „Nein, auf keinen Fall. Der Kresse doch nicht. Ist mir nur gerade so eingefallen. Vielleicht ist es ja völlig unwichtig. Schönen Tag noch Frau Eberle." Monika Eberle sah ihm verständnislos hinterher, als er das kleine Studio wieder verließ.

Wieder einmal musste er die vielen Stufen der Himmelsleiter nach oben steigen. In seinem Kopf rauschte es mächtig. So musste es sich wohl anfühlen, kurz bevor man den Verstand verliert. Kresse. Mürrle. Fischer. Killer. Kresse. Mürrle. Schäufele. Schäufele war, wie schon vor vier Jahren, wieder einmal aus dem Fokus gerückt. Aber nicht wirklich, denn er hatte auf jeden Fall etwas damit zu tun. Vielleicht hat er die Pumpgun ja auch einem der anderen besorgt. Dann hätte er aber die ganze Zeit gewusst, wer der Mörder von Eberle ist. Oh, Mann. Ritter bekam langsam richtig schlechte Laune. Als er in der Wohnung angekommen war, ließ er sich auf die Couch fallen und legte sich quer.

Probst und Wagner saßen auf der Terrasse, und er konnte hören, in welch rasender Geschwindigkeit ihre Finger über die Tastaturen ihrer Computer hinwegfegten. Das freute Ritter und er setzte sich wieder auf. Seine jungen Mitarbeiter gaben nicht auf. Sie kämpften weiter, um neue Informationen zu erhalten. Ritter war in diesem Augenblick richtig stolz auf die beiden, und er sollte gefälligst auch weiterkämpfen.

Am Abend aßen sie noch belegte Brote und tranken dazu Grünen Tee mit Ingwer. Trotz aller Schwierigkeiten war es ein lockeres Abendessen, bei dem sogar gelacht wurde.

Auch in dieser Nacht schlief Ritter unruhig.

Mittwoch, 7. Mai 2014

Der Regen prasselte auf das Hausdach an diesem Morgen, und Ritter fühlte sich ziemlich unmotiviert heute. Woher schon wieder die Kraft nehmen, um alles zu überdenken? Im Wohnzimmer saß nur Probst und trank bereits Kaffee. „Morgen, Chef. Ihre gewaschenen Klamotten liegen im Bad. Können sie mitnehmen, denn ich bringe sie nicht in ihr Zimmer." „Oh, vielen Dank Frau Mandy. Das ist sehr nett. Haben sie gut geschlafen?" „Geht so. Nervt mich alles langsam." „Ja klar, mich auch. Dann setzen wir jetzt eben alles auf eine Karte. Die Mission Kurpark." Probst musste augenblicklich herzhaft lachen. „So ein bescheuerter Name für eine Mission kann auch nur ihnen einfallen. Aber ja, geben wir halt auf gut Glück Vollgas."

Dreißig Minuten später kam Wagner aus seinem Zimmer. Seine wilden Locken standen in alle Richtungen ab. Freundlich begrüßte er seine Kollegen: „Guten Morgen. Heute wird ein guter Tag." Schnell ging er in die Küche, um sich einen Kaffee zu holen. Ritter und Probst sahen ihn verwundert an, als er ins Wohnzimmer zurückkam. Ritter fragte ihn: „Haben sie etwa gute Nachrichten für uns?" „Nein, leider nicht. Trotzdem wird heute ein guter Tag." „Okay, klar Wagner. Das glaube ich auch."

Die zwei Männer gingen auf die Terrasse. Probst ging mit. Es hatte gerade aufgehört zu regnen. Das Thermometer zeigte nur dreizehn Grad an. Nachdem sich Wagner seine Zigarette angezündet hatte, sagte er: „Es gibt zu diesem Fall in Karlsruhe keine Unterlagen.

Alle verschwunden. Fischer muss also einen Verbündeten in Karlsruhe haben." Ritter verdrehte genervt die Augen: „Oh Mann ey. Geht heute gerade so weiter. Mir reicht es." Entschlossen nahm Ritter sein Telefon und sagte nach einigen Sekunden: „Ja, hallo Fischer. Ritter hier. Hören sie mal zu, ich weiß genau, dass sie sich 2009 mit Giuseppe Fatali in Karlsruhe getroffen haben. Ich weiß natürlich nicht warum, aber ich vermute mal, um einen Killer anzuheuern, der dann den Eberle wegballern sollte. Das glaube ich. Und ab jetzt werde ich sie genau beobachten und intensiv gegen sie ermitteln." Er beendete das Gespräch und bemerkte: „So. Weiter geht's. Jetzt wird aufgeräumt und provoziert." Optimistisch und fröhlich sah er in die Runde.

Probst sah derweil entsetzt auf ihr Handy und legte es dann fast wie paralysiert auf den Tisch. Ritter sah sie erstaunt an. Bevor er etwas sagen konnte, summte sein eigenes Handy. SMS von Rätsel: *„Probst wird von Fischer erpresst. Er hat ihr ein Foto geschickt, auf dem zu sehen ist, wie sie Julia Mürrle im Arm hält und auf die Wange küsst. Er schrieb ihr, dass es eine tolle BILD-Schlagzeile geben würde: BKA-Lesbe im Einsatz! Moni."*

Ritter sah zu Probst, und die zu ihm. Er fragte: „Und jetzt? Hat Fischer gesagt, ob er sie treffen will?" „Woher wissen sie das?" „Von Rätsel natürlich. Die passt auf uns auf. Also, was geht?" „Fischer will wissen, ob ich die Fotos haben möchte, oder ob er sie allen zeigen soll." Wagner sah die beiden verstört an. Probst gab ihr Handy rüber zu Wagner. Ritter fragte: „Haben sie ihm schon geantwortet?" „Nein, wann denn? Die SMS kam doch erst kurz nachdem sie mit ihm telefoniert haben." „Okay. Okay. Und wie kommt er an dieses Foto?" „Das mit dem Kuss ist peinlich. Ich wollte sie halt trösten, Mann. Es muss beim zweiten Besuch passiert sein." „Und warum haben sie den Fischer nicht bemerkt, Wagner? Nun gut, ich kenne die Antwort bereits. Sie haben gespielt, stimmt´s?" Wagner nickte betreten mit seinem Lockenkopf. Ritter sagte zu Probst: „Schreiben sie ihm zurück. Sie wollen, dass er die Fotos löschen soll, und was er dafür möchte." Wagner gab ihr das Handy zurück, Probst tippte sofort los. Es kam aber erst einmal keine Antwort.

Ritter versuchte, sie zu beruhigen: „Sie haben alles richtig gemacht Frau Mandy. Fischer hatte einfach nur Glück, genau in diesem Augenblick da zu sein. Aber Wagner hätte ihn natürlich bemerken müssen. Mensch, Wagner." Der schaute betreten. „Schon gut. Echt überhaupt kein Problem. Im Gegenteil, ich bin sehr stolz auf euch. Das könnt ihr mir wirklich glauben. Ohne Euch würde ich hier alleine doch niemals Land sehen." Beide strahlten. Er fuhr fort: „Nun, warten wir erst einmal ab, was der Fischer so vorhat. Da bin ich echt gespannt. So, und jetzt gehe ich mal schnell zu Kresse. Streit anfangen, ha, ha, ha."

Wagner und Probst sahen ihn nun erstaunt an. Ihr Chef war immer wieder für Überraschungen gut.

Fünfzehn Minuten später betraten sie alle zusammen das Revier in Wildbad. Probst und Wagner hatten sich spontan entschieden mitzukommen. Teamwork! Als die drei BKA-Beamten das Chefbüro unaufgefordert betraten, sah Kresse überrascht auf und erhob sich zackig. „Oh, das BKA kommt mal wieder zu Besuch. Die totalen Nichts-Checker! Ja! Nichts-Checker, das seid ihr."

Ritter musste lautstark lachen und sagte schließlich: „Beruhigen sie sich doch Kresse. Erzählen sie uns doch lieber mal, wie es war, als sie den Eberle damals gefickt haben?" Kresse, der sich gerade hingesetzt hatte, riss die Augen auf und schoss ruckartig wieder hoch. „Was haben sie da gerade gesagt, Ritter?" „Entschuldigung. Ist mir einfach so rausgerutscht. Entschuldigung nochmal und jetzt setzen sie sich ganz ruhig hin, und erzählen mir von ihrer Freundschaft mit Eberle. Schließlich sind sie mehrfach zusammen Mountainbike gefahren. Das hatten sie uns ja verschwiegen."

Die Stimmung im Raum war hochexplosiv. Niemand sagte etwas und ganz langsam, fast in Zeitlupe, setzte sich Kresse wieder in seinen Chefsessel hinter seinem viel zu großen Schreibtisch. Die drei vom BKA saßen auf den Plastikstühlen davor. Auch Ritter hatte sich ganz langsam gesetzt. „War Julian Eberle ein Freund für sie?" Die tiefe Stimme von Kresse erfüllte fast den ganzen Raum: „Ja, er war ein Freund für mich, sogar ein guter Freund. Wir fuhren oft zusammen Bike. Manchmal waren wir anschließend bei mir und tranken ein Bier. Das ist alles."

Ritter ließ wieder eine längere Pause entstehen. „Okay, das war alles. Aber der Eberle sah doch richtig gut aus. Ein super Typ, gut gebaut. Und laut Zeugenaussagen sind sie ja homosexuell. Hat sie dieser junge, große Mann nicht auch sexuell erregt?" Kresse nahm eine hellrote Gesichtsfarbe an. Es dauerte ewig, bis er antwortete: „Ja, mag sein. Ja, er sah klasse aus. Ich habe es mir ein paar Mal in meiner Fantasie ausgemalt, wie es mit ihm wohl wäre. Es blieb leider ein Traum."

Ritter ließ erneut eine kurze Pause entstehen. „Aber der Traum war nun sehr nahe. Dann aber kommt Julia Mürrle zurück, und ihr neuer, guter Freund hatte keine Zeit mehr für sie. Der Traum rückte unerwartet in weite Ferne." „Ja. Korrekt. Und?" „Na ja, das hat doch bestimmt auch einem harten Hund wie ihnen weh getan. Oder nicht? Ich habe doch gesehen, wie sehr sie der Tod von Leitle mitgenommen hat. Und trotzdem. Irgendetwas stimmt nicht, ist nicht schlüssig!" Kresse sah ihn nun verstört an. „Haben sie ihn geliebt?" Kresse riss die Augen auf, um nach einer Weile ganz leise zu antworten: „Ja, das habe ich." Dann seufzte er tief und erschöpft. „Dann haben sie ihn nicht umgebracht. Danke, Kresse. Jetzt habe ich einen Verdächtigen weniger. Tut mir leid, aber mit ihnen kann man ja nicht anders umgehen."

Anschließend gingen sie endlich mal wieder in den *Wildbader Hof*. Endlich mal wieder lecker Käsespätzle zum Mittagessen. Als sie am Tisch saßen und bestellt hatten, sagte Probst: „Sie hätten bei Kresse weitergehen können." Ritter sah sie an: „Ja klar. Aber wenn ich ihn gefragt hätte, ob der Eberle ihn erpresst hat, hätte er den Braten gerochen. Und er hätte die Waffe sofort entsorgt. Jetzt in diesem Moment. Macht er aber nicht, oder?" Probst wischte sofort auf ihrem Smartphone rum. „Nein, er ist immer noch im Revier." Ritter schmunzelte: „Im Gegenteil, er fühlt sich jetzt absolut sicher. Jetzt, wo er doch so sehr ausgepackt hat. Falls es Kresse überhaupt war. Ich glaube es ja nicht so wirklich. Aber sie Wagner, stimmt´s?" Wagner nickte: „Er ist ein Assi-Typ. Ich mag ihn halt nicht. Aber vielleicht war er es tatsächlich nicht."

Probst schritt energisch ein: „Also jetzt mal. Kresse und Eberle hatten im letzten Jahr vor seinem Tod ständig Streit. Das hat der Schäufele erzählt. Eberle könnte ihn durchaus erpresst haben. Und deshalb bleibt Kresse auch ganz oben. Top of the list." Ritter lächelte zur ihr rüber: „Genau so ist es. Hat sich der Fischer immer noch nicht gemeldet?" „Nee, nichts."

Wieder einmal servierte der Chef des Hauses selbst und wünschte guten Appetit. Nach den ersten, leckeren Happen bemerkte Ritter:

„Der Kresse hat den Eberle geliebt. Der Eberle hat die Mürrle geliebt. Der Fischer hat die Mürrle geliebt. Die Mürrle hat den Eberle und den Fischer geliebt. Der Becker hat die Leitle geliebt. Nur Schäufele liebt niemand. Zumindest wissen wir es nicht. Das ist doch zum Irre werden hier." Wagner pflichtete ihm bei: „Alle sind miteinander verstrickt. Mein Gott. Das ist ja wirklich irre. Jeder von denen könnte die Nerven verloren haben, außer Schäufele. Der knallt lieber Tiere im Wald ab, was ja auch nicht gerade toll ist."

Ritter stöhnte auf: „Also haben wir nur noch die Mission Kurpark." Probst und Wagner mussten sofort wieder lachen. Klar, bei diesem Missionsnamen. Ritter hatte es geahnt und lachte mit. Seine jungen Mitarbeiter hatten tatsächlich Galgenhumor entwickelt. Die Aussicht auf eine Lösung dieser Geschichte lag nämlich Lichtjahre entfernt. Oder etwa doch ganz in der Nähe? Ritter sagte: „Wir bereiten jetzt diese Aktion vor. Und zwar professionell und perfekt. Wir durchsuchen fünf Häuser, beziehungsweise Wohnungen, gleichzeitig. Und wie Frau Mandy ja schon gesagt hat, ist die anschließende Observierung das absolut Wichtigste."

Probst nickte energisch: „Yes! Bereiten wir den Einsatz vor. Wann ist denn ein günstiger Zeitpunkt, die Mission durchzuführen?" Ritter überlegte und genoss seine letzte Gabel der vorzüglichen Mahlzeit. „Ich will es perfekt haben. Nächsten Dienstag. Davor machen wir kurz frei, denn wir sind alle von diesem Fall genervt. Wir sollten uns also kurz ausruhen, frisch und stark zurückkommen und hier endlich aufräumen. Morgen besprechen wir mit Hoffmann in Calw den Einsatz". Ritter schaute zu Probst: „Sagen sie ihm bitte Bescheid. Und dann fliegen wir beide zurück nach Hause. Buchen sie uns bitte zwei Flüge für morgen Abend nach Berlin und dann Montagfrüh zurück." Probst strahlte ihn an. „Und sie, Wagner, können nach Freiburg abrauschen." Wagner schien auch augenblicklich relaxt zu sein. In diesem Augenblick vibrierte das Handy von Probst und sie nahm es reflexartig vom Tisch. „Fischer will mich heute Abend um zwanzig Uhr an einem Ort namens Charlottenhöhe treffen. Ich soll alleine kommen, sonst drückt er sofort auf den sent button." Ritter fragte: „Okay, wo ist diese Charlottenhöhe?"

Wagner antwortete nach einigen Sekunden: „Mitten im Wald. Von Höfen führt eine kleine Straße in den Wald hoch. Man kann aber auch von Schömberg hinlaufen." Er wischte auf seinem Handy. „War früher ein Sanatorium für Lungenkranke. Die ganzen Gebäude dieser Anlage verfallen aber langsam, da sich der Besitzer nicht darum kümmert. Es kommen inzwischen auch Geisterjäger und andere Verrückte zu diesem Ort. Auch Jugendliche treiben sich da ab und zu nachts herum und machen Videos. Sieht etwas unheimlich aus."

Wagner drehte sein Handy so, das die beiden anderen die Bilder sehen konnten. Ritter runzelte die Stirn. „Warum denn nun an so einem merkwürdigen, mystischen Ort? Was soll das denn jetzt? Egal. Ich gehe ein paar Stunden vorher hin, und wenn sie ihn dann treffen, bin ich bereits um die Ecke. Wenn er seine Forderungen gestellt hat, komme ich dazu und sage ihm, dass er seinen Polizeidienst quittieren kann, wenn er die Fotos nicht löscht. Ich erzähle ihm von meinem Zeugen und das war es dann. Ganz easy. Fotos gegen Job. Seine Karriere ruinieren wir ihm erst, nachdem wir den Fall gelöst haben."

Probst wirkte erleichtert. Und Wagner bemerkte resolut: „Und ich überwache Kai Fischer, und nicht er uns. Damit wissen sie immer genau, wo er ist, Chef." „Ja, so machen wir es. Und jetzt zurück ins

Haus." Ritter hatte das Mittagessen beendet.

Zurück im Wohnzimmer breitete sich eine knisternde und spannungsgeladene Stimmung aus. Gegen siebzehn Uhr fuhr Ritter mit dem Golf nach Schömberg. Von dort lief er den breiten, geteerten Weg durch den Wald. Es war der gleiche Weg, den er vor ein paar Wochen schon einmal mit Franziska Leitle gelaufen war. Er musste an sie denken, was ihn doch ziemlich traurig stimmte. Nach einer guten halben Stunde Fußmarsch entdeckte er ein Holzschild am Wegesrand, das nach links zeigte, und auf dem Charlottenhöhe stand. Also bog er nach links auf einen kleinen Pfad ab, der steil nach unten durch den tiefen Wald führte. Als er das Gelände dieser Charlottenhöhe endlich erreicht hatte, schaute er sich zunächst einmal um. Es war niemand hier zu sehen.

Mitten im Wald diese riesige Anlage. Die großen Gebäude sahen eindrucksvoll, aber verfallen aus. Geplatzte Wasserrohre, eingeschlagene Fensterscheiben. Er konnte durch die offenen Fenster durchschauen und sah überall verlassene und leere Räume. Einige Hauseingänge waren mit Brettern zugenagelt und versperrt worden. Das ehemalige Gasthaus zur Charlottenhöhe war auch dem Verfall preisgegeben. Alles totally rotten. Es war wirklich etwas gruselig hier. Eigentlich eine perfekte Filmkulisse. Warum will Fischer denn unbedingt hier ein Treffen mit Probst?, fragte er sich und sah sich weiter um. Ritter entdeckte den ehemaligen Parkplatz und suchte sich bereits einen guten Platz für später, um alles beobachten zu können.

SMS von Wagner: *Fischer ist auf dem Weg und in knapp zehn Minuten bei ihnen.* Kurz vor zwanzig Uhr konnte Ritter bereits aus der Ferne das Motorengeräusch des 911er Porsche hören. Kai Fischer kam angefahren und parkte. Er blieb zunächst im Wagen sitzen und telefonierte wohl noch, doch dann stieg er aus und streckte sich. Locker lehnte er sich an seinen Wagen und schaute dabei auf sein Handy. Es war bereits etwas dunkler hier im Wald geworden, aber das große Gelände bot noch genügend Lichteinfall. Kurz danach kam Probst mit dem schwarzen BMW angefahren und parkte neben Fischers Wagen. Langsam stieg sie aus und ging ein paar Schritte auf ihn zu. Ritter konnte alles sehen und hören, er war nahe dran, denn er stand hinter einem kleinen, ehemaligen Empfangshäuschen.

Probst stand Fischer nun genau gegenüber und begann das Theater: „Was kann ich tun, damit sie die Fotos wieder löschen?" Fischer grinste sie fies an: „Ich wollte es schon immer mal mit einer Lesbe treiben. Also zieh deine Hose aus und dreh dich um, du Schlampe."

Probst schoss innerhalb einer Zehntelsekunde mit dem rechten gestreckten Fuß nach oben und traf Fischer hart am Kinn und im Gesicht. Der war völlig überrascht und taumelte nach diesem heftigen Tritt ein paar Schritte zurück und versuchte dabei verzweifelt, sein Gleichgewicht wieder zu erlangen. Probst setzte nach, blieb dran und schlug ihm nun mit gestrecktem Arm die Faust zweimal blitzschnell ins Gesicht. Fischer verlor endgültig sein Gleichgewicht und fiel auf den Rücken. In Sekundenschnelle saß Probst auf ihm und drückte ihren rechten Unterarm an seinen Hals. Fischer konnte sich nicht mehr rühren. Ritter ließ sie gewähren, kam aus seinem Versteck und lief auf die beiden zu. Nachdem er sie erreicht hatte, ging er in die Knie und nahm Fischers Handy aus dessen Jackentasche. Fischer lief Blut aus seiner wohl gebrochenen Nase. Ritter stand wieder auf. Probst auch. Plötzlich drehte sie sich wieder ruckartig um und trat hart und schnell ihren Fuß in die Rippen des immer noch am Boden liegenden Fischers. Der schrie schmerzerfüllt auf.

Ritter schrie sie an: „Probst! Es reicht!" Sie schaute überrascht zu Ritter, der sie noch nie Probst genannt oder angeschrien hatte. Und sie bemerkte, wie er sie am rechten Arm packte und von Fischer wegzog. Dann gab er Probst das Handy: „Hier. Löschen sie die Fotos." Fischer lag weiterhin am Boden, stöhnte laut und wimmerte. Als Probst die Fotos gelöscht hatte, warf sie das Handy auf Fischers Brust. „Hier, du Spacko", sagte sie laut und energisch. Dann verließen die beiden schnell das Gelände und fuhren nach Schömberg, um den Golf zu holen.

Am späten Abend saßen sie wieder alle im Wohnzimmer und verzehrten die mitgebrachten Wiener Schnitzel, dazu köstlicher Kartoffelsalat. Dabei erzählten sie Wagner von ihrem Abenteuer auf der Charlottenhöhe. Probst rieb sich die rechte Hand. Sie schmerzte offensichtlich, aber sie hatte ja auch heftig zugeschlagen. Was für eine Aufregung! „Endlich mal Action", grinste Probst etwas gequält.

Wagner bemerkte: „Und was sollte das Ganze nun? Ist der Fischer eigentlich völlig irre geworden, oder was? Kapiere ich nicht. Na ja, vielleicht hat er jetzt mal eine Lektion in seinem Leben gelernt. Ich hoffe, sie ruinieren wirklich seine Karriere, Chef." Er sah erwartungsvoll zu Ritter. „Das werde ich mit Sicherheit tun, keine Sorge Wagner." „Dann ist ja gut." „Ja Frau Mandy, und ich wusste gar nicht, dass sie Kampfsport betreiben." Probst setzte einen geheimnisvollen Blick auf: „Sie wissen so vieles nicht, Chef." Grinsend fragte er sie: „Und wann trainieren sie?" „Jeden Morgen vor dem Frühstück. Immer eine Stunde." Ritter war beeindruckt.

Donnerstag, 8. Mai 2014

Nach einem kurzen Frühstück packte das Ritter-Team die Taschen. Danach fuhren sie mit den beiden Autos nach Calw zu Kommissar Hoffmann. Es wurde eine lange Besprechung, denn sie begannen nun konkret, die Mission Kurpark zu planen. Dabei sprachen sie auch mit den Beamten in Freiburg. Die Kollegen in Calw würde Hoffmann erst kurz vor der Mission nächsten Dienstag instruieren. Gegen zwölf Uhr fuhren sie gemeinsam in die Innenstadt. Das Bistro *Maultäschle* war ihr Ziel und dort genossen sie Maultaschen in allen Variationen. Die Stimmung war zwar leicht angespannt, aber gleichzeitig auch fröhlich. Die Ermittler hofften wohl, dass es endlich einen Durchbruch geben könnte. Die Berliner erzählten Hoffmann allerdings nichts von der Szene mit Probst und Fischer gestern Abend.

Am Nachmittag saßen sie dann wieder einige Stunden bei Hoffmann und erstellten Listen mit möglichen in Frage kommenden Teams für die so wichtige Observierung. Immer wieder setzten sie die Teams neu zusammen. Gegen siebzehn Uhr beendeten die Beamten ihren Arbeitstag. Wagner fuhr mit dem BMW nach Freiburg. Ritter und Probst an den Flughafen in Stuttgart und eine Stunde später flogen sie zurück nach Berlin. In Tegel nahm Ritter wieder den Bus in den Wedding, während Probst mit einem Taxi davonbrauste.

Ritter betrat gegen einundzwanzig Uhr seine Wohnung, und es war ähnlich wie bei seinem letzten Heimatbesuch. Traurig und verlassen, dazu ein leerer Kühlschrank. Deshalb ging er noch schnell eine

Pizza und Getränke besorgen, und nachdem Ritter gegessen hatte, klingelte er an der Tür seines neuen Nachbarn.

Yüksel öffnete und sah ihn freundlich an. „Hey Superbulle. Wie geht's dir? Alles nice? Bin gleich zurück, hol nur deine Post." Yüksel gab Ritter die Briefumschläge, und Ritter gab ihm den Pappkarton mit der Kuckucksuhr. „Ich habe ein Geschenk für Dich dabei. Ganz exklusiv aus dem Schwarzwald." Yüksel nahm den Karton und schaute sich die abgebildete Kuckucks Uhr auf dem Karton an. Er grinste zu Ritter: „Isch kann sowas nicht brauchen, aber mein Opa liebt diese komischen Uhren mit dem Vogel da. Dem schenke ich die. Der wird sich krass freuen, Digga. Escht mal, danke hey." Lustiger Genosse, dachte sich Ritter, als er wieder seine Tür geschlossen hatte. Sagen die jetzt hier das Hamburger „Digga" statt „Alda"? Diese Jugendsprache!

Am späten Abend überzog er noch sein Bett frisch und nahm sich Zeit, auch mal wieder in der Badewanne zu sitzen, um sich zu erholen. Was sollte er eigentlich in den nächsten Tagen unternehmen? Er hätte vielleicht doch lieber in Wildbad bleiben sollen, andererseits war auch mal Abschalten angesagt. Fest und tief schlief Ritter anschließend satte zehn Stunden.

Freitag, 9. Mai 2014

Ritter hatte keinen wirklichen Freizeitplan, und so fuhr er nach dem Frühstück in der *Lichtburg* direkt nach Steglitz ins Büro. Als Rätsel hörte, dass jemand am Türschloss zugange war, stand sie auf und lief Richtung Flur. Ritter kam ihr geradewegs entgegen, und sie jauchzte laut: „Mäxi Päxi. Ditt iss ja schön. Komm ran." Dann drückte sie ihn wieder fest und schlang ihre Arme um ihn, als wolle sie ihn nie wieder loslassen. Tat sie aber nach einigen Sekunden. „Soll ick dir einen Kaffee machen?" „Oh ja Moni, das wäre super. Und sonst so? Was geht ab?" „Nüscht. Alles zäh hier. Wie ging die Geschichte mit Probst und Fischer weiter? Erzähl ma." Ritter erzählte ihr die ganze Geschichte. Monika Rätsel schmunzelte und sagte: „Jut so. Probst ist klasse, obwohl sie ab und zu wie ein Vorgesetzter mit mir spricht. Aber das macht mir nichts aus, im Gegenteil, es zeigt ja deutlich, dass sie zu mehr berufen ist."

Rätsel lächelte ihn fröhlich an. Ritter saß inzwischen am Küchentisch und freute sich einfach nur, bei Rätsel zu sein. Er fragte sie: „Was machste am Wochenende? Haste Lust, mit mir Essen zu gehen? Ich würde dich gerne einladen." „Echt jetzt? Supi. Bin dabei. Ansonsten hab ick nichts vor. Kannst gerne bei mir pennen, wenn du willst."

Sie grinste ihn jetzt schelmisch an, er zurück, denn es war genau die Antwort, die er sich erhofft hatte. Und so zog Ritter noch am frühen Abend bei Rätsel in Friedrichshain ein. Sie schaute noch etwas Fernsehen, während er zum tausendsten Mal seine Notizen durchging.

Samstag, 10. Mai 2014

Als Ritter um neun Uhr die Küche von Monika Rätsel betrat, saß die am Küchentisch und schaute gebannt auf ihren Laptop. Sie blickte kurz auf, als sie ihn reinkommen sah, und begrüßte ihn: „Morgen, Mäxi. Frische Schrippen und Kaffee sind bereits hier. Lass es dir schmecken." Sofort schaute sie wieder konzentriert in ihren Computer. „Morgen, Moni. Danke dir. Was ist los? Passiert etwas?" „Oh ja! Daniel Schäufele hat am Hotel Ochsen in Höfen sein Auto jeparkt und ist anschließend am Fluss entlanggelaufen. Genau bis zum Haus von Julia Mürrle. Dort steht er jetzt seit mehreren Minuten." „Waaasss? Was macht der da? Scheiße! Er beobachtet sie. Er liebt sie. Oh Mann! Und keiner von uns ist jetzt vor Ort. Das gibt's doch alles nicht." Ritter erregte sich heftig.

Rätsel erdete ihn aber sofort. „Na und? Schäufele beobachtet sie doch nur. Das würde er auch tun, wenn einer von euch da wäre. Er wird ihr ja schließlich nichts antun." Ritter nickte und beruhigte sich langsam wieder. Er rief bei Hoffmann an und berichtete ihm von dieser Neuigkeit. „Ich fahre sofort da hin. Melde mich wieder", war dessen schnelle Antwort.

Das kurze Gespräch war beendet und Ritter sah wieder zu Rätsel: „Ich kann das nicht mehr ertragen da. Jetzt kommt vielleicht noch eine neue Liebesgeschichte dazu. Es ist nicht zu fassen. Mir fehlen langsam die Worte. Oder ist Schäufele etwa ein Stalker?" Er biss in sein knackiges, mit Erdbeermarmelade bestrichenes Brötchen. Dazu trank er einen heißen Schluck des wunderbar duftenden Kaffees. Er fühlte sich schon wie zu Hause hier. Wohl und glücklich, er war jetzt wieder auf Normaltemperatur zurück. Rätsel sagte: „Also wenn olle Schäufele wirklich diese Mürrle da liebt, dann hätte er ja das Motiv überhaupt. Aber warum hat er dann nur den Eberle und nicht auch noch den Fischer wegjeballert? Versteh ick nich." „Er muss es ja nicht unbedingt gewesen sein, aber ab jetzt hat auch er ein Motiv. Und das ist absolut neu."

Nach dreißig Minuten rief Kommissar Hoffmann zurück: „Ich konnte ihn noch sehen. Schäufele stand am Fluss und beobachtete mit einem Fernglas das Haus von Julia Mürrle. Nach ein paar Minuten lief er zurück Richtung Hotel." „Okay, danke. Jetzt können sie ja mal darüber nachdenken, was diese Beobachtung für unsere Ermittlungen bedeutet. Ich werde dies natürlich auch tun. Wir dürften so gegen zwölf Uhr am Montag dann wieder bei ihnen eintrudeln. Schönes Wochenende Hoffmann."

Anschließend ging Ritter mit Rätsel auf den Wochenmarkt am Boxhagener Platz. Monika Rätsel bestimmte an jedem Stand, an dem sie etwas einkaufte, lautstark die Preise und diktierte die Mengen. Sie kannte wohl jeden der Verkäufer hier, und die sie wohl auch alle. Ritter amüsierte sich prächtig und schließlich genehmigten sie sich auf dem Markt noch eine Currywurst mit Pommes.

Fröhlich schleppten sie danach die Einkäufe in die Wohnung von Rätsel. „Ich koche uns lieber eine gesunde Gemüsesuppe und wir gehen besser morgen zusammen essen. Will nicht mehr raus heute, weeste?" „Okay, klar. Wie du möchtest. Ich bin hier der Urlaubsgast", antwortete Ritter und grinste sie fröhlich an. Rätsel freute sich.

Sonntag, 11. Mai 2014

Kevin Wagner verbrachte in Freiburg einen schönen Tag mit seiner Daniela. Der Computer war das ganze Wochenende aus. Seit er ihn besaß, hatte er das noch nie getan. Er brauchte dringend eine Pause und genoss die gemeinsamen Stunden. Er war glücklich.

Mandy Probst verbrachte einen schönen Tag mit ihren Eltern. Gemeinsam fuhren sie nach Prenzlau, um ihre Großeltern zu besuchen, und natürlich gab es Kaffee und Kuchen. Es wurde auch viel gelacht über die alten, guten Familiengeschichten. Endlich mal abschalten. Auch sie hatte ihren Computer bisher nicht eingeschaltet und schaute auch nicht auf ihr Handy. Sie war glücklich.

Monika Rätsel und Max Ritter verbrachten einen schönen Tag im Treptower Park und gingen anschließend in Friedrichshain bei einem Thai essen. Sie lachten viel zusammen und erzählten sich ein paar softe Geschichten aus ihrem Leben. Abends zog sich Rätsel den neuen Tatort rein, den Ritter wieder mal nicht bis zum Ende schaffte. Beide waren glücklich.

Montag, 12. Mai 2014

Ritter betrat den Warteraum am Gate in Tegel kurz vor neun Uhr. Probst saß bereits auf einem der harten Sitze und wischte auf ihrem Phone herum. Sie begrüßten sich freundlich und hatten gute Laune.

Als die Maschine abgehoben und sie bereits ein paar Minuten unterwegs waren, fragte Probst: „Und? Was haben sie so gemacht am Wochenende?" Ritter wurde etwas nervös. Was sollte er ihr nur erzählen? Er zögerte noch einen Moment, doch dann erzählte er Mandy Probst einfach seine ganze Geschichte. Alles von Aytin, Franziska Leitle, Paula Rose und auch von seinen beiden Wochenenden ohne Sex mit Monika Rätsel. Probst sah erstaunt zu ihm rüber: „Oha! Also da fehlen mir jetzt aber echt mal die Worte."
„Tja, das kann ich verstehen. Die fehlen mir ja selbst."

Die Stewardess servierte Getränke. Beide nahmen Kaffee und Wasser. Nach einem ersten Schluck Kaffee sagte Probst: „Na ja, das mit Aytin ist wirklich blöd gelaufen, es hätte ja vielleicht gepasst. Und mit Paula Rose? Sie könnten doch dort Urlaub machen, nachdem wir den Fall gelöst haben, um sie etwas besser kennenzulernen. Vielleicht ist es ja wirklich die Liebe ihres Lebens. Und sollte man da nicht wirklich sichergehen und es ausprobieren? Ich weiß es auch nicht. Ja, und sehr schön, dass unsere Frau Rätsel sie so gepflegt hat." Ritter musste lachen. „Ich war ja nicht krank." Dann lachten beide herzlich. „Aber Frau Mandy, nach diesem Abenteuer kann ich doch unmöglich dort Urlaub machen. Das geht nicht. Ich müsste doch die ganze Zeit an den Fall denken. An die ganzen Leute da und an Franziska Leitle. Nein, das geht nicht.

Nicht nach so einer Geschichte, von der wir ja noch nicht einmal wissen, wie sie enden wird. Ich müsste schon frei sein, um mit Paula Rose eine gute Zeit zu haben. Falls sie das überhaupt will." „Auch wieder wahr. Kann ich verstehen. Ich würde aber bei der Rose nicht lockerlassen." „Das bringt doch nichts. Ich sehe sie doch nie wieder, oder vielleicht zweimal im Jahr. Öfter komme ich doch nicht in diese Gegend. Okay, wechseln wir das Thema."

Probst schaute frech zu ihm rüber: „Immer, wenn es unangenehm wird, schwierig wird. Ja, ja. Geschenkt bekommt man aber meistens nichts im Leben." Erneut musste er lachen. „Das mit Rätsel können sie unserem Wagner gerne erzählen, aber die anderen Geschichten nicht unbedingt, bitte." Probst nickte und setzte einen vertrauenswürdigen Blick auf. Kurze Zeit später landete die Maschine auf dem Flughafen in Stuttgart.

Zwölf Uhr erreichten sie das Polizeirevier in Calw und betraten das Büro von Kommissar Hoffmann. Wagner saß bereits auf einem der Stühle. Hoffmann hinter seinem Schreibtisch. Alle begrüßten sich sehr freundlich und als alle mit Kaffee versorgt waren, begann Ritter: „Nun hat also der unsichtbare Herr Schäufele auch ein Motiv. Er beobachtet Julia Mürrle. Möglich also, dass er sie liebt. Keine Ahnung. Es ändert absolut nichts an unserer Mission. Wir ziehen das morgen durch. Oder sollen wir jetzt erst Schäufele schnell verhören?" Alle überlegten. Hoffmann antwortete: „Besser nicht. Können wir nach der Kurpark-Mission immer noch machen." „Stimmt", bestätigte ihn Ritter. Anschließend waren sie alle beschäftigt. Wagner tippte wild, Probst telefonierte mehrfach mit den Kollegen in Freiburg, es ging nun in die Feinabstimmung.

Gegen vierzehn Uhr bestellten sie Pizza, dann ging es weiter. Wieder wurde diskutiert, geplant und verworfen. Dabei waren alle sehr motiviert. Ritter und Wagner gingen zwischendurch mal zusammen eine Zigarette rauchen. Als die beiden draußen auf dem Hof standen, fragte Wagner: „Sind sie sich sicher, dass die Kurpark-Mission die richtige Wahl ist? Sollten wir nicht lieber ganz nah an Schäufele ran? Nur Schäufele überwachen?" Ritter brummte und seufzte schwer. Er gab Wagner keine Antwort. Als sie im Gang wieder Richtung Büro liefen, sagte er: „Ich weiß, dass es riskant ist. Aber meine Geduld ist am Ende, Wagner. Und deshalb schlage ich jetzt um mich."

Den ganzen Nachmittag arbeiteten sie weiter, letztlich waren sie zufrieden mit dem Ergebnis. Sie hatten alles perfekt geplant. Gegen siebzehn Uhr fuhr das Berliner Team durch den tiefen Wald wieder bergauf und anschließend bergab zurück nach Wildbad. Unterwegs besorgten sie noch ein paar Einkäufe.

Am Abend gab es belegte Brote, Obst und Pfefferminztee. Es lag Spannung in der Luft. Keiner sagte etwas, aber schließlich begann Ritter ganz ruhig: „Morgen ziehen wir also die Mission-Kurpark durch. Dabei könnte es natürlich passieren, dass wir nichts finden. Anschließend observieren wir ja schließlich. Wir können allerdings nicht ewig observieren und das weiß der Täter mit Sicherheit. Und wenn dann immer noch nichts passiert, nehmen wir uns Kai Fischer und Daniel Schäufele vor. Und zwar richtig. Das ist der Plan. Hoffentlich finden wir auf diesem Weg die Lösung. Einer von denen muss doch mal die Nerven verlieren. Oder wir sind völlig falsch unterwegs. Glaube ich aber nicht. Ich denke sogar, dass wir dem Täter bereits sehr viel nähergekommen sind, es aber selbst noch nicht sehen können."

Die beiden schauten ihn mit großen Augen an während er weitersprach: „Jetzt fragt ihr euch sicher, wie es weitergeht, wenn wir die Lösung nicht finden. In diesem Fall müssen wir in den sauren Apfel beißen und aufgeben. Wir werden es ja erleben." Das klang nicht sehr optimistisch für die jungen Mitarbeiter. Die schauten sich ratlos an.

Auch in dieser Nacht schlief Ritter unruhig. Er träumte erneut wild, alles durcheinander. Er sah Kresse mit Leitle knutschen und sich selbst mit Schäufele beim Mountainbikefahren. Sein Gehirn vermischte alles.

Dienstag, 13. Mai 2014

Nach einem sehr nahrhaften Müslifrühstück, erreichte Ritters Team um elf Uhr das Polizeirevier in Calw. Im großen Besprechungsraum saßen mindestens dreißig Beamte. Die Berliner nahmen auch Platz. Kommissar Hoffmann stand bereits vor den Mitarbeitern und begann die Besprechung. Er erklärte den Anwesenden die Mission Kurpark. Alle lauschten aufmerksam, es wurden kaum Zwischenfragen gestellt. Und wenn doch, wurden alle Fragen geduldig von ihm beantwortet. Er war ein sehr erfahrener Kriminalbeamter. Dann gab Hoffmann die Einteilung der Teams zu den Observierungen bekannt. Dazu wurden die Zeitpläne für die nächsten sieben Tage ausgeteilt. Denn so lange wollten sie die Verdächtigen auf jeden Fall observieren und das war nun mal ein verdammt langer Zeitraum. Schließlich waren die Erfolgschancen überhaupt nicht einzuschätzen. Ritter hatte ebenfalls zugehört und begann zu grübeln. Dieser riesige Aufwand da jetzt. Mit nur geringen Chancen auf Erfolg. Er zweifelte wieder stark an seinem Plan. Hätte er nicht einfach noch mehr Geduld haben müssen? Nicht so stürmisch sein? Aber irgendetwas musste ja nun endlich mal passieren.

Danach wurde in kleineren Gruppen weitere Details besprochen. Der Start der Mission Kurpark wurde auf siebzehn Uhr festgelegt. Zugriff dann achtzehn Uhr. Bis dahin hatten alle genügend Zeit, sich entsprechend vorzubereiten. Nett, aber bestimmt, telefonierte Probst noch einmal mit ein paar Beamten und Förstern in Freiburg und in Neustadt am Titisee. Sie mussten unbedingt auch den Vater und die Mutter von Schäufele nach der Hausdurchsuchung observieren. Speziell den Vater. Der konnte nämlich durchaus wissen, wo sein Sohn die Waffen deponiert hat. Oder was sein Junior sonst so treibt. Vater und Sohn gingen schließlich seit ewigen Zeiten zusammen auf die Jagd.

Gegen vierzehn Uhr wurde Pizza für alle anwesenden Beamten angeliefert. Die Stimmung war gelöst und locker. Kai Fischer war nicht anwesend, denn er hatte verordneten Urlaub dank zu vieler Überstunden. Er war laut Überwachung derzeit in der Gegend um Bad Liebenzell unterwegs. Überraschend rief Monika Rätsel bei Ritter an und berichtete ihm, dass Fischer gerade per SMS von einem Prepaidhandy vorgewarnt wurde. Fischer weiß also jetzt, dass sein Haus heute noch durchsucht wird. Wagner blockierte daraufhin sofort das Handy von Julia Mürrle. Fischer würde sie sicherlich warnen wollen.

Ritter berichtete den Beamten: „Ich weiß nicht, wer von ihnen den Kai Fischer benachrichtigt hat, aber es kann nur von hier kommen. Deshalb checken wir jetzt alle Handys im Raum."

Probst und Wagner hatten bereits die ersten Geräte überprüft, als Probst verkündete: „Hier ist unser Kollegen-Schwein." Sie stand vor einem unsicher wirkenden, mittelgroßen Mann, der jetzt sichtlich nervös war. „Drecksack", sagte Probst scharf zu ihm.

Keine fünf Minuten später musste Kollege Werner Pirrmann den Raum verlassen. Er wurde direkt beurlaubt. Stehend vor allen Beamten im Besprechungsraum erklärte Ritter: „Wir machen trotzdem weiter. Bei Fischer hätten wir wahrscheinlich nichts gefunden. Und die anderen wissen noch nicht Bescheid. Es tut mir sehr leid, dass ihr Fleiß und Engagement von diesem einen, wirklich sehr dummen Kollegen so ausgenützt wird. Pirrmann ist eine schlechte Ausnahme. Lassen sie sich davon nicht runterziehen, sondern jetzt erst recht weitermachen. Ich danke ihnen im Voraus für ihren Einsatz und wünsche viel Glück heute."

Ritter setzte sich und Hoffmann übernahm die weitere Besprechung. Gegen siebzehn Uhr saßen Wagner, Probst und Ritter wieder bei Kommissar Hoffmann im Büro. Ritter schien jetzt doch etwas nervös zu sein, denn er rutschte auf seinem Stuhl unruhig hin und her. Probst sah ihn an: „Hey Chef, bleiben sie mal geschmeidig. Es wird alles gut laufen, selbst dann, wenn wir nichts finden sollten. Okay? Also beruhigen sie sich." Er schaute zu ihr rüber und nickte wortlos. Irgendetwas ließ ihn immer unruhiger werden. Immer nervöser.

Um Punkt siebzehn Uhr dreißig klingelte das Handy von Ritter. Monika Rätsel. Es war der Anruf, der alles verändern sollte.

„Was gibt es Neues Frau Rätsel?" „Kai Fischer liegt erschossen ohne Kopf in seinem Wohnzimmer. Sein Gehirn ist im ganzen Raum verteilt. Ick habe es gerade erst auf dem Monitor jesehen, war nur zehn Minuten draußen gewesen. Und ick musste erstmal brechen. Aber nu jeht´s wieder." „Okay. Danke Moni. Probst und Wagner übernehmen. Ruh dich etwas aus. Wir melden uns, bis bald." Die anderen hörten überrascht auf. Hatte er gerade Moni gesagt?

Alle sahen Ritter nun sehr erwartungsvoll an. Der sah mit ernster Miene in die Runde. „Kai Fischer wurde erschossen. Liegt tot, ohne Kopf in seinem Wohnzimmer." Die anderen drei schauten ihn entsetzt an. Ritter nahm sofort Tempo auf: „Schäufele oder Mürrle? Checkt bitte sofort, was auf den Kameras zu sehen ist. Und wo die beiden sich heute befanden, beziehungsweise gerade befinden. Kresse ebenfalls. Und schauen sie sich an, wann genau er erschossen wurde und auch wie. Vielleicht kann man auf den Aufnahmen etwas erkennen. Ich fahre mit Hoffmann jetzt zum Tatort nach Hirsau, ihr könnt dann nachkommen. Frau Mandy, sagen sie bitte die Mission Kurpark ab."

Die Kommissare Ritter und Hoffmann trafen ein paar Minuten später in Hirsau an der Villa von Kai Fischer ein. Zeitgleich erreichten weitere Fahrzeuge der Kriminalpolizei aus Calw das Gelände. Dazu ein Notarzt. Innerhalb weniger Minuten wimmelte es auf dem Gelände von Beamten. Es wurde schnell und zügig abgesperrt. Die Mitarbeiter der Spurensicherung hatten bereits die weißen Schutzanzüge an und liefen mit ihren Spezialkoffern rein. Ritter ging bis zur Wohnzimmertür und sah nur wenige +Sekunden hinein. Die Spurensicherung würde tagelang, nein wochenlang, zu tun haben. *Mein Gott, was für ein Desaster*, dachte sich Ritter. Geschockt ging er wieder raus und zog seine Schutzkleidung aus. Hoffmann kam einige Sekunden später raus und stellte sich zu Ritter, der sich gerade eine Zigarette anzündete. „Mensch, Ritter, ist doch tatsächlich noch einer von denen ausgerastet. Unglaublich. Aber jetzt finden wir den Mörder auf jeden Fall."

Ritter war von dieser heftigen Wende immer noch völlig überrascht. „Ja, jetzt finden wir ihn. Und hoffentlich auch die Waffe." Hoffmann sah ihn ernst an: „Wir suchen natürlich noch das Haus und Gelände hier ab. Und die Spurensicherung wird hier sowieso länger zu tun haben. Ein wirklich bizarrer Anblick da im Wohnzimmer." „Wir müssen die Waffe finden. Und wer war es jetzt?" Hoffmann sah ihn ratlos an. „Keine Ahnung. Schäufele?" Ritter verstummte, sein Gehirn nahm weiter Fahrt auf.

Kai Fischer war nun ausgeschieden. Ein Verdächtiger weniger, dafür ein Toter mehr. Und es ging weiter. Nur wie? Kresse konnte es nicht gewesen sein. Warum sollte er Fischer töten? Es gab keinerlei Zusammenhang. Es muss Schäufele gewesen sein. War Schäufele wirklich so eiskalt? Könnte sein. Warum nur war sein Instinkt verloren gegangen? Aber wie konnte der Mörder wissen, dass Fischer gerade jetzt zu Hause war und warum...?

Ritter wurde aus seinen Gedanken gerissen, denn in diesem Moment kamen Probst und Wagner mit dem schwarzen BMW angeschossen. Probst rannte auf die beiden Kommissare zu: „Kai Fischer wurde Punkt siebzehn Uhr zwanzig erschossen. Den Täter konnte man nicht erkennen. Schwarze Kleidung und Kopfmaske. Die Aufnahmen sind heftig. Man sieht deutlich, wie der Kopf von Fischer regelrecht explodiert. Ein paar Sekunden später fiel sein Torso nach hinten auf den Rücken. Überall Blut und Gehirnfetzen. Voll krass." Wagner übernahm: „Weder Schäufele, noch Kresse oder Mürrle waren laut Überwachung hier bei Fischer auf dem Gelände. Mürrle war die ganze Zeit zu Hause und hat jetzt gerade ihren Dienst begonnen. Kresse war den ganzen Tag im Revier in Wildbad und ist immer noch dort. Schäufele hatte bis sechzehn Uhr Dienst und hat jetzt frei. Er ist im Moment zu Hause." Ritter musste diese vielen neuen Informationen kurz verarbeiten und einsortieren. „Okay, wir Berliner fahren jetzt sofort zu Schäufele, Hoffmann hat ja hier genügend zu tun." Hoffmann nickte: „Viel Glück. Und seid vorsichtig. Der ist jetzt angezählt, falls er es war."

Dreißig Minuten später erreichten sie Wildbad. Der Wagen von Schäufele stand auf der Straße vor dem Haus, in dem er die kleine Wohnung bewohnte. Nach mehrfachem Klingeln ohne Reaktion öffnete Probst sehr vorsichtig die Wohnungstür. Unter äußerster Anspannung betraten sie langsam und sehr konzentriert seine

Wohnung. Schäufele könnte jederzeit einen Schuss aus der Pumpgun abfeuern. Aber anscheinend war er nicht anwesend. Die Anspannung löste sich wieder auf, alle drei beruhigten sich schnell. Wagner entdeckte das Handy von Schäufele in dessen Badezimmer. Es lag auf der Waschmaschine. Wagner nahm das Phone und zeigte es den anderen: „Der hat uns so dermaßen verarscht. Schäufele ist auf der Flucht." Ritter sagte: „Er muss einen anderen Wagen genommen haben. Fuck! Und wir wissen nicht, wo er ist. Wir können ihn nicht mehr orten. Ab zu Kresse."

Zehn Minuten später standen die drei bei Kresse im Büro. Julia Mürrle war ebenfalls mit nach oben gerannt. Ritter berichtete vom Mord an Kai Fischer. Mürrle heulte sofort los. Probst nahm sie in den Arm und führte sie nach unten in den Waschraum. Kresse sagte anschließend: „Was für ein Wahnsinn. Und ihr Amateure wusstet also nicht, dass der Schäufele auch ein Motorrad besitzt. Ihr seid ja selten dämlich." Ritter war jetzt heftig erregt: „Ihre scheiß Kommentare helfen uns jetzt auch nicht weiter. Hätten sie mit uns zusammengearbeitet, dann wäre das vielleicht alles nicht passiert. Kennen sie zufällig sein Kennzeichen?" „Nein." „Okay, Abflug Wagner."

Nachdem wieder alle drei im Wagen saßen, sagte Ritter: „Frau Mandy, aktivieren sie wieder die Kollegen in Freiburg. Die sollen das Haus seiner Eltern sofort observieren. Vielleicht taucht er ja dort auf, nachdem er die Waffe entsorgt hat." „Okay, klar." „Wagner, haben sie schon das Kennzeichen von diesem Motorrad?" „Nein! Es ist nicht auf ihn angemeldet. Checke gerade die Eltern. Vielleicht läuft es auf deren Namen." Ritter rätselte: „Wo soll der Schäufele denn schon hin? Er wird in seine Heimat fahren. Dort die Waffe entsorgen und dann werden wir ihm nichts nachweisen können. Das darf doch alles nicht wahr sein. Der hatte das perfekt geplant. Mit dem Motorrad. Ich fasse es ja nicht. Aber hätte er den Mord denn zeitlich überhaupt ausführen können?" „Ja", antwortete Probst knapp.

Ritter machte nun einen derart verzweifelten Gesichtsausdruck, wie ihn die beiden auch noch nie gesehen hatten. Er stieg aus und rauchte eine Zigarette.

Fünf Minuten später, als Ritter auch wieder im Wagen saß, sagte Wagner: „Fahren sie los, Chef. Schäufele hat gerade getankt und mit seiner Kreditkarte bezahlt. Autobahnraststätte Mahlberg-Ost, kurz vor Freiburg." „Haben wir das Kennzeichen inzwischen?" „Gleich", antwortete Wagner. Ritter startete den Wagen, setzte das Blaulicht aufs Dach und fuhr los. Durch den tiefen Wald nach Baden-Baden und dann Richtung Autobahn. Als sie endlich auf die A5 Richtung Basel einbogen, sagte Ritter: „Er fährt also tatsächlich an den Titisee. Aber warum bezahlt er dann beim Tanken mit seiner Kreditkarte? Schäufele wusste doch offensichtlich, dass wir ihn überwachen."

Probst sah zu ihm rüber: „Er hatte vielleicht nicht genügend Bargeld dabei und es ist ihm auch egal, da wir ihn niemals sofort im Wald finden werden. Er kann also ganz in Ruhe die Waffe entsorgen. Schäufele könnte ja im ganzen Südschwarzwald irgendwo unterwegs sein. Oder sogar in die Schweiz oder nach Frankreich rüber. In der Schweiz sind allerdings die Grenzübergänge bereits informiert, das habe ich im Moment erledigt. Aber nach Frankreich kann er ja vom Rheintal aus überall."

„Er fährt in die Wutachschlucht. Hoffe ich jedenfalls," sagte Ritter. Wagner meldete sich: „Das Kennzeichen ist FR-K-1731. Das Motorrad ist auf den Bruder seines Vaters angemeldet." Ritter reagierte sofort: „Okay, sagen sie den Kollegen Bescheid." Probst und Wagner gaben das Kennzeichen sofort an alle wichtigen Stellen durch. In den nächsten Minuten sprach keiner mehr. Probst unterbrach das Schweigen: „Ich habe uns schon mal bei den Kollegen in Titisee-Neustadt angemeldet. Förster, Jäger und Fremdenführer werden auch da sein. Und die Zufahrtsstraßen werden ebenfalls kontrolliert. Zudem weiterhin das Elternhaus observiert." „Super, Frau Mandy. Danke." Ritter konnte kaum beschleunigen, die Autobahn war um diese Zeit derart überfüllt. Feierabendverkehr vieler Pendler. „Frau Mandy, rufen sie bitte bei Hoffmann an und sagen ihm Bescheid, dass wir jetzt am Titisee weitersuchen. Und sagen sie ihm, er soll sich dringendst melden, falls sie die Tatwaffe finden, oder wenn es etwas Neues zu berichten gibt." „Geht klar, Chef."

Fünfzehn Minuten nach zwanzig Uhr trafen die Berliner im Polizeirevier in Neustadt am Titisee ein. Polizeichef Herbert Wenninger begrüßte sie herzlich. Nachdem alle Anwesenden im Konferenzraum der Station ihre Plätze eingenommen hatten, begann Ritter zu den Kollegen zu sprechen: „Guten Abend, meine Damen und Herren. Es tut mir leid, sie heute Abend noch so spät zu bitten, uns zu helfen. Also schon mal jetzt ein großes Dankeschön. Wir suchen den Herrn Daniel Schäufele. Einige der hier Anwesenden kennen ihn vielleicht oder aber seine Eltern. Die Metzgerei Schäufele ist ja bekannt hier. Wir suchen ihn, weil er dringend tatverdächtig ist, zwei Menschen erschossen zu haben. Ich wiederhole. Nur verdächtig! Denn es gibt weitere Tatverdächtige. Deshalb brauchen wir ihn unbedingt." Ritter machte eine kleine Pause, und fuhr dann fort: „Wir wissen leider nicht genau, wo er sich befindet. Er kam irgendwie an allen Kontrollen vorbei, falls er wirklich hier ist. Wir vermuten aber stark, dass sich Schäufele in der Wutachschlucht befindet. Also haben sie bitte noch etwas Geduld." Die Anwesenden sahen ihn etwas verwirrt an und nickten zum Teil ratlos.

Kevin Wagner saß längst mit zwei heimischen Förstern an seinem Laptop. Zudem hatten die Förster auf dem Tisch eine sehr große Landkarte ausgebreitet. Sie untersuchten die Gegend um die Wutachschlucht. Wagner sagte laut: „Chef. Kommen sie mal bitte zu uns rüber." Als Ritter bei Wagner am Tisch stand, fragte der ihn: „Können sie sich erinnern, wo sie damals abgebogen sind?" Ritter überlegte. „Wir sind links steil hoch. Das muss so nach drei, vier oder fünf Kilometern Talstrecke gewesen sein." „Danke." Der jüngere Förster fuhr sofort mit seinem Zeigefinger auf der Karte entlang. Ritter blieb stehen und schaute zu.

„Ha, der isch do hoch, und dann vielleicht do?", stellte der junge Förster fest. „Ja, aber guck mol, do könnt er au weiter rauf sei." Der ältere Förster fuhr nun auch mit seinem Finger auf der Karte entlang. „Und von dort aus, kann er überall hin sei. Mir werret den niemols finde." Ein Anflug von Resignation kam jetzt bei Ritter an. Er fuhr sich mit seiner Hand durch seine Haare, was er sonst nie machte. Unsicher ging er wieder zu Probst rüber. Die saß bei den Kollegen und erzählte ihnen von der Pumpgun und der Schießkunst des Herrn Schäufele.

Ritters Handy klingelte. Hoffmann! „Hey, Hoffmann, was gibt es Neues?" „Nicht viel bisher. Alle sind hier am Tatort noch beschäftigt. Ich war inzwischen bei Julia Mürrle. Die befindet sich derzeit in ärztlicher Behandlung und liegt im Krankenhaus in Wildbad. Sie hatte einen Nervenzusammenbruch. Der Kresse hat sie hingefahren." „Jetzt hat Kresse nur noch Becker und den Neuen. Das Revier ist wohl personell zusammengebrochen. Ja und hier ist Schäufele nicht bei seinen Eltern aufgetaucht. Wir versuchen, ihn weiterhin zu finden. Das wird aber schwierig, denn er hat ja inzwischen mindestens drei Stunden Vorsprung." „Okay, dann viel Glück. Bis später," beendete Hoffmann das Gespräch.

Ziemlich deutlich erklärten nun die Förster und Jäger den Beamten, dass es unmöglich sei, Daniel Schäufele in diesem Gebiet zu finden. Und man könne in der Nacht nicht auf gut Glück das riesige Gelände absuchen. Im Raum machte sich Resignation breit.

Wagner nahm sein Telefon und sagte laut: „Hey, Mirko. Alles gechillt bei dir?" Die ersten Kollegen sahen zu ihm rüber. Ritter und Probst ebenfalls. „Cool. Sag mal, ist der K-17A-238 frei?" Nun lief Ritter wieder zu Wagner an den Tisch. „Okay. Super. Ich brauche den mal für mehrere Minuten. Ich logge mich jetzt ein. Wie lange brauchst du, um ihn zu aktivieren?" Wieder eine Pause. Inzwischen sprach keiner mehr im Raum. Alle sahen zu Wagner. „Okay. Danke Mirko. Ich melde mich wieder." Seine Finger begannen wild und schnell auf der Tastatur zu tanzen. Die beiden Förster sahen gebannt auf den Screen von Wagners Laptop.

Wagner stand auf und sagte plötzlich zu allen Anwesenden: „Ich habe soeben einen der Aufklärungssatelliten der Bundeswehr aktiviert. Wir vom BKA haben leider keinen eigenen Satelliten. Es könnte also sein, dass wir ihn finden. Da es aber gerade sehr dunkel ist, wird es nicht einfach. Ich werde mich so nahe wie möglich auf das Gelände zoomen. Wir werden sehen." Dann setzte er sich wieder. Noch immer waren alle erstaunt, manchen stand der Mund offen.

Mission Control. Noch zehn Sekunden. Bäämm. Dann sahen sie plötzlich aus dem All das Gelände des Südschwarzwaldes und den nördlichen Teil der Schweiz. Und das aus dreihundert Kilometern Entfernung. Wagner tippte wild auf der Tastatur. Gleichzeitig bediente er ab und zu sein Handy. Nun veränderte sich die Optik auf Wagners Screen, und sie sahen das Gelände um Einiges näher. Man konnte bereits den Titisee, den Schluchsee und die vielen anderen Gewässer erkennen. Natürlich auch den größten See, den Bodensee.

„Wow, das ist ja echt der Hammer", sagte Ritter. Probst kam zu ihm rüber, grinste und sagte stolz: „Haben wir alles gelernt, Chef. Und Kevin ist sowieso einer der Besten." Gebannt sahen alle zu Wagner, keiner sprach in diesem großen Raum. Es dauerte ein wenig, bevor die nächste Ansicht auf seinem Monitor zu sehen war. Ein Uhhh und Aahhh kam von den Anwesenden. Dieses Mal konnte man bereits die Gegend hier deutlich sehen. Und so ging es noch ein paar Minuten weiter. Inzwischen hatten sich alle Anwesenden um Wagner versammelt, und versuchten einen Blick auf seinen Screen zu erhaschen. Der Zoom war jetzt direkt auf der Gegend der Wutachschlucht. Wagner diskutierte mit den Förstern, denn er versuchte jetzt gezielt die Waldhänge und Plateaus abzusuchen. Dabei musste Wagner wohl Feinarbeit verrichten, denn er tippte zwischendurch immer wieder rasend schnell wahnsinnig lange Kombinationen auf seiner Tastatur. Ritter schaute ihm gebannt zu und war absolut beeindruckt. Dabei musste er wieder einmal feststellen, wie sehr sich die Welt doch verändert hatte. Satelliten steuern mit einem kleinen Computer. Unfassbar. Alleine ein Smartphone hat heutzutage mehr Speicher und Technik als jede Apollo Mission in den 60er Jahren. Ritter wurde aus seinen Gedanken gerissen.

„Hier! Hasch des gesehe?", fragte plötzlich der jüngere der beiden Förster. „Was?" fragte Wagner. „Des Lichtle do." Jetzt sah es auch Wagner. Ein kurzes Aufflackern, rötlich. Rauchte Schäufele etwa gerade eine Zigarette auf diesem Hochplateau? Dann sagte Wagner laut: „Hier. Das könnte er sein. Zumindest raucht da jemand oder hat kurz Licht gemacht."

Die beiden Förster zogen sofort die Karte wieder ran und sprachen mit den Fremdenführern. Die Polizisten kamen auch dazu. Wagner beobachtete weiterhin konzentriert seinen Bildschirm.

Schließlich erklärte Oberförster Kirchner seinen Plan. Polizeichef Wenninger, Ritter, Probst und die anderen hörten ihm konzentriert zu. Probst verstand kaum etwas, der Dialekt von Kirchner war zu heftig. Ritter übersetzte ihr. Die beiden Förster wollten vorausgehen. Die restliche Mannschaft sollte zehn Minuten später losgehen und hinter ihnen bleiben. Und sie sollten natürlich alle sehr leise und aufmerksam sein. Wenn sie ihn dann gefunden hätten, würde einer der beiden dortbleiben, der andere Förster zurücklaufen und dem nachfolgenden Tross Bescheid geben. Ritter und Probst fanden den Plan gut. Es gab nur eine Änderung. Probst würde an der Spitze mitlaufen und das gefiel Kirchner nicht besonders: „Muss des sei? Des jonge Mädle do." Ritter sah ihn an: „Ja, das muss sein. Bleiben sie locker, die Frau Probst ist in diesen Dingen ausgebildet." Oberförster Kirchner nickte zufrieden. „Okay. Geht klar. Frau Probscht, herzlich willkomme." Entschlossen streckte ihr Kirchner seine Hand entgegen und lächelte sie freundlich an. „Danke", sagte Probst ebenso freundlich und lächelte zurück.

Polizeichef Wenninger sagte anschließend: „Die Fremdenführer können jetzt nach Hause gehen. Vielen Dank die Herren." Und dann zu seinen Beamten: „Also jetzt geht es los. Frau Riedle, sie bleiben hier im Revier bei Herrn Wagner." Die Angesprochene antwortete laut und bestimmt: „Jawohl, Chef."

Es dauerte noch ein paar weitere Minuten, ehe sich der Tross endlich in Bewegung setzte. Mit insgesamt vier Fahrzeugen und vierzehn Personen fuhren sie im Konvoi Richtung Lenzkirch und dann weiter Richtung Wutachschlucht. Wieder einmal ging es durch den tiefen, dunklen Wald. Knapp einen Kilometer vor dem Parkplatz schalteten alle Fahrzeuge das Licht aus. Sie wollten absolut kein Risiko eingehen. Probst fuhr, sie rollten fast nur noch in gemächlichem Tempo dahin. Ritter sah aus dem Fenster. Es war stockdunkel. Der dunkle Schwarzwald. Diese fucking darkness ständig. Kein einziges Licht hier zu sehen. Nichts! Nur Dunkelheit.

In diesem Moment sah er überraschend Paula Rose vor sich. Und er wünschte sich in diesem Augenblick einfach nur, mit ihr am Strand zu liegen. Jetzt! Und sie zu küssen.

Probst bremste sanft den Wagen und stoppte kurz darauf. Dadurch wurde Ritter wieder in die Gegenwart zurückbefördert. Am Parkplatz stiegen sie leise aus den Fahrzeugen. Es war kaum etwas zu hören. Das Motorrad von Schäufele stand auch hier. Damit war also klar, dass er in der Gegend war. Außerdem stand noch ein roter Audi auf dem Parkplatz. Probst gab sofort das Kennzeichen des Audi an Wagner durch. „Ob er sich mit jemandem getroffen hat?", fragte Ritter. Probst antwortete: „Ja, kann sein, glaube ich aber nicht." Gemeinsam starteten die vierzehn Beamten ihre Nachtwanderung in diesem engen Flusstal. Nach etwas mehr als drei Kilometern Fußmarsch stoppten die Förster kurz die Wanderung.

Oberförster Kirchner, sein jüngerer Kollege und natürlich Mandy Probst gingen nun alleine weiter. Sie begannen mit dem Aufstieg dieses sehr steilen Waldpfades. Es war bereits klar, dass sie eine zweistündige Besteigung vor sich hatten, bevor sie dieses Plateau erreichen würden. Die anderen sollten ja erst zehn Minuten später losmarschieren. Nachdem sich die zweite Reihe auch wieder in Bewegung setzte, war Ritter froh, dass es endlich weiterging. Dieses Mal hatte er allerdings statt Wander- nur seine Sportschuhe an. Trotzdem ging es ganz gut. Alle liefen auf dem schmalen Pfad hintereinander. Ritter ging im Mittelteil dieser Nachtwandergruppe. Warum nur musste er hier schon wieder hochlaufen? Ritters Gemütszustand hatte sich am heutigen Tag mehrfach heftig und schnell gewandelt. Erst heute Nachmittag die Aufregung vor der Mission Kurpark. Dann der Mord an Fischer und anschließend die Flucht von Schäufele. Und jetzt war er schon wieder im Wald am Titisee. Oh, Mann! Er schwitzte und hatte einen trockenen Mund. Der Kollege vor ihm gab ihm etwas Wasser zu trinken. Ritter bedankte sich.

Betty Riedle setzte sich zu Wagner an den Tisch. Der Konferenzraum der Polizeistation war nun ohne die vielen Menschen, die eben noch hier waren, ganz leer. „Hallo, ich bin die Betty. Das war ja wirklich beeindruckend, was du hier gerade abgezogen hast." Wagner tippte noch ein paar Sekunden weiter, ehe er zu ihr rüber sah. „Hallo, ich bin der Kevin." Sie sah ihn fröhlich an. Auch sie hatte lockige, braunschwarze Haare und ein wirklich sehr schönes, wohlgeformtes Gesicht, dazu braune Augen. Betty Riedle war zudem recht schlank. Anfang dreißig vielleicht. Sie fragte ihn: „Bist du ein Original-Berliner?" „Ja, das bin ich. Und Du? Von hier?" Wagner klappte seinen Computer zu. Das Satellitenmanöver war endgültig beendet. „Ich bin ursprünglich aus Reutlingen. Aber seit drei Jahren lebe und arbeite ich jetzt hier." Wagner grinste sie fröhlich an. „Ist doch wirklich schön am Titisee." „Ja. Und du bist auch schön." Überfallartig setzte sie sich blitzschnell auf ihn und begann, ihn heftig zu küssen. Wagner war regelrecht überrumpelt. Zehn Minuten später waren sie in Bettys Büro und hatten wilden Sex. Nach fünfzehn Minuten standen beide glücklich draußen und rauchten eine Zigarette. Betty Riedle teilte den Inhalt ihrer Brotdose mit Wagner. Der hatte inzwischen mächtig Hunger. Beide schauten sich mit einem Gute-Laune-Grinsen an.

Ritter konnte wieder die vielen Natur- und Tiergeräusche der Nacht hören. Er mochte diese Geräusche sehr, sie beruhigten ihn. Dazu hörte er die Atemgeräusche und leisen Schritte der Truppe. Er schaute auf sein Handydisplay und die Uhr. Sie waren erst dreißig Minuten unterwegs. Empfang war inzwischen auch mal wieder weg. Ritter verzweifelte etwas, denn er hatte inzwischen mächtig Hunger. Aber er war zäh und lief weiter. *Der Hunger zerstört wenigstens meine Gedanken*, dachte er sich. Und sein Gehirn begann tatsächlich, scheinbar eine kleine Pause einzulegen. Wie hypnotisiert lief er immer weiter. Irgendwann würden sie ja wohl am Ziel ankommen.

Probst und die beiden Förster erreichten nach mehr als zwei Stunden endlich das sehr große Hochplateau. Es war so winzig auf Wagners Screen gewesen. Jetzt, in der Realität, war es sehr großflächig. Zumindest, soweit man sehen konnte, denn es gab hier oben Bodennebel, der sanft aufstieg. Sie schlichen sich sehr vorsichtig und langsam voran. Und dann, endlich, erblickten sie Schäufele. Er saß auf einer Holzbank, die in der Nähe eines Hochsitzes stand. Er schien zu essen. Kirchner nahm sein Fernglas. Nach einigen Sekunden reichte er es an Probst weiter. Auch sie schaute hindurch und konnte nun deutlich sehen, dass Schäufele tatsächlich auf dieser Bank seelenruhig vesperte. Neben ihm ein großes Gewehr, das angelehnt an der Bank stand.

Der jüngere der beiden Jäger lief nun zurück, um den nachfolgenden Tross vorzuwarnen. Als er sie erreichte, berichtete er kurz, und schnell liefen alle weiter nach oben. Ritters Pulsschlag erhöhte sich jetzt. Würden sie gleich den Mörder von Julian Eberle und Kai Fischer verhaften? Würde es jetzt endlich bald zu Ende sein? Wie lange war er überhaupt schon auf den Beinen? Auch egal.

Mittwoch, 14. Mai 2014

Nachdem die nachfolgende Truppe oben angekommen war, instruierte dieses Mal Probst alle Mitwirkenden. Sie sollten sich ringförmig verteilen und dann punkt zwei Uhr gleichzeitig mit ihren Taschenlampen auf Schäufele zielen. Uhrenvergleich. Es war jetzt genau zehn vor zwei. Die Mannschaft begann, sich schnell und leise zu verteilen. Punkt zwei Uhr konnte Ritter eine regelrechte Lichtexplosion erleben. Innerhalb weniger Sekunden wurde Schäufele von vierzehn Taschenlampen gleichzeitig angestrahlt. Es sah aus wie bei einer inszenierten Theater- und Lichtshow. Schäufele erschrak heftig, schaute entsetzt, stand dann ruckartig auf und blickte sich hektisch um. Blitzschnell nahm er sein Gewehr in die Hand und schwenkte es ziellos hin und her. Durch den leichten Nebeldunst und das weiße farblose Licht bekam das Ganze einen morbiden Anstrich. Wie in einem Schwarz-Weiß-Thriller von *Alfred Hitchcock*.

Ritters Stimme über das Megaphon durchbrach brutal die Stille dieser Nacht. „Herr Schäufele, keine Panik. Ich bin es, Kommissar Ritter. Wir brauchen dringend ihre Hilfe. Legen sie ihr Gewehr auf den Boden. Haben sie mich verstanden?" Von Schäufele kam keinerlei Reaktion, er blieb kerzengerade stehen. Wie erstarrt. „Wir haben sie umstellt, Schäufele. Legen sie sofort die Waffe zu Boden und gehen mit erhobenen Händen ein paar Schritte nach vorne." Es dauerte ein paar Sekunden, ehe Schäufele sein Gewehr zu Boden fallen ließ und nach vorne lief. „Jetzt auf die Knie und Hände weiter hoch." Schäufele tat wie ihm befohlen. Probst sprang mit gezogener Waffe aus ihrem Versteck und rannte auf ihn zu. Ritter und

Wenninger standen ebenfalls auf und folgten ihr. Die anderen leuchteten weiterhin auf den Gejagten. Ein bizarres Szenario. Probst legte ihm Handschellen an. Dann schrie sie laut: „Außer Gefahr."

Nachdem auch Wenninger und Ritter bei Schäufele standen, halfen sie ihm beide aufzustehen und brachten ihn zurück an die Holzbank. Inzwischen waren die anderen Jäger und Beamten aus ihren Verstecken gekommen. Sie leuchteten auf den Boden und nicht mehr direkt auf Schäufele. Die ganze Szene erschien durch diese Taschenlampenbeleuchtung und den Nebel weiterhin unwirklich und surreal. Eine Pumpgun wurde nicht gefunden. Ritter starrte Schäufele an, der den Kopf zu Boden gesenkt hatte.

Wenninger zog Ritter etwas von Schäufele weg und fragte überraschend: „Wie wollen sie ihn nach unten führen? Ich meine, wir können für seine Sicherheit absolut nicht garantieren. Er könnte sich trotz Handschellen jederzeit seitlich einen Steilhang hinunterstürzen, um sich selbst zu töten. Und dabei würde Schäufele vielleicht sogar einen von uns in den Tod mitreißen." Ritter schaute ihn erstaunt an. Darüber hatte er bisher überhaupt nicht nachgedacht. Probst kam dazu. Wenninger erzählte auch ihr von diesem Problem. Nach kurzem Zögern sagte sie: „Dann fordern wir jetzt einen Helikopter an, der Ritter und Schäufele nach Calw bringt. Oder habt ihr eine bessere Idee?" Ritter antwortete: „Wir haben hier keinen Handyempfang." „Ach Chef, es gibt doch Satelliten Verbindung." Geduldig zeigte sie ihm auf seinem Handy, wie er das einstellen konnte. Ritter kam sich in diesem Moment selten dämlich vor. Wenninger sagte nichts. Dann forderte Probst den Helikopter an.

Es dauerte lange sechzig Minuten, ehe endlich aus der Ferne das

Geräusch des Helikopters zu hören war. Inzwischen war es bereits drei Uhr dreißig. Für die Tiere hier oben würde es gleich richtig unangenehm werden. Mit großem Lärm landete er. Geduckt liefen Ritter und Schäufele auf den grünen Helikopter zu. Dann hoben sie langsam ab. Der große Punktstrahler der Flugmaschine strich über das Gelände des Plateaus hinweg, wirbelte den Bodennebel mächtig auf, und dann waren sie kaum noch zu sehen. Ritter schaute gedankenverloren aus dem Fenster. Schäufele ebenso. Keiner sprach ein Wort. War sowieso viel zu laut hier.

Probst, Wenninger und der Rest der Mannschaft begann nun wieder mit dem Abstieg. Endlich konnten sie ihre Taschenlampen benutzen, um den Weg zu beleuchten. Gegen fünf Uhr dreißig erreichten sie das Tal dieser engen Schlucht und liefen die restlichen drei Kilometer zurück zum Parkplatz. Erschöpft fuhren alle Beteiligten ins Revier nach Neustadt. Es wurde bereits heller, der Himmel zeigte sich in einem dunklen, tiefen Blau. Kurz nach sieben Uhr waren sie in Neustadt. Betty Riedle saß am Empfang der Station und begrüßte die Kollegen freundlich. Sie hatte eben frische Butterbrezeln in der Bäckerei nebenan besorgt. Der Bäckerei von Schäufeles Tante. Alle Beteiligten freuten sich darüber sehr, denn sie waren sehr hungrig und durstig nach dieser langen Nacht. Als die Rückkehrer das große Konferenzzimmer betraten, lag Wagner auf einem der großen Tische und schlief. Neben ihm sein Laptop. Probst rüttelte ihn sanft wach. „Hey, Mandy", sagte er schlaftrunken und sah sie mit verkniffenen Augen an. „Bin wohl eingepennt, wa?" „Yes." Sie streichelte ihm wie eine Mutter sanft über den Kopf. Wagner sah sie überrascht an.

Nach ein paar Minuten, einem Kaffee und zwei Butterbrezeln war Kevin Wagner wieder fit. Motiviert sagte er zu Probst: „Zurück nach Wildbad kann ich jetzt fahren, bin wieder fresh. Du bist ja

sicher platt. Steig ein. Und dann kannste mir ja alles erzählen."
„Okay. Cool. Ja, lass uns fahren."

Probst bedankte und verabschiedete sich von jedem Einzelnen der Einsatztruppe persönlich. Anschließend stieg sie in den BMW und setzte sich auf den Beifahrersitz. Wagner ging zu Riedle. Die gab ihm die Hand und in der befand sich ihre Visitenkarte. „Tschüss Betty." „Tschüss Kevin, war sehr schön mit dir." Dann grinsten sich die beiden fett an.

Kurz nachdem Wagner die Strecke von Titisee-Neustadt nach Freiburg bergab ins Rheintal fuhr, war Probst bereits eingeschlafen. So erfuhr Wagner erst einmal überhaupt nichts von dieser Nacht. Er hatte nur gehört, dass Ritter und Schäufele mit dem Helikopter nach Calw geflogen waren. Wagner besorgte sich an der nächsten Tankstelle einen weiteren Kaffee und tankte den Wagen wieder voll. Die Visitenkarte von Betty Riedle warf er nach längerem Zögern in den Papierkorb im Innenraum der Tanke. Unter blauem Himmel setzte er die Fahrt fort. Gegen zehn Uhr erreichten sie das Ferienhaus. Endlich. Im Wohnzimmer sahen sie Ritter in voller Montur auf der Couch liegen. Er schlief fest. Wagner setzte frischen Kaffee auf, und der Duft weckte selbst den todmüden Ritter. Ziemlich erschlagen saßen sie schließlich alle drei auf der großen Terrasse. Sonnenschein pur und schon achtzehn Grad. Die Aussicht wie immer phänomenal. Bäume und Himmel. Grün und Blau. Einfach grandios.

„Was für ein Drama hier", bemerkte Ritter schließlich. „Schäufele ist jetzt in U-Haft in Calw. Mürrle nach einem Nervenzusammenbruch im Krankenhaus hier in Wildbad. Fischer ist tot, und die Tatwaffe haben wir immer noch nicht gefunden. Ein absolutes Desaster. Diese Ermittlung ist wirklich völlig außer Kontrolle geraten.

Das wird Kiep nicht gefallen." Probst entgegnete: „Was hätten wir denn tun sollen? Wir konnten doch niemals ahnen, dass der Schäufele austickt. Und das auch noch ausgerechnet, wenn wir hier sind. Also, ich finde, wir haben da keine großen Fehler gemacht. Außerdem redet ja niemand mit uns, alle verschweigen ständig etwas. Das Schweigen der Schuldigen. Und inzwischen sind sie ja irgendwie alle schuldig." „Wie geht es denn jetzt weiter?", unterbrach Wagner. Ritter sah ihn an: „Hoffmann und ich werden ihn verhören. Wir treffen uns um vierzehn Uhr in Calw." Es war jetzt genau elf Uhr. Alle waren irgendwie platt und ausgelaugt. Aber es musste ja weitergehen.

Probst begann die Waschmaschine einzuräumen, anschließend saugte sie alle Schlafzimmer und das Wohnzimmer. Wagner begann, die Küche zu putzen, und die Abfälle zu entsorgen. Beschäftigungstherapie. Und Ritter? Der telefonierte schließlich mit Walter Kiep, seinem Chef beim BKA. Der hörte aufmerksam zu und sagte schließlich: „Wirklich absoluter Wahnsinn. Das hätten auch sie nicht verhindern können, machen sie sich bloß keine Vorwürfe. Und holen sie sich jetzt ein Geständnis von diesem Schäufele. Haben sie die Pumpgun endlich gefunden?" „Nein, noch nicht." „Okay, viel Glück Herr Ritter." Damit war das Gespräch beendet.

Ritter fühlte sich von dieser Nachtwanderung und dem Schlafentzug völlig erschöpft. Probst wirkte dagegen schon wieder recht munter. Aber sie war ja auch vierundzwanzig Jahre jünger. Er seufzte tief. Probst sah zum ihm rüber: „Alles okay?" „Geht so." Wagner sagte: „Also der Audi, der an dieser Schlucht stand, gehört einem unbescholtenen Burger, der nachts durch dieses Tal gewandert ist. Wollte ich noch anmerken." „Okay, danke Wagner." Probst servierte weiteren Kaffee im Wohnzimmer. Ritter sah zu

Wagner und fragte: „Haben sie denn schon oft einen Satelliten gesteuert?" „Ja, aber das ist geheim. Top Secret", grinste Wagner schelmisch zurück.

Ritter wurde jetzt neugierig: „Können und dürfen sie denn damit Verdächtige überwachen?" Probst antwortete für Wagner: „Ja. Aber nicht ohne Genehmigung. In den USA ist das aber etwas anders. Dort überwacht die NSA alle Bürger, ebenso den Rest der Welt. Dazu braucht man aber keinen Überwachungssatelliten. Die schauen einfach in den Computer oder das Telefon der Menschen. Das kann man auch selbst dann, wenn das Handy ausgeschaltet ist." „Wie jetzt?", fragte Ritter. Wagner informierte: „Vielen Menschen ist nicht klar, welches Ausmaß 9/11 auf die amerikanischen Geheimdienste hatte. Die hatten nämlich versagt. George Bush unterzeichnete den *„Patriot Act"*, der dazu diente die Befugnisse der Geheimdienste drastisch zu erweitern. Aus einem Terror-Akt wurde den Bürgern schließlich eine permanente Terrorgefahr vermittelt. Nun uferte der Überwachungswahn aus und die NSA, CIA und das FBI begannen schließlich ohne Genehmigungen und Beschränkungen alle und jeden zu überwachen. Und das tun sie bis heute. Massenüberwachung! Hat Edward Snowden vor einem Jahr alles erzählt und offengelegt. Den kennen sie doch hoffentlich?" „Na klar, Wagner. Aber ich wusste nicht, dass es so schlimm ist."

Wagner ergänzte: „Ich hatte damals in meiner Anfangszeit beim BKA auch Anfragen der NSA zu bedienen. Eine Zielperson zu durchleuchten." Ritter sah ihn skeptisch an. „Die Bundesregierung ist schon immer Untergebener der USA. Meistens jedenfalls. Also habe ich bei der Zielperson alles abgesaugt was ging. Telefongespräche, E-Mails, Chats, Suchanfragen, Fotos und Videos. Anschließend dann weitergeleitet." „Puh. Harter Tobak," stöhnte Ritter.

Probst informierte: „Höhepunkt war ja dann schließlich, als Bundeskanzlerin Merkel von der NSA gehackt und überwacht wurde. Selbst das hatte keine Auswirkungen, denn die Regierung hat bis heute kaum geschützte Server und Software. Auch die Infrastruktur wie Elektrizität, Verkehr und Behörden sind nur schwach geschützt in unserem Land. Egal jetzt, wir dürfen so etwas jedenfalls nicht ohne ausdrückliche Genehmigung." Ritter fragte: „Aber wir hatten doch gestern gar keine Genehmigung, um Schäufele mit einem Satelliten zu suchen." Wagner grinste nur selbstgefällig ohne eine Antwort zu geben, was bei Ritter doch ein gewisses Unbehagen auslöste. Er stellte sich die Frage, was die Privatsphäre des einzelnen Bürgers überhaupt noch wert war. Nichts! Absolut Nichts!

Schließlich fuhren sie stillschweigend und nachdenklich zusammen durch den Wald nach Calw und aßen in der Innenstadt noch schnell ein Leberkäsebrötchen. Längst hatten alle wieder Hunger bekommen. Als sie im Revier oben ankamen, konnten sie Hoffmann auf dem Parkplatz sehen. Er sprach mit einem der Beamten. Kurze Zeit später saßen alle in seinem Büro. Hoffmann sah auch nicht mehr allzu frisch aus. Auch er hatte kaum geschlafen. Rasch berichtete er: „Wir haben die Waffe bisher nicht gefunden. Ansonsten herrscht in diesem Wohnzimmer weiterhin das absolute Chaos. Kai Fischers Torso wurde inzwischen in die Pathologie gebracht. Sonst noch was? Ja, die Mürrle ist absolut am Ende. Die liegt da im Krankenhaus und spricht keinen Ton mehr, starrt an die Wand ins Nichts." „Oha", kam von Probst. „Ich war gerade eben noch bei ihr, und hoffte mit ihr sprechen zu können. Der Arzt konnte mir nicht sagen, wann sie wieder aus diesem Zustand erwacht." „Oh my god!", kam jetzt als Reaktion von Ritter.

Er sah Hoffmann an: „Oh Mann ey, Hoffmann, was ist nur passiert? Alles ist außer Kontrolle." „Ja", war dessen knappe Antwort.

Ritter berichtete ihm, unter welchen Umständen sie Schäufele verhaftet hatten. Hoffmann war beeindruckt und reagierte: „Nun gut, solange wir die Waffe nicht haben, können wir ihm ja sowieso nichts nachweisen. Und die Spurensicherung ist längst nicht soweit, bei ihm zu Hause haben wir auch nichts gefunden. Aber vielleicht ist er jetzt müde und erleichtert und legt ein Geständnis ab." Ritter sah in skeptisch an: „Ich glaube nicht, dass Schäufele ein Geständnis ablegen wird. Er kennt ja die Spielregeln. Er ist Polizist und weiß genau, dass wir ihm ohne Fingerabdrücke auf der Tatwaffe nichts nachweisen können. Und diese Waffe haben wir nicht." Wagner stöhnte auf. Probst sagte: „Es spricht aber alles gegen ihn. Wir können es nur nicht beweisen. Aber er wird auspacken."

Ritter schien zu grübeln, es entstand ein kurzes Schweigen im Raum, ehe Wagner auch mal was fragte: „Was sagt eigentlich Kresse zu der ganzen Sache?" Ritter sah ihn an: „Keine Ahnung. Ist mir auch völlig egal. Und ich bin nicht in der Stimmung, um mit ihm zu sprechen. Absolut nicht. Kresse ist ja ab jetzt sowieso raus. Er war zur Tatzeit im Revier. Und Mürrle war laut Überwachung wie immer zu Hause und dann ebenfalls im Revier zur Arbeit. Also kann es nur der Schäufele gewesen sein. Wobei. Julia Mürrle könnte auch ohne Handy mit einem Taxi oder Bus dahingefahren sein. Anschließend hätte sie die Waffe entsorgen können und wieder zurückfahren. Sie begann erst kurz vor achtzehn Uhr ihren Dienst." Probst sah ihn entsetzt an. Wagner schaute skeptisch. Probst bemerkte unsicher: „Schäufele war es. Das ist doch jetzt klar, oder wie?" Sie bekam keine Antwort.

Fünfzehn Uhr, eine Stunde später als geplant, saßen sie im Verhörraum. Schäufele auf der einen, Ritter und Hoffmann auf der anderen Seite des Tisches. Probst und Wagner saßen hinter dem Raum mit der legendären Spiegelscheibe. Daniel Schäufele hatte sein Kinn auf die Brust gelegt und schaute nach unten. Dazu hatte er die Arme vor seiner Brust verschränkt. Was das, laut Körpersprache zu bedeuten hatte, war dann auch schon mal klar.

Ritter startete: „Hallo, Schäufele. Konnten sie ein wenig schlafen?" Der rührte sich nicht. „Haben sie Julian Eberle und Kai Fischer erschossen?" Langsam hob er seinen Kopf und sah die beiden Kommissare müde an: „Haben sie etwa eine Pumpgun bei mir gefunden? Und ich wusste gar net, dass der Fischer auch erschossen wurde." *War ja auch klar*, dachte sich Ritter frustriert. Hoffmann antwortete: „Nein, wir haben keine Pumpgun gefunden." Schäufele sah die beiden wieder abwechselnd an. Seine lange Nase stach heute irgendwie besonders heraus. Musste an der Beleuchtung hier liegen. „Und was mach ich dann hier? Ich hab den Fischer jedenfalls nicht erschossen. Und den Eberle auch nicht." Ritter musste bereits zu so einem frühen Zeitpunkt des Verhörs schon gleich mal tricksen und lügen: „Ach Herr Schäufele, ich habe mich doch erst gestern Nachmittag in Genf mit Herbert Neumann getroffen. Er ist ja ein sehr bekannter Waffenhändler. Was glauben sie wohl, was der mir so alles über ihre Einkäufe bei ihm erzählt hat." Schäufele starrte entsetzt zu Ritter. Er sagte aber nichts und fiel in die Stellung zurück, die er am Anfang eingenommen hatte. Kinn auf die Brust und keinen Sichtkontakt mehr. Ritter sagte mit leicht verzweifeltem Unterton: „Herr Schäufele. Bitte. Wir wissen doch Bescheid. Sagen sie uns doch einfach, wann sie die Waffe gekauft haben." Schäufele rührte sich nicht und sagte auch nichts mehr. Nach einigen Minuten wurde er abgeführt.

Nachdem alle wieder bei Hoffmann im Büro saßen, sagte zunächst keiner etwas. Alle waren erschöpft vom Schlafentzug. Ritter unterbrach die Stille: „Es war ein sehr langer Tag für uns alle. Wir Berliner fahren jetzt zurück und ruhen uns mal aus. Und wir überlegen uns, wie wir morgen weitermachen werden." Hoffmann sah ihn an: „Ich muss noch ein wenig arbeiten und fahre jetzt nochmal zur Spurensicherung nach Hirsau. Wir sehen uns morgen früh. Wollen wir um neun Uhr mit Schäufele weitersprechen? Falls er überhaupt noch mit uns redet." „Ja, neun Uhr ist gut. Dann bis morgen, Hoffmann", antwortete Ritter.

Gegen achtzehn Uhr saßen die drei wieder im Wohnzimmer. Alle waren doch ziemlich müde und hungrig. Wagner zauberte noch in der Küche. Es gab Kartoffelbrei, Sauerkraut und Nürnberger Rostbratwürste. Sie griffen beherzt zu. Um einundzwanzig Uhr brannte kein Licht mehr in der Wohnung, denn sie schliefen bereits.

Donnerstag, 15. Mai 2014

Bereits gegen sieben Uhr morgens betrat Ritter die Küche. Wagner saß schon mit frischem Kaffee da. „Morgen, Chef." „Morgen Wagner. Wie geht es ihnen heute?" „Ganz gut, danke. Ich bin gerade dabei, zu rekonstruieren, wo Kai Fischer vor seinem Tod unterwegs war. Aber da ist nichts Auffälliges zu entdecken." „War ja auch wieder klar. Irgendwie habe ich so ein merkwürdiges Gefühl bei dem Schäufele. Er war es nicht. Aber er ist verstrickt in diese Geschichte." Wagner schaute ihn skeptisch an, ohne ihm eine Antwort auf seine Bemerkung zu geben. Ritter grübelte vor sich hin: „Vielleicht waren es auch die beiden zusammen, obwohl, kann nicht sein, denn dann hätte Schäufele nicht schon so einen Vorsprung gehabt, als er getankt hatte. Also wenn, dann hat es die Mürrle alleine durchgezogen."

Kurze Zeit später setzten sie sich auf die Terrasse und zündeten sich eine Zigarette an. Der Himmel war zugezogen mit hellgrauen dünnen Wolken, es regnete leicht. „Trotzdem Wagner. Lassen sie bitte alle Bus- und Taxiunternehmen überprüfen, ob vielleicht jemand die Julia Mürrle gesehen hat. Es könnte halt durchaus möglich sein. Mit einer kleinen Sporttasche vielleicht. Die Waffe dürfte so knapp siebzig bis achtzig Zentimeter Länge haben und wiegt knapp drei Kilo. Also absolut kein Problem, sie zu transportieren." „Okay Chef, mache ich." Probst kam auch angeschlichen: „Morgen Jungs, muss mich mal frisch machen." Sie grinste schelmisch und nahm ihre Kaffeetasse mit ins Badezimmer.

Kurz nach neun Uhr saßen alle wieder im Verhörraum und dahinter. Ritter war schon leicht genervt, als er Schäufele nur dasitzen sah. Zumindest saß er heute morgen einigermaßen gerade. Hoffmann begann das Verhör: „Herr Schäufele, ich hoffe, dass wir heute etwas weiterkommen. Sie sitzen hier unter Mordverdacht. Zweifach sogar. Also bitte erzählen sie uns heute etwas." „Ich hab niemand umgebracht. Und fertig aus", sagte Schäufele plötzlich schnell. Ritter verdrehte bereits genervt die Augen. Es entstand gleich zu Beginn eine kleine Pause, ehe Ritter sagte: „Okay, Schäufele. Ich glaube ihnen sogar, dass sie die beiden Männer nicht getötet haben." Der Angesprochene sah ihn seelenruhig an. Probst sah verstört zu Wagner. Die beiden saßen wieder hinter der berühmten Scheibe. „Aber ich weiß ja, dass sie diese Waffe gekauft haben. Und damit fehlt also ein Verbindungsstück zwischen Kauf und Täter. Und dieses Verbindungsstück können nur sie liefern, Schäufele." Erneut kam keine Reaktion.

Aus heiterem Himmel schrie Ritter plötzlich Schäufele in höllischer Lautstärke an: „Haben sie die Waffe gekauft?" Alle erschraken heftig, so auch Schäufele. Sein linkes Augenlid begann sofort zu flackern. „Jaaaa, hab ich. Na und?" Ritter stöhnte tief: „Na endlich. Mensch, Schäufele." Hoffmann fragte nun: „Wann?" „Ungefähr ein Jahr bevor der Eberle erschossen wurde."

Schäufele nahm einen Schluck Wasser. Ritter auch, bevor er fragte: „Und wo ist die Pumpgun jetzt?" Schäufele sah ihn missmutig an: „Keine Ahnung. Ich weiß es net." „Oh, Mann", antworte Ritter. Er ahnte bereits, dass ihn Schäufele in den Wahnsinn treiben würde. Er setzte wieder an: „Und warum waren sie dann so schnell auf der Flucht?" „Ich war doch net auf der Flucht. Ich hatte zwei freie Tage vor mir und bin halt ohne Handy los. Damit ich net erreichbar bin.

Bei unserem derzeitigen Personalnotstand hatte ich keine Lust wieder Extraschichten zu schieben. Und mit meinem Motorrad fahre ich sowieso lieber. Und jetzt sag ich gar nichts mehr, baschta." Schäufele verfiel wieder in die Kinn-auf-der-Brust-Stellung. Dazu verschränkte er wieder seine Arme. Nach einigen Minuten des Schweigens erhoben sich die beiden Kommissare und verließen den Verhörraum.

Die vier Beamten gingen gemeinsam in Hoffmanns Büro und tranken frischen Kaffee. Überraschend sagte Ritter zu Hoffmann: „Platzieren sie bitte einen Beamten vor dem Krankenzimmer bei Julia Mürrle." „Okay, geht klar." Probst schaute Ritter direkt an und zog ihre linke Augenbraue hoch: „Warum das denn jetzt? Glauben sie Schäufele etwa?" Ritter gab keine Antwort, und so stöhnte dieses Mal Probst auf: „Wollen sie es etwa unnötig in die Länge ziehen, oder was?" „Bleiben sie mal ganz ruhig, Frau Mandy. Wir haben im Moment weder die Tatwaffe noch ein Geständnis. Noch ist also alles möglich. Nur Kresse ist raus." Hoffmann bestätigte Ritters These. „Noch ist alles möglich. Wir müssen Schäufele irgendwie anders anpacken. Der ist so stur und lässt sich alles aus der Nase ziehen. Irgendwas stimmt tatsächlich nicht. Wir müssen ihn unbedingt fragen, warum er die Mürrle mit dem Fernglas beobachtet hat." „Ja genau. Und dann auch, ob er sie liebt", sagte Wagner. Alle sahen ihn überrascht an. Er grinste schelmisch und ergänzte ohne Aussage: „Jaja. Die Liebe."

Probst verdrehte die Augen: „Mich nervt das alles hier. Wann ist das endlich mal zu Ende jetzt? Ich will nach Hause." Die letzten Worte von ihr hatten einen jammernden Unterton. Ritter sah sie an: „Bald fahren wir nach Hause Frau Mandy. Bald." Kommissar Hoffmann organisierte einen Beamten, der Julia Mürrle im Krankenhaus bewachen sollte.

Da Schäufele weiterhin keine Lust hatte zu sprechen, gingen die vier Ermittler in die Innenstadt von Calw und stillten ihren Hunger in einer kleinen Pizzeria. Es wurde wenig gesprochen. Irgendwie war es eine merkwürdige Endstimmung. Alle wollten, dass es endlich zu Ende ist. War es aber nicht. Auch für den restlichen Nachmittag hatte Schäufele beschlossen, nichts mehr zu erzählen.

In Hoffmanns Büro besprachen sie weitere Neuigkeiten. Der begann auch gleich: „Die Pathologie hat festgestellt, dass Fischer ein starkes Hämatom an der linken Rippenseite hatte. Das musste ihm so drei bis vier Tage vor seinem Tod zugefügt worden sein."

Ritter sah zu Probst rüber: „Die Einschläge in seinem Gesicht konnte man ja zum Glück nicht mehr feststellen." Wagner schaute zu Ritter: „Ganz schön makaber." Hoffmann sah verstört in die Runde. Schließlich erzählte ihm Ritter von der Prügelei zwischen Probst und Fischer. Hoffmann staunte nicht schlecht: „Okay, muss ja niemand wissen. Ist ja jetzt sowieso völlig egal." Probst lächelte schüchtern zu Hoffmann rüber. Der strahlte sie an.

Ritter stand auf und streckte sich: „Also, es gibt zwei Möglichkeiten. Erstens: Schäufele ist mit seinem Motorrad zu Fischer gefahren und hat ihn erschossen. Anschließend ist er weiter zum Titisee gefahren. Zweitens: Julia Mürrle war es. Sie ist mit Bus oder Taxi, oder was weiß ich wie, zu Fischer gefahren, hat ihn erschossen und ist anschließend zurück. Natürlich ohne Handy. Mürrle ist ja auch nicht blöd."

Die anderen schauten ihn an. Kein Kommentar. Dann aber Probst: „Ja, genau. Diese zwei Varianten sind jetzt noch möglich. Nach fast sechs Wochen hier haben wir noch immer zwei Möglichkeiten. Mega krass. Und ganz schöner Beamtenverlust derzeit hier in der

Region." Probst wurde mit der Zeit auch immer sarkastischer. Ritter musste deshalb lachen. Alle sahen ihn wieder an. „Was?", fragte ihn Probst leicht aggressiv. „Nichts. Sie haben ja recht. Kam halt gerade so schön trocken rüber."

Probst entspannte sich wieder und lächelte ihn an. Plötzlich stand Karl Kresse an der offenen Bürotür. „Ach, die Oberschlauen sitzen zusammen und diskutieren, während hier ein Beamter nach dem anderen sein Leben verliert. Ihr seid so dermaßen unfähig. Und dürfte ich dann auch mal erfahren, was los ist? Oder wie?" Alle sahen ihn erstaunt an. Kresse blieb stehen, es gab keinen weiteren Stuhl. Hoffmann erklärte ihm nun geduldig den Stand der Dinge. Kresse stöhnte auf: „Unfassbar. Ich hätte die Julia Mürrle niemals einstellen dürfen. Als sie damals nach Wildbad kam, geriet alles aus den Fugen. Sie hat den Eberle verrückt gemacht. Den Fischer ebenso. Und was Mürrle mit dem Schäufele gemacht hat, weiß ich nicht, aber wahrscheinlich hat sie auch ihn verrückt gemacht. Sie ist der Grund allen Übels." Ritter sagte: „Ja, das ist gut möglich, Kresse. Ich frage mich nur, was Julia Mürrle an sich hat, dass sich die Männer alle in sie verliebt haben. Sie ist ja nun nicht gerade die größte Schönheit, sieht ja eher etwas maskulin und streng aus." „Was an der Mürrle so besonderes sein soll, kann ja ausgerechnet ich nicht beurteilen", grinste Kresse zu Ritter.

Ritter stand fast der Mund offen. Es war das erste Mal, seit sie hier im Süden waren, das Kresse fast gelacht hätte. Ritter verzog nun keine Miene: „Sie brauchen jetzt auf alle Fälle jede Menge neues Personal." „Allerdings", gab Kresse zurück. Der Sarkasmus im Raum hatte inzwischen Schwindel erregende Höhen erreicht. Und Hoffmann war auch mit dabei: „Und hier in Calw brauchen wir auch einen neuen Dezernatsleiter für den kopflosen Fischer." Überraschend zerstörte Ritter diese Stimmung mit einem Satz:

„Der Tod von Franziska Leitle war allerdings ein sinnloser Unfall und kein Mord. Ich mochte sie sehr gerne, sie war ein bezaubernder Mensch." Alle Anwesenden machten ein betretenes Gesicht. Probst sah wissend und mitfühlend zu Ritter. Kresse verabschiedete sich schnell wieder. Extraschichten im Revier in Wildbad waren für ihn angesagt.

Ritter ging nach draußen, um zu rauchen, und rief bei Monika Rätsel an. „Hey Mäxi. Alles okay bei Dir?" „Ja alles okay. Ziemlich heftig alles hier." „Kann ick mir vorstellen. Und wie geht es unseren Jugendlichen?" „Geht so. Die sind langsam auch entnervt. Aber sie sind unfassbar fleißig, schnell und zäh. Imponierend." „Das iss jut für dich. So tolle Menschen brauchste um dich herum. Die beiden brauchen aber auch dich. Weeste?" „Ja, das stimmt. Ich hoffe, dass wir bald diesen Fall klären werden. Reicht jetzt langsam." „Hoffentlich wird die Waffe bald mal jefunden. Sonst wird das nichts." „Ja, das wünsche ich mir auch. Ich gehe jetzt wieder rein hier. Bis bald Moni Love, ich melde mich wieder." „Ja, okay. Ich freue mich, wenn wir uns wiedersehen. Tschüssi."

Der letzte Satz von Rätsel hatte eine beflügelnde Wirkung auf ihn. Zurück im Büro sagte er plötzlich: „Wir holen nochmal Schäufele." Überrascht sahen ihn alle an. Zehn Minuten später saß Ritter alleine mit Schäufele im Verhörraum: „Herr Schäufele, ich habe nur eine Frage. Warum haben sie die Julia Mürrle letztens mit dem Fernglas beobachtet?" „Das geht sie nichts an." Schäufeles Augenlid begann mal wieder zu flackern. „Es reicht mir langsam, Schäufele. Gefällt ihnen eigentlich der Aufenthalt in der Zelle? Was sind sie nur für ein verbohrter Typ. Echt ey." Das war es dann, nach fünf Minuten wurde Schäufele in seine Zelle zurückgebracht. Anschließend fuhren die Berliner zurück nach Bad Wildbad. Durch den Wald, der auch heute wieder düster wirkte. Schuld daran war die graue Nebelsuppe, die entstanden war. Es war an diesem frühen Abend kühler geworden.

Wagner hatte in Calw während der Mittagspause noch in einer Metzgerei frische Maultaschen besorgt. Heute probierte er sich mal an diesem traditionellen schwäbischen Gericht. Er ließ die Eier weg und schwenkte sie stattdessen nach dem Anbraten ganz leicht mit geschmelzten Zwiebeln in Sahne. Ritter war von dieser Variante begeistert. Probst natürlich auch. Dazu gab es Feldsalat und Tomaten. Als Ritter am späten Abend in seinem Bett lag, starrte er wie so oft in den letzten Wochen an die Zimmerdecke. Er wollte sich schöne Gedanken machen, und so dachte er an Paula Rose. Sein Herz klopfte sofort etwas heftiger. Er sah sie plötzlich wieder ganz nah vor sich. Ihren glücklichen, entrückten Gesichtsausdruck in jener Geburtstagsnacht. Sollte er ihr endlich eine SMS schreiben? Oder anrufen?

Aber dann rauschte wieder einmal Julia Mürrle in seinen Kopf, in seine Gedanken. Nach weiteren Minuten des Grübelns stand Ritter auf und zog sich an. Probst und Wagner waren schon in ihren Zimmern verschwunden. Er stieg in den BMW und fuhr zum Krankenhaus in die Sana-Klinik. Während er in der zweiten Etage den Krankenhausgang entlanglief, konnte er schon von weitem einen Beamten auf einem Stuhl sehen. Dort musste Mürrles Zimmer sein.

Ritter zeigte ihm seinen Ausweis und fragte: „Wie lange sitzen sie schon hier?" „Seit zwölf Stunden." „Okay, dann machen sie mal Feierabend. Ich übernehme. Es wäre gut, wenn sie morgen früh um acht wieder hier sein könnten." „Ich werde Punkt acht Uhr hier sein. Vielen Dank, Herr Ritter." Glücklich verließ der junge Polizist schnellen Schrittes die Klinik.

Vorsichtig öffnete Ritter die Zimmertür und ging rein. Mürrle schlief. Langsam setzte er sich auf einen Stuhl und sah sie anschließend sehr lange an. Was ging nur in ihrem Kopf ab? Hat sie die beiden Männer so brutal eliminiert? Dieses friedliche Gesicht? Ritter grübelte und zweifelte. Zweimal nickte er kurz ein, wachte aber immer wieder ruckartig auf. Und deshalb zog er seine Schuhe aus und legte sich in das andere, freie Krankenhausbett.

Freitag, 16. Mai 2014

Ritter erschrak heftig und schoss ruckartig hoch, als er gegen vier Uhr morgens wieder aufwachte. Julia Mürrle lag noch immer in ihrem Bett und schlief. Er stand auf und zog das Laken gerade. Dann ging er raus und holte sich einen Kaffee. Nachdem Ritter noch einmal nach ihr gesehen hatte, setzte er sich auf den Stuhl vor der Tür. Kurz vor acht Uhr kam der junge Polizist wieder zurück. Inzwischen wimmelte es auch von Schwestern hier. Frühstück wurde ausgegeben, Patienten überprüft, und so war Ritter froh, das Krankenhaus wieder zu verlassen. Der blaue Himmel draußen kündigte einen schönen Tag an. Er kaufte frisch gebackene Laugenbrötchen und bereitete das Frühstück für seine Mitarbeiter vor. Anschließend fuhren sie mal wieder eine halbe Stunde durch den Wald nach Calw. Die großen Bäume leuchteten heute in allen möglichen grünen Farbvariationen. Dazu dieser tiefblaue Himmel. Wunderschön.

Um zehn Uhr saßen die beiden Kommissare wieder im Verhörraum der Kriminalpolizei. Probst und Wagner dahinter. Daniel Schäufele sah die beiden skeptisch an. Ritter begann müde aber motiviert: „Ich habe nachgedacht, Herr Schäufele. Und wissen sie was? Ich glaube ihnen fast alles. Ja, ich glaube, sie waren es nicht. Aber ich glaube ihnen nicht, dass sie nicht wissen, wo die Pumpgun abgeblieben ist." Schäufele hustete kurz. „Isch aber so." „Echt? Und warum wissen sie es nicht?" Es dauerte fast eine Minute ehe Schäufele sagte: „Weil sie mir geklaut wurde." Ritter sah erstaunt zu ihm: „Geklaut? Aha. Und wo?" Wieder einmal sagte Schäufele nichts. Hoffmann wurde etwas lauter: „Wo, hat mein Kollege gefragt. Wo wurde die Waffe geklaut?" Nach einem kleinen Hustenanfall sagte er jetzt doch etwas: „Bei mir zu Hause." Ritter stöhnte auf: „Okay. Also bei ihnen zu Hause. Wurde sonst noch etwas anderes geklaut bei diesem Einbruch?" „Nein." „Na sehen sie Schäufele, dann hatte es ja jemand bewusst auf die Waffe abgesehen. Und wer wusste nun alles davon? Vielen haben sie es ja sicherlich nicht erzählt." Nun verschränkte Schäufele wieder seine Arme vor der Brust und sagte nichts mehr.

Ritter und Hoffmann verließen den Verhörraum und setzten sich zu Wagner und Probst hinter die Spiegelscheibe. Hoffmann sagte: „Der nervt echt ab. Das kann ja ewig so weitergehen. Glauben sie ihm, Ritter?" „Bedingt. Aber es könnte ja alles tatsächlich so gewesen sein, wie er sagt. Er wollte zwei Tage in die Heimat, hat das Handy extra zu Hause gelassen. Und er hat einfach dieses Mal sein Motorrad genommen. Es könnte alles stimmen. Deshalb hat Schäufele vielleicht, ohne überhaupt darüber nachzudenken, auch damals getankt. Und das ihm die Waffe geklaut wurde, könnte ja auch stimmen. Klar, muss nicht, aber es ist eben auch möglich. Wir haben sowieso überhaupt gar nichts gegen ihn in der Hand. Wir müssen dringendst rausfinden, wer davon gewusst hatte." „Also los, dann wieder rein zu Schäufele", sagte Hoffmann leicht gehetzt.

Ritter sah Schäufele jetzt tief in die Augen, dessen linkes Augenlid begann, wieder leicht zu flackern. „Hören sie mal gut zu Schäufele. Sie sind Polizist. Und ich auch. Und ich glaube ihnen. Und wenn sie es tatsächlich nicht waren, dann müssen sie doch an der Aufklärung hier interessiert sein. Sind sie aber nicht. Das bedeutet für mich, dass sie jemanden decken. Sie wissen, wer es war, aber sagen es nicht. Und sie sind verliebt. Und damit kommt ja nur noch die Julia Mürrle in Frage. Ist das so?"

Schäufele schaute nun zu Boden und wippte nervös mit seinem linken Fuß. Wieder einmal sagte er nichts. Erneut verließen die Kommissare nach längerem Warten auf eine Antwort den Verhörraum. Ritter rief bei dem jungen Kollegen im Krankenhaus an und fragte, ob es Neuigkeiten gäbe. Der erklärte ihm aber, dass Julia Mürrle immer noch im Zimmer liegen würde.

Anschließend fuhren wieder alle vier in die Innenstadt. Mittagessen. Heute gab es zur Abwechslung mal kein schwäbisches Essen, sondern Türkische Küche. Alle waren hungrig. Während sie auf ihre Bestellung warteten, fragte Probst: „Glauben sie ihm wirklich, Chef?" „Na ja, schwierig zu sagen. Ja, irgendwie, ja. Aber er ist auch nicht der Dümmste. Und wenn er lügt, kann er dies entspannt weiter tun, solange wir die Waffe nicht gefunden haben." Hoffnungsvoll drehte er sich zu Wagner: „Gibt es irgendwelche Neuigkeiten von den Taxi- oder Busunternehmen?" „Nein. Mürrle wurde nicht gesehen." „Natürlich nicht", reagierte Ritter ernüchtert. Frustriert aß er schweigend zu Ende.

Dafür sinnierte Probst etwas. „Also, wenn Schäufele tatsächlich in Julia Mürrle verliebt ist, dann hat er sie ja vielleicht auch mal zu sich nach Hause eingeladen. Und vielleicht hat er für sie ein Wildgericht zubereitet. So fängt man doch meistens an, um einen anderen einzufangen. Ein leckeres Essen zubereiten. Einen schönen Abend zusammen verbringen. Und klar, dann kamen sie ins Gespräch. Mürrle erzählte ihm von ihren beiden Peinigern. Zudem hatte Schäufele ja bestimmt mitbekommen, wie schlecht der Fischer und Eberle sie behandelten. Vor allem bei Eberle im eigenen Revier. Er könnte ihr dann die Pumpgun gezeigt haben. Ihr gesagt haben, dass man die Probleme auch anders lösen kann. Ja, und dann ist die Mürrle bei Schäufele eingebrochen und hat die Waffe geklaut. Kurz danach hat sie den Eberle abgeknallt. Bei ihr wurde ja damals die Bude überhaupt nicht durchsucht."

Wagner sah sie verstört an: „Also, das ist ja jetzt echt wie aus einem billigen Liebesroman. So ein Quatsch. Dann hätte der Schäufele ja die ganzen vier Jahre gewusst, dass die Mürrle den Eberle erschossen hat." Probst sah ihn gereizt an: „Ach ja, Quatsch also? Und du? Hast du denn eine Lösung anzubieten?" Ritter grätschte ein: „Ist gut jetzt ihr beiden. Wir sind im Moment alle etwas dünnhäutig. Wir sollten aber sehr cool bleiben und als Team hier weiter hart arbeiten. So, und jetzt wieder rein zu Schäufele. Vielleicht verrät er uns ja doch noch etwas."

Gegen vierzehn Uhr saßen sie wieder in der ewig gleichen Stellung da. Ritter fragte ihn sehr fröhlich: „Herr Schäufele. Was gibt's Neues?" Der schaute ihn verstört an. Hoffmann musste grinsen. „Ist ihnen eingefallen, wer von ihrer Waffe so alles wusste?" Schäufele sagte weiterhin nichts. Dafür aber Hoffmann: „Mensch, Schäufele, jetzt reißen sie sich endlich zusammen. Wir können doch nicht ewig so weitermachen. Hatten sie mal Besuch von Julia Mürrle und haben sie ihr dabei die Waffe gezeigt?" Schäufele nickte unmerklich. „Bitte?", sagte Hoffmann jetzt energisch und laut. „Ja! Ja, sie war einmal bei mir zu Hause. Und ich hab ihr die Pumpgun stolz gezeigt. Mehr sag ich heute nicht mehr." Wieder verfiel er in die Haltung eines ewig Beleidigten. Sie ließen ihn fünf Minuten später abführen.

Hoffmann fuhr nach Hirsau, die Spurensicherung hatte sich gemeldet. Ritter, Probst und Wagner fuhren direkt nach Höfen in das Haus von Julia Mürrle. Dreißig Minuten später standen sie vor dem kleinen Haus am Fluss. Bevor sie reingingen, versicherte sich Ritter noch einmal, ob Julia Mürrle immer noch in ihrem Bett liegt. Er rief den Beamten im Krankenhaus an. Der bestätigte es ihm.

Anschließend gingen sie rein, Probst öffnete die versiegelte Tür. Wortlos begannen sie die Wohnung zu durchsuchen. Nach wenigen Minuten sagte Wagner: „Kommt mal zu mir. Unter dem Küchentisch ist ein kleines Extrafach. Ich habe da etwas gefunden." Als Probst und Ritter neben ihm standen, zeigte er ihnen jede Menge kleine Plastiktütchen. Fast alle waren inhaltslos, aber in zwei der Päckchen war eine weiße Substanz, ein Pulver, zu erkennen. Ritter roch daran und erkannte diesen Geruch. Er musste damals in Stuttgart für drei Monate im Drogendezernat aushelfen. „Speed. Sie hat Speed genommen. Und das jede Menge. Also deshalb konnte sie stundenlang spielen. Und deshalb könnte sie auch ausgetickt sein. Wer hat ihr den ganzen Stoff besorgt? Kai Fischer natürlich. Der saß ja an der Quelle." Ritter konnte sich gar nicht mehr beruhigen. „Es war doch super für ihn. Er gab ihr die Drogen und sie war sinnlos beschäftigt. So konnte er ungehindert agieren. Mürrle war sicher froh, dass sie Drogen hatte und spielen durfte. Oh Mann. Diese scheiß Drogen immer. Fuck! Warum wurde das Zeug denn vorgestern hier nicht gefunden?" Probst antwortete rasch: „Die hatten nur schnell nach der Waffe gesucht. War doch totale Hektik." Wagner sah ihn ernsthaft an: „Und jetzt?"

Ritter sah verzweifelt aus dem großen Terrassenfenster. *Tja, und jetzt? Jetzt könnte ich doch kündigen und bei Paula Rose einziehen.*

„Jetzt fahren wir ins Krankenhaus. Los geht's." Wagner setzte sich ans Steuer. Ritter zu Probst nach hinten auf die Rückbank. Die sah ihn überrascht an und zog ihre linke Augenbraue hoch, ohne etwas zu sagen. Der Beifahrersitz blieb frei. In dieser Konstellation waren sie noch nie gefahren. „Sie haben ihr Ziel erreicht," sagte Jacky Brown nach fünfzehn Minuten Fahrzeit kühl und autistisch. Als sie am Krankenhaus ankamen, liefen sie schnellen Schrittes los. Vor dem Zimmer von Julia Mürrle stand nur der leere Stuhl. Die Tür war offen. Ritter rannte los. Probst hinterher. Als er im Zimmer stand, war augenblicklich klar, dass Julia Mürrle nicht mehr anwesend war. „Das gibt es doch nicht. Ich drehe jetzt gleich durch," schrie Ritter laut. Sie suchten noch kurz nach ihr im Krankenhaus. Ritter schrie den neuen Beamten, der inzwischen offensichtlich Dienst hatte, heftig an. Rennend verließen sie das Krankenhaus, stiegen wieder in den Wagen und Wagner fuhr mit Blaulicht rasend schnell zurück nach Höfen.

Nachdem sie endlich das kleine Haus am Fluss erreicht hatten, stand auch hier die Tür offen. Die Haustür. Dieses Mal rannte Probst los und Ritter hinterher. Auf der Wohnzimmer Couch lag Julia Mürrle. Tot. Loch im Kopf seitlich an der Schläfe. Sie hatte sich mit ihrer Dienstwaffe selbst erschossen. Ritter drehte ab und lief nach draußen. Probst blieb drin, informierte Hoffmann und forderte einen Teil der Spurensicherung an.

Wagner ging raus zu Ritter. Der zündete sich gerade eine Zigarette an und sagte: „Wir waren vielleicht nur fünf bis zehn Minuten zu spät im Krankenhaus und jetzt auch hier. Scheiße. Noch ein weiterer Mensch gestorben. Alles völlig außer Kontrolle." Und nach einer kurzen Pause: „Deshalb kann jetzt nichts mehr kommen. Sind ja fast alle tot." Wagner blieb stumm.

Probst stand inzwischen auch bei den beiden Männern und sagte: „Julia Mürrle hat keinen Abschiedsbrief hinterlassen, kein Geständnis." Ritter sah Richtung Fluss. Er konnte das Rauschen und Plätschern nicht mehr hören. Die Gedanken rasten jetzt wirr durch sein Gehirn und nun wusste er, dass es noch immer nicht zu Ende sein würde. Noch immer wussten sie nicht, wer die Männer erschossen hatte. Die Waffe? Noch immer war sie verschwunden.

Ritter war jetzt wie gelähmt und fragte ganz langsam: „Wie viele Tote haben wir eigentlich inzwischen?" Probst sah in an: „Eberle, Leitle, Fischer und Mürrle. Macht dann vier zusammen." Ritter sah sie an: „Bloody hell."

Plötzlich kamen jeden Menge Fahrzeuge durch die enge Gasse gefahren und hielten unkoordiniert vor dem kleinen Haus. Hoffmann stieg aus einem der Fahrzeuge und verschaffte sich zunächst selbst einen Überblick im Haus, ehe er nach einigen Minuten wieder rauskam. „Mein Gott, das ist wirklich bald wie in einem Tarantino-Film. Unfassbar. Haben sie die Päckchen mit dem Pulver gesehen?" Ritter sah zu ihm rüber: „Ja. Die war voll drauf. Auf Speed. Wahrscheinlich auch während so manch langer Nachtschicht. Der Fischer wird ihr das Zeug besorgt haben." „Wir wissen trotzdem noch immer nicht, wer der zweifache Mörder mit der Pumpgun ist", stellte Hoffmann fest. Probst sagte leicht verzweifelt: „Vielleicht sollten wir uns jetzt alle einfach betrinken. Aber das bringt ja leider auch nichts."

Wagner analysierte: „Jetzt kann uns nur noch der Schäufele weiterhelfen oder wir finden die Waffe. Ansonsten wird dieses Rätsel ungelöst bleiben, und wir hatten zur Krönung noch ein paar Tote. Ziemlich unbefriedigend."

Ritter musste schwer schlucken, sein Mund war ausgetrocknet. Er hatte alles, aber auch alles versemmelt. Er fühlte sich plötzlich total schwach und zittrig. Sein Kreislauf meldete sich heftig, und zudem bekam Ritter auch Schweißperlen auf der Stirn und fröstelte. Er stützte sich ab und lehnte sich an die Motorhaube ihres Wagens. Probst sah ihn an: „Alles okay, Chef?" „Ja alles okay," log Ritter.

Die Berliner Beamten verbrachten den frühen Abend fast schweigend in ihrer Ferienwohnung. Wagner wollte dieses Wochenende beim Team bleiben und heute nicht nach Freiburg fahren. Alle waren von den Ereignissen der letzten beiden Tage geschafft. Probst bestellte das Abendessen bei Döner Kemal. Der lieferte auch aus. „Geht heute mal auf meine Rechnung", lächelte Probst die beiden Männer an. Die freuten sich natürlich. Wagner sagte überraschend sehr resolut: „Wir müssen diesen Fall unbedingt lösen. Ich fahre hier nicht ohne Ergebnis wieder nach Hause."

Ritter schaute ihn an: „Jetzt haben wir ja auch nicht mehr viele Möglichkeiten. Mürrle oder Schäufele sind am Ende übriggeblieben."

Ritter beschloss, noch zu laufen. Gegen zweiundzwanzig Uhr nahm er die Taschenlampe von Probst und lief wieder einmal die Strecke durch den Wald zu diesem kleinen Plateau. Er beruhigte sich in dieser Stille ganz langsam, denn er hatte den ganzen Tag über Kreislaufprobleme und Stress gehabt. Oben angekommen, setzte er sich auf die Holzbank. Endlich mal wieder alleine hier. Ganz langsam begann er sich wieder besser zu fühlen und sah in den Himmel. Sternenklar. Unglaublich, wieviele Sterne hier zu sehen waren. Und es wurden mit jeder Sekunde, die er in den Nachthimmel schaute, mehr und mehr.

Da sein Genick recht schnell zu schmerzen anfing, legte er sich einfach auf das kleine Stückchen Wiese vor der Bank. Er schaute in den Himmel mit seinem riesigen Sternen Gewand. Es war atemberaubend. Dieser schwarze Himmel, dekoriert mit unendlich vielen Sternen. Das Weltall. Unendliche Weiten. Manche Sterne blinkten heftig, andere ganz schwach. Dazu das leichte Rauschen der Baumwipfel und die Tiergeräusche. Hatte da gerade ein Falke gekreischt? Ritter war nun mit der Natur völlig verschmolzen, und so schloss er die Augen und ließ seinen Gedanken freien Lauf.

Unter diesem unendlichen Himmelszelt war es ihm gerade völlig egal, ob er diesen Fall lösen würde. Seine persönliche Bilanz war ihm jetzt auch egal. Er wollte einfach nur seine Ruhe haben. So wie in diesem Augenblick. Ritter blieb fast zwei Stunden auf dem Rücken liegen. Vor seinem geistigen Auge sah er alles noch einmal. Alles was in den letzten Wochen passiert war. Es stimmte ihn nachdenklich. Er musste unbedingt an sich selbst arbeiten, musste gewisse Dinge an sich ändern. Und er wollte damit gleich morgen anfangen. Den Rückweg durch den dunklen Wald genoss Ritter jetzt bewusst. Als er schließlich in seinem Bett lag, fiel er recht schnell in einen tiefen Schlaf.

Samstag, 17. Mai 2014

„Wir gehen heute mal frühstücken. In Höfen ist eine Konditorei, die hatte ich gestern gesehen. Ich lade euch ein. Und dann fahren wir zu Hoffmann nach Calw," begrüßte Ritter seine beiden Kollegen an diesem Morgen. Wagner und Probst lächelten ihn an. Sie sahen müde aus.

Nach einem sehr wortkargen Frühstück fuhren sie durch den Wald nach Calw. Kurz vor zehn Uhr erreichten sie die Polizeistation dort. Kommissar Hoffmann saß an seinem Schreibtisch und sah auf, als sie sein Büro betraten. Auch er sah etwas gezeichnet aus und fragte: „Wollen wir uns mit Schäufele weiter quälen?" „Müssen wir ja", antwortete Ritter und fügte hinzu: „Wir sagen ihm zunächst einmal nichts von diesem Selbstmord. Das muss er jetzt noch nicht wissen." „Okay, gut. Dann los."

Um zwölf Uhr saßen sie in der kleinen Pizzeria in der Calwer Innenstadt. Schäufele hatte ihnen nichts mehr erzählt. Ritter sagte bestimmt: „Wir müssen die Waffe finden. Alles andere ist völlig sinnlos, und das war von Anfang an hier so. Hätten der Kresse und der Schäufele nur einmal gesprochen, dann würde Julia Mürrle noch leben. Und Kai Fischer ebenso. Diese selbstgerechten Egoisten. Wir gehen jetzt suchen, los Frau Mandy. Wagner! Sie kommen auch mit." Wagner sah ihn verstört an: „Wo denn?" „Wir suchen das Gelände um Fischers Haus ab. Und zwar weiträumig. Vielleicht haben wir ja auch mal aus versehen Glück." Probst sah ihn skeptisch an. Hoffmann dagegen bestätigte: „Ja, machen sie das. Wir hatten bisher nur eine kleine Fläche abgesucht. Zuviel Arbeit im Moment."

Vierzehn Uhr erreichten sie die Villa von Kai Fischer in Hirsau. Es waren noch immer einige Mitarbeiter der Spurensicherung im Haus beschäftigt. Ritter begrüßte sie freundlich. Dann verteilten sich die Drei vom BKA in alle Richtungen. Sie wollten sich zwei Stunden später am Haus wieder treffen.

Kevin Wagner fand im Wald, als er sich bereits wieder auf dem Rückweg befand, eine kleine Sporttasche. Sofort zog er seine Handschuhe an und öffnete sie. Die Pumpgun! Endlich! Er nahm die Tasche und lief hektisch zurück. Dabei war er so aufgedreht, dass er einmal fast stolperte. Als Wagner bereits nach acht Minuten die Villa erreichte, standen Probst und Ritter bereits vor dem großen Haus. Ritter rauchte und als sie sehen konnten, dass Wagner mit einer Sporttasche kam, stieg die Anspannung bei den beiden heftig an. Wagner grinste so breit wie noch nie. Damit war alles klar. Ritter brachte die Pumpgun sofort der Spurensicherung. Die kümmerte sich intensiv um ihren Fund.

Anschließend fuhren sie wieder zu Hoffmann ins Büro. Der kam gerade aus Höfen zurück. Auch im Haus von Julia Mürrle hatte die Spurensicherung noch genügend zu tun. „Wir haben die Pumpgun", jubelte Ritter und ließ sich auf einen der Stühle fallen. „Jetzt müssen wir nur noch auf das Ergebnis warten. Es waren auf jeden Fall Fingerabdrücke darauf." Hoffmann freute sich genauso, wie alle anderen im Raum. Die Anspannung fiel nun etwas ab. Aber das Warten auf das Ergebnis fuhr sie langsam wieder nach oben. Und dann kam endlich der Anruf. „Ritter." „Hallo, Poller von der Spurensicherung hier. Die Fingerabdrücke auf der Waffe stammen von Julia Mürrle. Schönen Tag noch." „Danke Herr Poller, ebenso." Schnell berichtete Ritter den anderen von diesem Ergebnis: „Julia Mürrle war es. Sie hat die beiden Männer erschossen."

Minutenlang sagte keiner etwas. Alle schauten fassungslos irgendwo hin. Schließlich stand Ritter gemächlich auf und streckte sich. „Holen sie bitte Schäufele. Und Hoffmann, sagen sie ihm bitte noch nichts." „Klar doch." Als Schäufele im Verhörraum saß, sagte Ritter zu ihm: „Lieber Herr Schäufele, sie hätten viel früher mit uns reden müssen. Dann wäre hier alles anders gelaufen. Und deshalb haben sie für mich eine Teilschuld an den beiden Morden. Julian Eberle und Kai Fischer könnten noch leben, hätten sie geredet. Und sie haben auch eine Teilschuld am Selbstmord von Julia Mürrle." Blitzschnell riss Schäufele geschockt seine Augen auf: „Waaaassss?" Er hustete heftig und sprach anschließend sehr leise: „Ist das wahr? Hat sie sich umgebracht?" „Ja", antwortete Ritter kurz und knapp. „Die Fingerabdrücke auf der Tatwaffe und ihrer Dienstwaffe stammen von Julia Mürrle." „Ich sag ab jetzt nichts mehr. Nie mehr." „Sie können gehen Schäufele." Der verließ fluchtartig das Revier in Calw. Ritter und Hoffmann blieben ratlos sitzen.

Wagner und Probst gingen in den Verhörraum zu den beiden Kommissaren. Hoffmann fragte: „Wie hat sie es gemacht?" Ritter sah zu ihm rüber: „Sie hat ihr Handy und Auto zu Hause gelassen. Dann muss sie mit einem Taxi oder Bus nach Hirsau gefahren sein. Zurück ebenso. Aber sie wurde nicht gesehen. Wie soll sie es sonst gemacht haben? Vielleicht hat sie ein Auto geklaut." Wagner fragte: „Aber warum hat sie es ausgerechnet jetzt getan?" Nun schaute Ritter zu Wagner: „Weil ihr beiden sie in meinem Auftrag gefragt habt, ob Julian Eberle am Ende ihrer Beziehung sehr eifersüchtig gewesen sei. Sie hat es dann bestätigt. Irgendwann hat sie begriffen, dass wir ihr schon dicht auf der Spur sind. Und dann wollte sie es eben richtig beenden, den zweiten Peiniger auch abknallen. Mürrle wusste, dass sie nicht mehr viel Zeit hatte." Probst sagte nun auch mal wieder etwas: „Zudem war ihr klargeworden, dass Schäufele irgendwann von dem Einbruch erzählen würde. Ja, und das im Krankenhaus war alles inszeniert von ihr. Mega krass."

Die Berliner Beamten fuhren kurz nach neunzehn Uhr durch den Wald zurück nach Wildbad. Probst hatte Alkohol eingekauft, Wagner zudem Bier besorgt. „Auch ein Gin Tonic?" fragte Probst anschließend schelmisch. Ritter nickte und kurz darauf prosteten sie sich zu. Wagner stellte ernüchternd fest: „Eigentlich ist das alles super schräg gerade. Wir feiern die Lösung, das Ende der Ermittlungen. Und dieses Ergebnis sagt uns, dass der Mörder sich selbst getötet hat, dazu noch zwei weitere Menschen. Mann, Mann." Ritter sah zu ihm: „Stimmt Wagner, aber wir werden immer etwas Kaputtes feiern. Denn sonst haben wir nichts zu feiern in unserem Job." Probst verdrehte die Augen. Ritter fuhr fort: „Aber eins ist auch klar. So eine irre Geschichte, mit derart vielen Toten, werden wir so schnell nicht wieder erleben. Hoffe ich jedenfalls."

Die ernsthafte, traurige und desillusionierte Stimmung hellte sich nur sehr zaghaft auf. Probst beschleunigte diesen Vorgang jetzt etwas: „Schlimmes Ende. Schlimmer Fall. Aber jetzt können wir bald nach Hause und dann in den wohl verdienten Urlaub." Dabei grinste sie breit. Wagner begann auch zu grinsen. Auch er war sichtlich froh, dass es endlich vorbei war. Er fragte: „Wann fahren wir denn zurück?" „Am Montag. Ich muss morgen noch ein paar Dinge erledigen", antwortete Ritter. „Und sie müssen noch die Wanzen und Kameras in allen Wohnungen und Fahrzeugen entfernen."

Probst fragte plötzlich: „Was stand eigentlich auf unseren Tippzetteln drauf?" Blitzschnell stand sie auf, holte die kleine Schale mit den Papierbriefchen und öffnete den ersten Zettel. Ihren eigenen. Sie zeigte ihn den anderen. Kai Fischer stand auf ihrem. Dann öffnete sie den Zettel von Wagner. Karl Kresse stand auf seinem. „Und jetzt Cheffe. Mal sehen.... Julia Mürrle."

Beide sahen ihn geschockt an. Er grinste schüchtern. Gegen Mitternacht fiel Ritter nach vier Gin Tonic sturzbetrunken in sein Bett. Wagner und Probst feierten noch etwas länger.

Sonntag, 18. Mai 2014

Max Ritter hatte Karl Kresse in dessen Büro einbestellt. Und das am Sonntag. Punkt elf Uhr war Ritter bei ihm. Probst und Wagner begannen mit dem Abbau der Kameras in der Wohnung von Karl Kresse.

„Herr Kresse, ich möchte mich verabschieden. Wir fahren morgen zurück nach Berlin." Kresse sah ihn desillusioniert an. „Julia Mürrle hat den Julian Eberle zwar erschossen, aber sie, Kresse, sie haben ihn psychisch ermordet. Psychisch zerstört, ihm alles genommen. Ich weiß nicht, was sie ihm angetan haben, und ich werde es wohl auch nie herausfinden. Aber ich muss ja auch nicht damit leben. Sie müssen jeden Morgen in den Spiegel schauen." Kresse sah aus dem Fenster und ließ Ritters Predigt über sich ergehen. „Und ihr eitler Stolz ist mitverantwortlich für den Tod von Julia Mürrle und Kai Fischer. Ich hoffe, wir sehen uns nicht mehr wieder in diesem Leben." Dann drehte sich Ritter wortlos um und verließ das Büro und anschließend die Polizeistation in Bad Wildbad. Er sollte sie nie mehr betreten.

Ritter fuhr zunächst in gemächlichem Tempo durch den Wald über Schömberg nach Büchenbronn zu seiner Mutter. Dort gab es zum Mittagessen vorzügliche Schupfnudeln. Anschließend verabschiedete er sich herzlich von ihr und versprach, bald wieder zu kommen.

Ritters nächstes Ziel war das Haus von Paula Rose. Er klingelte an der Tür und als sie öffnete, schaute sie ihn doch sehr überrascht an:

„Hey, Max. Das ist ja jetzt eine schöne Überraschung." Sofort beschleunigte sich sein Herzschlag. „Komm doch rein." Diese zarte Stimme! Sie strahlte ihn an. „Nein Paula. Ich komme lieber nicht rein. Ich wollte mich nur entschuldigen, weil ich dich mit meiner letzten SMS so unter Druck gesetzt hatte. Sorry. Tut mir wirklich leid. Wir fahren morgen gegen elf Uhr zurück. Wir haben den Fall doch noch gelöst. Leider lief es nicht ganz so gut. Ich wollte mich noch verabschieden, bevor deine Tochter morgen zur Schlüsselübergabe kommt." Sie sah ihn weiter an. Er schmolz dahin, sein Herz raste. „Ich liebe dich", sagte er unsicher. Sie sah ihn wortlos weiter lächelnd an. Schließlich drehte Ritter ab und lief langsam zum Wagen. Sie blieb an der Tür stehen, bis er nicht mehr zu sehen war.

Nachdem er wieder vor der Ferienwohnung stand, rief er bei Wagner an. Sie sollten beide rauskommen. Sie würden jetzt zum Abschluss nochmal essen gehen. Sein Herz raste noch immer heftig. Zwanzig Minuten später saßen sie im Hotelrestaurant *Ochsen* in Höfen und bestellten sich den Bürgermeister-Rostbraten. Es waren an diesem frühen Sonntagabend fast alle Tische besetzt. Die Stimmung lockerte sich schnell. Probst sagte begeistert: „Ach, das war so wunderbar letztes Mal. Ich freu mich, denn ab jetzt beginnt unser Urlaub." Ihre gute Laune riss die anderen sofort mit. Wagner schmunzelte jetzt auch: „Wieder einen Fall gelöst. Wenn auch ziemlich hardcore mäßig. Ja, jetzt beginnt der Urlaub. Ich werde mit Daniela wohl für eine Woche in die Schweiz fahren. Habe gerade vorhin mit ihr gesprochen." Ritter freute sich mit den beiden. „Und sie, Frau Mandy?"

Da kam die blonde, schlanke Bedienung, die sie schon damals bedient hatte, und brachte die Bestellung. Sie wünschten sich erst einmal einen guten Appetit, bevor Probst antworten konnte: „Ich wollte schon immer mal nach Schottland. Oder nach Sizilien. Ich check mal, was es so an Angeboten gibt. Brauch mal wieder etwas Zeit für mich selbst. Und mehr Sport brauche ich unbedingt auch wieder nach diesem vielen köstlichen Essen hier." Sie grinste breit. Dann fragte sie: „Und sie Cheffe?" Ritter kaute erst zu Ende, ehe er antwortete: „Ich weiß es noch nicht so genau. Wir haben ja auch schöne Badeseen in Berlin. Da ist es jetzt sicher inzwischen wärmer und grüner. Und ich könnte endlich mal wieder Tennis spielen. Bin sicher völlig außer Form. Viel Sport auf jeden Fall. Ja und auch ich muss dringend wieder zu mir selbst finden."

Ritter schmunzelte jetzt zufrieden, auch er war froh, dass es nach Hause ging. Nach Berlin.

Am Abend standen sie zu dritt ein letztes Mal auf ihrer so geliebten Terrasse. Der Himmel war sternenklar. Die Silhouetten der Tannen an den hohen Hängen zeichneten sich vom dunkelblauen Himmel schwarz ab. Probst seufzte zufrieden: „Es ist ja so umwerfend schön hier. Eigentlich so friedlich." Wagner zündete sich eine an und sagte: „Ja, das ist es. Ich bleibe noch ein wenig in der Natur. Ich fahre morgen direkt nach Freiburg und gebe den Mietwagen ab. Ist das okay für euch?" Ritter lächelte ihn an: „Klar, Wagner. Macht doch keinen Sinn erst nach Berlin zurück zu fahren."

„Und wir beeden fahren mal schön in die Hauptstadt." „Ja, Frau Mandy, das machen wir." Sie strahlte ihn glücklich an: „Aber morgen früh hole ich uns noch einmal knackig frische Laugenweckle und Brezele." „Oh ja", jauchzte Wagner. Die Stimmung war prächtig, aber auch sehr endgültig. Plötzlich schoss es laut aus Probst: „DA! Habt ihr gesehen? Eine fette Sternschnuppe." Alle schauten gemeinsam in den Himmel. „Dann dürfen sie sich etwas wünschen,

Frau Mandy. Aber nicht verraten, damit der Wunsch auch in Erfüllung geht." Alle starrten in den sternenklaren Nachthimmel. „Wie lange waren wir jetzt hier?" fragte Probst plötzlich. „Fünf Wochen und drei Tage", war die schnelle Antwort von Wagner und er ergänzte: „Ich dachte es geht ewig. Es war ja absolut kein Ende in Sicht."

Ritter zündete sich eine Zigarette an. „Ja, meine Heimat hat schon was. Irgendwann mal in ferner Zukunft möchte ich hier noch einmal leben. Berlin ist eine Stadt für junge Menschen. Und ich bin jetzt nicht mehr so jung, wie noch vor zwanzig Jahren." Probst sah ihn an: „Ja, und dann können sie mit Paula Rose zusammenleben. Haben sie sich von ihr verabschiedet? Oder lassen sie das wieder so auslaufen, wie bei allen anderen Frauen davor?" Wagner rollte mit den Augen. „Ja. Ich war bei ihr. Ich habe mich verabschiedet und ihr gesagt, dass ich sie liebe." „Oha." Wagner sagte lieber nichts. „Das hätte ich besser nicht tun sollen. Na ja, zu spät. Jetzt kann ich es nicht mehr rückgängig machen." Probst freute sich: „Alles richtig gemacht Chef. Vertrauen sie endlich wieder ihrem Instinkt, auch bei diesen Gefühlen. Die Geschichte mit Frau Rose ist noch nicht zu Ende."

Montag, 19. Mai 2014

Es war ziemlich kühl an diesem frühen Morgen. Hellgrau bewölkt. Das Thermometer zeigte Ritter bei seiner Guten-Morgen-Zigarette genau zehn Grad an. Nach einem ausgiebigen Frühstück mit guter Laune aller Beteiligten begannen sie, die Wohnung zu säubern, die Papierposter abzunehmen, und anschließend ihre Taschen und Koffer zu packen. Die Tochter von Paula Rose nahm um elf Uhr die Wohnung ab und ließ sich die Schlüssel zurückgeben. Sie sah ihrer Mutter kaum ähnlich. Das ließ Ritter irgendwie wieder ruhiger werden. Mit ihrem Mini Cooper fuhr die jüngere Frau Rose wieder ab.

Unten auf der Straße verabschiedeten sich nun Ritter und Probst von Wagner. Sie nahmen sich alle herzlich in den Arm und drückten sich kurz. Dann fuhr Kevin Wagner nach Freiburg in den wohlverdienten Urlaub.

Probst setzte sich ans Steuer, Ritter daneben, und als sie den Wagen startete, sah Ritter in den Rückspiegel. Da stand sie plötzlich. War das real? Er drehte sich hektisch um und sah durch die Heckscheibe. Da stand sie und winkte. In einem gelben Kleid mit orangenen Blumen drauf. Paula Rose. Er winkte hektisch zurück, lange, bis er sie nicht mehr sehen konnte. Langsam setzte er sich wieder gerade hin und schaute nach vorne. Sie fuhren steil bergab ins Tal. Er würde dieses Bild nie mehr aus seinem Kopf bekommen. Nie mals! *Was macht diese Frau nur mit mir,* fragte er sich augenblicklich. Er hatte heftiges Herzrasen nach diesem magischen Moment.

In Calw verabschiedeten sich Probst und Ritter sehr herzlich von Kommissar Hoffmann. Der sagte wenig, aber: „Ich melde mich, wenn ich mal nach Berlin komme. Vielen Dank für alles. Auch wenn es echt heavy war hat es mir doch sehr viel Spaß gemacht, mit euch zusammen zu arbeiten." Als sie kurz vor dreizehn Uhr auf die A81 Richtung Heilbronn-Nürnberg einbogen, sagte Probst: „War ja hollywoodmäßig vorhin mit olle Frau Rose. Ein Träumchen." Ritter musste laut loslachen. „Echt mal. Sie haben recht. Das war wie im Film. Ich bin noch ganz verstört." „Und verknallt", lachte nun Probst lautstark.

Sie startete ihren USB Stick und im Wagen lief nun House Musik. Dazu wählte sie eine dezente Lautstärke. Ritter sah sie an. Dieser Fall hatte Probst auch mitgenommen. Er musste daran denken, wie sie Kai Fischer blitzschnell zerlegt hatte. Schmunzelnd drehte er seinen Kopf nach rechts und sah aus dem Fenster. Sie überholten jede Menge LKWs und Autos. Die Landschaft rauschte ohne Pause an ihnen vorbei. Probst hatte allerdings kein Blaulicht aufs Dach gesetzt, denn sie wollte sich nicht stressen.

In der Nähe von Bayreuth legten sie eine Pause ein und aßen Burger mit Pommes. Es war inzwischen um einiges wärmer und so setzten sie sich an die frische Luft. Probst analysierte: „Es war dieses Mal so ein schräger Fall. Ganz anders als letztens an der Nordsee. Und es blieben so viele Fragen offen. Was hat Karl Kresse mit Julian Eberle gemacht, dass der plötzlich so verstört war? Und hat Kai Fischer die Julia Mürrle unter Drogen gesetzt und auch beliefert? Und wusste Julian Eberle von ihrer Drogensucht? Und hat Daniel Schäufele nun der Mürrle geholfen oder nicht? Aber immerhin wurden die zwei Morde aufgeklärt. Wenn auch zu einem sehr hohen Preis." Ritter sah sie nachdenklich an: „Ja, es war wirklich nicht einfach für uns und Hoffmann. Und alle Beteiligten hatten etwas zu verschweigen. Hätten Kresse und Schäufele mit uns geredet und nicht alles verschwiegen, gäbe es auf jeden Fall zwei Tote weniger. Dafür hatten wir wenigstens mit Kommissar Hoffmann einen guten Verbündeten." „Stimmt. Den fand ich echt gut. Irgendwie tut er mir auch ein bisschen leid, aber nun muss er wenigstens den Kai Fischer nicht mehr ertragen. Und ich denke, die Kollegen werden ihn auch wieder respektieren. Hoffentlich." „Ganz sicher werden sie das. Er ist ja schließlich einer der Besten da in der Gegend."

Ritter übernahm jetzt das Steuer, sie fuhren weiter auf der A9 Richtung Berlin. Bei Hof begann es leicht zu regnen. Er fragte sie mutig: „Wie läuft es eigentlich mit ihrer Rita?" Probst lachte kurz und sah zu ihm rüber: „Wer ist Rita? Die war nicht an einer Beziehung interessiert, die wollte nur ein Abenteuer. Vielleicht auch besser so. Ich muss jetzt auch erstmal mit mir selbst klarkommen, bevor ich wieder was Neues anfange. Und wir sind ja auch bald wieder auf Reisen. In zwei Wochen geht es weiter. Wie soll man denn da eine Beziehung mit jemandem führen?" „Ja, das haben wir beiden wohl gemeinsam. Das wird aber nicht ewig so bleiben." „Wie meinen sie das?", fragte sie ihn neugierig. „Na ja, wir werden diesen Job ja nicht ewig machen, ich jedenfalls nicht." „Wie jetzt?" „Ach, keine Ahnung, habe gerade den Blues." Nach einer kurzen Pause bemerkte Probst: „Wir haben nur noch zwei ungelöste Fälle. Köln und Thüringer Wald. Ich will aber nicht schon wieder in den Wald. Könnten wir nicht in Köln weitermachen?" „Klar können wir das. Ich würde beim nächsten Mal auch lieber in einer Stadt arbeiten. Also gehen wir nach Köln. Abgemacht." „Oh ja, toll! Dann bin ich jetzt gleich gut drauf. Ha, Ha."

Kurz vor Leipzig schlief Mandy Probst ein. Er sah kurz zu ihr rüber. Es hatte aufgehört zu regnen. Ritter hing seinen Gedanken nach. Er musste an den Schwarzwald denken. Es war so schön da. Aber auch so dunkel. Vielleicht könnte er dort ja doch nicht mehr leben. Und wenn, dann nur mit einer Frau wie Paula Rose. Ob sie sich jemals wieder melden würde? Er würde es nicht tun. Sie war dran. Das hatte er zumindest für sich beschlossen. Doch dann sah er sie für einen ganz kurzen Augenblick wieder auf der Straße stehen. Wie sie ihm zum Abschied hinterher gewunken hatte. Sofort konzentrierte er sich wieder auf die Fahrbahn.

Nun musste er an Franziska Leitle denken. Sie wurde nur vierunddreißig Jahre alt. Das Leben ist schon sehr merkwürdig. Er wollte jetzt aber auf keinen Fall über die Sinnlosigkeit des Lebens nachdenken. Kai Fischer kam in seine Gedanken geschlichen. Ritter fragte sich, warum es solche Menschen wie ihn gibt. Menschen, die anderen nur Leid zufügen. Die betrügen und lügen und andere ausnützen. Dazu diese Arroganz und Ignoranz. Es gibt wohl in jedem Dorf, in jeder kleinen Stadt auf dieser Welt einen Kai Fischer.

Und der eitle Kresse? Gefangen in sich selbst und auch ein Mensch, der andere Menschen verletzt und demütigt. Warum machen die Menschen solche Dinge, fragte er sich erneut. Und Julia Mürrle? Bei ihr hat sich einmal mehr gezeigt, was chemische Drogen für eine verheerende Wirkung haben können. Bis hin zum völligen Kontrollverlust.

Und Daniel Schäufele? Eigentlich hatte er niemandem etwas angetan. Aber er könnte in Julia Mürrle verliebt gewesen sein und ihr sogar geholfen haben. Was musste das nur für ein Schock für ihn gewesen sein, als sie auf dem Hochplateau erschienen waren. Mit ihren vierzehn Taschenlampen und dann abgeholt vom Helikopter.

Natürlich hätte man sich diesen Einsatz ersparen können, wenn eben dieser Schäufele davor endlich mal den Mund aufgemacht hätte.

Zwanzig Uhr dreißig erreichten sie die Avus, und schon bald konnten sie den Funkturm sehen. Er war mit blauem Licht angestrahlt, das sich noch mit dem dunkelblauen Himmel ein Wettleuchten lieferte. Probst war gerade wieder aufgewacht. „Oh ja, Berlin. Wir kommen. Juhu", jauchzte sie fröhlich los, als sie erkannt hatte, wo sie sich inzwischen befanden.

Monika Rätsel rief an. Probst stellte ihr Handy auf Lautsprecher. „Na ihr beeden? Seid ihr schon zurück?" Probst grinste ihr Phone an: „Ja, im Moment fahren wir auf die Stadtautobahn." „Ach jut. Da bin ick jetzt aber froh. Ich wollte euch fragen, ob wir morgen Abend zusammen etwas feiern wollen. Ich möchte euch gerne zum Essen einladen. In meinem Lieblingsrestaurant. Und dann machen wir alle schön Urlaub." „Oh, vielen Dank. Ich bin dabei", freute sich Probst. „Ich natürlich auch", kam von Ritter.

Nachdem er Probst in Lichtenberg abgesetzt hatte, fuhr er direkt in den Wedding. Natürlich konnte Ritter nicht einschlafen, als er dann kurz nach dreiundzwanzig Uhr in seinem Bett lag. Die Lautstärke war zurück. Sirenen, hupende Autos, laut sprechende Menschen auf der Straße vorm Haus. Irgendwo lief laute Rockmusik, dazu natürlich noch der Lärm der Flugzeuge, die in Tegel ankamen und abflogen. Eine unglaubliche Geräuschkulisse. Jetzt fehlte ihm die Ruhe. Diese totale Ruhe der Nächte im Schwarzwald. Ruhe! Wald! Irgendwann aber schlief Ritter doch noch erschöpft ein.

# Dienstag, 20. Mai 2014

Gegen zwanzig Uhr trafen sich Ritter, Rätsel und Probst in Kreuzberg im *Sage* Restaurant. Dort gab es laut Frau Rätsel unglaublich gute Pizza und ein sensationelles Wiener Schnitzel. In dem wirklich außergewöhnlich schönen Restaurant in der Köpenicker Straße fühlten sie sich alle augenblicklich sehr wohl. Rätsel grinste breit und freute sich: „Ach wie schön, dass ihr wieder zurück seid. Schade nur, dass unser Herr Wagner nicht dabei sein kann." „Ja, wirklich schade", grinste Probst zurück.

Ritter und Rätsel bestellten sich das Wiener Schnitzel, Probst eine Pizza Picante. Probst sagte anschließend etwas schüchtern: „Ihr könnt euch gerne duzen. Ich weiß ja sowieso Bescheid." „Aber nich uff Arbeit", lachte Rätsel laut. Ritter lachte mit. Dann sah Rätsel zu Ritter: „Also, ick fahre ja übermorgen ans Meer. Mein Ex-Schwager, Karl aus Schwerin, stellt mir seinen kleinen Wohnwagen zur Verfügung. Der steht oben an der Ostsee, in der Nähe von Rostock. Also Mäxi. Kommste mit? Wäre doch lustiger als so janz alleene." Probst schmunzelte, Ritter antwortete: „Ja, ich komme mit. Hatte sowieso nichts Bestimmtes vor. Fahren wir mit dem Zug? Den Dienstwagen können wir ja nicht mitnehmen in den Urlaub." „Ja klar, mit dem Zug nach Rostock und von dort weiter mit dem Bus."

Probst nahm einen Schluck Prosecco und grinste die beiden fett an: „Ihr könnt gerne meinen weißen Volvo haben. Der passt doch perfekt zu euch zwee Hippies. Und auch hervorragend zu dem Wohnwagen da an der See." Rätsel machte große Augen: „Echt jetzt?

Das ist ja wirklich super, Frau Probst." Freudig stießen die Frauen an und tranken einen weiteren Schluck des prickelnden Prosecco als auch schon das Essen serviert wurde. Allen schmeckte es hervorragend. Im Restaurant lief dezente House Musik.

Ritter fragte Probst: „Und was machen sie jetzt im Urlaub? Schon etwas gebucht?" „Ja, habe ich. Ich fliege am Donnerstag für eine Woche nach Glasgow und dann ab in die Highlands."

Kurz nach Mitternacht verabschiedeten sich die beiden Frauen von Ritter. Mandy Probst fuhr Monika Rätsel nach Hause. Friedrichshain war ja um die Ecke und lag zudem auf ihrer Strecke.

Mittwoch, 21. Mai 2014

Am frühen Morgen, gegen acht Uhr, erreichte Ritter mit der Ringbahn den Stadtteil Treptow. Am Treptower Hafen stieg er aus. Hier, im nahe gelegenen Allianz Tower, waren Büroeinheiten des BKA untergebracht. Sein Chef, Walter Kiep hatte heute in Berlin zu tun und ihn einbestellt. Ritter fuhr mit dem Fahrstuhl in die achtzehnte Etage und betrat einen großen Konferenzraum. Dort saßen außer Kiep noch drei andere Herren an einem großen, länglichen Tisch. Ritter begrüßte die Männer und setzte sich. Fast zwei Stunden lang berichtete er über den Schwarzwald-Fall. Dabei musste er von einem Herrn Parensen auch ziemlich heftige Kritik einstecken. Kein Problem für Ritter. Klar hätte es anders laufen können. Hätte er seinem Instinkt vertraut, der ihm ja damals am Anfang ganz deutlich sagte, dass es Julia Mürrle war.

Kiep erklärte irgendwann: „Also gut. Nun ist es nicht ganz so gut gelaufen. Herr Ritter hat den Fall am Ende gelöst, wenn auch mit erheblichen Verlusten. Aber es war eben auch der Eitelkeit einiger Kollegen in Wildbad geschuldet, dass es nicht so lief. Und diese Kollegen haben die Ermittlungsarbeit des Herrn Ritter durch ihr Schweigen massiv behindert. Hätten sie dies nicht getan, hätten wir jetzt eine andere Situation. Dazu unglückliche Umstände, speziell die zehn Minuten bei Kollegin Mürrle." Nun nickte auch Herr Parensen und fügte an: „Dieser Schäufele hätte unbedingt reden müssen. Schon damals vor vier Jahren. Er hat es wieder nicht getan und deshalb lief es eben, wie es lief. Danke, Herr Ritter und viel Glück bei ihrem nächsten Fall."

Anschließend verließen alle den Raum. Auch Kiep. Ritter blieb noch einige Minuten sitzen und starrte vor sich hin. Er zweifelte jetzt stark an sich. *Hätte es tatsächlich anders laufen können? Hatte er schlecht gearbeitet? Zumindest nicht gut genug.* Schwerfällig und tief seufzend stand er auf, ging an das große Fenster und genoss den Ausblick von hier oben. Die Spree und Friedrichshain konnte man wunderbar sehen. Rechts den Treptower Park. Links das ehemalige, neu bebaute Hafengelände und natürlich den Fernsehturm. Der Himmel über Berlin. Weite und Freiheit. Kein Wald mehr.

Gemächlich verließ er das Bürogebäude. Anschließend fuhr Ritter mit der S-Bahn zu Probst. Die übergab ihm ihren Volvo und beide wünschten sich einen schönen Urlaub. Entspannt fuhr er eine Stunde rüber nach Pankow zu Robert Uhland, dem ehemaligen Polizeiausbilder. Ritter berichtete ihm von diesem Schwarzwald-Fall und dessen Auflösung. Natürlich auch, dass Kai Fischer erschossen wurde. Uhland bedankte sich freundlich. Anschließend fuhr er nach Hause und begann, seinen Urlaubskoffer zu packen. Er freute sich auf Erholung und auf das Meer. Wie lange war er schon nicht mehr am Meer gewesen?

Donnerstag, 22. Mai 2014

Urlaubswetter. Blauer Himmel und Sonnenschein, dazu weit über zwanzig Grad. Ganz wunderbar. Monika Rätsel war gut gelaunt. Ritter hatte sie um zehn Uhr abgeholt. Während sie auf der Autobahn Richtung Rostock mit dem Volvo von Probst unterwegs waren, sagte sie plötzlich: „Hätt ick ja ooch nie jedacht, dass wir beeden mal zusammen in den Urlaub fahren. Ick freu ma." Ritter schmunzelte und fuhr mit gemächlichem Tempo immer weiter in den Norden der Republik. Am frühen Nachmittag hatten sie den Wohnwagen und die Ostsee erreicht. Es war ein sehr, sehr kleiner Wohnwagen und so sahen sie sich etwas verwundert an. „Jut, kriegen wa schon jeregelt, wa?" „Na klar doch. Jetzt packen wir aus und dann gehen wir gleich mal an den Strand, etwas Sonne tanken." „So machen wir dit", grinste sie ihn an.

Als Ritter in seiner Badehose auf einem Handtuch im Sand lag und raus aufs Meer blickte, durfte er wieder mal erfreut feststellen, wie schön das Leben doch sein kann. Und Monika Rätsel? Er sah zu ihr rüber. Er wollte auf keinen Fall eine Beziehung mit ihr anfangen. Es würde nicht passen. Aber als Kumpel war sie unschlagbar. Max Ritter wusste inzwischen genau, für wen sein Herz schlug.

Sein Herz schlug für Paula Rose.

Danke ...

... Elfriede Stöhr für deinen Wegweiser in frühen Jahren, der mir jetzt so sehr hilft und mich in neue Welten führt.

... an meine Eltern und Tante Uschi.

... Helmut Speer für Deine Hilfe und Unterstützung bei diesem Projekt.

... Gabriele Morgenstern, dass Du mich erneut so angetrieben und unterstützt hast.

... Robbie Wilhelm. Das Cover-Foto ist einfach super geworden.

... Patrick Franke für die grandiose Covergestaltung.

... Urs Hall für die Umschlaggestaltung und den Satz.

... Cornelia Schmalenbach. Du hast mich als Lektorin genauso so verbessert, wie ich es mir gewünscht hatte.

... Carola Stoiber für deine Geduld, wertvollen Tipps und harte Kritik.

... Herrn Pfeiffer, dem echten Polizeichef von Bad Wildbad, für sein Verständnis und ehrliche Meinung.

... Nicola Coculeanu, Heike Pricken, Elisa Jankwitz, Gabriele Pross, Clemens Dettling und Sven Hartmann. Eure Meinung und auch Kritik haben mir sehr geholfen.

... an alle, die ich vergessen habe. Sorry.

Max

Kontakt / Information / Links

Max Müller – Autor

facebook.com/maxmullerauthor/

instagram.com/maxmullerauthor/

Robbie Wilhelm – Fotograf

instagram.com/robbie.wilhelm/

Kontakt Kurpark Verlag

kurparkverlag@gmail.com

www.kurparkverlag.de

Der Berliner Kommissar Max Ritter übernimmt beim BKA eine Sondereinheit, die unaufgeklärte Mordfälle lösen soll. Der erste Fall führt ihn mit seinem neu zusammengewürfelten Team an die Nordseeküste, nach Wesselburen. Dort wurde der Bürgermeister unter rätselhaften Umständen ermordet. Ritters neues Team gerät in einen Strudel aus Lügen und Intrigen, der Kreis der Verdächtigen wächst ständig! Doch die unkonventionellen Methoden des Kommissars bringen die Beamten der Aufklärung immer näher. Scheinbar...

Erhältlich bei:
www.kurparkverlag.de

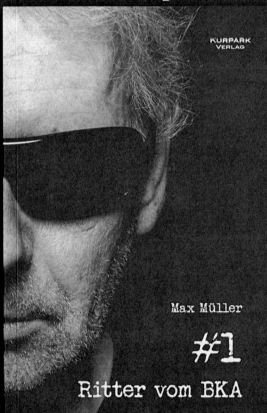

Der Berliner Kommissar Max Ritter ermittelt für das BKA und soll ungelöste Mordfälle bearbeiten. Sein dritter Fall führt Ritter in diesem heißen Sommer von Berlin nach Leipzig, und schließlich sogar drei Tage nach Afrika. Aus einem ungeklärten Fall wird überraschend ein Doppel-Mord. Auch der Tatverdächtige steht dieses Mal schnell fest. Wie aber beweisen? Wie den Mörder überführen? Ritters Team um Mandy Probst, Monika Rätsel und Kevin Wagner muss noch trickreicher agieren als üblich. Doch Ritter ist gut in Form, was auch dringend nötig ist.

Veröffentlichung:

Herbst 2020

KURPARK VERLAG

Max Müller

#3

Ritter vom BKA